读客外国小说文库

熊猫君激发个人成长

送奶工

[英]安娜·伯恩斯 著　　吴洁静 译

江苏凤凰文艺出版社

MILKMAN

ANNA BURNS

献给凯蒂·尼克尔森，克莱尔·戴蒙德
和詹姆斯·史密斯

1

那天，某某·某某之子拿一支枪抵着我的胸口，说我是只猫，威胁要一枪打死我。就在同一天，送奶工死了，被一支政府暗杀行动队开枪打死了。我并不在乎他被枪杀，但其他人在乎，其中一些人，用行话说来，跟我只是"点头之交"。我被人们谈论，是因为他们——更可能是大姐夫——到处散布谣言，说我跟这个送奶工有染，还说我十八，他四十一。我知道他的年龄，不是因为他被枪杀后媒体有所报道，而是因为在枪杀事件发生前的好几个月里，那些散布谣言的人就已经开始议论，说四十一和十八搞在一起真恶心，说二十三岁的年龄差真恶心，说他都已经有老婆了，而且有许多隐蔽低调的人正在监视我们，他才不会上我的当。和送奶工有染，似乎我也有错。但我和送奶工实际上并没有关系。我不喜欢送奶工，他不停地纠缠我、诱惑我，让我害怕和困惑。我也不喜欢大姐夫。他总忍不住造谣别人的私生活,包括我的私生活。我小时候,十二岁那年,大姐甩掉了她谈了很久的男朋友,因为那人骗了她。分手后,她急于找个新欢,用来忘却刻骨铭心的旧爱。就在这时,这个人出现了。这个新来的人搞大了她的肚子,他们立即结了婚。他第一次见到我,就当着我的面,拿些下流话来讲我——关于我的私处、我的尾部、我的逼仄、我的穹隆、我的玄圃、我的逼肖、我的那一个字[1]——他用的那些词,跟性有关的那些词,我听不懂。他知道我听不懂,但也知道我能察觉出其中的性意味——对他而言,好玩就好玩在这里。他那年三十五岁。十二岁和三十五岁,也是二十三岁的年龄差。

他这样讲我,还觉得自己有权利这样讲。我不说话,因为我不知道该怎么回答这个人。只要我姐姐在房间里,他就不会讲。可一旦姐姐离开,他的身体里就好像有个开关被打开了。好在我并不怕他打我。在那段日子,在那个地方,大家看身边的人,首先看他们有没有暴力倾向。我一眼就能看出他没有,他不是那种人。尽管如此,他喜欢猎艳的天性还是每次都让我感到僵冷。他是个肮脏的家伙,而她也很难受,因为怀有身孕,因为还爱着那个她谈了很久的前男友,直到现在都不肯相信他对她的所作所为,不肯相信他确实一点也不想她。他现在和别人在一起,已经走出了上一段感情。她对眼前的这个男人视而不见。她嫁给这个老男人,却不愿与

---

[1] 这句英语原文里有两个词,contry 和 contrariness,大姐夫用到它们是为了取与 cunt(阴部)发音相似的首音节,在言语中埋下"性意味"。中文里没有完全对应的译法,暂译为"逼仄"和"逼肖"。——译注(若无特殊说明,本书注释均为译注)

他有亲密关系，因为她自己太年轻，太不开心，在感情里太难以自拔——只不过不是与他之间的感情。我不再去她家，即使她很悲伤，因为我再也无法忍受他的语言和表情。六年后，他又想对我和我其他几个姐姐用他的那套伎俩，我们三个人——或直截了当，或间接委婉；或彬彬有礼，或"叫他滚"地——拒绝了他。就在这期间，同为不速之客却又可怕得多、危险得多的送奶工，突然不知从哪里冒了出来，登上了舞台。

我不知道他是哪家的送奶工。他不是我们的送奶工，我觉得他不是任何人的送奶工。他不接受牛奶订单。他跟牛奶完全无关。他从来没送过牛奶。再说，他开的不是运奶车，而是汽车，各种各样的汽车，常常是很招摇的款式，尽管他本人算不上招摇。即便如此，我还是不曾注意过他和他的车，直到他坐在那些车里开到我面前。后来出现了那辆货车——小型车，白色，毫无特色，会变换形状。时不时有人看见他坐在那辆车的驾驶座上。

一天，他开着他的某一辆车，出现在我面前，当时我正在一边走路，一边看《艾凡赫》。我经常在走路的时候看书，不觉得有什么不妥，但后来这也成了别人进一步攻击我的罪证。"走路看书"，罪证清单上绝对有这一条。

"有一种姑娘总让人好奇'她是谁'，你就是那种姑娘，不是吗？你父亲叫那个啥啥，对吧？你那些兄弟，那个谁、那个谁、那个谁，还有那个谁，过去常常在板棍球队里打球，没错吧？上来，我开车送你。"

他漫不经心地说这些话的同时，副驾驶座的车门已经敞开。

还在看书的我吓了一跳。我没有听见这辆车开过来的声音,也从没见过驾驶座上的这个男人。他探过身子,看着车窗外面的我,用助人为乐来展现他的亲切和友善。然而,到了这个年纪,到了十八岁,"亲切、友善和助人为乐"总会让我立刻警觉起来。搭车本身没有问题。这里的有车族经常会停下车,主动让进出这片区域的人搭车。当时,这里汽车数量还不多,炸弹恐慌和劫车事件又常常导致公共交通意外停运。人们承认有一种说法叫作"路边慢驶招妓",但并不相信现实中真会有人做这种事情。我肯定从来没遇见过。不管怎么说,我不想搭别人的车。主要是,因为我喜欢走路——走路看书,走路思考,再说我不想和那个男人坐在同一辆车里。但我不知道该怎么跟他讲,他没有粗鲁地对待我,他知道我家里的情况,叫得出男性成员的名字就是最好的证明。他没粗鲁地对待我,我也就不能粗鲁地对待他。我犹豫了一下,或者说愣了愣——这挺粗鲁。"我在走路,"我说,"在看书。"我举起书,好像《艾凡赫》可以解释我为什么在走路、为什么需要走路。"你可以坐在车里看。"他说。我不记得自己是怎么回答的。最后他笑了笑说:"没关系,别放心上,留下继续看你的书!"说完就关上车门,开走了。

  这就是我们第一次见面时所发生的一切——但谣言已经传开。大姐跑来我家,因为她丈夫,我今年四十一岁的姐夫,派她来看我。她来通知我,也来警告我。她说有人看见我和那个男人讲话了。

  "滚!"我说,"什么叫有人看见?谁看见了?你丈夫?"

  "你最好听我一句。"她说。但我不会听——我讨厌他和他的双重标准,也讨厌她对这些双重标准的忍气吞声。我没意识到自己一直在埋怨她,把他长期以来对我讲的那些话都怪到她头上。我一直在埋怨她不该跟这样的人结婚,她既不爱他,也绝不可能尊重他,因为她知道——她怎么可能不知道——他总在寻花问柳。

她一个劲儿地劝我行为检点,警告我这样继续下去对自己没好处,别和什么男人都搞在一起——但是够了,我被惹毛了,开始破口大骂。我知道她讨厌脏话,这是让她离开这里的唯一方法。我朝着窗外,冲着她的背影继续大喊大叫:要是那个懦夫还有什么要说,让他自己来我家,亲口跟我说!我错了:我太过感情用事,还被别人听见、看见我太过感情用事,放任自己的冲动,朝着窗外,朝着下面的街道,大喊大叫。通常我能控制住自己,但那时我生气了,实在气坏了——我气她是个微不足道的主妇,总是对丈夫言听计从;我也气他总想把别人对他的鄙夷传染给我。我感觉自己的顽固不化和大叫"跟你无关!"的念头正愈演愈烈。每次发生这种事情,我总会很不幸地想要故意对着干,不肯吸取教训,最后弄得两败俱伤。对于我和送奶工的谣言,我根本不屑一顾。这个地方总有人在不停地打探每个人的事情。流言蜚语像潮水一样,涨起,落下,来了,离开,继续追逐下一个目标。所以我没在意我和送奶工的绯闻。但后来他再次出现——那次他是走过来的,当时我正在公园里跑步,周围建着几座水库,地势起起伏伏。

当时我就一个人,没在看书,我跑步的时候从不看书。他又一次不知从哪里冒了出来,在这个我以前从没碰见过他的地方。他跟上我的步伐,突然间变成了我和他一起跑步,而且让别人看来好

005

像我们总在一起跑步。我又被吓了一跳，我每次遇到这个男人都会被吓一跳，除了最后一次。一开始他没有说话，我也说不出来。后来他开始没头没尾地闲聊——这又让别人看来好像我们总在一起闲聊。为了跟上我跑步的速度，他语句简短，还有些不自然。他谈论的是我工作的地方。他了解我的工作——在哪里、做些什么、几个小时、哪几天，以及我每天都坐着去镇上上班的那辆公共汽车——只要当天它没被劫持，我会在早晨八点二十分上车。他还郑重其事地说我从来不坐那辆公共汽车回家。他说对了。每个工作日，无论下雨还是天晴，有枪战还是炸弹，发生罢工还是骚乱，我都选择走路回家，边走边读我最新拿到的书。通常是一本十九世纪的书，我不喜欢二十世纪的书，因为我不喜欢二十世纪。我现在回想起来，觉得当时送奶工肯定也已经知道这些。

他自顾自说话时，我们正沿着上游水库跑步。下游还有个小一点的水库，就建在儿童乐园的旁边。这个男人，他一直看着前方，跟我说话时一次也没有把脸转向我。在第二次见面的整个过程中，他没有问我任何问题，好像也不想要任何回答。并不是说他问了我就会回答。当时我还没有回过神来，还在想"他到底是从哪里来的？"。还有，他为什么要装作一副认识我的样子，好像我们相互认识，而实际上我们并不认识？他什么认为我不介意他跟着我，而实际上我很介意他跟着我？我为什么不能停下来告诉他我希望他别来烦我？但当时我只是在想"他到底是从哪里来的？"，其他问题是后来才想到的——我说的"后来"不是指一个小时之后，而是指过了二十年。那一年，我十八岁，在一个摇摇欲坠的社会里成长，那里最基本的法则是：如果没有人对你的身体施加暴力，没有人用赤裸裸的言语公开侮辱你，没有人露出嘲弄你的表情，那就等于什么也没有发生，你又怎么可能遭到什么也没有的攻击呢？十八岁的我对于构成侵蚀的各种方式还没有充分的了解。我能感觉到它们，一种本能反应，一种抵触情绪，在某些处境下，在某些人面前。但我当时并不知道这种本能反应和抵触情绪是值得重视的，不知道自己可以不喜欢也不必忍受任何一个人靠近我。那时候，我最多能做的，就是盼望那些人赶紧讲完他们自以为能体现他或她的善意和助人为乐的随便什么话之后就离开；要不然，我就自己走掉，迅速又不失礼貌，在我还有机可趁之时。

　　第二次见面让我意识到送奶工喜欢我，要对我采取行动。我知道我不想被他喜欢，我对他没有同样的感觉。但他没有直接对我表达好感。他依然什么都没问我，也没碰我，第二次见面甚至都没看我一眼。加上他年纪比我大，大很多，所以也许——我在想——是我搞错了，实际情况并不是我想象的那样？我们跑步的地方是一个公共场所。这里白天是两个连成一片的大公园，到了晚上就会变成凶险的地方，但其实白天这里也很凶险，只是人们不愿意承认罢了，因为这样白天至少还能有个去处。这块土地不属于我，这就意味着他能在这里跑步，就像我能在这里跑步，就像孩子们在七十年代认为自己有权在这里喝酒，长大一点在后来的八十年代认为自己在这里有理由吸食强力胶，再长大一点到了九十年代又来这里给自己注射海洛因。此时此刻政府机构正躲在这里偷拍反政府派跟这差不多。他们还会把反政府派的同伙也一起拍进去，不管知不知道这人是谁——这正是眼下发生的事情。送奶工和我跑过一片灌木丛时，传来明显的一声"咔嚓"。这片灌木丛我以前跑过好多次，从没传来过咔嚓声。我知道这是因为送奶工和他的那些牵连，我说的"牵连"是指联络，我说的"联络"是指当前的叛乱，我说的"当前的叛乱"是指这个地方的政治问题导致的与国家为敌的反政府派组织的崛起。现在我已经被记录在某处的一份档案上、某处的一张照片里，作为一个曾经身份不明但现在肯定已经被调查得清清楚楚的反政府派同伙。尽管送奶工不可能没听到那个咔嚓声，但他只字未提。我只好加快步伐，赶紧跑完全程，假装自己也没有听到那个咔嚓声。

但他让我放慢了速度，明显放慢，直到我们变成了散步。这不是因为他算不上健壮，而是因为他根本不是来跑步的。他对跑步不感兴趣。他沿着水库跑步——我以前从没在这里见过他——自始至终就不是为了跑步。他来跑步，我知道，是为了我。他委婉地向我表示，这是为了调整节奏，他说放慢速度是为了调整节奏，但我知道什么是调整节奏，对我而言，跑跑走走算不上。然而这些话我不能说，因为我不可以比这个男人更健壮，不可以比这个男人更了解我自己的运动习惯，这里的性别意识所营造的环境永远不允许这样。这是一个强调"我是男人而你是女人"的国度。这里严格规定着女孩对男孩、女人对男人、女孩对男人可以说什么，以及不可以说什么——至少不可以在正式场合、至少不可以当众、至少不可以经常。在这里，人们不会容忍那些被认定为不服从男人、不承认男人的权威，甚至放肆到几乎要反抗男人的女孩。基本上，他们认为女人桀骜不驯，是一种粗野且过分自信的物种。但也不是所有的男人或男孩都这样想。有些人会笑，会认为那些自认为被侮辱的男人很滑稽。我喜欢这些人，而准男友就是其中之一。我告诉他，我认识一些男孩，他们彼此厌恶，却能联合起来怒斥芭芭拉·史翠珊的引人注目；另有一些男孩，对西格妮·韦弗愤愤不平，因为她在新上映的电影里杀死了所有男人都没能杀死的生物；还有一些男孩，他们讨厌像猫一样的凯特·布什，也讨厌像女人一样的猫。他听到后笑着说："你在跟我开玩笑吧？不可能那么过分。真有那么过分？"我还没告诉他，那些猫被找到时都已经死了，在一些通道口，尸体被大卸八块，所以现在我们这里已经没剩下几只猫了。最后我只说了句：只要绝不承认佛莱迪·摩克瑞有半点娘娘腔，就可以继续崇拜他。听到这句话，准男友放下了他的咖啡壶——在我认识的所有人里，只有他和他的朋友厨子有咖啡壶——他让自己舒舒服服地坐下，然后又随心所欲地大笑起来。

这就是我"交往了将近一年的准男友"。我们每个星期二晚上见面，偶尔星期四晚上也会见面，还有大部分星期五晚上直到星期六，接着每个星期六晚上直到星期天。有时候像是固定的约会，有时候根本没在约会。他那边有些人把我们看作一对正经的情侣，但其他大部分人认为我们是那种算不上情侣的情侣，虽然定期见面，但不会被认为是正经的一对。我本来希望我们能是正经的一对，能有正式的约会。我一度对准男友这样提起，但他说不对，说这不是我的真心话，看来有件事我肯定已经忘了，他要提醒我。他说我们曾经尝试过——他做我的固定男友，我做他的固定女友。我们约会见面，安排张罗，就像是要共同走向——就跟那些正经的情侣一样——某种所谓生命的尽头。他说这种做法让我感觉不自在，他说也让他感觉不自在，在此之前，他从没见过我如此恐惧。我对他讲的事情隐约有点印象，但同时又怀疑：这会不会是他编造出来的？他说他建议就看在我们对彼此怀有的随便什么感情的分上，让我们结束这种固定男友和固定女友的关系。在他看来，怎么说也一直是我要试着"交流内心感受"，可是一旦交流起来，我只会吓傻掉，而且我表达的感受甚至比他表达的还要少，我肯定从来都不相信那一套。所以，他提议我们回到"准"的国度里，在那里，不用知道我们到底是不是在约会。于是我们这么做了，他说之后我就平静了下来，而他也平静了下来。

　　这是一个官方认定"男女有别"的国度，女人有些话可以说，有些话永远不可以说。在送奶工阻拦我、让我放慢速度、直到开始走路的过程中，我就此只字未提。和上次一样，这次他也没有粗鲁地对待我，至少没有故意这么做，所以我也不能粗鲁地对待他，不能只管自己继续跑步。我任由他迫使我放慢速度，我不想让这个男人靠近我，而就在这时，他开始谈论我除跑步之外的每一次走路。我真希望他没有说过这些话，或者我根本没有听见。他说他担心，说他不明白，他说这些话的时候依然没有看我。"我不明白，"他说，"这次跑步，还有之前所有的走路。太多的跑步和走路。"他说完这句话，就一声不吭地绕过公园边界上的一个拐角，消失不见了。上次他开来一辆很招摇的汽车，让我迷惑不解，吓一大跳。这次也一样——突然出现，靠近，自说自话，照相机的咔嚓声，对我跑步和走路指手画脚，接着又是突然离去。似乎是令人震惊，没错，但这对象太微不足道，甚至太过正常，不足以真真正正地为此震惊。但我还是受到了影响，直到几小时后回到家，我才意识到他知道我的工作。我连自己是怎么回家的也不记得了，因为他消失后，一开始我尝试着重新跑起来，按照我原来的计划，假装他从来没有出现过，或者至少他的出现并没有带来任何意味。然而，因为我心不在焉，因为我迷惑不解，因为我不肯诚实面对，我踩到几张泛着光亮的铜版纸，滑了一跤。那些铜版纸是从一本被丢弃的杂志里掉落出来的，上面有一幅跨页的照片。照片里的女人有一头奔放不羁的深色长发，她穿着长筒袜，系着吊带，仍是那种黑色蕾丝。她朝着画面外的我微笑，身体后仰，为我叉开双腿。我突然向一侧打滑，身体失去了平衡。就在摔倒在路上的瞬间，我看清了她的整个下部。

2

那次跑步后的第二天早晨,我比平常早出门,绕到街区的另一头,搭乘另一辆公共汽车去镇上。我没有告诉自己这是为什么。晚上我还是坐这辆公共汽车回家。生平第一次,我没有走路看书。我没有走路。我还是没有告诉自己这是为什么。另一个变化是我也没有按时跑步。不得不这么做,万一他又出现在水库公园里呢。如果你认真跑步,是个跑长跑的人,来自某个地方、有某种信仰,那么你得硬着头皮把整个一大片区域都纳入你的计划路线,否则留给你的只有受宗教地缘限制的路线,这意味着你不得不绕着一片小得多的区域反复跑,才能得到差不多的运动效果。虽然我喜欢跑步,但兜圈子跑步单调乏味,会让我怀疑自己对跑步是否真有那么喜欢。所以我整整七天没有跑步,而且似乎永远都不会再跑了。直到有一天,我又抑制不住地想跑步。第七天晚上,我决定再去一次水库公园，这次让我的三姐夫陪我一起去。

　　三姐夫不像大姐夫。他比我大一岁，我从小就认识他：他疯狂锻炼身体，在街头疯狂斗殴，总之是个在各方面都很疯狂的人。我喜欢他。其他人也喜欢他。人们一旦适应了他，就会喜欢上他。他从来不说别人的闲话，从来不说下流话，不用下流话讥笑别人，他不讥笑任何人。他也不会问一些颐指气使、多管闲事的问题。实际上，他几乎不怎么提问。至于打架，这个男人只打男人，从来不打女人。在社区居民的眼里，他精神异常：他认为女人勇敢强悍，富有启发性，甚至是一种超自然的神秘形象。他认为女人应该和他激烈争吵，还应该或多或少地反对他——这想法很不寻常，却是他对女人不可撼动的准则之一。如果一个女人没有表现出神秘感或者如上品质，他对她会变得有些独裁，迫使她往那个方向改进。这样做他自己也难受，但是他深信：在他即兴施展的暴政的帮助下，她会想起自己是谁，愤怒地要求拿回自己被剥夺的不只是跟身体有关的东西。"那就不怎么平衡了。"这里的一些男人说，或许是这里的所有男人都这么说。"但如果非要存在某种不平衡，"这里的所有女人说，"那还是让他就这样继续下去比较好。"所以，他凭借对一切雌性生物非典型的高度尊重，在女人中深受欢迎，而且他完全没有意识到自己受她们欢迎——这使他更受欢迎。这也带来了现实的好处——我是指给我，眼下正被送奶工纠缠不休的我——因为这里的所有女人都这么看待姐夫，不只是一个女人、两个女人，或者三个、四个女人。如果只是少数几个女人，除非她们和我们这里有权势的男人——我指我们这里的准军事组织——

有关系，包括他们的妻子、母亲、骨肉皮，以及有其他某种关系的人，否则她们无法指挥公众行动，或引导公众形成对自己有利的看法。但是，如果当地妇女都联合起来，做她们极少会做的事情——站起来反对公民、社会或者当地的环境，就能展示出一种令人惊讶的可怕力量，致使其他一些通常被认为更可怕的力量反而别无选择，只能认真对待。这些女人会一同感激她们的支持者，这意味着她们会保护这个人。这就是他和女人的关系。至于他和这里的男人之间的关系——出人意料的是——他们大部分人也喜欢并尊重三姐夫。他惊人的体格以及对这个地区的男性斗殴准则出于本能的理解，为他赢得了他们的信赖，尽管他对女人的重视，在男人的眼里，已经到了极其疯狂的地步。因此，在这里，各种各样的人都接受他，我也一样。过去有段时间，我经常和他一起跑步，但后来有一天我不和他跑了。他的锻炼方式比我自己的锻炼方式更加暴虐。他的方式显然太急于求成、太勉为其难、太不符合客观规律。但如今我决定重新开始和他一起跑步，并不是因为送奶工会被他的体格吓退，会害怕姐夫找他打架。他确实不如姐夫年轻，也不如他强壮，可年轻和强壮不能说明一切，反而往往什么都说明不了。比如你要开枪，就不需要多年轻，也不需要能跑步，我确信送奶工轻而易举就能开枪。我认为是三姐夫的群众基础——无论男女都给予他的爱戴——或许能让送奶工望而却步。如果他对姐夫在我身边感到不满，那么他要面对的不仅是整个当地社区的谴责，他作为一名高级别、高威望的反政府者的声誉也会一落千丈。他会被赶出藏身之地，被赶到军队巡逻车会经过的道路上，就好像他不是一位带来深刻影响的英雄人物，而是与我们敌对的政府警察中的一员、来自海对岸的敌方士兵，甚至是来自马路对面与我们敌对的政府捍卫者准军事组织的成员。作为一名严重依赖当地社区的反政府派，我想他不会为了我让自己与社区产生隔阂。这就是我当时的计划，一个还不错的计划。这个计划让我充满信心，我很遗憾自己没能在七天六晚前就想到它。但至少我现在想到了，接下来就是实施计划。我穿上我的运动服，出发去三姐夫家。

三姐夫家就在去水库公园的路上。我到了那里，一切都跟预想的一样：姐夫穿着运动服，正在他家的花园小路上做热身运动。他喃喃地骂着脏话，我觉得他并没意识到自己在骂脏话。他先伸展右腿腓肠肌，接着伸展左腿腓肠肌，同时嘴里轻声骂着"操、操"。他伸展左右两条腿的比目鱼肌，同时又骂了更多的"操"。我还没跟他说我来了以及时隔多日我想重新开始和他一起跑步，他却先开口了。由于拉伸时需要全神贯注，他侧着脸对我说："我们今天跑八英里。""好的。"我说。"是八英里。"我令他震惊。我知道他以为我会皱着眉头斩钉截铁地说我们绝不该跑八英里，然后用某种将帝国主义的霸权和漂亮女性的迷人糅合在一起的方式，斩钉截铁地说我们要跑多少英里。可当时我的心思都在送奶工身上，不在乎跑多少英里。他挺起身子，看着我。"妹妹，你听见我说话了吗？我说的是九英里。十英里。不，十二英里，这就是我们要跑的距离。"又一次，他暗示我应该提出异议，跟他争辩。通常情况下，我早已顺从他的心意，但在那一刻，就算我们跑遍全国，直至最微弱的一声咳嗽——甚至是旁人的咳嗽——就能让我们腿软跌倒,我也无所谓。不过,我还是努力了一下。"啊,不行,姐夫,"我说,"不能是十二英里。""好,"他说,"那么就十四英里。"很明显,我的努力还不够。更糟糕的是,我作为女人天性里无所谓的态度已经彻底惹恼了他。他紧紧地盯着我,也许在想我是不是病了之类的。我永远不会知道姐夫在想什么,但我知道他想的肯定不是他自己其实不想跑十四英里,也跑不了十四英里。无论对想要被反驳的他而言,还是对满脑子都是送奶工的我而言,全世界最无关紧要的就是跑多少英里了。我没有声色俱厉地逼迫他,这才是问题所在。他说:"我不喜欢逼迫别人。"这句话意味着接下来免不了一场旷日持久、实力悬殊的争吵。然而就在这时,他的妻子,也就是我的三姐,走上了花园小路。

"跑步!"她咕哝道。这个姐姐穿着细腿裤,踩着夹趾拖鞋,每个脚指甲都涂成了不同的颜色。当时,除了古埃及人,人人都把脚指甲涂成不同颜色的时代还没有到来。一杯布什米尔威士忌在她一只手里,一杯百加得朗姆酒在她另一只手里,她仍在犹豫第一口该喝哪杯。"你们两个杂种,"她说,"变态控制狂,鸡蛋里挑骨头的疯子——再怎么讲,哪种畜生会去跑步?"她说完就不管我们了,因为她的五个朋友出现在家门口。其中两个人一脚踹开小房子外面的小栅栏门。她俩腾不出手,因为怀里抱着一堆酒瓶子。另外三个人穿过树篱进来,这意味着树篱又被踩得乱七八糟。树篱很矮,只有一英尺高,我姐姐把它叫作"别致小景",但其实它不可能别致,因为人们总是忘记它的存在,不是把它踢翻,就是把它压扁，姐姐的三个朋友眼下正在这么干。几个女人穿过树篱，踏上草坪。这片郁郁葱葱的草木，又一次被践踏，又一次被扯得变形。她们簇拥着走进小房子前，和往常一样，先要把我们两个跑步的人捉弄一番：从我俩身边经过时，轻轻地推得我俩没法儿继续拉伸肌肉——这是她们每次撞见我俩认真地摆出热身姿势时的传统惯例。在她们关上大门前，我俩终于跃过树篱，开始跑步。那时我已经闻到了从客厅里飘来的烟味，听到从那里传来的笑声和脏话，以及高举着酒瓶把酒倒进深深的杯子里的汩汩声。

我们沿着上游水库跑步，离我上次和送奶工一起沿着那里跑步已经过去了七天。三姐夫继续自顾自地轻声骂着脏话，而我依然留心着那个骚扰我的人有没有出现，尽管我并不想让那个人待在我的脑海。我想让准男友待在我的脑海，他之前一直待在那个地方，温暖舒适，直到送奶工给我带来的不安将他赶了出去。今天是星期二，等到我跑完步，晚上我就会去见他，到时候他也已经修补完了他最新到手的一辆老爷车。我把那辆车叫作"灰"，而他把它叫作银色的0-x-什么什么的。他把他修好的一辆白色汽车放在一边，立即腾出时间来拯救那辆灰色老爷车。不过，我上周二走进他的客厅时，地板上还放着另一个截然不同的汽车部件。我说："你把车放在地毯上。"他说："没错，我知道，是不是很高明？"接着，他解释说他们所有人——指那些一起工作的小伙子——刚刚沉浸在一场高潮里，因为有一辆超级与众不同的汽车，出自某位能让人兴奋到产生幻觉的制造商之手，扔进了他们的修车铺中央,也扔进了他们的裤裆中央——"他们什么都不要!屁都不要!白送我们的!"他大喊大叫。"你能想象吗?"他说,"不要豆子!也不要香肠!"他指的是钱,指的是车主什么也不要。他震惊得几乎缓不过神来,因此我不太清楚遇到这辆梦幻般的汽车究竟是好是坏。我刚想问他,但他还没说完。"带这辆车来的人,"他说,"他还说,'你们这些伙计可以用我们用坏的炉灶、我们的冰箱零件、我们的脱水机,还有旧地毯,东西还不错,只是有点发臭。洗一下可以放在厕所里。你们还可以拿走我们所有的碎玻璃、煤渣块和几袋子碎砖,用作玻璃房的碎渣地基。'于是我们心想,"准男友说,"这些可怜的老家伙把我们这里当成了坟场而不是汽车修理铺。看样子或许不该把这台风驰[1]从他们手里拿走,因为他们脑子糊涂了,不知道自己在干什么,可能也不知道这辆车——即便是这种品相——值多少钱。我们中的一些人用胳膊肘轻轻地推了推另一些人,压低声音说:'什么都别说了。他们想扔掉,我们收下就是了。'但我们中的另一些人还是讲了点什么——又是精神问题那老一套,当然,为了不伤感情,他们换了种说法。"他说这对夫妇相互低语几句,然后对他们说:"你们是在说我们很蠢之类的?你们是在说我们很可怜之类的?你们到底在说什么?哪一类的?"他们觉得自己受到了侮辱,"如果你们这帮杂种认为我们疯了,我们会带上我们的白色家具、我们的碎砖、我们丢弃的杂货、我们的宾利风驰、我们的地毯,所有这些

1　风驰(Blower)是汽车制造商宾利公司于20世纪20年代出产的搭载4½升发动机的机械增压车型,被写入赛车传奇的史册。

我们好心带给你们的好东西,离开这里。带走还是留下,我们根本无所谓!""我们当然要收下。"准男友说。这时,我开口问他什么是——但他打断我说"赛车",这样说可能是为了让我更容易理解。通常他不会说一些让我更容易理解的话——不会有意这样说,但此刻他已经忘乎所以,尽管他又一次草率地判断了他的听众,每次我听他谈论汽车,他都会这样。他不停地说,对每一个破折号和逗号都进行了超出必要、毫无帮助的技术分析,但我明白他必须利用我,因为这辆车让他很兴奋,而我又是这个房间里唯一的人。当然,他并没打算让我把他的话都记下来,就好像我不会因为有一次在高度兴奋的状态下跟他说起《卡拉马佐夫兄弟》《项狄传》《名利场》和《包法利夫人》,就要求他把这些书都背出来。即便我们是准男女朋友的关系,不是那种有明确的承诺和发展方向的正经关系,但我们还是允许一方怀着兴奋之情,把想讲的全都讲出来,而另一方至少也要努力听进去一部分。再说了,我也不是什么都不懂。我看得出来修车铺里发生的事情让他有多开心,我也知道宾利是辆车。

他深深迷恋着它,迷恋着此刻在他家客厅地毯上的这个部件。他站在它旁边,低头凝视着它,满脸散发着笑容的光芒。他就是这个样子——我由此感到兴奋,他由此让我感到兴奋——每当他全神贯注、自然而然、浑然忘我地修理旧车时,脸上总是充满爱和专注。他告诉自己,这辆可怜的老爷车正处在报废的边缘,它可能永远无法摆脱这种困境,除非他精心修理。生活中,有些人会耸耸肩说,对于生活,"哦,没必要尝试,不会有用的,我们只能放弃，为迎接痛苦和失望作好准备"。但准男友会说："也许会有用的，我觉得会有用的，我们试试看，怎么样？"就算最后没用，他至少没有试都不试就让自己堕入悲哀。如果没用，他会从失望中振作起来，寻回热情，抱着他"能"的信念，即使他并不能，抬头挺胸地走向下一个任务。好奇、专注、渴望——由于激情，由于抱负，由于希望，由于我。就是这样。和我在一起时，他也一样，不会算计，澄澈透明，全无欺骗，永远保持本色，不装酷，毫无保留，不会设局，没有那种时而聪明、一贯刻薄、让人痛苦的操纵。不会暗算，不玩把戏。他不这么干，他不在乎，也没兴趣。"那是些疯狂的东西。"他说。为了保护自己的心灵，他拒绝考虑那些侧边突袭的卑劣手段。因此他很强大，又洁身自好。不在小事上堕落，大事也得以牢牢把握。这就是非凡独特。这就是为什么我会被他吸引。这就是为什么我会站在这里。他看着车，把他的好奇和思考都大声说出来。而我看着他，我已经湿了，而且——

"你在听我说话吗？"他问。"在听。"我说，"听你说的每句话。你在说里面的部件。"

我是指房子里面地毯上的部件，但他说他得再说一遍，因为看样子我还没理解基本原理。我这才知道，房子里面的这个部件是一个外面的部件，它被安装在车头。他又说，这个部件所在的原车刚来修车铺的时候，完全是一堆废铜烂铁。"你知道吗？那是辆报废车，状态糟透了，有个蠢货没有加入足够的机油，把引擎烧坏了。主要部件没了，差速器也不见了，活塞把气门顶杆盖戳穿了。准女友，那整个儿就是场灾难。"由于地上这个部件看上去没什么特别，只是个普通玩意儿，我只能根据我听到的来判断，这是一辆众人向往、产于二十世纪初、激动人心、粗野、速度快、噪声大、刹车有点问题的车。"难以拯救。"准男友说。他指的是维修，他依然低头对它微笑。他说他和其他人争论了很久，大家僵持不下，最后投票决定把剩下的都拆了。他们把它分成若干份，通过抽签，准男友最后拿到了现在放在地毯上的这个部件，也就是此刻正在给他输送纯粹幸福感的这个部件。

"超级增压机。"他说。而我说："嗯。"他说："不，准女友，你没明白。配备超级增压机的车极少，所以这是一种先进技术。这辆车之所以能够所向披靡，全靠这个。"他指着地上的部件。"嗯嗯。"我又说了一遍，接着产生了一个疑问，"谁拿到了汽车座椅？"他听了大笑说："这可不是个好问题，亲爱的。你过来。"他把手指——哦，上帝——伸到我的脖子后面。这很危险，一直都很危险。每次手指伸到那里——在我的脖子和头颅的交界处——我就会忘记一切——不只是手指触碰前一段时间里发生的事情，而是一切——我是谁，我在干什么，我所有的记忆，关于一切的一切，除了这一刻，在这里，和他一起。接着他把手指揉进去，揉进凹槽里，那个颈窝，凹凸不平的骨头上柔软的部分，甚至更危险。此时此刻，由于心情舒畅，由于时光错乱，我的心神慢了一拍。我后来才想到，哦，如果他的手指揉在那里怎么办？我会化成果冻，他不得不抱住我不让我滑下去，而我只能允许他这么做。但是，即使那样，我们还是会在顷刻间重重地倒在地上。

"别再想座椅了，"他喃喃地说，"座椅很重要，但不是最重要的。这个才最重要。"我不清楚他依然在想着"车",还是已经把注意力转移到了我身上。我怀疑依然是车,但有时候你不能停下来争辩。于是我们亲吻,他说他已经发动了,问我是不是还没有发动,我说他能不能别看我现在的样子。他喃喃地问这是什么,我喃喃地问什么是什么。他把一件我此前忘在这里的东西塞进我手里,原来是果戈理的《外套》。他说他要把它放在那里,他指的是桌子。他放下书,没受影响。就在我们要去地毯上或是长沙发上或是别的什么地方时,传来了人们说话的声音。他们沿着门外的小路朝他家走来,跟着是一阵急促的敲门声。

一群男人站在门阶上,是他的邻居。他们来他家是因为有关宾利风驰的消息已经传开,大家都不信,都想亲眼证实。他们人多势众,又决意要看,所以现在不是那种可以说"眼下有点忙,能否请你们过会儿再来?"的时候。他们似乎比我们更兴奋、更迫不及待、更紧张。他们一边解释来这里的原因,一边在门阶上不停地往前推搡,踮着脚尖,想用假动作晃开准男友,透过他的肩膀上方,瞥一眼那辆珍贵的汽车。准男友不得不解释——因为谁都知道他把汽车放在他家里,放在他家的里面——这次不是一整辆车,只是从车上卸下来的超级增压机,但这似乎也足以成为一条惊天动地的消息了。他们毫无疑问地想进来,哪怕只是一小会儿,只为了好好看一眼这件惊人而又罕见的高级货。他放他们进来。这些人挤满了客厅,满怀敬畏地盯着地上的部件,渴望变成了沉默。

"不同寻常!"接下来有人说——他说的肯定是事实,因为他用了一个我们的日常词汇中从没出现过的词。还有其他一些差不多的词，比如"非凡无比！""精彩绝伦！""令人惊艳！""美妙至极！""叹为观止！""无与伦比！""顶呱呱！""了不得！""毋庸置疑！""完美！""钻石般闪耀！""奇光异彩！""超凡脱俗！"——甚至包括"虽则"和"诚然"。虽然我自己和我的小妹妹们也会说"虽则"和"诚然"——这是一个含有感情色彩的词，太过浓重的渲染，太过野心勃勃，太做作；基本上属于那种典型的"海对岸"的语言，"典范"也是那一类词。在这里用这些词，几乎没有一次不会令当地人感到难堪、尴尬或害怕，于是另一个人说："操，谁能想到！"这种说法更低调温和，更能为当地社会所包容。随之而来的是更多社会的包容，更多人来拍窗户，更多人来敲门。很快，这房子里塞满了人，我被挤到了墙角。那些车迷不停地谈论着经典车、古董车、异类车、性能车、肌肉车、软壳车，有很多闪光灯的车，还有相当粗糙的车，这种车永远不需要整修，始终保持一副它们该有的样子。接着他们又开始谈论引擎马力、清晰流线、初始爆发力、原始加速度、附加加速度、制动不足（优点）、剧烈颠簸（又一个优点），让人像是被钉在座椅靠背上，能带来"暴爽的感觉"！谈论仍在继续，丝毫没有停下来的迹象。我看着时钟心想，我的果戈理在哪儿？等到他们开始谈论那些晦涩的辅音字母组合、编号名称、字母数字混合编码——NYX、KGB、ZPH-0-9V5-AG——这些准男友自己也喜欢的东西时，我已经不堪重负，必须把自己和《外套》弄出这房间。就在我刚想往外挤的时候，某个人，一个年轻人，准男友的一位邻居，特意选在人们争夺房间里的制高点的过程中稍事停顿的间歇发表了一番评论。他的评论让我停下了脚步，也让我们所有人都停了下来。"邻居啊，拥有这个所谓的经典部件或者诸如此类的东西，"这位邻居说，"固然不错。我不是想故意搞笑或者弄出点别的什么，只是——"他说到这里，所有人都屏住呼吸，警惕着攻击的来临，接着他说，"你们修车铺里的谁抽中了这个上面贴有旗帜的部件？"

在这个时代，在这个地方，每当涉及政治问题，包括炸弹、枪支、死亡和重残，普通民众会说"他们那边干的"，或"我们这边干的"，或"他们的宗教信仰干的"，或"我们的宗教信仰干的"，或"他们干的"，或"我们干的"，而这实际上是指"政府捍卫者干的"，或"反政府派干的"，或"政府干的"。有时候，我们也会努力把"捍卫者"或"反政府派"说出口，但只是为了方便外来人员理解。只有我们自己人在场时，基本上不用这样费心。使用"我们"和"他们"，是人的第二天性：方便、熟悉、内部，这些词可以即兴发挥，没有死记硬背的压力，不必顾及遣词造句和社交上的礼貌得体。依据我们心照不宣的约定——外来人员无法领悟，除非这也是他们自己私底下的权宜之计——所有人一致认为，这里每个人所使用的"我们"和"他们"、"他们的宗教信仰"和"我们的宗教信仰"这类区分部落的人称，无须赘言，都不能按字面理解为我们所有人和他们所有人。那是笼统的说法。出于天真？传统？现实？战争仍在继续，人们忙不过来？理由随你挑选，但往往答案是最后一个。在早些日子里，在那些比黑暗更黑暗的日子里，没有时间留给词汇的看门狗、政治上的正确和害羞的自我，比如"人们会不会认为我很坏如果我——"，或者"人们会不会认为我很偏执如果我——"，或者"我是不是在支持暴力如果我——"，或者"我看起来会不会像是在支持暴力如果我——"，每个人——每个人——都明白这一点。普通民众也掌握了最基本的标准，用以判断什么是被允许的和什么是不被允许的，什么是中性的、是可以从偏好选项、命名法、符号象征、观点看法中得到豁免的。描述这种心照不宣的规定和规则的最佳方法之一，就是针对人名的课题稍加探究。

有一对夫妇手里握着一份我们这个地区禁用的人名列表。列表上的人名不是由他俩决定的，而是由社区的灵魂人物通过按时复审，决定哪些名字可以用，而哪些名字不可以用。看管禁用人名列表的这两个人，一个男办事员和一个女办事员，他们定期登记、管理和更新列表上的名字，想以此证明自己的工作颇有成效，可社区居民却将其看作接近精神异常的征兆。他们的努力毫无必要，因为我们这些居民本能地遵守着这份列表——默默接受它，但不去深思。毫无必要还因为这份列表，早在这对肩负使命的夫妇出现前几年，就已经具备了自我永续、更新和保存数据的出色能力。看管列表的这对夫妇分别叫作某个普通的男人名字和某个普通的女人名字，但社区里的人都用奈杰尔和杰森来指代他俩。这对天性温和的夫妇丝毫不受这个玩笑的影响。被禁用的那些名字之所以被禁用是因为它们太像"海对岸"那个国家的名字，尽管有些并非起源于那个国家，只是被那块土地上的人侵占了、使用了而已。

人们明白，这些禁用的名字已经被注入了能量、历史的力量、古老的冲突、责令和禁令，以及那个国家很久以前在这个国家所颁布的遭到抵抗的不合理规定；被注入了如今根本不再构成威胁的人名的原始国籍。禁用的人名包括：奈杰尔、杰森、杰斯珀、兰斯、帕西瓦尔、威尔伯、威尔弗雷德、佩里格林、诺曼、阿尔夫、雷金纳德、锡德里克、欧内斯特、乔治、哈维、阿诺德、威尔伯林、特里斯特拉姆、克莱夫、尤斯塔斯、奥伯龙、费利克斯、佩弗里尔、温斯顿、戈弗雷、赫克托，包含休伯特——赫克托的变体——也被禁用。还有兰伯特、劳伦斯、霍华德，和另一个拼法的劳伦斯，莱昂内尔、伦道夫，因为伦道夫像西里尔，西里尔像拉蒙特，拉蒙特像梅雷迪斯、哈罗德、阿尔杰农和贝弗利。迈尔斯也同样被禁用。还有伊夫林、艾弗、莫蒂默、基思、罗德尼、罗杰、鲁珀特伯爵、威拉德、西蒙、马里爵士、西庇太、昆汀——现在或许昆汀也不能用了，这要怪那段时期那个电影制作人在美国混得还不错——还有艾伯特、特洛伊、巴克利、埃里克、马库斯、塞夫顿、马默杜克、格雷维尔，还有埃德加，因为所有那一类的名字都被禁用。克利福德是另一个被禁用的名字。莱斯利也不可以。佩弗里尔被禁用了两遍。

　　至于女孩名字，那些来自"海对岸"的名字是可以容忍的，因为女孩名字——除非也应该是庄重威严的，那另当别论——不涉及政治争论，所以有自由的空间，不会牵扯到任何法律法规。女孩起错名字，不会和男孩起错名字一样被人们奚落嘲笑，被长期纠缠，被不断追溯，被说成"我们不该忘记"，永远遭人唾弃。

但是，如果你支持对立的信仰，你来自"马路对面"，那么你可以任由自己使用所有我们被禁用的名字。当然，你也不会允许自己取任何一个在我们的社区里很受欢迎的名字，但因为在你自己的社区里这也是本能反应，你不会为此失眠。所以，拉迪亚德、埃德温、贝特伦、利顿、卡思伯特、罗德里克，以及那些名字里的最后一个——某公爵，在我们这边，在我们的列表上，都被禁用，所有这些人名都由奈杰尔和杰森看守。不过不存在可用人名列表。每个居民都应该基于哪些名字是不可用的，推测出哪些名字是可用的。你给孩子取名时，如果你率性大胆、思想前卫、放荡不羁，纯粹出于某个始料未及的人性因素，决定冒个险，尝试一个还未被确立的、还未被合法化的新名字，就算当时它不在禁用人名列表上，那还是要等到将来的某个适当的时候，你和你的孩子才能知道你的决定到底是不是一个错误。

这种政治心理的氛围——以及它关于忠诚维护、部落认同、允许什么和不允许什么的各种规定——并没有止步于"他们的名字"和"我们的名字"，"我们"和"他们"，"我们的社区"和"他们的社区"，"马路对面""海对岸"和"边界那边"。还有其他的一些东西，也受到政治方向的影响。有些来自"海对岸"或者来自"边界那边"的态度中立的电视节目，"马路这边"和"马路那边"的所有人都会收看，不会在任何一边的社区挑起对政府的不忠。而有些电视节目，在马路这边，人们可以收看，不会背上叛徒的罪名，但在"马路对面"会遭到人们的厌恶和反感。有些电视许可证检查员、人口普查员、在非平民环境中工作的平民和公务员，他们在这个社区里可以被容忍，可一旦踏足于那个社区就会被击毙。还有食物和饮料。正确的黄油和错误的黄油，忠诚的茶和背叛的茶。还有"我们的商店"和"他们的商店"。某些地名。你上哪所学校。你念哪种祷词。你唱哪首赞美诗。你怎么念"haitch"和"aitch"[1]。你去哪里工作。当然还包括公共汽车站。实际上，你每去一个地方，每做一件事情，都在发表政治宣言，虽然你并不想这样。还有一个人的外貌，因为人们相信仅凭一个人生理上的长相，就可以判断他是"来自马路那边的他们那种人"，还是"来自马路这边的你们这种人"。以及对墙上的装饰画、习俗传统、新闻报纸、国歌、"特殊日子"、护照、货币、警察、公民权、军队和准军事组织的选择。在不允许往事成为往事的年代，关于政治上的从属关系，有着举不完的例子和许许多多的微妙差异。介于两者之间的，是中立的和被豁免的，而在准男友家里，他的邻居——在其他所有在场邻居的见证下——却将注意力移到了逻辑实证主义和具有煽动性的象征主义上。

他将注意力移到了那面旗帜的议题上，也就是旗帜和徽章那类议题，满是出自本能的冲动和热烈的情感，因为发明旗帜就是冲着出自本能的冲动和热烈的情感——经常是病态自恋的情感——他想说来自"海对岸"的国家的那面旗帜，就是来自"马路对面"的社区的那面旗帜。这不是在我们社区受欢迎的旗帜。我们

---

[1] 有些地方的人念以h开头的英语单词时h不发音。

社区根本不欢迎旗帜。跟马路这边没有任何关联，一丁点儿也没有。我不了解汽车，但我听得懂旗帜和徽章，看来准男友的邻居是指"海对岸"那个国家生产的那些经典复古的宾利风驰汽车，贴着旗帜，从"海对岸"那个国家来到这里。言下之意是，准男友当下的行为，他暗示说，不只是通过抽签赢得一个贴着旗帜的部件；他当下的行为，根本就是通过抽签赢得如此一个——可以是任何部件，无所谓有没有旗帜——含有"海对岸"的爱国热情和国家特质的象征物？历史性的不公，他说。专制的立法，他说。实践和影响，他说。人为的界线，他说。腐败的支柱，他说。未经控诉的逮捕，他说。宣布宵禁，他说。不经审讯的关押，他说。剥夺集会权，他说。禁止尸检，他说。对主权和领土的制度化侵犯，他说。忽冷忽热的待遇，他说。所有一切，他说。以法律和秩序的名义。他就说了这些。但即使在那一刻，他也没有说出他真正的想法。在所有关于对那面旗帜的阐释的掩盖下，他想说的其实是另一件事，即来自"海对岸"的那面旗帜就是来自"马路对面"的那面旗帜。在我们社区里的人看来，"马路对面"比实际中的"海对岸"还要"海对岸"。人们注意到飘扬在那里的旗帜，尽其所能地展现出它所属的那片土地就从未能聚起的如此逼迫眼前、蔚为壮观的气势。身处马路这边——我们这边——却把那面旗帜带进来，这会挑起分裂，显示出对国家的不忠、对他国的卑躬屈膝，这是最丑陋的背叛，那种人的自尊心连告密者和与异族通婚者都不如。这当然只是政治上常会遇到的问题，这里的人们，比方说我，最不想介入的就是这种问题。但几句话里可以传递这么多具有煽动性的暗示,也真是惊人。即便如此,那个哥们儿还没说完。

"我就是实话实说,"他说,"别误会我,也别搞出些别的什么。我说这些话显然是站在谦卑的立场上。并不是说我曾经渴望背叛自己的社区,做出一些比如说得到一个贴着那种旗帜的部件,把它带回家,在这里为拥有这种东西感到骄傲而不是在这里为拥有这种东西感到羞耻之类的事情。我完全不想在任何事情上、对任何人播撒怨恨的种子,我不是一个喜欢践踏规则、搬弄是非的人,也不是一个喜欢归纳各种结论的人。专家我不是,煽动者、盲从者我也都不是。实际上,我一无所知,犹豫着要不要说出自己的意见,然而……"——他把他那一套又全部重复了一遍,说无论这个贴着旗帜的东西多么出名、多么受到追捧,他自己绝不会低头承认这面代表着压迫、悲惨、暴政的旗帜的合法性,更别提因为丢脸——与其说是在"海对岸"的国家面前丢脸,倒不如说是在"马路对面"的社区面前丢脸——而在嘴里留下的苦涩滋味。更要命的是,他说,把那面旗帜带进一个坚决反政府的地区,会被指控叛徒罪和告密罪。所以,是的,旗帜充满热烈的情感。自古如此。至少在这里是这样的。

所以,这就是他想说的——准男友是个卖国贼——就在这时,准男友的朋友们开始替他辩护。"他没什么贴着旗帜的部件,"他们说,"谁都看得出来那个超级增压机上没有旗帜。"他们对此感到愤怒,而不是不屑一顾,因为无论这面旗帜多么不可能出现在"马路这边""海岸这边",问题在于,这是一个被迫害妄想症的时代,是一个前途未卜的时代、原始本能的时代。你怀疑我，我怀疑你。你和别人在这里愉快地聊了一小会儿，离开后你心想，我刚才在那里毫无防备地跟别人愉快地聊了一小会儿——至少在你后来在脑海中回放这段谈话之前，你会这么想。等到你回放时，你开始担心你刚才说的"这个"或"那个"，并不是因为"这个"或"那个"本身有任何争议，而是因为就算在和平年代，人们也总会很快指指点点，说三道四，横加意见，所以你很难理解没有手指指着你和没有意见横加给你到底意味着什么；而且在动荡的年代里被说三道四，最终导致的不是你发现自己遭受非议并为此感到难过，而是一群人戴着巴拉克拉瓦头套或万圣节面具，提着已上膛的枪，半夜出现在你家门口。眼下，准男友的朋友们指着超级增压机，很明显那上面并没有旗帜。"无论如何，"他们说，"并不是每一辆汽车过来时都贴着旗帜。""而且，"一位邻居壮着胆子说——其他人现在已经陷入了沉默，与他们之前的热情形成了鲜明的对比，这位邻居可以说是个勇敢的人——"因为它是这样一件不寻常的东西，因为它很稀有，所以你看这样可不可以——如果抽中了就收下，就算它是贴着旗帜而来。把它带回家，用一张轰炸机贴纸，比如B-29超级空中堡垒恐怖乔西号，或超级空中堡垒'没穿啥衣服的小妞'号[1]，或者B-17堡垒'蕾丝小姐'号，或者米妮、奥利弗、冥王星，甚至是你妈的一张小照片，或者玛丽莲·梦露的一张大一点的照片，把旗帜贴掉？"他这位外交家使劲强调要参考特殊情况，那些特许项目，那些在这里能够远离

---

[1] 即上一分句的B-29超级空中堡垒恐怖乔西号，小妞是轰炸机标识里的形象。

偏执、摆脱偏见、不受排斥的个人和案例。包括摇滚歌星、电影明星、文化名人、运动员，那些赫赫有名或者取得某种最高个人成就的人。有没有可能，他委婉地说，宾利风驰的超级增压机也能算在跨越界限的那一类里？既受追捧又稀有，他劝说道，是否足以让超级增压机获得自由？还是说，那面旗帜构成了极大的障碍，让分裂的一方——这里是指我们这一方——无法忽视或放手？

他不知道答案，我觉得其他人也不知道，除了那个人。我看向他，所有人也都看向他。"我只想说，"他说，"当我想要某个汽车部件，无论它有多特别，如果它肆无忌惮地隐含着它的民族自豪感，如果它把我们认同自己的国家、民族和宗教的权利变成了次要的，那么即使那辆特定的车并不是所有的型号和系列都这样，我也有可能会放弃。令我大惑不解的是，"他强调说，"我们'马路这边'的所有人都会让自己对汽车部件的欲望压倒回避来自对面的象征和标志物的本能反应。如果当地的小伙子听到了，"他指的是反政府派，指的是这些人会听到，因为他要尽义务告诉他们，"把那面旗帜带进来的人也许会发现自己将面临严峻的街道审判。有没有想过那些死去的人，那些迄今为止死于政治问题的人？他们都白白牺牲了？"

听他讲话让人觉得，一个人只要下定决心，就可以为任何事物辩护——他成功论证了把那面旗帜带进来是不正常的。好吧，他说得没错，是不正常。但是话又说回来，并不是准男友把它带进来的。整个过程中，准男友什么都没说。但他脸上蒙着乌云，一层阴影，准男友的脸上很少有阴影，他总是灵活机敏、行动力强、幽默风趣，这是他吸引人的另一个原因。就像二十分钟前只有他和我在房间里时那样。这个超级增压机让他心满意足，他也表现出心满意足，甚至在这些人进来后，他依然将这种心满意足表现出来，只是不再展示他刚才和我在一起时安心流露的骄傲和兴高采烈。与他们在一起时，他总是很谨慎——不仅仅出于礼貌和低调，也因为人们会嫉妒，突然针对你，想要报复你，没别的理由。现在是战利品时间，没错，但拿下战利品时要表现得谦虚，这就是为什么准男友和他的邻居们要压抑他们极度兴奋的心情。我看得出来，这里面有他的固执，遇到他不尊重的人，他经常不作任何解释，眼下他又这样了。我认为他用同样的方法对待这件事是很蠢的，因为旗帜和徽章是一个严肃的问题，所以我很高兴他的朋友们能站出来为他说话。他自己天生不擅长争论，在打架斗殴上也没什么脑子。只在一种情况下他会真的发怒并动手打架，那就是厨子——他从小学结交到现在最久的朋友——被别人故意刁难时。此时此刻，他看着他的邻居。这人耸耸肩，做了邻居不该做的事情——他来到准男友家，自说自话和其他人一起进入他家，然后说出那种话，打破友好之道，挑起事端，心生嫉妒。所以接下来发生的事情就不足为奇了：他刚要再说一遍那句"我完全不想"，鼻子上就挨了一拳。准男友的一个朋友揍了他。那个人性格冲动，不喜欢别人说他总是头脑发热，虽然所有人都知道他甚至会为了自己高兴的事情打架。那个哥们儿却没有还手，只是在一阵肾上腺激素分泌的刺激下冲了出去，将准男友用那面旗帜玷污他和社区的事情抛在了脑后。"不出意外，"他大喊大叫，"你们会为此付出代价。"他跑出门外，在门阶上和厨子撞了个满怀。厨子下了班，刚来到准男友家，被这突如其来的冲撞吓得一脸错愕。

房间里弥漫着一种谁都不愿承认的气氛：不安、凶险、灰暗，不可能再恢复如初，因为热情已经消失，断送了围绕汽车的讨论。虽然有人尝试了一下，但还是没能再重拾话题。准男友结交到现在最久的朋友，一如既往在几秒内就将房间里的气氛一扫而空。这就是厨子——一个真正神经质的男人。在这里我指的是纯粹的神经质、彻底的神经质、戏剧化的神经质，一直飙升到高音哆，百分百超出平均值。他意志坚定、面无笑容、眼眶凹陷，永远筋疲力尽，甚至在当厨子的想法还没进入他的脑袋之前就已经是这副样子。事实上，他没当成厨子，虽然他经常在喝醉时说要去烹饪学校学习当厨子。他是个泥瓦匠。他在男人不应该喜欢烹饪的年代里喜欢烹饪，工地上的人便开始半开玩笑地称他为厨子，这名字也就从那时起固定了下来。对他在别的方面也有一些固定的嘲弄——他敏锐的味觉，他带着烹饪书上床，他迷恋胡萝卜最深处的天性，还有他如同女人般的过分整洁和精致。但是他们，这些工友，永远不知道自己究竟有没有欺负到他，因为从早晨到达工地的那一刻起，直到晚上回家，厨子无论怎样，看上去都是一副当然是受了欺负的样子。甚至在参加工作之前，还在学生时代，他看上去就很没男子气概。这让一些男孩想跟他打架，跟他打架就好像是成长必经的仪式。三天两头发生这种事情，直到有一天，准男友在操场上开始保护他。厨子不知道有人在保护自己，甚至在被揍了无数次后，仍然没意识到自己需要被保护。但在准男友插手此事并将他的朋友们也拉进来之后，那些总想找机会揍厨子的人几乎都退缩了。甚至现在，每次打架斗殴前，总有人会先莫名其妙地爆出一句："问候你家洋蓟球？"如果要找厨子，我会去准男友家的厨房——有时候他独自一人，但更多时候是和准男友在一起——照料他最近又被反同性恋者弄出来的伤口。至于当厨子这个想法本身，在准男友生活的地方，也在我生活的地方，存在这样一种观念：不需要男厨子，也不会被社会接受，尤其是制作小油酥糕点、小茶点、花色小蛋糕和小糖果这些被控诉为"甜品"的男厨子，而这里的这位厨子做的正是这些。不同于世界上其他地方所讲的厨子，在这里男人可以专职做饭，但最好去船上、男子战俘营，或者其他一些全是男人的地方。否则他就是个厨子，就意味着他是个同性恋，强烈地想要招募其他的男性异性恋进入他的同性恋阵营。这些厨子，如果他们存在，会是隐蔽起来的物种，数量极少。这里的这位厨子，是我在方圆百万里唯一知道的一个——尽管他其实并不是唯一的。还有他对于一些傻乎乎的东西，比如量杯和勺子，不带丝毫羞涩或怒气所展示出来的边界模糊、成分复杂的情感状态。通常在深夜，更多时候在周末，他如果不是在为食物和厨房用品黯然神伤，就是在某个角落里，喝着饮料，轻轻地喃喃自语："石榴糖浆、橙花水、焦糖蛋奶、橘子黄油薄卷饼，热烤阿拉斯加。"他谈论食物，阅读食物，把烹饪书借给（把我吓坏了）准男友，而准男友（也把我吓坏了）会看这些书。他用食物做试验，整天认为自己是个正常人，却没有一个正常人也这么认为，甚至包括那些真心喜欢他的工友。眼下他来了。准男友的客厅里散布着令人不自在的沉默,他走了进去,他的个性力量一旦出现,就能为这紧张不安的气氛推波助澜。

换个角度来看,也许并非如此。这次,人们刚开始跟往常一样,一边想着"哦,不——别是厨子!",一边准备散开,但是他们紧接着第一次意识到,在这种时候看到他反而带来了一种安慰。相比刚才那场关于旗帜的争论,那绝对还是情愿看到他。在他进来之前,准男友的邻居们从无拘无束地谈论汽车切换到了关于"我们和他们"的老掉牙的政治话题,并且开始逐渐疏远准男友,因为这里虽然有超级增压机,可是也有袋鼠法庭、勾结、背叛和告密。但厨子一出现,就让所有人都啪的一下立刻恢复了原样。他跟平常一样,没注意到周围的气氛,没瞥见那台超级增压机,也没看见准男友邻居的鼻血在超级增压机周围洒下的血渍。他只是四下张望,对他看见的东西保持警惕。他将眉毛抬高一个八度。"没告诉我会来这么多人啊。你们有多少人?起码一百个。我才不数呢,数不清。"他摇摇头,"数不清。我要给你们每个人都准备吃的。"他搞错了。如果那个邻居没有提出那些问题,今天大概会是一场没完没了的汽车讨论会,接下来会喝酒,然后放音乐,最后吃薯条店或咖喱店送来的能让人酩酊大醉的餐食。原本不需要厨子烹饪什么,也不需要他的小蛋糕。但是厨子已经开始滔滔不绝地讲起他不打算给他们做的美味餐前菜、他不打算给他们做的精致主菜,他也肯定不打算给他们做的甜品。于是邻居们立即起身表示:"厨子,你待在那儿就好。"他们说,这是他们所能假装出的最愉快的样子:"别担心,没问题。我们刚要离开。反正要走了。"这时他们朝着超级增压机望了最后一眼,现在的眼神更像是喜忧参半。也许,毕竟有些太过完美了?不出所料,没有人提出要买。他们只是跟准男友道别,接着跟他那些还要再多待上一小会儿的工友道别。有些人似乎又想起了什么,朝着角落里的我,点头告别。

废物。笨蛋。蠢货。低能。傻叉。滑头。我无心冒犯只不过。我只想说但是。我不想那样伤害你然而。这些是准男友的朋友们在那个邻居和其他人走后,用来形容那个爱挑事的邻居的一部分词汇。厨子、准男友、准男友的另外三个朋友以及我还留在客厅里。厨子说:"可他们要去哪里?他们为什么要走?他们都是些什么人?他们是不是指望我——""别想了,厨子。"准男友说,但他心不在焉,因为其他人替他找给那个邻居的借口和托词搅得他心烦意乱。我知道尤其令他心烦意乱的是他们试图抹掉对旗帜的评论。他认为他们这么做正中那个邻居的下怀。其他人也都对厨子说"别想了",接着有个心直口快的人提醒准男友要小心。"他爱管闲事,那个阴险的浑蛋想搞事情。"其他人点点头,准男友一开始也点头,但接着他说:"就算这样,你们也不应该打他。你们三个不应该受他的刺激,也不应该把我的事情告诉他。我的事情跟他没关系。我不需要争取他的支持,不需要说服他、得到他的批准。也不需要你们去说服他相信我。"其他人不喜欢听到这种话,很可能是因为受到了伤害,他们开始反驳,主要说的是准男友应该清醒地认识到自己的错误。他当时就应该为自己辩解,他们说,只是不必跟那个哥们儿讲太多,因为毕竟他只是出于嫉妒。他应该站出来为其他人的利益说话,阻止谣言四起。准男友说,说到谣言,不需要说反驳或不反驳的话,甚至不一定要开口。"你们让我失去力量。"他说。于是他们继续吵,直到其中一个人说:"事情不会就这样结束了。"他的意思是如果最终传出了丑闻,我们谁都别惊讶。丑闻会声称准男友将不计其数的"那边"的旗帜带进来,超级增压机就是其中的一件。说到这里,他们笑了,这并不代表他们认为上述说法不可能出现。他不该那么固执,他们说。他们没带我一起讨论,所以我什么也没说,但同意他们的看法。与此同时,一直在做白日梦的厨子,在清点了他幻想中的食品储藏柜里的库存之后,回过神来说:"谁?什么?"其他人开始把他推来推去。"老伙计,"他们说,"又没跟上,每次都这样。"但厨子已经不在听了,在为大家准备吃的之前,他先上楼去洗澡。其他人对"固然不错只是""我完全不想但是""专家我不是然而"最后又揶揄了几句。那些充满民族偏见的看法,比起说出来的,他们大概保留了更多的没说——至少在我听起来是这样——然后就忙着搬汽车部件上楼去了。

  这是他们经常要做的事情,因为准男友总把汽车放得到处都是——干活时的修车铺、他家这里、室内、室外、屋前、屋后、食品柜里面、食品柜顶上、家具上、楼梯的每一个台阶上、楼梯口以及楼梯口的平台四周;门阶上也有,还有每一个房间里,除了厨房和他的卧室——至少我待在那里的那些晚上没有发现。所以,他的房子与其说是房子,不如说是他挚爱的干完一件活儿接着再干另一件活儿的场所。他和他的朋友们正在整理房间,换句话说就是"腾出空间放更多的车"。"要来一辆新车了?"我问。"是好几辆,准女友。"准男友说,"但只是一些化油器,还有气缸、保险杠、冷却器、活塞杆、侧板、挡泥板之类的东西。""嗯。"我说。"等我一分钟,"他边说边指着一些正在被搬运的汽车上的大块件,"这些暂时搬到我几个哥哥的房间里。"准男友有三个兄弟,他们都还活着,但都不和他一起住在这幢房子里。他们曾经住在这里,但这些年漂泊在外,住在别的地方。这时准男友和其他人都开始忙了起来,厨子在楼下,从发出的各种声音来看,他在厨房里也很忙。他又在自言自语,这没什么稀罕,他经常这样,我也经常听到他这样,因为厨子在准男友家过夜的次数可能比我还多。和往常一样,我听见他对着他想象中的某个人,估计是他的学徒,讲解他在做饭过程中的每一个动作。他经常会说一些像这样的话:"只管这样做。你知道,还有更简单的方法。记住,我们能创造一种特别的风格和技巧,不夸张,不矫情。"每当他说这些话,听上去都是如此温柔,比他在真实生活中与真实的人接触时亲切得多。他喜欢这个学徒,从厨子口中对他的赞扬和鼓励来看,他是个专心致志的好学生。"就要加这个了。不,这个。接着要做那个了,那个。要做得巧妙娴熟,记住——要干净整洁的堆叠,所以摘掉那片叶子。为什么是那片叶子?因为它不会增加质感、层次感,也不会成为新的要素。接下来我们要一一品尝。你想吃吃看吗?"有一次,他请他看不见的学徒吃吃看时,我往里偷看了一眼,只见他独自一人,拿起勺子,放进他自己的嘴里。那是我第一次亲眼看见厨子做这种事情。他让我想起自己每次走路看书的同时,也会顺便在想象中给一些地标建筑打钩。我会读一页左右停下来,观察周围环境,偶尔也会专心为我脑子里刚刚跟我问路的某个人提供帮助。我想象自己指着前方说:"嗯,大方向是往那里。"我是指这个人需要在这个或那个街角转弯。"去那里,"我说,"只要转过那个街角。看见那个街角了吗?转过去,等你走到邮筒边的十字路口,来到十分钟区域的入口,你就继续往前走,直到老地方。"老地方是指我们的墓地,我用这种方式为一些迷了路但感恩图报的人指明方向。厨子在厨房里做的基本上也是同样的事情。没有歇斯底里的挥拳,没有发小孩子脾气,只有冥想、吸收、放松。这是在专属于他自己的感恩图报的人的陪伴下所享受到的乐趣。所以我随便他去,不想用他的幻想来羞辱他,因为在这个地方,玩乐带来的羞辱、放松警惕带来的羞辱,已经多得可怕。那就是为什么每个人都在读别人的心思——不得不这么做,否则事情会变得复杂。正如这里的大部分人为了保护自己,宁愿隐瞒自己的真实想法,当他们在某时某刻发现有人正在读自己的心思时,他们也会学着向那些人呈现出自己大脑最表层的想法,并在意识丛林的深处,悄悄告知自己真正在思考的是什么。于是,趁着准男友和其他人在楼上,趁着厨子和他的学徒在厨房里,我在长沙发上舒展身体,考虑接下来该怎么走。我指的是我对生活的选择,因为最近准男友问我要不要搬来和他一起住。当时我说这不现实,并提出了三个反对的理由。理由一,我认为我妈没法儿独自抚养小妹妹们,尽管在抚养小妹妹们的过程中我自己并没有起到积极的作用,但我只是必须待在那里，随时待命，好像一种大背景下的缓冲，把她们的早熟、无拘无束的好奇心以及对任何失控状况的渴望阻挡在外。理由二，搬进来可能会破坏我和准男友之间已是脆弱得不堪一击的准关系。理由三，目前在这个地方的这种状态下，我怎么可能搬进来？

和准男友分手几年后，我看过一期电视节目，讲的是一些人不停地囤积东西，自己却没有意识到。虽然节目里没有人囤积汽车，但我还是忍不住发现了那些人在那几年里做的事情（那时已经步入了心理学启蒙的年代）和准男友当年做的事情（那时还不存在启蒙）之间的相似性。有一对夫妻，其中一个是囤积者（他），另一个是她（非囤积者）。所有空间都被一分为二，满眼看到的都是他那一半，堆积如山，从地毯一直堆到天花板，每个房间他那一半空间都几乎被填满。过了一阵子，他的一些东西开始从顶上滑落，堆在她那边。他无法阻止自己，不断地增加东西。他自己的空间不可避免地用完了，不得不倾向于占用她的。准男友的房子里并没有什么地方像后来那些电视娱乐节目里看到的那样被塞得满满的，令人寸步难移。但确凿无疑的是，他也在不断地增加东西。至于我的反应，每次在那里过夜，我都可以忍受那种到处都堆着东西、"进来吧，欢迎你，但是你得稍微挤一下"的杂乱状态，因为厨房和他的卧室是正常的，浴室也是半正常的。不过，我能忍受这种状态，主要还是因为我们的关系停留在"准"的程度上，这意味着我没有正式和他住在一起，也没有正式对他作出过承诺。如果我们处在一段正经的关系里，我和他住在一起，并正式对他作出过承诺，那么接下来我不得不做的第一件事情将会是离去。

这是准男友的房子，一套完整的房子，当时对于二十岁的男人和女人——尤其对于还没结婚的男人和女人——来说，这不同寻常。不只是在他住的地方，在我住的地方也不同寻常。出现这种情况是因为他十二岁那年，当时他的几个哥哥分别是十五岁、十七岁和十九岁，他父母离家出走，全身心地投入了专业的交谊舞事业。起初几个儿子并没注意到父母走了，因为父母总是一声不吭地出门，在残酷无情、将人折磨得死去活来的交谊舞比赛中取胜。然而有一天，两个哥哥像平常一样下班回家，把从薯条店买来供四兄弟吃的晚饭匆匆摆上桌。老二坐在长沙发上，腿上放着盘子，转过脸对着坐在他身边的老大说："好像哪里不大对劲，好像少了点什么。你不觉得少了点什么吗，哥？""没错，是少了点什么。"老大同意道。"嘿，你们俩，"——这是在问两个弟弟——"是不是好像少了点什么？""爸妈不见了，"老三说，"他们走了。"老三说完，继续吃饭看电视。最小的弟弟也一样，他七年后变成了我"交往了将近一年的准男友"。于是大哥说："可他们是什么时候走的？又去参加他们回回都要报名的跳舞比赛了吗？"但这次不只是参加一场比赛。兄弟们最终从邻居那里得知，好几个星期前父母就已经走了。他俩写了张便条，邻居说，但忘了留下来；实际上是他们一开始就忘了写，在到达了他们没有透露的那个目的地之后才写了一张寄回来。他们也不是故意不透露，只是没时间，或者忘记了，或者根本不知道要在信封的上方写上寄信人的地址。从邮戳来看，那个国家不只是隔着一片海，而是隔着很多很多片海。

他们把自己原来的住址也忘掉了，这房子他们自从结婚以来住了二十四年，直到若干个二十四小时前才离开。最后他们猜了一个地址，寄希望于信件在到达街道后能自动找到收件人。多亏了街道的随机应变，他俩如愿以偿。这封在几位邻居那里辗转了好几圈后终于到达几个兄弟手里的信上说："抱歉，孩子们。照道理，我们根本不该生孩子。我们再也不回来了。再说一声抱歉，但起码你们都已经成年。"写到这里，他们又想了想，说，"这样吧，你们中还没成年的可以让已经成年的把你们带大——听着，请收下这里的一切，包括房子。"父母坚持让儿子们收下他们自己不想要的房子；他们只想要自己随身带着的东西——他们夫妻彼此、他们对跳舞病态的狂热、他们无数箱的华丽舞衣。信的结尾写道："再见，大儿子。再见，二儿子。再见，三儿子。再见，小儿子。再见所有亲爱——的、可爱——的儿子们。"最后没有署名"父母"或"对你们又爱又冷漠的妈妈爸爸"，只签了"两位舞者"，后面跟着四个吻。从此以后，儿子们再也没收到过父母的消息。除了在电视上。这对夫妻越来越频繁地上电视，尽管人到中年，他们依然展现着非凡卓越、充满朝气的交谊舞冠军的风采。他们是世界级的舞者，技艺精湛，心无旁骛。也许是因为他们具有超凡的感染力，神采飞扬，并把国际巨星的荣耀和自己的国家紧紧地联系在一起——但究竟是哪个国家，"边界那边"还是"海对岸"，总能被巧妙地回避掉——不久便最为成功地超越了暗藏杀机的政治分裂。这意味着他们也成了例外中的一员——加入了这里的音乐家、这里的艺术家、舞台和影视演员以及运动员的行列。那些在这个社区里在众目睽睽之下成功赢得全体支持的人，同时也会招来那个社区的反对和死亡威胁。而这对夫妻，作为极少数的幸运儿，得到了所有人的支持。他们被一致赋予高度的赞美和权利。他们不只在政治以及宗教信仰和反歧视的阵线上被赋予权利，在正常的舞蹈领域，人们也为他们鼓掌，因为他们给所有舞蹈爱好者的内心带来欢乐和神往。那些对交谊舞有全方位了解的人给予他们极大的尊重和肯定，尽管他们自己的儿子对交谊舞丝毫不了解，也不想去了解。不过，准男友有一次还是在电视上把他俩指给我看了。那天晚上，他在转换电视频道，这对国际知名夫妻出现时，他漫不经心地指给我看。当时里约热内卢正在举行万众狂热的世界冠军锦标赛，他俩要争夺双人赛冠军。播音员站在国际交谊舞委员会的面前大喊："上帝啊！历史性的时刻！哦，历史性的时刻！"他提醒大家抓紧自己的帽子，因为接下来将有一场史无前例的华尔兹舞决赛表演。我想看比赛，我惊呼道："不可能！她是你的……！那是你的……！她是你的……！她是……！那是……她是你妈！那是你妈！"我还叫道："他是你爸！"尽管很明显，那眼睛，那面孔，那身体，动作，自信，感性，当然，还有那些舞衣，我是说这真的就是她，我非看不可！我绝对没料到会发生这种事情，但准男友说他不想看。于是我全神贯注地坐着，张着嘴巴，瞪大眼睛，咬着指甲，惊呼道："他长得跟她很像。他是不是长得跟她很像？他的背部是不是跟她一样？他父亲像她吗——我是说他——不，应该是他像他父亲吗？"而准男友只是继续修补他的车。

至于这幢房子，后来就变成了那种"男人聚居地"之一。几个哥哥无处可去时回到这里，以男孩子随心所欲的方式凑合着住上一晚。经常可以看到他们的朋友进进出出。他们无处可去，也凑合着住在这里。慢慢地还开始出现一些带来过夜的女孩子、为期一周的女朋友、为期一小会儿的女朋友。随着时光的流逝，三个哥哥各自搬了出去。他们离家漂泊，随遇而安。后来，这幢房子也就自然而然地变成了准男友的。再后来，汽车和汽车部件又让它自然而然地变成了包含三个区域的修车铺。他让我和他一起住时，我提出了三个反对的理由，他针对其中的一个说："我不是说住在这里，我的意思是我们可以在红灯街租一个地方住。"

　　红灯街所属的区域，在我的居住地的马路北端，在他的居住地的马路南端。之所以叫作红灯街，并不是因为那里做着红灯区的生意，而是因为不想结婚或者不想按传统安定下来的年轻情侣都去那里同居。他们不愿意像大部分还没到二十岁就当上父母的人那样，十六岁结婚，十七岁生孩子，然后陷在电视机前的长沙发里，一直到死。虽然他们自己也不太确定，但还是想试试别的方式。没有结婚的情侣们于是就在那里住下。甚至据说有两个男人也住在那里，我是指住在一起。后来又有两个男人在那里的另一幢房子住下——也是住在一起。女人们不住在一起，但众所周知有一个女人和两个男人同居在23号。大部分都是未婚男性和未婚女性，虽然只是一条街，但最近有新闻报道说它正在不断扩张，有可能威胁到下一条街，而那条街原本就闻名遐迩，因为之前那里住着混合信仰的情侣。与此同时，那里（不仅限于红灯街）的正常人，指结了婚的夫妇，正在陆续搬走。其中一些人对红灯街并不抵触，他们只是不想伤害老一代亲人的感情，比如他们的父母、祖父母、已经过世的祖先，还有过世多年的脆弱的列祖列宗。他们固执保守，容易被冒犯，尤其受不了那些媒体主流称之为"堕落、颓废、伤风败俗、散布悲观情绪、破坏社会规范以及违背法律与道德"的东西。还有一大疑问，新闻上说，这些婚前同居的情侣是否也赞成将各种信仰交融混合？那些因为担心老一代亲人的情感受到伤害而搬走的正常夫妇也开始在电视上露脸。"这么做是为了我妈咪，"一位年轻的太太说，"因为居住在一条人们不为婚姻宣誓的街上没有正直可言，我想我妈咪是不会高兴的。""我不想说三道四，"另一位说，"但不结婚就应该被说三道四，而且要狠狠地，还应该被谴责。这就是我们的目标吗？淫乱？兽欲？失贞？这就是我们所培养的吗？"接着又谈论了更多的堕落、颓废、伤风败俗、散布悲观情绪、破坏社会规范以及违背法律与道德。"接下来，"另一对夫妇一边往他们的小货车上搬东西，一边说，"会出现一条半的红灯街，再接下来会有两条红灯街，最后整个社区都会变成红灯街，到处都能碰见'三人行'。""这么做是为了我妈咪。"另一位太太说，但她接着又说，"啊，我想说，这到底是怎么回事？世界上是存在部落主义，也存在歧视偏见，但这些都需要一段时间才能形成；而性方面的事情却是日新月异，这意味着你只能被迫跟上时代的节奏。"她继续说，主要包括"我们不能允许这种事情发生""人不和人睡觉""婚姻是国家的根基，仅次于领土问题"。她还特别提到："要是我不搬走，那会要了我妈咪的命。"这就是电视上播出的内容。还有一些关注百姓之声的电台访谈和纸媒，也报道了未来可能发生的众多母亲不计其数的死亡。

所以那条街、那块地方——一块不怎么大的地方，在我从来不说的本地语言里其实连个固定的地名也没有，而在我确实会说的被翻译过来的语言中，它被叫作"脖子上的凹槽"，或者"脖子上的窝陷"，或者"脖子上的柔软"——就在这条马路的南端。我从来没有去过那里，准男友却提议我和他一起在那里住下。我说不行，不但因为我妈和小妹妹们，还因为完全有理由相信他会在红灯街的住所里继续囤积，就跟他在这幢房子里一样轻而易举。还有别的原因，包括保守，以及我们之间目前这种程度的亲密和脆弱或许已经达到了任何一方所能承受的极限。事情就是这样。总有这样的事情发生。我提议我们再亲密些，好让我们的关系更进一步，但结果总是适得其反，然后我就忘了自己曾经这样提议，于是他不得不在我又一次这样提议时提醒我。后来我们角色互换，他犯了神经元失灵的毛病，主动提议我们再亲密些。我们的记忆经常断片，一些发生过的片段总有种犹昧感[1]。我们不记得自己曾经记得的事情，不得不相互提醒彼此的健忘，以及再亲密些对我们根本没用，因为我们的准关系是脆弱的。现在轮到他忘了过去，跟我说他认为我应该考虑跟他住在一起，因为我们的"准"身份已经持续了将近一年，通过同居进一步发展为正经的情侣关系也是可行的。他说我们好像从没讨论过再亲密些或搬到一起住——等他说完，我不得不提醒他我们其实都已经

---

[1] jamais vu，心理学用语，指意识到某种事物或现象过去曾经出现过，但又感觉非常陌生，好像从未见过似的。

讨论过。在他让我跟他同居的这个重要时刻里，他还建议下个周二开车出去看日落。于是我想，在所有我认识的人里——尤其是男孩，也包括女孩、女人、男人，当然还有我自己——从没有人想过去看日落，他是怎么想到的？这是一件新鲜事，但话又说回来，准男友总会做些很新鲜的、我在别人身上从没见过的事，不只是在男孩身上从没见过。跟厨子一样，他也喜欢烹饪，这不是男孩通常会做的事。我不知道我是否喜欢他喜欢烹饪。还是跟厨子一样，他不喜欢足球，也可能他是喜欢足球的，但不想以男孩被要求的方式继续喜欢它，因此在别人的眼中，他成了他那里不是娘娘腔却又不喜欢足球的男性之一。我暗地里担心准男友也许不是个正经的男人。这种念头产生在更为黑暗的时刻，在我纠结难解、不由自主的时刻。来得快，去得也快。我不想承认自己曾经有过这样的念头，尤其对我自己。如果我承认了，我感觉会有更多反对的念头开始觉醒，因为我已经感觉到它们正在聚集——与我对抗，推翻我的信念。我处理这些内心挣扎的方式跟所有人一样，每当它们出现在地平线上，我就掉过头去背对着它们。但我注意到是准男友把它们带上地平线的。尤其当我跟他在那种"差不多、不知道、大概算是"约会的状态中待得越久，越是如此。我喜欢他做的食物，虽然我认为自己不该喜欢，不该用这种喜欢来鼓励他。我喜欢跟他躺在床上，因为跟准男友睡觉感觉就好像我从来都和他一起睡觉。我喜欢跟他去任何地方，所以我说好的，周二我会和他一起出去，就是接下来那个周二——我和三姐夫在水库公园里跑步之后的那个晚上——去看日落。当然，我不会跟任何人提起这件事，因为我不相信日落对所有人而言都是一个允许谈论的话题。但话又说回来，我本来就几乎不对任何人提起任何事。闭口不提是我用来保障安全的方式。

但妈还是听到了风声。她听到的并不是关于日落或准男友的风声，因为他不是我们这里的人，我也不会把他带到我们这里，也就是说，我和他在一起的绝大部分时间都在他们那里，或者在镇中心少数几家跨社区的酒吧和俱乐部里。一个正在流传的关于我的谣言令她忧心忡忡，于是在我和三姐夫一起跑步的前一天晚上，也是我和准男友一起看日落的前一天晚上，她上楼来看我。我听见她来了，哦，上帝，我心想，现在该怎么办？

自从两年前我过了十六岁生日，妈就开始为我没有结婚而折磨我和她自己。我的两个姐姐都结婚了。我的三个哥哥，包括一个死掉的和一个在逃的，也都结婚了。大概连我彻底消失在地球表面的邪恶的大哥也已经结婚了，虽然她拿不出证据。我的另一个姐姐——不能提起的二姐——也是已婚。所以，为什么我不结婚？她说不婚者是自私的，扰乱上帝安排的秩序，还会搞得小妹妹们心神不宁。"看看她们！"她接着说，她们站在妈的身后，目光炯炯，神采奕奕，还咧着嘴大笑。她们从表情上来看没有一个因为我而心神不宁。"作了坏榜样，"妈说，"如果你不结婚，她们会认为自己不结婚也没事。"这几个妹妹——分别是七岁、八岁和九岁——跟适婚年龄丝毫不沾边。"而且，"妈继续说，她每次跟我在这种一边倒的谈话里总会这样不停地说，

"等你失去姿色,还有谁会要你?"我会不耐烦地回答:"妈,我不会回答你的,永远不会回答你的。让我一个人待着,妈。"我透露的越少,她能干预的也就越少。她为此不胜其烦,而我也是。不过,她还是以坚持不懈的努力找到了备用方案。在这里,有些母亲为了让她们的女儿结婚,会用尽一切最该死的手段。她们的焦虑是真实存在的、发自肺腑的;在她们看来,这肯定不是陈词滥调,不是喜剧表演,不能被摒弃,也不算罕见。如果一个母亲从一字排开的队列中往前跨出一步,不支持那种事情,那才罕见。因此,这是一场妈和我之间意志的较量,就看我们谁能先把对方的意志消磨殆尽。每次她嗅到一丝我可能正在约会的迹象(从来不是从我身上),我就会进不了家门。她会问:"他有正确的信仰吗?"接着是,"他不会已经结婚了吧?"没有结婚这一点至关重要,仅次于正确的信仰。我始终什么都不肯说,这就成了证据,证明了他没有正确的信仰,还已经结了婚,并且很有可能不只是准军事组织的成员,还是我们的敌人,即政府捍卫者准军事组织的成员。她自己编造可怕的故事,填补我拒绝提供信息所留下的空白。也就是说她亲自编写了整个剧本。她开始信受奉行,拜访圣人。据我那些幸灾乐祸的妹妹所说,她这么做的目的是想让我别再一个接一个地与那些目无上帝、犯下重婚罪的恐怖分子坠入爱河,改为开展一段合适的恋情。我随她去,尤其在我和准男友好上后,我就随她去了。我不可能,永远不可能,把他介绍给她。她会搞出一套程序,要他通过测试,用一个接一个的问题进行评估——抓紧办这,抓紧办那,争取把事情办完,把事情办完，结束事情（指约会），开始事情（指结婚），按章办事（指生孩子），让我——看在上帝的分上——像其他人一样行动起来。

她继续信受奉行、拜访圣人，后来还拜访过圣女。她三点的祷告、六点的祷告、九点的祷告和十二点的祷告也在继续。还有每天下午五点半的特别请愿，为了那些身处炼狱再也无法为自己祈祷的灵魂。所有这些整点的祷告都不会影响她最基本的早祷和晚祷，这是她专门为我进行的高级祷告，她确信我在镇周围的那些"点点点"的地方和一些捍卫政府的异端分子幽会，她祈求上帝让我离开他们。妈总把那些她认为见不得人或者她确信自己会认为见不得人的地方称为"点点点"。这让我和我的姐姐们时常猜测她年轻时曾经去那里偷偷干过些什么。她越来越强调、越来越像连珠炮似的在她的祷告里提到她所祈求的、她所认定的，直到有一天因轻率而发生了反转。必然如此。她的祈祷基于虚构的前提——让我离开那些不存在于其他任何地方而只存在于她脑子里的男人——但现在看起来反倒像是她揭示了我俩都不希望发生的那件事。

我在水库公园第二次遇见送奶工之后，爱管闲事的大姐夫——他当然已经嗅出来了——让他老婆，也就是我的大姐，把我们的母亲叫来，还要跟我谈话。由于上次大姐跟我聊天没能按计划进行，这次谈话就显得特别有必要。她来看妈。她是那个不爱她丈夫的姐姐，因为她还在为她的前男友而感到悲痛。但她悲痛的不再是他瞒着她又找了别的女人。她现在悲痛的是他死了。他死于上班时的汽车爆炸，因为他在错误的地方抱有错误的信仰，那又是另一桩事情了。他死了。而姐姐呢？我姐姐。他活着的时候，她都无法忘记他；我不知道她现在又如何能做到，他都已经——

然而，即使在悲痛中，大姐还是听从了吩咐，把送奶工的情况告诉了我们的母亲，而妈又主动去跟街区里的虔诚女人确认，如今她们也都已经听说了这件事。跟妈一样，这些女人也念咒语，诚心诚意地祈祷，依照规定甚至死抠条文地请愿。她们多么擅长向开明的政府提出得体的要求，她们的观点和示威与普通生活多么水乳交融，因此经常可以听见这个女子联谊会的成员们半张嘴拨珠念经，另半张嘴又同时在聊着家常。后来这些女人和妈，还有大姐和大姐夫，以及当地所有喜欢说三道四的人，一起来干涉我和送奶工的事情。有一天，小妹妹们告诉我，这些邻居蜂拥着来我们家看望妈。我的情人好像是个送奶工，他们说——但也有人说他是个汽车修理工。他四十岁出头，他们说——但也有人说他二十岁左右。他已经结婚了，他们说——但也有人说他没结婚。他肯定"有关系"——但同时也有人说他"没关系"。有人说他是一位情报机构的官员。"啊，邻居，你也知道，"邻居们说，"就是个在背后的人，干着跟踪、监视和所有那些尾随、盯梢、写档案的勾当，搜集跟踪对象的信息，交给那些扣动扳机的人，那种人——""上帝啊！"妈大喊道，"你们是说我家姑娘跟这种人扯上了关系！"小妹妹们说她紧抓着椅子扶手，产生了另一个想法，"不会是那个送奶工吧？——那个人开着货车，那辆白色小货车，毫无特色，会变换形状——""抱歉，邻居，"邻居们说，"但我们认为最好还是让你知道。"他们说我的情人至少是个反政府派，而不是个政府捍卫者，这已经谢天谢地了。这句话，当然，是在影射我的二姐，她嫁到外地，嫁给某个政府军队里的人，住在海对岸的某个国家，也许甚至就是那片海对岸的那个国家，这给我们的家庭和社区带来了耻辱，我们这个地区的反政府派警告她永远别再回来，甚至在这个政府军队里的人死后——我们的这位二姐夫，除了二姐，我们谁也没见过他。他并没有被反政府派杀害，只是死于某种跟政治无关的疾病——他们依然不允许二姐回来，但我想反正她也不想回来。

"至少这个女儿不会被指控为叛徒。"邻居们安慰她说。"但你也知道，邻居，"他们又补充说，"有些人说送奶工不是个小人物，跟你家姑娘谈恋爱的是个心狠手辣的角色。""仁慈的上帝啊。"妈说。直到这时，她的语气才轻柔下来。小妹妹们说她的说话声听起来很平淡，就好像她已经没有了生命，连一丝至少还能让她看上去有点活力的震惊也没有。她只是往周围看了看，她很难过，她们说，就跟当年导致二姐被流放的那件事情发生时一样。"当然，"邻居们继续说，"那些也可能不全是真的，可能你女儿并没有和那个反政府派扯上关系，她可能只是在和某个二十几岁、每天朝九晚五、一周上班五天半、有正确的信仰、做汽车生意的小男孩谈恋爱。"妈依然不信。做汽车生意这方面给人感觉是假的，像是虚构的，似乎是她的好友杰森和其他善良的邻居在出乎意料的不幸来临时，为了让她打起精神，尝试捏造出来的软弱无力的谎言。而她选择做一名持盾的士兵，静候时机，坚持不懈，顽强抵抗，直到完成任务。再说，这些邻居对送奶工的描述特别符合——除了信仰不对——她在心中描绘的、始终祈祷不要出现的形象。于是妈事先得出结论：我和一个危险致命的情人搞上了。如此根深蒂固的执念，导致她从来没有想过，甚至一次也没有想过，那个人有可能包含了两个人。

她找到我，以调解的口气开始她的任务。这是一种劝诱。"为什么你不离开这个男人？不管怎么说，对你而言他年纪太大了，他现在可能给你留下很深的印象，但将来总有一天你会明白他只是又一个想要'吃掉蛋糕同时又留下蛋糕'的自私自利的家伙。为什么不跟这里的某个善良小男孩谈恋爱？跟你的信仰、婚姻状况和年龄相匹配、更一致。"妈理解中的善良小男孩是指有正确的信仰，还要虔诚、单身，最好别是准军事组织成员，比起那些——根据她所形容的——"身手敏捷、令人窒息、叫人神魂颠倒，但是同样，女儿，死得也早的反政府派"，他们总体上更稳定，也更经久耐用。"没什么能阻止他们，"她说，"直到死亡让他们罢手。你会后悔的，女儿，发现自己被骗入所有那些诱人的、让人产生精神幻觉的、难以驾驭的准军事组织夜生活的阴暗面里。这不完全是表面上那样。这是逃亡。是战争。是杀害人民。是被杀害。是被赋予责任。是挨揍。是饱受折磨。这是绝食抗议。是把你自己交给一个完全不同的人。看看你的兄弟们。我告诉你，结局会很惨。你会砰的一声突然倒地，前提是他还没来得及拉着你先死掉。什么是你作为女性的命运？日常家务，普通任务，生几个孩子，孩子们拥有的是一位父亲，而不是你每周一次带他们去墓园探望的某块墓地，不是吗？看看住在附近的那个女人。你可以说她爱她的每一任令人望而生畏的丈夫，但时至今日，他们在哪儿？那些女人的丈夫郁郁寡欢、一意孤行、残酷无情，他们大部分人现在又在哪儿？他们都一样，在老地方六英尺之下自由斗士的一小块坟墓里。"讲到这里，她转移到了结婚的义务上，开始讲女性肩负着真实生活的正经目标却莫名其妙地渴望浪漫爱情的愚蠢念头。婚姻不是指满床的玫瑰。它是天赐的判决、集体的任务，以及职责。它是指做符合你年纪的事情，生几个有正确信仰的孩子，以及义务、界限、限制和阻碍。虽然曾经被求婚，但最后还是成了个又黄又枯、害羞却心意已决的老处女，在某个早就被遗忘了的、布满灰尘和蛛网的隔板上[1]奄奄一息，这种事情也不是不可能。她永远不会改变她的立场，但是我越长大越怀疑，这些关于女人和她们的命运的想法，妈在她自己幽暗的内心深处难道真的相信？现在她又回到了解决方案上，回到了善良小男孩的话题上，回到了那些能帮我找到正经对象的事情上。她掐着手指，列举这里的合适人选，让我体会一下她赞成的是哪种对象。听到这些名字，我能跟她保证——如果妈肯敞开心扉听我讲——里面没有任何一个人在任何方面像她形容的那样适合我、与我般配。其中一些人首先连善良也算不上。不够虔诚的也多得可怕，还有不少人已经结婚。小部分人和他们的女友未婚同居，住在被社区称为"红灯街"、被碰巧听到的妈叫作"点点点"街的地方。其他一些是反政府派或被当作反政

---

[1] "在隔板上"（on the shelf）意指女性年龄大得嫁不出去。

府派，要么一心想通过政治事件来推进自己的个人发展，要么确实已经投身于与政治问题相关的事业。所以，妈挑选了他们却不知道他们是怎样的人，但我选择不告诉她，因为我还处在自我防御、自我保护、"什么都不说"的模式里。我故意有所保留，因为对她敞开心扉从来不在我的职责范围内，因为听我说话并相信我说的话也从来不在她的职责范围内。她建议把"那个善良小男孩，他叫什么来着？——他有个口头禅，提到他自己时用第一人称复数——啊，想起来了，叫某某·某某之子"当作我的结婚候选人，然后又开始提起"你的姐姐说，她丈夫听见大家都说你——"就在这时，我开始火冒三丈。我又发作了。"妈，他是个大蛤蟆，"我说，"头等杂种。别去听他的！"

妈突然扭曲着脸："我希望你别说那种话，那种下流的脏话。我很奇怪，你俩是怎么学会那种语言的？你的其他姐妹从来不说。"她指的是我和三姐。没错，我俩确实会说这种语言，而且三姐比我更喜欢里面的脏话。"妈，哇噻。"我说。我不假思索，没注意到一个事实——一直存在的事实——我母亲令我气恼、鄙视、厌烦，我为她生活在另一个星球而沮丧，我坚持认为她蒙昧无知，这我和她一起生活的基础；我认为她是一个刻板形象，一幅滑稽漫画，我认为我自己当然永远不会变成这副模样。于是我说"哇噻"，这很粗鲁，心不在焉的粗鲁。但就算我在开口前考虑过，大概也只会认为她不会注意到，不会感觉出其中的蔑视，我对她的不屑一顾只会在她的大脑中一闪而过。然而妈注意到了，感觉出来了。她出人意料地丢弃了那个喜剧角色，那个"为婚礼钟声而焦虑不安的妈妈"角色——陈词滥调不见了、消失了——她真实的自己站出来了。此时此刻，她浑身充满着傲骨、血气、肌肉、力量，带着突如其来的自我定义，包含怒气，满腔的怒气，凑过来抓住我的上臂。

"别对我说你那些傲慢的话，你居高临下的作风，你的屈尊附就，你瞧不起人的调侃。女儿，你是不是以为我从来没有活过？你是不是以为我什么都不懂，待在这里的所有这些年里什么都没学到？告诉你，我学到些东西，我明白些事情，我就来跟你讲讲其中的一件。说话粗鲁是一回事，自以为是和嘲笑别人是另一回事，而且后者更糟糕。我宁愿你下半辈子都在说肮脏别扭的语言，也不愿你成为那种软弱无能，不敢说出自己的真实想法但又不肯闭嘴，只会捂着嘴嘟哝，靠偷偷摸摸、窃窃私语来反抗的人。女儿，那种人并没有他们自己所想象的以及凭借他们夸张的自恋所自以为的那么聪明、那么值得尊敬。注意你的用词和语气。我很失望。我原以为我养育出来的你不会那么没礼貌。"她说完，就甩下我的手臂走开了。我们之间从没发生过这种事情，真是惊人！通常我才是那个感到受够了的人，义愤填膺地说完最后一个词，然后恼怒地转身离开她。但这次却是我跟在她身后，伸手想留住她。"妈。"我叫她，虽然我不知道接下来该说什么。

我不懂什么是羞耻。我是指作为一个词，因为作为一个词，它还没有进入集体词汇。但我肯定知道羞耻的感觉，我知道周围所有人也都知道那种感觉。它绝不是一种微弱的感觉，因为它似乎比愤怒更有力，比仇恨更有力，甚至比最会伪装的情感——恐惧——更强大。当时绝不可能跟它搏斗或超越它。它通常还是一种公开的情感,需要一群人去增强它的效果,不管你是羞辱别人,目睹别人被羞辱,还是自取其辱。由于它是一种错综复杂、层层交织、纠缠难解的情感,这里的大部分人用尽一切手段来摆脱它:杀人,恶言相向,精神伤害,以及——不是最轻的,也不是不常发生的——将这些都施加在自己身上。

我母亲的变化让我清醒过来。她让我不再坚信她是某种用硬纸板剪出来的人。不再误认为她强迫症般的祷告是因为她有满脑子愚蠢的想法,而不是因为她有满脑子的忧虑。不再因为她五十五岁生过十个孩子,人生——就算有任何新的活法——肯定也已经走到了尽头而不把她放在眼里。那一刻,我为自己说了"哇噻"这个词而感到难受。我把我母亲视作垃圾,虽然她也大声呵斥了我,给我造成了持久的精神打击,但我仍然为此感到羞耻。我觉得自己快要哭了,可是我从来不哭,我想以破口大骂抑制泪水。接着我意识到我可以试着弥补自己的过失。现在也许正是可以说"对不起"的时候——当然,不是亲口说出"对不起",因为就跟"羞耻"一样,这里的人也不知道怎么说"对不起"。我们或许会感到愧疚,就跟会感到羞耻一样,但我们不知道该怎么挣扎着把它表达出来。于是我决定把妈一直在寻求的答案提供给她,也就是告诉她我和送奶工之间所发生的一切。我这样做了。我告诉她我和他没有私情,我也从来不希望和他发生私情。相反一直是他,只有他,追着不放,再三纠缠,似乎是想和我发生私情。我说他曾经两次接近我,只有两次,我描述了每次相遇时周遭的环境。我还说他了解我的情况——我的工作,我的家庭,我晚上下班后做什么,我周末做什么。但是他的手指,我说,一次也没有碰过我;他甚至,除了第一次见面,后来都没正眼看过我。我还补充说我从来没有上过他的车,即便人们说我整天上那些车。我最后承认说关于这件事情我从来不想透露半个字,不只是对她,而是对所有人。我说这是因为在这个地方,语言总被曲解,语言总被捏造,语言总被夸大。如果我试图解释,试图压倒所有那些关于我的闲言碎语,我会失去力量,我仅有的这点力量。所以我保持沉默,我说。我不问任何问题,也不回答任何问题,不肯定,也不否认。通过那种方式,我说,我希望能孤立自己、保护自己。

我说话的时候,妈一直看着我,没有打断我。但是一等我说完,她就毫不犹豫地说我是个骗子,说这个谎言只是对她进一步的嘲笑。除了我承认的这两次,她又提起另外几次我和送奶工之间的碰面。社区里的人一有消息就会告诉她,她说,也就是说她知道我跟他之间不道德的定期幽会,她还知道我们在一些连被叫作"点点点"都不配的下流地方干了些什么。"你是某种暴徒般的女人,"她说,"做了那些为社会所不容的事情,丧失了判断是非的本能。小姑娘,你让人很难去爱你。你可怜的父亲要是还活着,肯定有话要讲。"我对此表示怀疑。爸活着的时候,几乎不和我们说话,他奄奄一息地躺着时对我说的最后一句话——可能也是他生前的最后一句话——令人惊恐。他说了关于他自己的一件事。"我小时候被强奸了很多次,"他说,"我有没有告诉过你们?"当时,我只想到回答说"没有"。"我说过,"他说,"很多次。

059

很多、很多次，他干了我——我，一个男孩，和他，穿着西装，戴着帽子，解开他的扣子，把我的背拉到他跟前，在那个屋后的棚里，那个黑乎乎的棚里，一次又一次，从后面给我他的阴茎。"爸闭上眼睛，不住地颤抖，和我一起在医院里的小妹妹们绕着病床跑过来，拽着我的手臂。"什么是强奸？"她们小声地问，"什么是克朗比？"她们这么问是因为依然闭着双眼的爸正在喃喃自语"克龙比"。"很多次，多到可怕。"他说着，又一次睁开眼睛。他好像听得见小妹妹们，但我相信他看不见。不过他看见了我，虽然不太确定我是哪个女儿。当然，他那样子可能不是奄奄一息，因为他活着的时候也总是一副心不在焉的样子，把太多的时间用来读报纸，看新闻，听广播，出门上街，听与他志趣相投的邻居讲最新的政治冲突，还会发表一点他自己的见解。他是那种人，那种除了政治问题，其他什么都听不进去的人。就算不是政治问题，那也是关于一切战争、一切地方、一切剥削者、一切受害人。他时常和这些邻居待在一起，他们和他一样，迷恋政治，性格反常，对身边的事情置若罔闻。至于我们这些子女的名字，他从来记不住，除非他在脑子里按出生的时间顺序全部回忆一遍。每次就算要查找的是一个女儿的名字，他也会把所有儿子的名字一起想一遍。反过来也一样。这样全部回忆一遍，或早或晚，最终总能碰上那个正确的名字。即使那样，他还是觉得太麻烦，没过多久就丢弃了脑子里的名单，选择更简单的方式，只把我们叫作"儿子"或"女儿"。他是对的。这样更简单。就这样，后来我们自己也用"兄弟"和"姐妹"来代替对彼此的称呼了。

"屁股。"他接着说,小妹妹们咯咯地笑。"我的腿,"他说,"我的大腿,但主要是我的屁股。总是很可怕,那些感觉,我无力摆脱,那些恐惧,那些颤抖,那些持续扩散的小小的涟漪。就这样不断来临,持续反复,永远很可怕,贯穿了我整个人生。但有种不计后果的莽撞,老婆,"他接着说,"有种自暴自弃,自我拒绝,从几年前开始出现——反正我快死了,反正不会活很久,任何一天我都有可能死掉,任何时候,被暴力杀害——所以他不如干脆现在就抓住我,因为他知道他终将抓住我,无法阻止他抓住我。一切都结束了。一了百了。我并不是现在才进入那个恐怖之地,这就是为什么,老婆,你我之间总感觉不对劲。"小妹妹们又咯咯笑了起来,这次笑的是"老婆"这个词,但笑里带有一丝胆怯。爸接着又说,这次是生气地说:"那个克龙比,那些西装,那个克龙比。没有人穿克龙比,兄弟。"小妹妹们又一次拽了拽我。"他有没有,"爸接着问,他直愣愣地看着我,似乎一瞬间完全看穿了我,"他有没有……也……强奸过你,兄弟?""你是在问中间姐姐?"小妹妹们轻声问道,"为什么爸爸要说——"但是她们没有把话说完,而是忍不住一点点地躲到我身后。那天晚上,爸病逝了。在那之前,小妹妹们和我已经离开,换成妈和其他几个儿女来医院坐在他身边。他留给我的是他的围巾和平顶工作帽,还有对"克龙比"这个词贯穿一生的厌恶。一开始我也以为是"克朗比",直到那天晚上我一回到家就在词典里找出了这个词。

此时妈很愤怒,用死去的爸来威胁我。她说这是因为我说了谎,而我根本没有。她说这是因为我用我的谎话和硬心肠贬低了我们俩，而实际上这只是因为我们彼此不信任。"你不尊重我的教导。"她说。而我说："你不尊重我。"我要证明她是对的，我再次以缄默作为回答，彻底放弃寻找我们之间可以用来撬动的任何支点，这正是青春期的乐趣所在。我转而想到，这就是我的生活，我爱你，或许我不爱你，但这就是我，这就是我所代表的，这些是防线，母亲。我不说，因为不通过斗争我是不会说的，我们始终都在斗争，始终在攻击对方。我只会缄默，心里想着，哇噻，哇噻，哇噻，哇噻。我也不在乎了，从那一刻起，随便她怪不怪我。从现在起，她从我这里什么都得不到。但不是向来如此吗？我，在她看来，铁石心肠？而她自己，在我看来，最后只会乱箭伤了她自己？

第二天，我和三姐夫去水库公园跑步。他依然在喃喃自语，而我努力把我的念头都放在——不是妈所认为的以及他们所有人所认为的送奶工，而是那天晚上将要和我见面一起去看日落的准男友身上。至于送奶工，目前还没发现他的影子，但这并不代表"啊哈！摆脱他了！太棒了！"因为他可能正在附近暗中徘徊。同时还有躲藏着的政府警察、躲藏着的军队情报机构、假装不是便衣警察的便衣警察，再加上所有那些通常是"刚瞥见一眼，随即消失，接着又出现"的当地暗娼组织，水库公园绝对就是那种供人暗中徘徊的地方。不过没有。没有他的任何迹象，这是一种鼓舞，意思是我可以放松，可以在身边三姐夫的帮助和教唆下，安心地享受我难以抑制的锻炼嗜好，三姐夫也在享受他自己的嗜好。一般情况下，我们跑步时不会谈话或闲聊或鼓励彼此交流，我们只会说一些功能性的话，比如"妹妹，我们要不要开始加快速度？""姐夫，我们要不要最后再增加一英里？"以及其他一些诸如此类的锻炼时会讲的话。但是这次，亲切可靠的姐夫连他以前惯有的那种亲切可靠也没有表现出来。

"我可以打扰你一会儿私底下讲两句吗？"他问。我感到惶惶不安，因为姐夫过去从来没有为这种私底下的事情打扰过我。我立即想到，一定是送奶工。他要开始讲送奶工的事情了，因为他肯定也听说了那些流言蜚语，尽管难以相信三姐夫——他是最后的堡垒——会允许自己动摇信念，被这里的流言蜚语牵着鼻子走。结果证明他过去没有这样做，现在也没有。他只是针对另一件事情开始发表他深思熟虑的看法，我猜这件事情他已经想了一段时间。是关于我走路看书。书和走路。我。和走路。和看书。又是那件事。"你在对我说吗？"我问，"你能有什么想谈的呢？你这辈子从没主动跟我谈过什么。""是因为我认为，"三姐夫说，"你不该那么做。那不安全，不自然，对自己不负责任。那样做是让自己放松警惕，是在自暴自弃。你等于让自己去狮子老虎群里散步，你这是在让自己彻底落入冷酷、狡猾、无法无天的黑暗势力的手中，还等于把手插在口袋里走路——""不可能一边拿着书一边又——""这不好笑，"他说，"这会让任何人都能悄悄靠近你。他们可以跑过来，"他强调说，"开车过来。老天爷啊，妹妹！你会惹恼他们，因为你卸下防备，放松警惕，不再尽力侦察和评估环境，如果你还大声念出来——""啊！不会大声念出来的！看在上帝的分上！"事情开始变得可笑起来。"但如果你愿意接受

063

走路看书这种不安全的方式,切断意识,放弃观察,忽略周围环境……"这是一个对眼下已经发生了十一年的政治问题毫无知觉的人提供的无价之宝。这是我用来对付送奶工的另一个威慑物。除了女性问题,姐夫的另一个异于常人之处在于,这里的人们都在传言他因为太过专注于安排他的锻炼和斗殴,没意识到已经持续了十年的政治问题。那说明了一些问题,凭借这种怪异,我敢肯定,也能让送奶工离我远点。

我自己也很少关注这些问题,但我至少在最低程度上关心一些我耳濡目染、无法回避的事情。但姐夫对这些耳濡目染的事情、对这些在他生活的这个时代和这个地方明摆着的社会和政治的动荡,都毫不关心。他只是目光狭隘,自说自话,毫无知觉。这很古怪,非常古怪。我也觉得古怪,送奶工是人们梦想中的意识形态上的先知、为人们描绘愿景的人,他把生活奉献给了一项伟大的事业,而附近的某个人却令人愤怒地沉迷于安排他无与伦比的个人斗殴和锻炼,并不知道这项事业的存在。送奶工肯定会认为这种失职令人不安,甚至会推测三姐夫已经丧失理智。这引发了关于精神异常的讨论,因为在我们这里有两种精神异常:一种是轻微的、为集体所接受的,另一种是没那么轻微的、出格的。前一种人还算能够适应社会,绝大多数人都属于这一种,包括这里酗酒、斗殴和制造骚乱的各种各样的人。酗酒、斗殴和制造骚乱是习以为常的,甚至是必要的,几乎不能被判定为精神异常。同样也几乎不能被判定为精神异常的还包括传播流言蜚语、保守机密和集体执行警务,以及具有鲜明的地方色彩的关于什么允许做以及什么不允许做的规定，所有这一套。对于轻微的精神异常，传统做法是和谐相处，睁只眼闭只眼，因为生命始终受到威胁，你只能抓大放小；因此不可能给予百分百的关注。你不能给予百分之五十，不能给予百分之十五，你只能给予百分之五，或许只有百分之二。而那些被认为是出格的精神异常者，根本不可能给予任何一个百分点。这些出格者总有一些叫人看不懂的小动作，在当地会被勉强承认只是有点太过叫人看不懂。这群不再合格的人，在人类神秘难懂的心灵中不再被完全接纳。那时候还没出现意识觉醒小组、自我改善讨论会和激励项目，摩登时代也基本上还没来临。等到摩登时代来临后，你可以站起来，为承认自己的脑子有点问题而接受人们的鼓掌。但在那之前，你应该做的还是尽可能地保持低调，而不是承认你那与众不同的习惯已经掉到了社会规范的基准线以下。如果你不这样做，你会发现自己被贴上心理怪胎的标签，和其他怪胎一起被置于社会的边缘。那时候，我们这里没几个边缘人物，有一个不爱任何人的男人。有一些提出议题的女人。有核弹男孩和药丸女孩，以及药丸女孩的妹妹。还有我自己，是的，过了一段时间我才意识到自己也在那个名单上。姐夫不在名单上，但这并不代表他不应该在上面。他公开承认对女性的爱慕，他偶像崇拜的使命，他的歌功颂德、奉若神明，他认为从根本上讲，女人身上承载着万物的生命，万物的宽度，周期循环，必不可少的天性，更高等的一面，至善至美，最典型、最神秘的一切——还要始终记得，这是二十世纪七十年代——在正常的情况下，他绝不可能被列在我们这里的出格者名单上。他没上那个名单是因为他广受欢迎。至于他对于我们的政治局面一无所知这一点,我突然很感兴趣,想咬住不放,尤其想到他刚才对我的批评。

"打断一下,姐夫,"我说,"我想说说政治问题,你听说过政治问题吗?""什么政治问题?"他问,"你指的是痛苦、丧失、麻烦、悲哀?""什么痛苦和悲哀?"我问,"什么麻烦?什么丧失?抱歉,你说的让人听不懂。"此时我明白了两点。第一点是那个长久以来的传言,说三姐夫一直沉浸在与政治问题隔绝的幻想世界里,那是不对的,因为他跟政治事件还是有所接触的。第二点是社区,也许两个社区都包括,甚至还包括"海对岸"和"边界那边"的土地,把所有关于痛苦、丧失,还有他刚才提到的其他各种事情,都转移到了政治的论调上。"比起你,"他说,"我对政治局势的了解似乎还要多一些。""这也没什么奇怪的。"他继续说,"因为就像我说的,你不怎么警惕,你走路看书尤其证明了这一点。我上周三晚上亲眼看见你做了一件从社会的角度来看不理智的事情,你走进一个区域,彻底无视底层的军事力量和影响,这很危险——你埋头前进,极其微弱的阅读手电筒灯光照在你的书页上。没人会那样做。那无异于——""你了解政治问题?"我问。"当然了解,"他说,"你是不是以为我是核弹男孩,过分沉迷于美俄原子弹的升级竞争,连我自己的亲哥哥没了脑袋的尸体躺在我身边也不知道?"这是我们这里的一例出格行为。核弹男孩碰巧是某某·某某之子的弟弟——某某·某某之子是我妈眼中我可以结婚的对象之一,也是送奶工被暗杀后在这个地区最有人气的酒吧的厕所里用枪逼我就范的男孩——而他的哥哥,核弹男孩，是一个严重迷恋武器的十五岁青少年。他极度迷恋美俄之间的武器竞赛，一旦讲起这个，没人能让他闭嘴。他总是忧心忡忡，如果他是为政治纷争导致自己国家储备大量武器而感到忧心忡忡，那么在大家看来也讲得通，还不成问题。然而不是。他所说的大量的武器储备发生在遥远的别处。他是指美国。他是指俄罗斯。他感到不安，不停地跟所有人唠叨，难以自制地将金钱挥霍在一场他认为迫在眉睫的灾难上。他会说，正是两个自私幼稚的国家危害了我们所有其他国家，才引发了这场灾难。他永远只会谈论美国和俄罗斯，从来注意不到他自己脸上的变化。当他最爱的兄弟在那一周的中间一天、在那天下午的中间时分、在街道的中央、就在他面前被炸死，他也没有为此感到担忧，从来没有。当时，这个他最爱的兄弟，他的二哥，十六岁，家中最冷静、最讨人喜爱的一个，正穿过马路朝着他焦虑不安的兄弟走去，要和他认真谈谈，再次试着抚慰他那颗专注于核弹的心。然而下一秒，这个少年就倒在了地上，整个头都不见了。再也没找到，甚至在爆炸引起的骚乱平息后也没找到。人们在寻找。那个不爱任何人的男人——另一个出格者——还有其他人，许多人，甚至包括我爸，也在日日夜夜地仔细寻找。爆炸发生时，核弹男孩先是愣了一会儿，然后从爆炸的冲击中回过神来，弄明白自己所处的状况，回想起关于美国和俄罗斯他刚才讲到了哪儿，然后又从被打断的地方继续讲下去。在尖叫声中，他又回到担忧里，直接回到担忧里。不只有他应该担忧，他说。不只有他。我们大家都应该担忧。疯狂的俄罗斯和疯狂的美国正在制造威胁，没有人能够承受忽略这个风险所要付出的代价，我们除了他以外的其他人却以为我们能够承受。所以，核弹男孩也是个边缘人物，是个出格者，用他对冷战怪异的沉迷把自己送去了那里。这也意味着你一旦看见他过来，就会像闪电一样迅速地低着头往另一条路走。三姐夫在这里宣称自己不是核弹男孩，他留心政治和社会问题，他观察研究周围环境，因此他与核弹男孩刚好相反。而且，他说，我认为就算你发现了什么也并不意味着你要在跟别人闲聊时到处宣扬。"至于那些闲聊，"他补充道，"我必须告诉你，妹妹，我不认为关于你的流言蜚语会一直传下去。在一个像那样范围广泛但又扭曲的媒介里传播，你不用当回事。"说完这些，我们默不作声地跑了一会儿。姐夫正在思考他正在思考的随便什么东西，而我在思考我是怎么会变成流言蜚语的对象的，以及他确实了解政治问题，以及他虽然批评我，但自己在社区里实际上也是个声名狼藉的出格者，只因为当地娇惯他，给予他特殊的豁免。过了一会儿，姐夫又开始烦我，又开始一反常态地提起那个看书的事情。"是的，那些书，"他说，"和那些走路。"他从另一个角度切入，这次的角度是如果我不注意，我将如何被流放到黑暗的最深处。作为当地的出格者，我将如何被排斥、如何得不到任何同情。人们议论我是一个喜欢"走路看书"的人，这一点他已经提醒过我了。一派胡言，我心想。失去自我控制的人是他，他此刻正在疯狂地夸张和想象。"好吧，"我说，"也就是说，如果我不再走路看书，不再把手放在口袋里，不再拿着夜用小手电筒，而是左看右看，再左看右看，警惕邪恶的危险力量，就意味着我能有一个幸福的结局？""这和幸福无关。"他说。直到今天，这依然是我听过的最悲伤的评论。

但没提起送奶工。一个字也没有。姐夫——愿上帝保佑他的灵魂——没有听别人说三道四。我尊敬他不偏听谣言，这一点看来没错。当然，我也不会提起送奶工，因为那时候我虽然意识到自己身处困境却不知道该如何提起，就好像我不知道该如何提起我和准男友，以及我的各种厌倦——厌倦了猜测，厌倦了解释，因为只会招致误解与敷衍。我从不对任何人提起任何事情——一部分原因是我不习惯把什么事情都告诉别人，一部分原因是我不知道该怎么说和说什么，还有一部分原因是我依然不清楚什么是准确到可以说出来的。他到底干了什么？我确实感觉到这个送奶工对我做过什么，他即将要对我做些什么，以及他正在策划某种行动。我也认为这里的其他人肯定和我有一样的想法——否则整个流言蜚语是怎么来的？但问题是，他对我没有肢体上的触碰。上次他甚至连看都没看我一眼。所以，我怎么对别人说他强行介入我的生活呢？而这里一贯如此。每件事情都必须涉及肢体，都必须逻辑上说得通，才能被理解。我不能告诉姐夫送奶工的事情，并不是因为他会冲过来保护我，把送奶工痛打一顿，结果他自己被击毙，社区从此开始抵制送奶工，接着轮到这里的反政府派准军事组织扼住社区的喉咙，社区又反过来扼住反政府派的喉咙，不再为他们提供庇护、提供住处、提供食物、运输武器，也不再为他们把守望风或实施条件简陋的外科手术。整个事件导致分裂，那种以消灭政府为目标、建立在相互尊重的基础上的团结最终瓦解。不，完全不是这样。只因为三姐夫无法相信两个人之间真的会发生任何不涉及肢体接触的事情。我也有同样的想法，和所有其他人一样——一个人怎么可能做一件他没做的事情呢？——我的意思是我怎么可能开口说句话就对现状的大规模瓦解造成威胁呢？这在政治问题的背景下尤其不可能，重大事件、跟肢体有关的闹剧，必定在每天、每小时，随着每一次电视新闻的滚动播放而继续发生下去。至于我和送奶工的流言蜚语，为什么驱散它、驳斥它的责任要落到我头上？那些散播谣言的人，显然也不欢迎别人否认他们的谣言。至于够不够谨慎，有没有放松警惕，我的观点是，我走路看书，我两者兼顾。为什么不可以这么做？我知道，走路看书会让我丧失一种关键的感觉，即与集体时刻保持一致，这样做确实有风险。了解状况，跟上步伐，尤其在如此急剧恶化的现状下，显得至关重要。另一方面，了如指掌、小心翼翼、明察秋毫——包括谣言，包括真相——并不能阻止事情的发生，或为干预作好准备，或让已经发生的事情还原。了解并不保证力量、安全和宽慰，还经常给一些人带来力量、安全和宽慰的反面——一开始就没有为全面了解现状所带来的强刺激留下发泄的出口。因此故意不去了解，正是我走路看书的真正目的。我是谨慎地选择了不谨慎，重新开始和姐夫一起锻炼也是我谨慎的选择之一。我只要继续忽略他对我走路看书史无前例的攻击，忽略他锻炼时太多的骂骂咧咧——在我看来，他以此为自己构建了一层保护——我就可以和姐夫一起跑，而不必独自待在水库公园里。跟个男人待在一起会很管用，因为我感觉送奶工最擅长对付形单影只。因此，和姐夫一起跑步能让我继续正常的生活，感觉就好像这个送奶工以及我们之前的两次相遇根本不值一提，甚至从来没有发生过。

所以始终是书，只是书，那个"走路和书"的问题。我决定原谅姐夫对我违背他个性的指责，我这样做了，接着当我们经过上游水库时，有人在旁边一棵树上拍下一张我们的照片。这台隐藏的照相机发出一声"咔嚓"，只有一声，来自政府警察的咔嚓声，跟一周前同一个水库旁的灌木丛里传出的咔嚓声如出一辙。哦，天哪，我心想。这个我没考虑到。我的意思是我没想到政府现在会把所有和我有联系的人都和送奶工联系在一起，因为他们现在把我和送奶工联系在一起。第一个咔嚓声响起后的一周内，我已经被咔嚓了四次。一次在镇上，一次在我正要走到镇上的时候，还有两次在镇外。他们从车里、从看似被废弃的大楼里、也从别处几片绿化带里拍我的照片；或许还有其他我没注意到的咔嚓声。每当我清晰地听到一声"咔嚓"，照相机在我路过的同时还会闪一下，是的，就好像我落入了某个网络，也许是中央网络，被视为疾病、反政府派传染病患者中的一分子。如今，陪在我身边的其他人——比如可怜无知的姐夫——也被认为是同伙的同伙了，姐夫却和送奶工一样，完全不在意那声"咔嚓"。"你为什么不在意那声'咔嚓'？"我问。"我一直不在意，"他说，"你期望我怎么做？暴跳如雷？写信？记日记？投诉？让我的私人秘书联系联合国国际人权赦免监察员组织里的和平抗议人员？告诉我，妹妹，我要联系谁、说什么。如果我们决定要出手，你自己又打算怎么处理那声'咔嚓'？"好吧，我当然选择遗忘。实际上，我已经开始遗忘。"我不知道你什么意思。"我说。"我已经忘了。"他的直截了当立即把我送入了"犹昧感"状态。那就是我的答案——不去熟悉某些需要被熟悉的东西——虽然照相这件事情里也有振奋人心的部分。姐夫从未表达出对咔嚓声的惊奇或对咔嚓声的不在意。他承认自己听到了，不只是那个咔嚓声，还有其他应该与我和送奶工无关的针对他发出的咔嚓声。"他们一直这么干，"他说，"人们被拍照、被存档。"他的意思是我不用担忧，不用为把政府的怀疑带到姐夫头上而感到愧疚。于是我就真的不再担忧。随便它去，我们继续跑步。姐夫大步向前，不只是跑步上的大步向前，还有言语上的，他又开始新一轮的高谈阔论，关于我为什么不该继续走路看书。我没有听。我不可能走路不看书。但我始终什么都没说。一旦对方心意已决，在这种情况下，你何必对着他大吵大闹呢？

  我们继续跑步，他最终放弃了走路看书的话题，又回过头来谈论他的锻炼嗜好里所包含的日常细节。这次是关于应该做分组肌肉锻炼还是全身大肌肉群的锻炼；如果做分组肌肉锻炼，那应该分两组还是三组。我随便怎样都可以，因为我把我的力场都用来过滤他依然在慢慢释放的坚持。这并不是说我没把姐夫放在眼里，和这里的所有女人一样，我也非常非常喜欢他。我也很感激他，不只是因为摆脱送奶工的计划看来是成功的，我又可以开始跑步了，还因为和他在一起让我有安全感，通过我对他的了解和熟悉、他带给我的轻松感，以及能有人陪伴，而这个人——至少通常情况下——不会对我大声呵斥或强加干涉。他没有隐瞒计划；我才是那个隐瞒计划的人。我也已经忘了自己曾经多么享受和他一起跑步的那段时光——我们对跑步有着相似的理解，遵守跑步的共同规范。最终，他渐渐不再谈论那一套身体锻炼方面的问题，我们又回到了默默跑步的常态。只有一次，他说了句："妹妹，我们跑快点吧？我们不想最后变成了走，不是吗？"至于送奶工以及我想通过重新和三姐夫一起跑步来摆脱他的想法，已经完全按照预期达到了目的。

3

　　送奶工第三次出现是在我的成人法语夜校下课后不久。课堂在镇中心，常有出乎意料的事情发生。往往是一些和法语无关的事情，也往往比法语更和法语有关。在最近的一堂课上，一个星期三的晚上，老师给我们念了一本书上的内容。那是一本法语书，一本正经的法语书，母语是法语的人读起来也不会觉得差劲。老师说她念给我们听是为了让我们感受一下满满几页真正的法语——在那本书里等于一个文学段落——连着听起来是怎样的。但问题在于，她念的这个段落里，天空不是蓝色的。最终她被打断了，因为教室里的某个人——代表我们其他所有人的发言人——显然无法忍受。有个地方写错了，看在万事万物的分上，他需要指出这个错误。

　　"我不明白，"他说，"那一段描写的是天空吗？如果是天空，为什么作者不直接说呢？为什么要用花里胡哨的写法把事情搞得很复杂呢？他只需要说天空是蓝色的就行了。"

"是的！是的！"我们大喊起来。就算有些人没喊，比如我，我们的想法态度也肯定是一致的。"天空是蓝色的！天空是蓝色的！[1]"其他好几个人大叫，"这样就能写清楚，他为什么不这样写？"

我们感到心烦意乱，不只是一点点，老师却大笑起来。她经常这样，这是因为她的幽默感多得令人不安——这一点也搅得我们心烦。每次她大笑，我们都不确定应该跟着她一起笑，表现出好奇和专注，问她为什么笑，还是面露愠色，像是被冒犯了，严肃地表示抗议。和平常一样，这一次我们还是选择了抗议。

"简直是浪费时间！无法理解！"一个女人抱怨道，"如果那个作家不是教法语的，就算他是法国人，他的作品也不应该在法语课上被细读，就算他是法国人。这是一门'学习外语'的课程，不该用来将外语拆分开来，继续以这种语言进行分析，在其中找到诗意之类的东西，以此增加我们的负担。如果我们想学习修辞的手法或华丽的辞藻，用一件事物呈现另一件原本就显而易见的事物，我们应该去跟楼下大教室里的那些怪物一起学英语文学。""没错！"我们大喊，又继续大喊，"是什么就说什么！"还有大家都认同的"天空是蓝色的！"以及"这有什么意义？没什么意义！"所有人都在点头，拍桌子，喃喃自语，表示肯定。是

---

1 此句原文为法语，下同。

时候了，我们心想，该给我们的发言人和我们自己一轮愉快的掌声了。

"同学们，"老师在掌声退去后说，"也就是说，你们认为天空只能是蓝色的？"

"天空就是蓝色的。"我们说，"还能是什么颜色？"

实际上，我们当然知道天空不只有蓝色，还有另外两种颜色，但我们为什么要承认？我自己就从来没承认过。即使上周和准男友一起生平第一次看日落，我也没承认。即使在那个时候，天空的颜色比人们承认的三种颜色，也就是蓝色（日间的天空）、黑色（夜晚的天空）和白色（云），来得更多，我依然整晚都把嘴巴闭得紧紧的。此时在教室里的其他人，都比我年长，有些已经三十岁了，他们也不会承认。不承认是我们的传统，我们不接受细节，因为这种细节意味着选择，选择意味着责任，如果我们没法儿负责，那该怎么办？如果看见的细节超出我们的能力范围，经不住由此招致的审讯，那该怎么办？更糟的是，不管它是什么，如果它很美好，我们喜欢它，适应它，为它雀跃，开始依赖它，结果却不得不离开，或者被突然驱逐，再也回不来，又该怎么办？最好一开始就不要接触它，这就是我们普遍的想法，这就是为什么我们的天空就该是蓝色的。但老师不依不饶。

"如此而已？"她问。她假装惊讶，这进一步加深了我们对她的怀疑；简言之，怀疑她不是别的，就是个出格者。没错，我是在镇中心，也就是在我的居住地之外、在我的信仰所覆盖的地区之外、在一个确实有人名叫奈杰尔和杰森的班级里，但这并不意味着失序、争议和出格者在这里就没有了。你会知道,比如说,在无关信仰的前提下,谁是在提出正常的争议,而谁是在走极端。老师肯定属于后者。显而易见,每次只要是她来教法语,法语就永远说不了几分钟。今晚也和平时一样说起了英语,也就是说,和平时一样,法语去了窗外,消失得无影无踪。她让我们看窗外。她大步流星地走过去,像是一个端坐在威严华丽的马背上的女人。她举起钢笔,指向窗外。

"好了,各位,"她说,"你们得看一看天空。你们得看,现在就得看,看一看那日落。壮丽辉煌!"说到这里,她不再指向窗外,也不再敲打玻璃窗,而是把天空吸入体内。她吸完后(这真叫人尴尬),伴随着一声响亮的"啊——",她又把天空从身体里呼了出来(这更叫人尴尬)。接着她又开始指向窗外,敲打着玻璃窗。"告诉我,同学们,"她问,"你们现在看见了几种颜色?听清楚没有?我问的是几种颜色,是复数。"

我们看了窗外,因为她让我们看。虽然日落不是教学大纲上的内容,但我们还是看了。在我们看来,天空和往常一样,正从淡蓝色变成深蓝色,也就是说,它就是蓝色的。但是,自从前不久和准男友一起看了那场惊心动魄的日落,我知道法语课那晚的那片天空绝不是些深深浅浅的蓝色。无论多么叛逆和顽固的人,都很难在我们教室的一整片窗户上找出任何一点蓝色。我们很难找到。不过我们心意已决。

"蓝色!"

"蓝色!"

"好像还有一点——不,只有蓝色。"我们声嘶力竭地回答。

"我可怜的班级被洗了脑!"老师大喊道。接着她又开始虚张声势,假装为我们缺失的色彩、我们受限的地平线、我们封闭的精神世界而感到悲哀,但实际上她根本就是个过于自我、不会被任何事情困扰太久的人。她怎么会这样?她为什么要制造这种敌对,呈现这种与我们的文化相对立的文化?她自己的文化背景与我们相同,我们所适用的色彩偏好意识规律也同样适用于她,这跟隶属于哪个教堂无关。可她又笑了起来。"整片窗户里没有一点蓝色,"她说,"请再看一看,请再想一想——然后,同学们,"说到这里,她停顿了一下,突然变得严肃起来,"虽然其实什么奇怪的颜色都不缺——其实没什么东西是奇怪的。但是,在这一刻,请注意——那片看似奇怪的天空可以是世上存在的任何颜色。"

"放屁!"一些女士和先生大喊起来,接着是一阵"兴奋的哆嗦"在我们身上流淌。这个词是今晚除了"天空是蓝色的"和那家伙在书里故作姿态地写下的文字垃圾之外唯一的法语。我们内心的想法似乎是:不是这样的,她说的话怎么都不可能是真的。如果她说的是真的,天空——在外面也好,不在外面也好,随便怎么样——可以是任何颜色,那就意味着任何东西可以是任何颜色,任何东西可以是任何东西,任何事情都可以在任何时候、在任何地方、在世上的任何角落、在任何人身上发生——也许已经是这样,只不过我们没有注意到。所以,不是这样的。一代人又一代人,父亲继承男性祖辈,母亲继承女性祖辈,成百上千年以来,都只有被正式承认的一种颜色的说法和没被正式承认的三种颜色的说法。像那样一个五颜六色的天空是不被允许的。

"来吧，"她坚持道，"你们为什么背过身去？"我们背过身不看，是出于本能和自我保护。但她让我们转过身，再次面对天空。这一次，她透过不同的窗格，指着天空的几块区域，那些区域不是蓝色，而是丁香色、紫色，一片片粉色——各种各样的粉色——还有一块绿色，顺着它延伸出金黄色。可是绿色？那上面怎么会有绿色？透过窗户看日落不算最清楚，于是她把我们赶出教室，穿过走廊，进入搞文学的教室。那天晚上，那个教室里空无一人，学生们都去了剧院，带着笔、手电筒和小笔记本，观赏《西方世界的花花公子》[1]。老师让我们在这里从一个全新的角度观察天空。巨大的太阳闪耀着世上最辉煌的橙红色，在一个玻璃窗格里——也在一片没有蓝色的天空里——慢慢地沉入一片建筑群的后方。

至于这片天空，此时此刻是粉红色和柠檬黄的混合，底层还透着点淡紫色。就在我们穿过走廊的那一小会儿，它已经变换了颜色，还在我们眼前不断地变换颜色。淡紫色上浮现出的金色，开始转化成些许银色。角落里的另一片淡紫色慢慢从旁边飘过来，颜色越来越粉，变得更像是丁香。紧贴着云朵（并非白色）的一片绿松石色渐渐褪去了。不同层次交织混合，形态千变万化，跟我在一周前的那次日落里看到的一模一样。"我们去看日落吗？"准

---

[1] 指爱尔兰剧作家、诗人约翰·米林顿·辛格（1871—1909）创作于1907年的喜剧作品，被誉为"20世纪最优秀的爱尔兰剧本"。

男友问我。我吓了一跳。"为什么?"我反问道。"因为太阳。"他说。"好的。"我说。就好像这种事并非前所未有,就好像在我的生活环境里人们经常彼此提议去看日落。所以,我答应了。和三姐夫跑完步后,我回到家,洗了个澡,换了件衣服,化了妆,穿上高跟鞋。准男友去他平时接我的地方接我,那是在我所居住的地区的最南端,我们这边沿着分界路的地方。这条孤独而又悲伤的道路在两种不同的宗教信仰中间穿过。我之所以跟他在那里见面,并非因为他信仰的宗教与我们的对立,他没有那种信仰,而只是因为这样做不会像来我家敲门那么麻烦。可是,就在第一次看过日落后不久,他开始抱怨我们的见面安排既麻烦又危险,还说我不想让他直接来找我,也不想让我们在我所居住的地方做任何事情,是因为我羞于让别人看到我们在一起。听到这话,我简直不敢相信自己的耳朵。我说我们这里没有什么地方可去——这不是真的,他也知道不是真的,因为众所周知,我所居住的这个区域里有依照我们的信仰经营的最好的十一家酒吧,还包括那家全城最受欢迎的、专为我们的信仰而设立的酒吧。所以,他说我在找借口,这是真的,但不是因为我羞于和他在一起才找了借口。我不想让他来我家找我是因为我妈。我妈会问很多问题,接着是关于结婚的冗长说教,再接着是关于生孩子的冗长说教。就算不是这样,她也会把他误当成送奶工,狠狠地指责一通。她还有可能在任何时候突然开始做那些祷告,这意味着我将面对巨大的困惑和尴尬。所以,并不是因为跟他见面让我感到羞耻,或者我想要刻意冷落他,才选在那个宗派主义斗争一触即发的、阴暗苦涩的地方见面,让一切继续处在复杂危险的状态里。这样做只是为了避免向她解释的尴尬。

那次和准男友一起看日落是在他苦涩地提起见面地点的问题之前,他像往常一样来分界路上接我,他开了一辆他最近组装的车。我们把车开到镇外,来到一个靠海的地方。他在那里买了饮料,我们站在车外,跟陌生人站在一起,就为了等待事件的发生,等待我并不理解的太阳落下。我不理解的不仅是落日。我也不理解星星、月亮、微风、露水、花朵、天气,以及某些人的兴致勃勃——那些老年人的——关于他们什么时候上床、第二天什么时候起床,户外摄氏和华氏多少度、室内摄氏和华氏多少度,以及他们的肠胃状况,他们的消化道,他们的双脚,他们的牙齿,他们中的某个人在拥挤的公共汽车上大声说:"你知道吗?我回家后,会在吃晚饭前吃一片美味的吐司。"他的同伴同样大声地回答:"我回家后也会吃一片美味的吐司,作为晚饭的前菜。"如果不是这句,那就会是"你昨天在家吃了美味的吐司吗?""吃了,那你自己吃了吗?""哦,我没吃。我吃了炒蛋。我有个朋友叫帕姆——要是我已经跟你讲过这件事了,你就直接打断我——我们过去常常一起出门买水壶和熨板……"我不理解这些东西是完全正常的。日落也一样,就算不理解,也不会被贴上出格的年轻人的标签。而准男友他自己也很年轻——只比我大两岁——不应该理解和欣赏这种东西,我们这个年纪的人不会意识到它们的存在,我们没有一个人会古怪到这种程度。面对他的行为、眼前天空中的景色以及他的期待——他期待我能够去观察、见证、以某种方式参与并作出恰当的反应——我只好站在他身边,一边看一边点头,虽然我并不知道自己在看什么以及朝着什么点头。就在这时,我又开始想:准男友是否应该去看日落?他是否应该拥有咖啡壶?他是否应该喜欢足球?可他给人留下的印象是他不喜欢足球,尽管我自己也不喜欢足球——除了《今日之赛》[1]里的那首曲子——但我喜不喜欢足球根本不是重点。他确实会修理汽车。男孩修理车,想开车,如果买不起,就幻想自己开车,但不会愚蠢到偷一辆车来开,这些对男孩来说都很正常。然而,准男友以某种男性的方式拒绝融入环境,这让我担忧。再进一步想,这种担忧是不是等于在说我确实为他感到羞耻?那些主流男孩,他们能融入环境,他们想要痛揍朱莉·寇文顿,因为她唱了一首歌名叫《只有女人流血》,他们认为这首歌唱的是月经,而实际上它唱的并不是月经,虽然其他所有人,包括我在内,都认为这首歌唱的是月经;还有些男孩,他们如果对你感兴趣,就会因为他们对你感兴趣而责怪你——是不是等于在说我情愿和他们这样的人约会?我想不明白。每当我思考这些,就会感到不安。我不喜欢这样,因为它又一次将我内心的矛盾、那些无法控制的非理性暴露在我眼前。我知道,比起我的任何一个前任准男友,我都更喜欢现在的准男友。一周里我最喜欢的日子是和他一起度过的日子。他是迄今我唯一想在一起睡觉的男孩,也是迄今唯一跟我一起睡过觉的男孩。此外,自从他提议我们搬到一起住而被我拒绝之后,我发现自己会在白天幻想如果和准男友住在一起会是一番怎样的景象——和他住在同一幢房子里,

---

[1] 指Match of the Day,英国广播公司(BBC)从1964年开播至今的老牌体育节目。

和他分享同一张床,每天早晨在他身边醒来——我们能够一起生活,如果是那样,真有那么糟糕吗?

于是我朝着日落、朝着地平线点头,但毫无意义,那一刻我完全被这些矛盾的思绪所占据。准男友在我身边,还有所有那些古怪的人,也都围绕在我身边,凝视着落日。我心想:"这都是些该死的什么人?"就在那一刻,某个东西,或者说我身体里的某个东西,发生了变化。一切豁然开朗,此时此刻,不再只有蓝色、蓝色、更多的蓝色——官方认可的蓝色,所有人都能理解的蓝色,都认为天空就应该是的这种颜色——因为真相触碰了我的感官。有一点开始变得明朗,在我的凝视下,我确定那里根本没有蓝色。我第一次看见了各种色彩,一周后的法语课上,我也同样看见了各种色彩。两次出现了同一番景象:颜色交织混合、漫延、晕染。接着又浮现新的颜色,所有颜色融合在一起,绵延不绝。只有一种颜色不见了,那就是蓝色。准男友轻易地理解了这一切,站在我们周围的其他人也一样。我什么都没说,一周后的法语课上我也同样什么都没说。不过,一周内看了两次日落,而在此之前一次也没看过——这一定意味着什么。问题在于,这是安全的还是危险的?我实际上正在回应的是什么呢?

"别担心!"老师后来说道,"亲爱的同学们,你们面对日落时的不安,甚至是暂时的仓皇失措,都是一种鼓励。只会意味着进步,只会意味着启发。请不要认为自己背叛或者毁灭了自己。"她接着又做了几个深呼吸,希望能够树立榜样,鼓励我们的灵魂更勇敢坚韧、更具冒险精神。然而,在这间搞文学的教室里不存在冒险的观念,其他人所具有的这种观念甚至比我认为我所具有的更少。我至少经历过天空带来的震惊、日落带来的颠覆,虽然仅仅在一周前;相比之下,从他们脸上的表情来看,不论怎样的年纪,这似乎都是他们生平第一次挣扎着面对这番景象。当然,我也迫切地感到一阵惊恐。我能感觉到它在空中旋转,也能意识到它泛起涟漪,接着是来自其他人的波涛汹涌。我心想,我上次看日落时也经历过一模一样的惊恐,但我发现只要保持镇定,不被它吞没,它就会渐渐消退。所以,这次当它又来临时,我坦然接受,通过微微的自我调整,从毕竟还算是一种桀骜不驯、陌生而又舒缓的意识中得到了暂时的喘息。我瞥了一眼下方的大街。就在这时,我看见一辆白色小货车停在对面狭窄的通道里。我瞬间凝固,从片刻前还镇定自若的心绪中惊醒了过来。

货车的引擎盖露在通道外,通道的一侧是一排酒吧的背面,另一侧是一列商店的背面。我努力缓过神来,让自己从窗口走开,万一他正在那里——拿着双筒望远镜?伸缩望远镜?摄像机?——往上看。当时我心想:真是个傻瓜——我是说我自己——我还以为自己成功了,我已经开始欢呼雀跃,庆祝自己破解了难题,以为凭借重新和三姐夫一起跑步,成功地赶走了那个送奶工。如此多的想当然。如此多的内心膨胀。只过了一个星期,我对他的回避就被瓦解了。为什么啊?为什么我就没能想到他只是改变了伎俩,从在水库公园里跟踪我变成了继续在别的地方保持对我的兴趣?

老师又接着讲。这次讲的是在薄暮天色(管它什么意思)映衬下行道树如同优昙钵花般（管它什么意思）稍纵即逝的黑影。其他人——依然在他们自己的挣扎里——抱怨说我们的镇上没有优昙钵花、薄暮天色和行道树，没有黑色或其他任何颜色，直到老师让他们再看一眼，他们才肯承认说没错，我们也许是有行道树，但肯定是半小时前刚种上的，因为当地人以前从没见过。在这段时间里，我告诉自己要思考、要镇定。我目前在镇中心，所以这可能是任何人的小货车。有没有可能他碰巧把车停在这个学校的正对面，而我又碰巧在这里上夜校呢？极不可能。这也太巧了。所以，这不可能是他的车。为了证明这一点，我又从窗口探出脑袋仔细观察，但这时通道里的货车已经不见了。我赶紧回过神来，忘掉那辆车，重新加入课堂、天空、树木，随便他们在争论的是什么。与此同时，我还在刻意忽略身体里的一种奇怪感觉，它在我的下半身流动，我的脊柱底部似乎要开始移位。它已经移位了。不是一种正常的移位，比如前俯后仰、左右弯曲和扭动，而是一种不自然的动作，一种带有警告的前兆，产生于尾骨，伴随震颤，引发波动——丑陋、敏捷、具有威胁性的波动——一直延伸到我的臀部，冲进我大腿后侧的肌肉群，又在刹那间飞速钻入我膝盖后部的凹陷，然后就消失了。全程用了一秒，只用了一秒。我接着就想到——出乎意料、未经审视地想到——这是一次性高潮的反面，人们如何想象某种位于身体后部、令人毛骨悚然、有点措手不及的性高潮的幻影——一种反性高潮。但我不再去想那种震颤，那些电流，随便它们是什么。我回到窗边，那里正在上演极端保守主义的"父亲和男性祖辈们！""母亲和女性祖辈们！""这有什么害处——

蓝色符合大部分人的利益！"。班里的大部分人依然压抑着情感，同时又忧心忡忡，因为他们和我一样明白，那片天空、那个夜晚已经成为一个发端。寂静开始降临在我们的头顶，接着变成了彻底的沉默。老师叹了口气。接着，我们也叹了口气。她带我们回到教室，她说："亲爱的同学们，让你们的冷静、清醒再多延续一会儿，让刚才凝望的东西在记忆中再多停留一会儿。接下来，我们就要回到我们的文学段落上，回到那些用另一种语言表达的比喻上。"那就是我们在那晚剩下的时间里所做的事情。

我在学校的台阶上跟西沃恩、维拉德、拉塞尔、奈杰尔、杰森、帕特里克、基拉、鲁珀特伯爵和其他几个人道别。他们跟往常一样前往酒吧，在那里批判我们的老师，说她让人难以容忍、挑起争议、不配当老师，还说我们现在所掌握的法语甚至比九月刚入学时更少。这次我不想去，因为现在不是坐下来的时候，而应该思考。每当我走路的时候，我的思维总处在最有活力的最佳状态。于是我出发了，我一次也没想过要把《拉克伦特堡》[1]拿出来看。我满脑子胡思乱想，没法儿看书。我想着老师，想着她说每天都有日落时的样子，想着我们不应该在还活着的时候就被装进棺材、被埋葬，没有什么黑暗无边无际到我们永远无法征服。始终有新的篇章，我们必须抛弃陈腐，对象征主义、对阐释中最不可预期的部

---

[1] 《拉克伦特堡》（*Castle Rackrent*）是玛丽亚·埃奇沃思（1767—1849）于1800年发表的历史小说，讲述了一个爱尔兰地主家族的衰败。作品里有一个既是角色又是旁观解说者的人物，和本书的设置很像，在当时属于首创。

分敞开胸怀,必须揭露我们一直藏起来的、以为已经遗失的东西。"做一个选择,然后付诸行动。亲爱的同学们,"她说,"走出那些地方。你们永远不会知道,"她总结说,"关键点、支点、转折点以及所有意义都得以显示的瞬间何时会来临。"真是古怪。但那是她的哲学,而作为哲学,不就意味着里面的某个地方必然会有上帝吗?我不知道自己会如何看待那里面的上帝,因为在宗教敏感和政治问题上,我们班里存在着脆弱的平衡,人人以礼相待,虽然她还没有提起过上帝,但如果到时候她提到了,会发生什么呢?至于这个观看日落的新传统,我在八天内已经参加了两次,这意味着我只需要再多参加一次就能完成我的家庭作业。老师让我们描写三次日落——"要是你们愿意,可以用法语"——这揭露了——虽然我们早已经知道——她的首选并非那种语言。她的话引发了更多的抗议,但都是一些温和的抗议,因为我们大部分人依然在为那晚接二连三发生的各种事情感到头晕目眩,没法儿像平时那样憎恨和抱怨。

　　于是我们整理东西离开。他们前往酒吧,而我回家,回到我那个充满暴力犯罪的地方。关于颜色,关于变革,关于心灵的激荡,我一边走一边思考,然后又脱离这些思考,开始留意我的周围。就在这时,我发现自己已经走到了位于镇中心边缘的十分钟区域。所谓十分钟区域,并非官方指定的地名,只是指穿越这个区域需要十分钟。是在疾步快走的前提下,不能游荡,但其实也没有哪个精神正常的人想在这里游荡。不是因为这里是政治上的重灾区,也不是因为你不但会突然撞见一座年久失修的教堂,还会在那里遭遇政治问题所引起的某些祸事。都不是。在你穿过这个区域的几分钟内,政治问题相比之下显得幼稚笨拙,几乎不会造成什么后果。根本原因在于十分钟区域是,而且一直都是,一小块阴暗、神秘的"玛丽·赛勒斯特[1]"之地。

那是一个圆形区域,被三个巨大的教堂所占据,它们距离很近,均匀地围绕着区域中心。这些教堂已经很久没有举行任何活动了,荒废、颓败,几乎只是建筑的空壳,尽管黑色的尖顶依然矗立在空中。当我还是个孩子的时候,我常常想象那几座塔楼,试着触碰塔尖,将它们连在一起,做成一顶女巫的帽子,每个人都被迫从中穿过。这是当年这一小块区域里首先引起我注意的东西。除了这顶女巫帽,还有其他一些大楼,以及似乎也同样被荒废的建筑——像是办公楼的建筑,以及一些居民楼——从没见过有谁在里面居住或在里面工作。如果你碰巧遇见任何人,他们会跟你一样埋着头,从你身边匆忙走过。这个圆形区域里有四家商店,但都算不上真正的商店,尽管他们有"营业中"的标牌,有没上锁的店门,有干净的门面,还给人一种感觉:生活——也许那时看不见——却一直在背后继续。从没见过任何人进入那些商店,也从没见过任何人从里面出来;甚至不清楚那些商店卖的是什么。在其中一家商店门外有一个公共汽车站,是十分钟区域里唯一的公共汽车站。那里也从来没有任何人;没人在那里等待上车,也没人

---

[1] 指玛丽·赛勒斯特号(Mary Celeste),一艘双桅帆船,1861年建造于加拿大。1872年它在大西洋上全速朝向直布罗陀海峡航行,船上却没有发现任何人,由此被认为是传说中的"鬼船"原型。

在那里下车。那里还有一个邮筒。小妹妹们有一次往里面投了一点寄给她们自己的东西，这是她们的科学研究项目之一，想看看东西能否寄到，结果没有。除了她们，没人会幻想从那里寄邮件。所有这些都是为了强调十分钟区域就是个幽灵般的地方，你要做的只是埋头穿过去。穿过去后，继续赶往你的下一个地标。我一共有七个地标，我会在走路看书的同时，顺便在我的脑海中把它们钩掉。十分钟区域是我跨出镇中心边界线后的第一个地标。下一个是墓地。所有人，包括媒体、准军事组织、政府军队，甚至一些明信片，都把它称作"老地方"。再往下是警察亭，然后是一幢总散发出烤面包香味的房子。面包房往下是圣母之家，经常听见有人在那里面排练赞美诗，不止一次的《万福马利亚》。圣母之家往下是水库公园。到了晚上的这个时间点，天色还没有完全暗去。即便如此，我也从不偏离路线去公园抄近道。我会绕远路，走到大街上，路过三姐和三姐夫的小房子。这是我的最后一个私人地标，再走过几条两旁有居民住宅的小路，就会到达我所居住的大街和我家的正门。我即将踏入十分钟区域。最近区域中心发生了一场爆炸，区域为此备受困扰。这场爆炸也导致了三座教堂的其中一座从此不复存在。

起初，所有人都为这场爆炸感到大惑不解。这有什么意义？没什么意义。为什么放一个炸弹，所有党派都在问，在一个死气沉沉的、令人毛骨悚然的灰暗之地？所有人都知道这是一个死气沉沉的、令人毛骨悚然的灰暗之地，就算有一天它被炸飞到西天，也没人会在乎。媒体报道说这也许是一场意外爆炸，提早发生的爆炸。

可能是反政府派往附近警察亭运送炸弹的途中发生了爆炸；也可能是政府捍卫者持有的炸弹，原本的袭击目标是警察亭附近一家由敌对宗教所经营的、实施宗派隔离的饮酒场所，结果却炸偏了。

无论真相如何，反正没有人死于爆炸，只有一个摇摇欲坠的空教堂，反正也摇摇欲坠了几十年，在这次爆炸的冲击下便整个儿坍塌了。这一座教堂倒下了，但其他两座还矗立着——依然摇摇欲坠，依然在坍塌的边缘。那些幽灵商店也一样，完好无损，店门开着，窗玻璃没破，营业照常。公共汽车站也依然挺立着，依然空无一人。可以说，爆炸并没有特意让这个地方变得比以往更加死气沉沉。经过官方调查、法医验证和专家研究，又经过双方几轮相互指责，最后发现这次爆炸既不是反政府派也不是政府捍卫者造成的，而是一个老炸弹，一个有点年头的炸弹，一个古希腊和古罗马时期的炸弹，一个大个头、大得出奇的纳粹炸弹。那就没事了，大家心想。不是他们那边。也不是我们这边。所有的指控和相互指责都停止了。

"十分钟区域是怎么变得神秘可怕的？"有一次我问妈。"你问了一个特别的问题，女儿。"妈回答。"没有小妹妹们的那些问题来得特别，"我说，"而你回答她们就好像她们在问普通问题似的。"我指的是她们上次吃早餐时提出的问题。"妈咪，"她们问，"有没有可能你是一个女性，特别擅长运动，这导致你身体里那个叫作月经的东西没有了，因为你特别擅长运动。"小妹妹们最近刚在一本书里发现了月经这样东西，但还没有亲身经历过，"然后你不再让自己特别擅长运动，于是你的月经又回来了。那是不是意味着你会有额外的经期，用来弥补你没来月经的那段空白期。那段时间你应该来月经，但是没来，因为你的运动特长阻碍了促卵泡成熟激素的分泌，也阻碍了黄体酮指挥雌激素激发子宫内膜卵子受精的可能性，引起荷尔蒙和黄体酮的不足，导致无法排出卵子以供受精，或者——卵子被排出，但没有受精——结果造成黄体酮退化，或子宫内膜脱落。或者，妈咪，当你在生理上到了应该停经的年纪，无论你有多少个月或年因为太擅长运动而没来月经，你都会停经吗？"妈承认说是的，她是这样做的，把小妹妹们的问题当作普通问题，但小妹妹们是小妹妹们——连她们的老师也这么说——是指她们提出的问题和对知识的探索就该是奇怪的，叫人难以应付。但是，她说，我和小妹妹们有着不同的思维，她希望我已经长大成熟，超越了她们那一套。接着，她说她不知道如何回答我的问题，那个十分钟区域一直是个奇怪陌生、神秘可怕的灰色地带，甚至在她母亲生活的年代，在她祖母生活的年代，在战前岁月——如果有的话——它就已经是个神秘可怕的灰色地带了。也许这个地方原本企图超越某种黑暗邪恶的东西，却没能成功地超越它，反而屈服于它，投降于它，变得想要它，沉溺于它，甚至堕落到对它产生强烈的需求。说不定什么时候，她说，还会把毗邻的区域也拖下水，谁知道呢？——她耸了耸肩——也许最初并没有任何邪恶的成分。"有些地方只是被困住了，"妈说，"和被蒙蔽了。像某些人。像你爸。"——就在这时，我开始后悔开口问她问题。每次谈起任何事情——只要有一点黑暗，只要有一点被阴影笼罩，只要有一点与她称之为"心理方面"有关的事情——

她总能回到同一个话题，或者说同一种诋毁，针对她的丈夫，也就是我爸。"想当年，"她说，是指旧时光，是指她的时代、他们的时代，"甚至在当年，"她说，"我也从来不理解你父亲。女儿，当一切都说了做了，他还必须有什么心理方面的问题？"

她指的是抑郁症，因为爸得了抑郁症：大的，巨大的，一掠而过，奇大无比，乌云，传染，乌鸦，渡鸦，寒鸦，棺材一个堆着一个，地下墓穴一层叠着一层，骷髅压着骷髅，在地面上爬行，爬进坟墓的那种抑郁症。妈自己没得抑郁症，也无法容忍抑郁症。她和这里很多没得也无法容忍抑郁症的人一样，想要摇晃那些得抑郁症的人，直到他们认清自己的错误。当然，那时候还不叫抑郁症，而叫"闹情绪"。人们会"闹情绪"。他们是"情绪化的"。有些闹情绪的人不肯起床，她说，拉长着脸，制造出一种强烈的气场，弥漫着单调乏味、无限延伸的一成不变，弥漫着悲情和折磨。无论他们是否开口，他们的单调乏味、拉长的脸和继续无限延伸的一成不变都能影响他人。你只需要看他们一眼，她说。实际上，你只需要走进门，就能感觉到从楼上、从他的房间或他们的房间里强烈地散发出来的他的情绪化和无法自拔所形成的气场。而且——如果这种情绪化的人努力从床上爬了下来——她说，也几乎无法阻止他们全面散播这种气场。带着拉长的脸和固定不变的情绪，没精打采地走在街上，拖着自己到处走来走去，在镇上，用他们传染病般阴森可怖的方式，影响到每个人，而且——由于他们已经从床上爬了下来——影响的程度会变得更深，覆盖面会变得更广。

"这些情绪化并且心事重重的人应该明白，"妈说——她不止一次说起这一点，几乎每次谈话提到爸时她都会说起——"生活对每个人而言都是艰难的，不只是对他们而言很艰难，所以凭什么他们就该得到特殊待遇？我们尝遍酸甜苦辣，在生活中继续迈进，打起精神，获得尊重。女儿，"她说，"比起那些放任自己痛苦的人，有些人比他们有多得多心理方面的问题，有多得多痛苦的来源——但你不会看见他们对黑暗投降，对埋怨低头。相反，他们会鼓起勇气，在自己的人生道路上继续前行。这些理性的人，他们拒绝投降。"

妈又开始一步步推进式地谈论她的痛苦分级体系：那些可以痛苦的人；那些可以痛苦但因为痛苦超出所允许的范围而遭遇严重崩溃的人；那些跟你爸一样狂妄自大、违法乱纪、偷窃别人的痛苦权利的人。"你爸，"她说，"你爸，你知道吗？连他妹妹都说他，周围响起火警警报时他就一直躺在床上，不肯和其他人一起出去避难。就连年轻人——十六岁，或许十七岁——换作我，就算我在十二岁的时候，也比他更明事理。疯狂，希望那些炸弹落到他自己的头上。疯狂。"我第一次听说这些的时候——这次不是第一次——我自己还没得抑郁症——当时我也认为这很疯狂。接着，她又开始谈论大战，那场世界性的，第二次的，那场随便问哪个青少年都会告诉你和当代人道主义、摩登社会生活没有丝毫关系的战争；我这个年纪的人没有一个会关注的那场战争。这没什么可奇怪的，因为我们大部分人几乎都不怎么关心局势，我们更关心当地的事情。"战后，"妈说，"甚至从我们结婚直到他死去之间的那几年，每当悲哀升起，你唯一能看到的就是他埋头于那些黑暗的东西。"她是指他的报纸,他的大部头书,他的日志,他的一切与政治问题有关的收藏和归档;他只和趣味相投的朋友见面,他们和他一样阴郁,一样有强迫症,满脑子都残留着悬崖绝壁、渡鸦、乌鸦、骷髅。他们分享各自剪贴归档分类的消息,交流近期政治问题所引起的每一桩悲剧,甚至到了似乎这就是他们的本职工作而其实这并不是他们的本职工作的程度。当然,过了一阵子,爸就坚持不下去了。甚至连我们,也就是他的孩子们,都能看出来:所有那些全身心的投入,所有那些严密精准、过度思索,必然会在某一时刻崩塌。他随之垮掉,从分栏、剪贴和他所有工工整整的剪报纸的活动中一头栽下来,再次陷入深深的沮丧里。到那时,他唯一能适应的就是他的床、医院、连环画、报纸的体育版,以及那些报道大灾难的电视节目。自然灾害节目也可以,比如大卫·爱登堡[1]谈论一些昆虫吃另一些昆虫,或者凶残的野生动物捕食温和的野生动物。他永远不会带着悠然自得的神情观看介绍石楠花和如何饲养蝴蝶的电视节目。那一类电视节目从来吸引不了他的注意,从来提不起他的兴趣,就像妈所指出的,他永远不会"允许这样的东西让自己打起精神"。当然,我们全家都知道:大屠杀也好,世界大战也好,一些动物吃另一些动物也好,所有这些麻醉剂,也包括我们的政治问题——等到他又可以回过头谈它们的时候——也都不能让他打起精神。但是它们显然满足了某种愿望,符合某种感觉——"看见了吧!看那个!这有什么意义?没什么意义。"从而

---

[1] 大卫·爱登堡(1926—),自然博物学家、探险家。他与BBC团队实地探索过地球上所有已知的生态环境,被誉为"世界自然纪录片之父"。

给绝望的他提供确认,甚至是安慰:正如事物摆出的样子,正如事物一贯摆出的样子,不存在胜利和征服,因为征服是幻想,胜利是白日梦,努力和再努力都是白白浪费时间。"每当你爸唱起歌,"妈说,"我就知道他状态还不错;每当他整个白天都躺在床上,整个夜晚都不睡觉,不肯拉开窗帘,还要堵住所有缝隙,把夜里的灯光和白天所有自然光都挡在外面,我就知道他状态不好。他的忧郁气质,女儿,不是自然形成的。如果是自然形成的,他会感觉不好?他会看上去那么糟糕?但是为什么,告诉我为什么,他要让自己始终待在那个黑暗阴郁的地方?"

所以,爸和他那类人,不同于妈和她那类人。"因为有大屠杀,我一定要打起精神",或者"我的鼻子上有个脓肿,但大街上有个哥们儿连鼻子也没有,所以我一定要打起精神,因为他没了鼻子而我还有鼻子,而他也一定要打起精神,因为有大屠杀"——他并不是这种人。爸永远不会认为自己"必须跪下来表达感激之情,因为世界上还有其他人正在遭受比我严重得多的苦难。"我也不明白他怎么就不可能是正确的,谁都知道生活并不像那样。如果生活像那样,那么我们所有人——除了世界上被公认为最惨的人——都应该感到高兴,然而实际上我所认识的大部分人都并不高兴。在这个平淡无奇的世界里,在这个微不足道的人世间,我们不会花时间计算上帝的恩宠,不会无视相对而追求永恒。那种相对、那种世俗的层面——在那里,存在各式各样的感受;在那里,即使集体的历史完全一致,个人的历史也不尽相同;在那里,同一件事情对一个人而言是契机,换成另一个人却可以忽略不计——显然是一个上演着未经加工的生活并由此引发残缺的精神反应的地方。就连妈和她那类人也无法做到悠然自得，尽管他们无法容忍抑郁症，也无法容忍在面对悲惨时特地跪下感谢上帝赐予他们的仁慈，饶过了他们，只是选了几个可怜的浑蛋遭受如此可怕的命运。至于少数那些人，看上去确实算是悠然自得的极少数的那些人，或者即使做不到悠然自得，也至少仍然不断地表达善意、对人类和生活表示信任的那些人，我承认，无论妈和她那类人，还是爸和他那类人，几乎是我认识的每个人，包括我自己，都难以接受那种人。

关于阳光般灿烂的人，我最初注意到关于他们的问题，是因为一部名叫《后窗》的电影。他们这类人数量稀少，神采奕奕，像谜一般。当年看这部电影时，我十二岁，对我一开始以为的电影主旨感到不安。一只小狗被杀害了，它是被掐死的，脖子断了，这不是电影传达的信息。但在我看来，电影传达了这个信息，因为它的主人——痛失小狗，万分震惊——从窗户探出身子，对着整幢居民楼号啕大哭："你们谁干的？……无法想象……太卑鄙了……杀害一只可怜可爱的小狗……这整个街区里只有他对谁都喜欢。你们杀了他是因为他喜欢你们，就因为他喜欢你们？"就是那句"杀了他是因为他喜欢你们"让一股震颤自上而下地遍布我整个脊椎。我立即意识到：哦，上帝！她说得没错！这就是为什么他们杀了它！他们杀了它是因为它喜欢他们！结果证明这并不是小狗被杀害的原因，但在我发现真实原因之前，在我所处的世界里，就是这样一回事，在我看来这完全说得通。他们杀了它是因为它喜欢他们，因为他们不知道如何面对被喜欢，如何面对天真、坦诚、开放，如何面对毫无防备、柔情蜜意以及如此深情、如此纯洁的纯洁，以至于狗和它的这种品质必须被消灭。无法忍受它。必须杀死它。他们也许会视之为正当防卫。这就是阳光般灿烂的人带来的麻烦。整整一群人暗淡无光，也许是一整个社区、一整个国家，或者只是一个小小的独立州，在生理和精神的层面上长期浸淫在黑暗的思想精神里；在经历了多年的个人和集体的折磨、个人和集体的历史之后，他们习惯于背负过于沉重的压力、悲哀、恐惧和愤怒。这些人无法——至少无法毫不犹豫地——对任何一个像那样走进他们的生活环境、朝着他们散发灿烂光芒的家伙敞开心扉。至于环境本身，它也不喜欢那些家伙，它支持人们的悲观主义，这就是我所生活的地方的现状，这整个地方似乎永远处于黑暗之中。就好像电灯关掉了，永远关掉了。就算黄昏已经过去，应该把灯打开了，没有人去开灯，也没有人注意到灯没开。这似乎已经成为常态，也就是说这种持续不断、不被承认的想要去看的挣扎已经成了这里的一部分常态。我甚至在小时候就知道——也许正因为我是个孩子——这实际上并不是客观形成的；我知道被一团乌云笼罩的感觉以及这灯光所具有的某种扭曲的特质必定和政治问题有关，和已经造成的伤害以及已经形成的麻烦有关，和希望的丧失和信任的缺席有关，和没人愿意或有能力揭露精神上的无能有关。正是这个客观环境暗中推动或直接促使人性的黑暗在其中释放，它本身就不鼓励光亮，而是深深地沉浸在一个漫长的悲剧故事里，直至真正阳光般灿烂的人，冒着熬不过去的风险，冒着让自己的光芒被吞没的风险，走进黑暗。有时候，如果一个人超乎寻常的活泼开朗和阳光灿烂在他人眼里难以容忍，那个人甚至会落到必须失去他或她的肉体生命的地步。至于那些生活在黑暗里、长期以来已经适应了黑暗所带来的安全感的人，对他们而言，这也不是轻而易举的。如果我们接受这些光点，接受它们的半透明感、它们的明亮照人，那会怎样？如果我们让自己享受它，不再害怕它，适应它，那会怎样？如果我们转而信仰它，期待它，对它念念不忘，那会怎样？如果我们抱起希望，抛弃我们古老的传统，受它影响，一路把它带在身上，让它散发光芒，那会怎样？如果我们那样做了，被教育成那样做了，但是接着，就像那样，灯光熄灭了或者被偷夺了，那会怎样？这就是为什么在压倒性的恐惧和悲伤的环境中，我们不会遇见许多阳光般灿烂的人。在这个环境中，也就是我所处的环境中，这一类人是存在的，但只有一小部分。包括来自镇中心的法语老师。或许还包括准男友，如果不把他的囤积癖算在内。阳光般灿烂的人极少，而在我所住的街区里，被公认为属于那些人的只有一个，那就是我们这里的投毒者药丸女孩的妹妹。这个女孩和我同龄。并不是所有人都想讨厌她。实际上，部分问题就在于我们并不讨厌她。她不管去哪里都镇定自若，这是一种难以抵挡的威胁。她是半透明的，不为我们的黑暗所触碰，在我们的黑暗中走在她自己的光亮里。但奇怪的是，她自己没觉得这有什么了不起的。我们从不会因为她是怎样的人、她有怎样的表现而抱起希望——特别是她出生在当地，却成功地超越了当地人的普遍天性和传统思想；我们从不会想：为什么会这样？如果这个人能做到，这个人能随着阳光走去外面的世界，让所有这些阳光围绕着她嬉戏，又驻留在她心间，或许我们也可以……不会。更简单的做法是留在我们日渐式微、不断被同化的状态里，不受任何质疑；并且把药丸女孩的妹妹认定为和她姐姐一样的人，也就是一个受当地排斥的彻彻底底的出格者。

所以，阳光般灿烂是不好的，"太悲哀"是不好的，"太愉快"也是不好的，这就意味着你必须表现出一副什么都不是的样子；也不要思考，至少表面上不要，这就是为什么每个人都把他们私底下的想法安安稳稳地藏在看不见的底层。至于妈和爸，爸过多采用"拉长脸"的方式，而妈太过强硬地执行"一步步推进"的方式，结果造成爸周期性精神崩溃，不得不上医院；而妈跟着就忘记了"一步步推进"，她对他生气，因为他又一次把她和我们抛弃在这里。曾经有好几年，我和我们家里那些更年幼的孩子都不知道爸要去医院，也不知道那是一家精神病院。我们以为——因为有人这样告诉我们——他每次失踪，都是去了某个遥远的城镇或国家，一连干上好几个小时、好几天，甚至长达几周的活儿。如果不是为了这个，就是为了他的背痛，去远方看某个专家医生。但其实是精神病院，是精神崩溃，这意味着隐瞒，意味着羞耻，意味着对他而言甚至更加羞耻，因为他是个男人。男性和精神病院放在一起的情形要远远少于女性和精神病院放在一起。对男人而言，这就等于他在履行职责过程中的一种性别上的堕落，尤其等于面子上的失败。我一开始也不明白，并不知道妈是在情绪压力、舆论压力、羞耻压力之下，对邻居们表达她对爸生病的态度，而邻居们当然对此也有他们自己的看法。"在渺茫的地方，我们的屁股，干着渺茫的活儿。"他们会这样说,而妈都知道,这就是为什么她会更多地责怪爸,甚至在他离世后。她经常看起来不是爱他,而是恨他。"悲剧!"她恼怒地走来走去,"能有什么悲剧?真的没什么痛苦。真的都是他自己想象出来的。真的现实中什么也没有。"她会假装对爸满不在乎,但其实她做不到。我讨厌妈这样,讨厌她说爸的坏话,尤其是对着我们,她不应该对着我们谴责我们的父亲。但她会不停地说下去,因为一旦开始,他的咬住不放就会被她咬住不放,直到她子弹上膛、一触即发、怒不可遏的程度。她必须走完全程,因为她停不下来。我过去常常为这种愤怒和她所有的指责、呵斥、抱怨所能达到的程度而感到困惑。直到很久以后,我才明白,这是因为她不原谅他的很多事情——也许是所有事情——不只是因为他没有打起精神。

这就是她的所作所为。她把这种不原谅带到每一次脆弱暧昧的联系里,也带到像十分钟区域这类的话题里。那里跟爸一样,据妈所说,也没有丝毫明朗起来的希望。"过分死板,"她说,"过分拖沓,过分阴郁。不按节奏,也没有理由,女儿,它是被想象出来的——那就是它的出处,也就是说它没有出处。""我明白了。"我说。当然,关于十分钟区域的神秘和标志性特色,我并不明白。现在我站在这里,将要穿越它。一开始我满脑子想的全都是天空、我们的老师,以及她关于明暗的说法和我们不假思索的回答——"黑暗!请让我们拥有黑暗!"至于纳粹炸弹,大部分残骸目前已经被清理掉了。地面依然坑坑洼洼,还没被填平。这里被炸过的地方通常到最后都变成了停车场,但原先矗立教堂的地方大概不会以同样的方式被改造成停车场。十分钟区域具有历史意义的、难以言说的荒凉，会扼杀任何人心中可能产生的任何来这里停车的欲望。

这里依然有一些小块的断壁残垣，得从上面踩过去，或从旁边绕过去——这就是我在做的事情。我一路往前走，朝着我的下一个地标。我抬起头朝着它，朝着墓地，瞄了一眼。我第一次注意到那里面的树木，它让我想到早些时候天空是绿色的。但如果绿色可以出现在天空上，或者说有时候可以出现在那里，那么我想知道这是不是意味着地面——同样是有时候——也可以是蓝色的？于是，我又瞄了一眼地面，这下我看见地上有个东西。在尚未清理的废墟中央侧躺着一个被斩下来的、依然还毛茸茸的、乱蓬蓬的小猫脑袋。它的脸朝下，地面是被炸开的水泥。我第一眼看到时还以为那是一个孩子玩的球，某种玩具，一个做游戏时假装成真钱袋子的假钱袋子，上面有像动物一样的耳朵、绒毛和胡须。但这是一只猫，一只猫的脑袋，一只直到爆炸前还活着的猫。此时我意识到，那个很久以前的炸弹，毕竟还是炸死了一些东西。

猫不像狗那样讨人喜欢。它们不在乎。永远无法依靠它们支撑人类的自我。它们走自己的路，我行我素，不会卑躬屈膝，永远不道歉。从没有人碰见过一只猫道歉，如果哪只猫道了歉，毫无疑问，显然不是发自内心的。至于死猫——故意杀害猫，理所当然地杀害它们——我碰巧遇到过很多次。在童年里，我会碰巧遇到这种事。那时候，猫是有害动物，起破坏作用，类似女巫，跟左手、倒霉运、女性气质一样——但从来没有人站出来攻击女性气质，除了一些人在喝得酩酊大醉时会跟另一些同样喝得酩酊大醉的人讲起——如果后来某个倒霉的女性遇到了暴力——事后会归罪于伟大事业。男人和男孩杀害猫，就算没杀害，至少也会在路过的时候踢它们，或者用弹弓朝它们弹石头。这是经常发生的事情，所以当你碰巧遇到一只死猫，你不会特意提起。至于我自己，我没有杀过猫，也不想遇见猫被杀害。然而，那几次遇见、那几次我所体验过的恶心反感，让我形成了一种非常强烈的条件反射：比起看见一只死的，我更怕遇到一只活着的。我惧怕触碰，就算摸一下也能让我愚蠢地尖叫。当年，在很多年前，死了很多猫。另一方面，狗的数量却很充足，它们绝对没问题。狗结实强壮、忠诚、封建，适合男人用来形容自己，具有奴性，需要服从于他人。因此，狗被接纳，被引以为豪，被视作能保护人类的残忍动物。每个人都有一只狗，但那也救不了它们，因为有一天晚上，除了两只以外，其他的狗几乎全部都被杀掉了。它们惨遭杀害，那些死狗，全军覆没。这场大屠狗，全然不同于轻松惬意、几乎天天都在发生的屠猫。它在我的童年里，以一种残暴壮观的方式展开。那天半夜，来自"海对岸"的军队切开了这里所有狗的喉咙。他们留下堆积如山的尸体，战略性地堆在其中一条通道的尽头。同样是那些通道，平常堆放着一些牛奶塑料格箱，里面装着裹好破布的汽油炸药，用来对付会在同一天的某个时点爆发的又一场地区骚乱。谁都知道这是军队士兵干的，这是他们的声明，给我们这些本地人的一次教训，宣告他们能对付我们的狗。就算我们的狗狂吠不止、龇牙低吼、在他们出现时跟反政府派通风报信，他们也都能摆平。但是我们的狗，从来都不只那么简单。

它们狂吠不止、龇牙低吼、成为警觉的狗，始终都是为了我们大家的利益，而不只是为了反政府派。我们的狗用这种方式警告每个人，尤其是所有男孩和男人——年轻的男人、年长的男人、反政府派、非反政府派——因为男性的情况更糟——警惕那些坐着装甲车大批量出现的士兵。他们从车上跳下来，草木皆兵般地把我们附近的所有街道都巡逻一遍。大家都很感激狗提供给我们的预警机制，这为我们争取到了一小会儿时间随机应变，更容易避开他们的行军路线。否则你出门会很难受，在街上被拦住，被好几个人包围，在枪口下，被命令回答问题，被按在墙上，贴着墙被搜身——在那些通道边上、那些通道的尽头——保持那种被搜身的姿势，一动不动，直到那些士兵认为可以了；同样让人难受的是被那些拿着枪的成年人讥笑，身为妻子、姐妹、母亲、女儿的你，如果在这时候走出门，将痛苦地目睹他们对你的儿子、兄弟、丈夫或父亲的所作所为。尤其让人难受的是，你终于清楚地意识到，只要你一直待在那里，目睹眼前发生的事情，你的儿子或你的兄弟或你的丈夫或你的父亲就会一直被按在那面墙上，一动也不能动。你还要继续吗？你还能坚强地站着吗？你还要痛苦地一直目睹下去，即使在此期间你给你的儿子或你的兄弟或你的丈夫或你的父亲带来了更多的痛苦和更长时间的侮辱吗？还是说你会走开，回到屋里，把你的儿子或你的兄弟或你的丈夫或你的父亲丢给那些人？就算没有发生那种事情，女人走出家门后，也会遇到那些针对她的具有性意味的评论,给她带来持续不断的影响,或者被那些粗鄙下流的人嘴里说出的极其恶劣的言语惹恼。任何女人都不可能不为此感到难过。"你这丑女人。"他们会说。"你那东西。"他们会说。"你适合去卖。"接着是"如果我们当着你的面……会怎么样?"还有其他类似的话,他们手里依然拿着枪,勉强克制住自己的情绪,但往往是不加克制地一吐为快。自然而然——或许不是自然而然的,但也是可理解的——这种语言听到最后,女孩或女人会很容易地想到:如果此刻有个反政府派狙击手,从楼上某个窗户里,用来复枪把你的脑袋一枪爆掉,士兵,你的死不仅不会让我恼怒,还会让我觉得赏心悦目,给精神带来慰藉,充满魅力,是因果报应。所以,这就是恨。这就是深仇大恨,七十年代的深仇大恨。人们还必须避开具有误导性的、复杂低效的政治问题上的缺陷,以及关于政治问题的所有理性化和选择结论所带来的影响,以恰当地计算这种仇恨的分量。这就跟某个人——一个来自"马路对面"的非常普通的人——有一次在电视上所说的一样。他想杀掉我们这里信仰我们这种宗教的每一个人——也就等于我们这里的每一个人——为了报复一个来自我们这里的反政府派成员,这个人从我们这里出发,走到马路对面,炸死了他们那里信仰他们那种宗教的好多人。当时他说,也是简明扼要地说:"你心里的那种感觉很奇妙。"他说得没错,是很奇妙,无论最后扣动扳机的人是不是你自己。

所以狗是必需的。它们很重要,是一种平衡措施,一种交换接口,一种安全缓冲,对抗一种憎恶别人也憎恶自己的情绪所带来的瞬间发生并终将消亡的正面冲突。完全就是那种在几秒内,在个人之间、在家族之间、在国家之间、在性别之间突然爆发的冲突,给所有人造成不可复原的伤害。为了抑制它,逃避它,摆脱那些可怕的记忆,所有那些痛苦、历史以及人格的堕落,当你听见犬吠,当那种野蛮残忍、部落式的犬吠声开始响起,你就知道接下来要等在屋内——大约一刻钟——等待军队自动离开。这样一来,你不用跟他们接触,你不会感受到无力、不公,也不会有那种最坏的体会:怎么就连你这样一个正常、普通、非常善良的人,也会想要杀戮,或者在杀戮中寻求安慰。此外,如果你已经走到外面的大街,也就是战场——大街就是战场——你突然听到犬吠。那好吧,你只需要听着,然后判断那些士兵正在往哪个方向前进。如果他们往你这里来,那很简单,你只要赶紧往旁边另一条比较隐蔽的街上跑就行。然而,他们杀了狗,消灭了中介,如此一来,我们又将回到古老封闭、必须直面的仇恨里,直到新出生的小狗被养大,被训练得对我们这边赤胆忠心。那天晚上,狗遭到屠杀,我们将要面对现实中成堆的尸体,但第二天早晨首先要直面的是当地人的反应。

基本上是沉默。或者说一开始是沉默。有一只狗——起初以为它是这里最后一只活着的狗——和我们其他人一起旁观,时不时地呜咽几声,尾巴深深地夹在两条腿中间。至于我自己,当时我九岁,在我看来,眼前的狗也太多了,已经超出了这里的人们一向能控制的范围,那些士兵肯定又用公共汽车运来了一部分。然而,一旦当地人开始辨别和认领,所有这些尸体,包括每一只,都被他们认领了。在我一个孩子的眼里,以及在我身边的三哥的眼里，这一大堆狗尸体上的脑袋似乎都不见了。我们以为是被砍掉了。"妈咪！那些脑袋！他们拿走了脑袋！脑袋在哪里？"我们哭喊道。"莱西在哪里，妈咪？爹地在哪里？哥哥们找到莱西了吗？爹地在哪里？莱西在哪里？"我们拽着她的外套。三哥开始大哭，我跟着他哭，接着其他孩子也都跟着我们哭了起来。这时最后一只幸存的狗也开始发出长长的吼声。那天我们有很多人，很多孩子，蜷缩着身体，紧紧地贴着家里的大人。因此，一开始是沉默，接着是我们的哭声。再接着，受到哭声的影响，大人们抛开自己的震惊，鼓起勇气，采取行动。他们开始收拾这场屠杀，男性——包括年轻的男人、年长的男人、反政府派、非反政府派——在这黏糊糊、毛茸茸的一大堆里艰难地挪动。他们清理这些湿乎乎的沉重的尸体，把它们一具具地分开，然后一个人接一个人，把每一具尸体传递给前来认领的人，后者拿到尸体后，把它放在儿童摩托车上、婴儿车上、独轮推车上或者超市手推车上，更多人则是把它当作曾经活着的样子抱在怀里，然后带回家。至于爸，我记得三哥和我迫不及待地请求他、恳求他也来到现场，加入这些男人的行列，做男人该做的事，就像几年后他做到的那样，和大家一起寻找某某·某某之子的弟弟的脑袋。但也许发生屠狗事件的那天是他的坏日子，是他待在床上、待在医院里的日子，是他思考纳粹大屠杀或者翻看已经泛黄的过期拳击杂志的日子。无论是哪个，总之他不在那里。不过，我的兄弟们还是和其他人一起待在了那里。他们在挖土，似乎要挖穿地球。他们正在地球的中心，已经来到地底下，但他们还在继续挖。我又递给他们几把铲子，想象着他们正在用这些铲子挖土，地面已经湿透了，泥土没过了兄弟们和男人们的腰。他们挖进深深的土里，把那些狗弄出来，血块、泥团、矿层，越来越红、越来越褐、越来越暗、越来越黏，最后变成黑色。我记得当时我看到了兄弟们、所有我们的狗，还有我们这些站在周围的人，但我一点也不记得有任何死亡的气味。某一刻，三哥哭了："那些狗在动！**妈咪！那些狗在动！**"我看了看，它们在动，微微地上下起伏。我们的母亲，我记得也是跟狗一个样子——她就像块石头，我们拽她，我们说："妈咪，莱西呢？""**妈咪，爹地在哪里？**""妈咪，那些狗在动！"可她没什么反应。最终，某个人，也就是二姐，给我们作了解释。她说脑袋还在，只是往后折了。她的意思，我后来才明白，是指喉咙被深深地割断了，割到骨头里，所以在我们看来就好像脑袋不见了。这个解释在我心里似乎比较容易接受，我想在三哥的心里也一样。脑袋应该依然在那里，而不应该不见了，不应该让那些士兵拿去玩了，踢来踢去，继续亵渎；或者能得到解释就已经算是一种安慰。但我们继续哭，其他孩子也一样，尤其当某只特定的狗被挖出来，或者预期某只特定的狗将被挖出来而导致痛苦愈演愈烈时，就哭得更厉害了。我们也抱过几次希望：也许它们没死，因为，是的，它们在动。"它们没在动。"大人们说。最后，由于我们抱有太多绝望中的希望，大人们命令年长的兄弟姐妹把我们这些年幼的孩子送回家。

大姐和二姐带着三哥和我回家，那时候我俩是家里最小的。我们离开那个通道，而哥哥们和其他一些男人还留在那里。一路上，我们两个人不停地回头看、回头想，很长时间里不停地往后瞥，心里想的全是莱西。这些是我们的狗，它们是街上的狗。每天你把你的狗放到外面街上去冒险，就跟你把你的孩子放到外面去冒险一样。到了夜晚时分，狗和孩子都会回来，除了那天晚上，孩子们回来了，狗却没有。三哥和我被带回了家，离开了那个通道。一路上，两个姐姐搂着我们。但我们依然不停地回头瞥，直到来到家附近，这时心中又升起了新的希望。虽然其他狗死得只剩下一只，虽然莱西整晚都待在外面，就跟那些死掉的狗一样整晚都待在外面，但也有可能莱西已经回来了，甚至现在就在房子里。于是我们加快脚步，冲进大门，结果莱西真的就在那儿。她躺在壁炉前的地板上，抬起脑袋，愤怒地朝着我们低吼——也许是开门影响了她？让穿堂风吹进来打扰了她？莱西没什么家族血统可言，这里的狗都没什么家族血统可言。她没有资质，没有证书，不怎么活泼可爱，没什么技能，不是那种会为遇险者求援或者救起溺水小孩的狗。莱西无暇顾及小孩，包括这个家里年幼的孩子，但是那天见到她、听到她、知道她的喉咙依然能发出低吼以及她依然会跟我们使性子的时候，我们感觉这是人生中最幸福的一天。当然，我们没有扑倒在她身上，因为莱西不喜欢那样。那是一个极其糟糕的上午，直到莱西再次出现。那之后的事情，我忘记了。我忘记了那些狗、它们的死亡、当地的哀悼和震惊，以及毫无疑问的士兵们的凯旋。那天晚上吃过晚餐后，当时依然只有九岁的我出发去完成我最新的一次冒险，穿过那个通道，现在那里和平时一样堆放着为下一场地区骚乱而准备的汽油炸弹。那里没有死狗的迹象，但我确实闻到一股清洁剂的刺鼻气味，是杰伊斯牌消毒液。我会记着这一点，是因为直到那一刻之前,这种消毒液还一直是我在家里最喜欢的特殊气味。

所以,士兵杀害狗,当地人杀害猫,现在纳粹空军也来杀害猫。我瞄了一眼躺在碎石堆里的小脑袋,感到震惊,我不记得自己曾经有过这样的震惊。我也不明白自己为什么在这一刻会有这般强烈的反应。我不去看它,坚定地继续往前走,但它依然在我心里。它一直跟着我,直到我发现自己停下脚步,转过身去。我沿原路返回,又站到脑袋边上。这一次我凑近看它,发现它湿乎乎的,还有点发黑,是血液的黑,脖子那里或者说原先是脖子的那个地方更是湿得有些发烂。我蹲下身子,拿一小块碎石沿着脑袋边缘轻轻地把它翻了过来。它的脸现在完全朝上,依然能辨认出它是只猫,它的眼睛比较大,或者说眼眶比较大,因为有一只眼睛不见了。那个没有眼睛的空眼眶很大,脑袋里面有动静。我想是有虫子在里面活动,结果我真的看见了一团团、一簇簇的虫子——在鼻子上、耳朵上、嘴上,在仅剩下的那只眼睛上也有一团。还有一些肉眼可见的懒洋洋的蛆,不过到目前为止,除了一些甜丝丝的类似酵母菌的味道,还没有散发出其他更多的气味。至于尸体的其他部分,我瞥了瞥周围,但没看见。虽然只是孤零零的一个脑袋,但暂时也够麻烦了。不,是太麻烦了。我站起身来,再次走开,因为那个法语班挺好的。我一如既往地喜欢在那里上课,喜欢老师的特立独行,以及她所说的"依然声音很小""活在当下""为了接下来可能发生的事情放弃你们认为应该发生的事情"。还有她所说的"做一个改变,同学们,只要一个改变,我向你们保证,其他一切也都会跟着改变"——对我们、对不只是不喜欢隐喻甚至连显而易见的事物也不愿承认的人们说出这种话。但我感到这有价值。我感到她有价值，我不想失去这种感觉。但是这个被埋在尘土里的脑袋，加上在这之前出现的小货车、十分钟区域、战争时期的炸弹以及由此联想到的死去的爸和他的抑郁症，还有妈对他的抑郁症的攻击，所有这些让"这有什么意义？有意义又有什么用？"那套想法再次浮现。"尝试并反复尝试，"老师说，"那就是做事的方式。"但是，如果她关于尝试并反复尝试、关于走向新章节的看法是错的，那该怎么办？如果下一个章节和这一个章节是一样的，跟上一个章节也是一样的，那该怎么办？如果所有的章节从头到尾都是一样的，甚至随着时间流逝越来越糟，那该怎么办？我一边思考，一边又让自己回到那只猫所在的地方，沿原路返回，就好像在这件事情上我别无选择。别傻了，我说。你打算怎么办——永远站在这里，就盯着它看？我要把它捡起来，我回答。我要把它带到某片绿茵。我感到惊讶。我感到震惊。接着我想到了树篱、灌木和树根，我再次感到震惊。我可以把它埋掉，不让它暴露在这个可怕的公共场所。但是为什么呢？我争辩道。不出一分钟，你就能离开这里。你会到达墓地，你的第二个地标。接下来是警察亭，接下来是从那个配备烘焙间的房子里飘散出来的令人心旷神怡的肉桂香，再接下来——当然！我打断说，会是老地方！

我已经拿出了几块小手帕。这些是真正的手帕，针织的，不是纸做的。以前我只有男士手帕，那种大尺寸的白色亚麻手帕，因为女士手帕太过漂亮，不怎么适合用来给你擤鼻涕。不过，自从某个圣诞节期间小妹妹们送了一个礼盒装给我,我就开始越来越喜欢它们。自那以后,我会为了文化和审美的需要,带上一块女士手帕,但同时又为了实际使用的需要,再带上一块男士手帕。那天晚上,我打算让两块手帕在实际使用和象征意义上都发挥作用。我先打开小巧、精致、典雅的女士手帕,把它铺在地上,接着又拿出朴素的男士大手帕,把脑袋轻轻地拨上去。在此过程中,我能感觉到猫的前牙穿透织物,脑袋上的皮肤正在剥离。一些毛发开始脱落,这时我感到害怕,以为头骨要从头皮里滑落出来了。就在那刻,任务完成,脑袋落到了女士手帕的正中央。我用这块漂亮的刺绣棉布把它包裹起来。然后,我把包着脑袋的女士手帕放在已经摊开的男士手帕上,又给它包上一层。疯狂的证明,我继续想,你心里十分清楚,无论这地方看起来有多么荒凉,也至少有一个人正在某处监视你,你真的打算拿着脑袋走在路上?这意味着会出现更多流言蜚语、更多胡编乱造、更多关于你人格堕落的详细描述。但在那时,我不在乎。而且我是不由自主。我心想只需要一小会儿,因为我很快就会找到一个合适的地点——一个私密僻静的地方,也许直到远方的墙边,在古老的土地上,那里杂草丛生,守墓人对它们连屁股都懒得挪一挪。此刻,我已经把大手帕的对角扎在一起。我站起身来,正要去做我想做的事情,结果却是几乎撞到送奶工。他如此不声不响,我又如此全神贯注,因此完全没有察觉到他的存在。此刻,他离我、我离他,仅仅几英寸的距离。只有那些手帕连同包裹在里面的黑暗的死物,在我们之间扮演着缓冲。

我首先感觉到的又是那种脊柱的震颤。那种胡乱摸索，那种仓促奔逃，我身上雌性动物所特有的那种战栗，从我的尾椎骨延伸到我的双腿。我体内的一切都本能地停止了。就这样停止了。我所有的身体机能。我一动不动，他也一动不动。我们站在那里，谁都没有动，也不说话。过了一会儿，他先开口了，他说："你在上希腊罗马课，是吗？"在送奶工所掌握的关于我的全部信息里，从头到尾只有这一点他弄错了。不是说我从没考虑过希腊罗马课，我曾经想选择的是希腊罗马古典研究的夜校班，而不是法语。我一直为那些古人着迷——他们无拘无束的情感，他们没有道德原则的个性，他们的神话故事、宗教仪式，所有那些令人毛骨悚然、刁钻古怪、偏执多疑的图谋和净化。还有他们喜怒无常的神以及普通人向那些神祈求得到的诅咒，用来加害他们所有的敌人，结果这些敌人正是住在隔壁的那些人。这整个都像极了爱丽丝梦游仙境，比如傲慢的恺撒和苹果树结婚，从马群里挑选领主。那时候的一些事情很有趣，一些事情和心理学有关，一些事情不太正常——一个行为古怪但仍在可接受范围内的正常人才能够理解。这就是为什么我甚至读了招生简章，以确认我能否报名这个夜校班。但希腊罗马课在周二晚上，我的周二晚上安排了准男友，所以周三的法语课取而代之成了我的选择。看来送奶工搞错了，但我没有纠正他，因为这给了我希望：在他的无所不知之中，他又不是无所不知的。但我回家后对此进行了解构，又意识到这也算不上真正的希望。他读出我关于夜校班的想法，是的，这些一直都是表层的想法，来自头层土壤，也就是说不重要，不是秘密，没有脆弱到被加密。那些汤姆、迪克和哈里中的任何一个人，只要他们想，就能很容易、非常容易地走进来。不过，他甚至没有在我思考的时候靠近我，就已经能读出我的心思，这一点让我感觉阴森恐怖，说明有一个男人对我执行了一次彻底的搜查，不放过任何一点一滴的信息，耐心地搜集、整理和归档，尽管这一次他最终还是弄错了。

跟我们的上两次见面，也就是他周密策划的那两次一样，这次也几乎都是他在提问，而且看起来并不急于得到回答。这是因为他问的都不是真正的问题。他不是为了获取信息或确认自己的猜测而真正的提问。这些问题其实都是陈述主张、具有修辞力量的评论、暗示和警告，是为了让我知道他已经专门了解过我，而那些添加在最后的"是不是？""有没有？""对不对？""不是那样？"是他伪装成提问用的。他开始评论希腊罗马，与此同时，我想起了那辆小货车，那辆白色小货车，想到通道里的那辆车肯定就是他的。那时候他是不是就已经在跟踪我？我上法语课的时候，他是不是一直坐在那辆小货车里，看着我，看着其他人，注意到我们在观看日落时的焦虑？他跟我说话时又好像认识我似的，又好像我们曾经以某种恰当的方式彼此介绍过似的。跟上次在水库公园一样，这次他的目光依然偏向别处，没有直视我；更像是在凝视我身体的一侧。接着他又问了一个问题，这个问题关于准男友，他之前一直没有提起这个人，直到此刻。

他要在适当的时候提起他，现在时候到了，我们是不是应该略微谈谈这个所谓的有点像是男朋友的人了？他说："你有时候去见的那个小伙，年轻小伙。"他说"年轻小伙"，就好像准男友太年轻,就好像他并没有大我两岁。"你去你的居住地之外、他的居住地之内的酒吧,和那个年轻小伙跳舞,是不是?还去少数几家镇上的酒吧,以及大学附近的其他一些酒吧?你和那个年轻小伙一起去喝酒,没错吧?"说到这里,他开始列举那些特定的酒吧和确切的时间地点,接着他说他注意到我现在不常在工作日搭乘公共汽车去镇上了。他指的不是上次他提起过的我以前经常搭乘的那辆早班公共汽车,而是我最近为了避开他,特意绕道去搭乘的那辆新的公共汽车。那是因为,他说,如果我前一晚在年轻小伙家过夜,第二天早晨就会从年轻小伙家出门,搭别人的顺风车去上班。因此,他认得准男友家,知道他所在的地区,还有他的名字、他有些什么朋友、他在哪里工作,甚至知道他曾经在一家汽车厂上班,而那家厂后来因为整体劳力过剩而不得不关门。他还知道我和准男友睡在一起。说到这里,我被惹恼了。他的那些话里可能暗示着的——我知道实际上正在暗示着的——含义,让我感觉自己像是被逮住了。"但他还不算个约会对象,对吗?"他问,"不是什么正经的约会,不稳定,也不成熟。你和他的关系一直在原地踏步,不是吗?"他的话让我措手不及。如果要我猜想在这次,也就是我们的第三次碰面中,送奶工会对我做些什么,那也应该是批评我继续跑步,依照他的说法,我不仅不应该把跑跑走走作为我的运动节奏,还不应该继续走路,因为——他上次有没有说?——我走了太多的路。他批评的两件事情我都依然在做,他因此感到失望。不仅如此,我还和三姐夫一起在水库公园里跑步。但他没有提起三姐夫,也没有提起我继续动腿,更没有提起水库公园。因此,这新一轮的谈话让我彻底不知所措。

他说——仅仅稍微提了一下——年轻小伙依然在干汽车这一行,对吗?接着,他说了准男友目前确切的工作地点,谈论了宾利风驰,还有那个超级增压机。再接着,是那面来自"海对岸"的旗帜。就在这时,我的双腿后部有一股快速流动的感觉,有节奏地将我控制住,让我很不舒服。他了解准男友的日常路线和他所有的活动,就跟他了解我的日常路线和我的活动一样。接着,他说年轻小伙喜欢日落。其他任何人——尤其是任何男性——就算注意到日落,也不会花时间开车去观看,他说起这一点,就好像这是一种格格不入,就好像在他搜查、盯梢、指使谋杀的所有那些年里,从没碰到过如此古怪的人——确实够古怪的。这也正是我对准男友和日落这件事的看法,但不包括搜查、盯梢和指使谋杀那部分。然后他又说:"各有所好。"他说得很平静,更像是自言自语,给他自己提供一种轻松幽默的消遣。他又回过头来谈论超级增压机,或者更确切地说,是在准男友那里流传着的关于他和超级增压机的谣言,以及人们假想他具有的倾向——成为叛徒的倾向——针对他家里放着一件如此典型的"海对岸"的物品,上面有那个红白蓝的东西。

我回答他时发现自己正在做一件完全不符合我个性的事情。"他没有拿那个贴有旗帜的部件。"我说,"不存在什么贴有旗帜的部件。那是他那里的人四处散播的谣言。"接着我又推翻了我自己,说:"某个来自'马路对面'的小伙在我男朋友干活的地方给部件加上了旗帜。"——我的话里有三件事以前从没发生过。

第一，我在撒谎，无中生有地捏造了某个信仰其他宗教的人在准男友干活的地方给部件加上了旗帜。实际上，我根本不知道准男友干活的修车铺里是否有人信仰对立的宗教。第二，我把"准男友"变成了"我男朋友"，我是第一次这么做。这是为了防范，不让送奶工察觉出这个"准"意味着我和准男友的关系里存在缝隙，并不失时机地利用这个缝隙插进我们之间。第三，我突然讲出来的这些话，这些急促含糊、毫无节制的话——正如我所说，是谎言，是为了替准男友辩解，为了保护准男友，不让他被这个无所不知的、邪恶的送奶工伤害——但这与我几乎从不开口替自己辩解、保护自己形成了鲜明对比。我不明白正在发生什么、我在做什么，但我能感觉出我此时的表现和那次我朝着窗外冲着大姐大喊大叫之间的相似性，那次她特意来我家，严厉地污蔑我，因为她丈夫派她来严厉地污蔑我。我当时感觉自己跌跌撞撞，就跟现在一样。我摔跟头了，我多嘴了，而我通常的做法是远离流言蜚语，远离大嘴巴，不用去喂饱那五千人[1]。那个令人厌恶的集体心理所形成的势头，足以对人产生影响，把人骗进来。我几乎不知道自己在说什么、为什么要说、为什么要替准男友解释和开脱，这完全就是我和送奶工最早见面以来——当时我在读《艾凡赫》，他把车停在我身边——我第一次想要对这个男人说点什么。但我还是继续说，用我似是而非的故事，反复提起那个来自"马路对面"的小伙，为了听起来像真的一样，我说得相当轻松随意。后来我突然想到，我或许不应该

---

[1] 出自《圣经·马太福音》第14章，耶稣曾经用五个饼和两条鱼喂饱五千人，被视为上帝的神迹。

捏造这个来自"马路对面"的小伙,而应该坚持真相,告诉他并不存在什么贴着旗帜的部件。但是在当时,来自"马路这边""马路的我们这边"和"信仰我们的宗教"的所有人都知道,对于任何来自"海对岸"的东西,哪怕只是疑似带有爱国主义情感,收下它的任何一部分都是不可以的——正如准男友那些眼红他的邻居所提出的那样——无论有没有旗帜,准男友都应该本能地退出抽签,根本不应该赢取那种汽车的任何一部分。于是就有了那一连串事件:一次抽签,赢得某物,突然继承了一大笔财富,被继承者慷慨大方,而且财富还在不断增长,不仅有口袋里的钱,还有物质财产,无法用常规的语言来形容。通常发生这种事情时,会有流言蜚语说那和告密有关。"就跟他们说你继承了一笔财产。"政府官员对来告密的人这样说,"对当地男孩,也就是那些反政府派,就说这笔钱——我们用来跟你换取情报的这点随便多少微不足道的钱——是你赢来的,或者说是你抽签或者赌博赢来的,我们一定会让这笔钱看起来确实像你抽签或者赌博赢来的。"于是,告密者会匪夷所思地真照那样说了。"抽签赢来的。"他们会说,一边说还一边夸张地耸耸肩,做作地表示他们当然不是告密者,而且没人会认为他们是告密者。这就是说,尽管当地通道里堆积着大量告密者的尸体,他们仍没有吸取教训,也没意识到不该愚弄任何人,尤其是反政府派。"抽签赢来的,"他们依然会这么说,"还上了报纸呢!"他们继续说,意思是全国发行的印刷品确凿地证明了他们不是告密者。但是又出了问题,他们用了"错误的"报纸,来自"那边"的报纸。在这种公开刊物上刊登这种声明,在我的社区里和准男友的社区里更可能获得的不是开脱和命运的救赎,而是谴责和注定悲惨的境遇。然而,尽管那些报纸被怀疑与政府串通勾结,告密者还是坚持政府为他们事先安排的那套说法。当然,准男友的东西确实是抽签赢来的,通过在他的修车铺里偶然开展的一场心血来潮的游戏。再怎么说,哪种眼光狭隘的告密者会用关于我们当地反政府派的那些没有太多价值的信息,去索要——并且还得到了——一辆宾利风驰上的超级增压机?然而,局面复杂。非常复杂。在这次见面中,我已经两次感受到掉入陷阱是多么容易。人们撒谎,圆谎,被谎言束缚,无法摆脱谎言,这就是为什么我还要继续撒谎。我从一个谎言开始,说我的准男友赢得了一个中立的部件,来自一辆中立的车,而实际上它可能不带任何一点中立的成分。此时此刻,我让自己与一个敏锐冷酷的情报机构对着干,在我想象中那是送奶工所掌控的机构,我已经无法回到最初,重新讲一个更简单的故事——那个真实的故事——因为如果我这么做,那只会把准男友的事情越搞越复杂,还等于向送奶工承认我一直在撒谎。

这是疯了,你疯了,我对自己说。你接下来打算怎么说?如果这个旗帜事件最后被送上了袋鼠法庭,那该怎么办?你愿不愿意提起那个来自"马路对面"的小伙——让我们假设他叫艾弗?这个人肯定。他不愿意在任何与他为敌的反政府派的地盘现身,不是因为他是个虚构人物,而是因为他的信仰问题。不过,他还是愿意在他工友的支持下写一张小字条。艾弗会在这张小字条里保证,他是那个贴有旗帜的部件的所有者,或许还要在部件旁附上一张他自己的宝丽来快照,并在字里行间暗示他来自"马路对面"的身份——或许可以放上更多的旗帜?诡计应该能得逞。我身上喜欢联想和讥讽的这部分性格又让我想起了准男友的轻率鲁莽,想起他对汽车的极度狂热,以及强迫症般地囤积东西、一直堆到房梁上的癖好,他违背了我们在政治上、社会上和宗教上最重要的规定。男孩的处境与女孩不一样。对他们而言,关于"允许什么"和"不允许什么"的规定更加死板、更加艰难。大部分男性那边的规定我不是很在意。我不了解啤酒、拉格啤酒,甚至某些烈酒;运动,我也一样不了解,因为我讨厌运动,我讨厌啤酒,我讨厌高浓度的烈酒,拉格啤酒也一样,我从没注意到土生土长的男性在这些东西的选择上坚持带有政治或信仰的色彩。汽车我也确实不了解,哪些来自"海对岸"的是可以接受的,哪些是绝对不可接受的。至于宾利风驰,尽管我已经意识到这辆车必定会让人联想到某种代表国家的徽章——但有没有可能,我想知道——跟准男友温文尔雅、善于交际的邻居先前想知道的一样——把它变成那些可以接受的、跨越界线的赦免对象之一?最近准男友那里到处散播着的凶猛的谣言似乎表明了没有这种可能。因此,没有什么部件是中立的。因此,所有部件都是叛国的。还有,如果艾弗性格偏执,拒绝写字条,又该怎么办?

"有个汽车炸弹爆炸了。"

是送奶工在说话,我赶紧听他在说什么。他说:"那是'一个装置',对吗?他们诡异地称之为'一个装置'的东西,被贴在汽车排气管里面,然后在例行保养的时候爆炸了?我不得不说,我惊讶于你姐姐的前男友,作为一个汽车修理工,竟然没有发现这种显然很容易被他这种职业的人找出来的东西。"听到这里,我心想,不对,错了,他搞错了。姐姐死掉的前男友、欺骗她的那个人,后来死在他的汽车里是因为当时信仰对立宗教的一个宗派心很强的工友在工厂的停车场里往他的汽车底盘放了一个炸弹。但那个前任是个水管工,不是汽车修理工。准男友才是汽车修理工。我接着又想,可他为什么要谈论姐姐和她的前任?在我看来,送奶工虽然搞错了希腊罗马,但他不可能这么无知,连一些根本算不上秘密的事情也不知道。当然,他并不无知,并没有把水管工和汽车修理工搞混。是我本身的推理能力不够,没能当即领悟到他话里有话。他还是继续往下说,不断地暗示我,给我时间,给我一个慷慨仁慈的机会。他天衣无缝地来回穿插,从姐姐死去的前男友和杀害他的政府捍卫者放置的炸弹,一直讲到"他现在正在家里修一辆破烂不堪的车,对吗?"他是指准男友。接着又回到死去的丈夫,他没能成为丈夫,却是他悲伤地守着寡的前女友心中真正的丈夫。他接着摇了摇头,为他们感到难过,为姐姐和她死去的爱人。"错误的地方,错误的时间,错误的宗教信仰。"他说。他还说他希望大姐能够从中恢复,不会永远为失去那个汽车修理工而感到悲伤。"好女人,依然是个好女人。脸蛋儿很漂亮。"——从头到尾都没有提起过她嫁的那个男人,她真正的丈夫,也就是大姐夫。我开始感到困惑。难道是姐姐?我在想。我是不是搞错了?他追求的人会不会从头到尾都是大姐,而不是我?但是为什么要提起她的前男友?为什么要提起害死他的那个炸弹?为什么要提起准男友?就在我为这些问题感到大惑不解的同时，那些令人难受的波浪，一波生理的涟漪接着一波情感的涟漪，又在不断地攻击着我的双腿和背脊。

由于送奶工的迂回暗示，我发现自己的恐惧开始发生变化。一方面，我不再为准男友那里的那些人期盼他受到伤害而感到怒不可遏。他们这样做是因为他忽视他的历史，因为他遗忘他的社区，因为他把一些引起众怒的、他那里的人不希望看到的徽章带回家，并在他堆满东西的房子里、堆满东西的食品柜里，和他的汽车零件一起高高地堆到了天上。另一方面，我也不再害怕那些嫉妒他的无论信仰哪种宗教的工友对他进行一场更私人化的报复，想让他有最坏的遭遇，因为他赢得了一个世界闻名的珍贵的汽车零件，而那也正是他们自己想要赢得的。听了送奶工的话，我眼下开始担心准男友正处在一种更迫在眉睫的危险中。他确实修理汽车，修理过很多汽车。他对汽车大概已经到了习以为常的地步，跳进车内，随随便便地转动钥匙，发动引擎。至于工作场所人员的信仰构成，我从没问过准男友。有可能他在一个混合信仰的环境里工作，如果是这样，有可能是个标准体面的混合信仰环境，但更可能是那些充满仇恨、剑拔弩张、暗藏杀机的混合信仰环境中的一个。我不知道。他也不知道，从没问过我同样的问题。我确实和一些信仰对立宗教的女孩一起工作，但我从没觉得有必要去弄明白她们是否信仰对立的宗教，除非答案自己浮现。有时候是慢慢得知的，随着时间流逝，人们自然而然地了解彼此；但更多时候是突然间得知的，比如一旦听说了彼此的父亲、祖父、叔叔、兄弟的名字。我和准男友从没主动聊过那种话题，但我们都很自然地不喜欢另一个国家的军队，不喜欢这里的警察，不喜欢这里当权的政府，不喜欢"那边"当权的政府，不喜欢"马路对面"的政府捍卫者准军事组织，不喜欢绞尽脑汁想弄清楚别人是什么信仰的人，无论他自己是哪种人、信仰哪种宗教。当然，生活在这里，人们会不由自主地抱有观点。不可能生活在这里——在那些岁月里，那些乌合之众的极端岁月里，在那些大街，也就是战场——大街就是战场——却没有任何观点。我自己把大部分时间都扑在了十九世纪，甚至十八世纪，有时候是十七和十六世纪，即便如此，我还是不可避免地抱有观点。三姐夫也一样，由于他痴迷于运动，我们这里的所有人都信誓旦旦地说他不会抱有任何观点，结果却发现他有着尖锐的观点。我们无法逃离观点。当然，问题在于这些地区之间、两边之间的观点，还不只是有所不同而已。事实上，每个人都无法忍受他人，以至于每隔一段时间就会发生脾气火暴、日益激烈的争执；这也就是为什么如果你不想介入那种爆炸性的混乱局面，即使你不可避免地抱有观点，你也只能想方设法把自己训练得彬彬有礼，才能克服暴力、仇恨和责怪，或者无论如何也要让它们相平衡——否则怎么生活下去呢？这不是精神分裂症，而是生活。这是在创伤和黑暗之下努力实现正常状态。因此，发现善良美好，而不是厌恶反感，是共存的关键。我们的法语班就是一个例子，一个混合信仰的班级，你可以在班上严厉抨击法国，或者更有针对性地说，法国隐喻文学作家。但是，如果你要求别人发表他们自己的观点、谈论他们的观点或者你的观点，从社会礼仪规范的角度来看，就根本不行，一秒钟也不行。至于反政府派——比如准男友和我对反政府派的看法——我们也从不谈论。在我看来，这是因为当时有两样东西占据了我的内心。第一样是准男友，第二样是我们"若有似无"的关系。现在又多了这个送奶工——所以是三样东西，不再是两样。此外，如果反政府派的复杂动机在于想找到切入点、强迫我对他们做出一个全面综合的看法，也就是带有各种相互矛盾含义的看法，那就意味着变成四样东西了。接下来是政治问题，因为我不能脑子里总想着反政府派，却又不知道他们存在的理由——于是就有了五样东西。五样东西。这就是内心矛盾的大门打开时的状况。怀着所有这些不可调和的想法，不再可能陈述自己的观点，不只是政治正确的问题，甚至都不符合理性。因此有了二分法、封闭麻木、犹昧感、刻意回避、走路看书——为了寻求古代卷轴和莎草纸文献所带来的安全感，我甚至考虑将目前的手抄本全部忍痛放弃。否则，如果我突然意识到割裂的力量和感情，我会不知所措。鉴于所有这些被合法化的、被捍卫的失衡，我能理解他们，也就是反政府派，怎么会出现、怎么会看起来非出现不可的必然性。还有缺乏倾听、顽固不妥协，以及暗示着动荡时代本身的根深蒂固的真相。所以，断层线的开裂是不可避免的；所以，反政府派的出现也是无可奈何的。至于杀戮，这是常见的，意味着不会被过多地提起，不是因为不值一提，而是因为这是个庞大的问题，案件数也数不清，没过多久就不够时间留给它了。然而，每隔一段时间，就会有一件极其出格的事情发生，以至于"马路这边""马路那边""海对岸"和"分界线那边"的每个人的日常生活都只能被中断。反政府派的暴行会让你大惊失色："上帝啊，

123

上帝啊上帝,我的观点怎么会助长了这种行动?"一直是这样的情形,直到你忘记;等到敌人又做了一件可怕的事情,你就会忘记。又一次的天旋地转、大惊失色。复仇和反复仇。参加和平运动,表达自己对跨社区讨论、包罗万象的游行、真实完善的公民权利的支持——直到某一刻,人们开始怀疑这些和平运动、善良的意志和真实完善的公民权利正在被这个派系或那个派系悄悄渗透。于是你退出运动,放下希望,抛弃潜在的解决方案,被迫回到原来的观点里,那个观点始终是你所熟悉的、可以依赖的、无法避免的。在那些日子里,你不可能不封闭,因为到处都是封闭:我们社区里的各种关门,他们社区里的各种关门,这里的政府关门,"那边"的政府关门,报纸、广播和电视关门,因为接下来不会有任何消息,不会有哪怕一个政党察觉到真相被歪曲。到了这种地步,虽然人们谈论常态,但不会真的有什么常态,因为温和理性本身已经失控。无所谓当时提出了怎样的异议——关于方法和道德准则,关于刚刚开始运转或者从一开始就在运转的各种团体;也无所谓对于我们而言,在我们的社区里,在"马路的我们这边",政府是敌人,警察是敌人,"那边"的政府是敌人,来自"那边"的士兵是敌人,来自"马路对面"的政府捍卫者准军事组织是敌人,再扩展开来说——多亏了疑心病、过往历史和被迫害妄想症——医院、供电局、燃气公司、自来水厂、教育局、电话局的工作人员,以及任何穿着制服或者容易被误认为穿的是制服的人也是敌人。反过来在我们的敌人眼里,我们也被视作敌人——在那些黑暗的日子里、那些极端的日子里,如果没有在地下秘密活动的反政府派,在整个世界上，还有谁能作为我们和这具有压倒性优势的联合敌人阵营之间的缓冲？

当然，你不会这么说。这就是为什么十八岁的我没有谈论反政府派，不愿意反思他们，拉下百叶窗，把跟他们有关的话题挡在外面。我想在我的心中继续保持理智，我当时认为自己是理智的。这也就是为什么准男友，至少和我在一起的时候，没有谈论反政府派。这也可能就是为什么他潜心于汽车，就跟一些人痴迷于音乐一样。这并不意味着我们没有意识到，我们只是不知道如何才能避免成为狂热的拥护者。因此，有一种敬重——至少是对老派反政府派的敬重，那些人出于道德原则进行抵抗和斗争，最后死掉或成为政治犯——就像妈所指出的那样，把大量的"流氓、俗人、事业狂和私心"都吸引了进来。所以，是的，让盖子一直盖着，买老书，看老书，认真思考那些卷轴和泥版文书。这就是当时十八岁的我。准男友也一样。我们不讨论这个，也不反复思考这个，但是当然，我们和其他人一起，一天天、一滴滴地吸收它带来的日常影响。如今，在这个送奶工一直以来的帮助下，变成了这种情形：我自身的可怕幻想和大难临头的感觉预言了准男友即将死于暴力。当然，这不算真正的预言，因为这个送奶工已经用他那套措辞作了详细的描绘：死于汽车炸弹，但汽车炸弹可能并不是实际上采用的方式，只是举个例子，用来展示画面和效果。也不会是他来自"另一边"的工作上的同事（如果有的话）出于宗派主义的观点想要杀死准男友。不是。就好比送奶工并不是为了在水库公园里跑步而在水库公园里跑步，他是为了接近我，而准男友可能因为任何一种政治问题被杀害,但送奶工要杀害他实际上是出于被掩饰的、对他跟我之间的两性关系的嫉妒。这似乎就是送奶工在我们的谈话中重点强调的言下之意。所以,在这些想法一闪而过之际——这是一些充满困惑和焦虑的想法,不是我通常所触及的十九世纪文学里的让我感到安稳的想法——我不知道该如何回答。我知道如何不去回答,回答就等于对抗、提问、催促澄清。那样做绝对不会管用。我知道他知道最终我会理解他对我说的到底是什么,以及我出于社会性的习惯假装他没有对我说的是什么——这不只是社会性的习惯,还是一种精神性的东西。我身处大众的、草根的阶层,甚至无权知道这个男人是不是反政府派,不管怎样,这就是事实,因为我确实不知道。我相信他是反政府派,仅仅是因为这里所有不能被提起、结果却又被提起、同时依然裹着一层不能被提起的外衣的那些事件中,广泛存在着一种"理所当然"的态度;这个事件——也就是送奶工是不是反政府派——不能被提及,于是坊间会被说成"别傻了,他当然是的"。我应该相信这一点,就跟应该相信这里的其他某些人也是反政府派一样。然而,对比最近发生的其他一些不能被提起的事件——比如我跟送奶工有私情,但我自己很清楚事实并非如此,而其他人都不清楚——有没有可能类似地,这个男人也根本不是准军事组织成员?他可能是某个投机分子、某个幻想主义者、那种沃尔特·米蒂[1]式的人物,完全不是真实的自己,试图甚至成功地在自己的周围建立起神秘的威望——

---

[1] 美国作家和漫画家詹姆斯·瑟伯(1894—1961)创作的短篇小说《沃尔特·米蒂的秘密生活》中的人物,爱做白日梦,整天幻想自己是个英雄。

在送奶工的例子中,他假扮的是某个最高反政府派情报机构的情报收集人员——一切都建立在别人对他的误解的基础上。有没有可能送奶工从一开始就是个"扶手椅上的支持者[1]",对反政府派抱有激情和幻想的那种人,有时候会变得疯疯癫癫,他们自己先开始相信,接着会暗示别人,再往下甚至吹嘘自己也是个反政府派?确实会发生这种情况。每隔一段时间就会发生。某某·某某之子的身上就发生了这种事情,那个男孩在送奶工死后想要威胁我,他把我逼到这个地区最受欢迎酒吧的厕所角落,当时他肯定正在着迷地幻想自己是某个最高级别的反政府派成员。

某某·某某之子大概不会同意对他的这种评价,但我认为既公平又准确。在我们都是十七岁那年,他第一次靠近我,想对我有所行动,当时我拒绝了他,因为他对我没有吸引力。我突然想到,某某之子是会耿耿于怀、悄悄跟踪的那种人。"我们会跟着你的。"他说。他迟钝地意识到被我拒绝了、没有像他事先设想的那样被我接纳。虽然我在拒绝的时候尽力表示我对他的尊重,但没有用,因为他又立即说道:"我们会紧跟着你,永远紧跟着你,这是你自找的。是你让我们盯上你的。你让我们认为……你暗示了……你不知道我们能干出些什么,在你最意想不到的时候,在你认为我们不在场的时候,在你认为我们已经走了的时候。你会为了……付出代价,哦,付出代价,你会……你会……"看见没?

---

[1] 形容那些自称对所支持的组织非常了解,经常积极参与他们的活动(常指足球等俱乐部球队,表现得像球队经理人一样),但实际上只是坐在家里的扶手椅上看电视表示支持的人。

典型的跟踪狂行为。现在他用第一人称复数来指他自己，但就在不久前，他还跟所有人一样，用的是正常的第一人称单数。某某之子还是一个爱说谎的人。我不是指他说一些神经兮兮、脆弱焦虑的谎言，比如我最近临场编造的、跟送奶工乱讲一通的那种关于准男友、艾弗、超级增压机以及来自"海对岸"的旗帜的那种谎言。我指的是某某·某某之子身陷在伪装里不能自拔，这让他认为自己说的每句话都是真的。这些谎言有一个詹姆斯·邦德式的开端，但是，当然，在这里，在"马路的我们这边"，在"海的这边"，没有人承认詹姆斯·邦德的存在。他是又一个绝对不可接受的东西，但是没有观看他们操控下的转播台——转播关于我们的政治问题的电视新闻——那么不可接受，也没有阅读错误类型的报纸——又是来自"海对岸"的报纸——那么不可接受，也肯定没有在深夜里观看电视上播放那首国歌那么不可接受。詹姆斯·邦德也不被允许是因为，就跟超级增压机一样，他是又一个典型的、能代表国家的、表现"海对岸"爱国主义的东西。如果你来自"海的我们这边"，同时又来自"马路的我们这边"，而且你确实看过詹姆斯·邦德，你不会刻意告诉别人这件事，你还会让电视机音量始终保持很轻很轻。如果你一边看一边当场被人逮住，你会立即气急败坏地说："垃圾！哼！一派胡言！搞得像真的似的！"你的意思是穿着全套晚礼服的詹姆斯·邦德刚才还在火葬场的棺材里，假装自己已经死掉，接着却又冲出棺材，为了他的国家消灭坏人，参加所有的派对，和世界上最漂亮的女人上床，这有多么不合情理！"不可能，"你说，"他们以为自己是美国人，但他们不是美国人！哼！哼！"你用这种方式为自己开脱，防止别人以为你是个叛徒，没有为持续了八百年的斗争提供支持，还让自己和奥利弗·克伦威尔、伊丽莎白一世、1172年的侵略以及亨利八世在政治上并肩。所以，那就是大众意识里、日复一日被禁的历史性和政治性意识里的詹姆斯·邦德。但是，撒一个詹姆斯·邦德式的谎言的角度与此略有不同。它跟利用那种爱国伟人的形象有关，好小伙，英雄人物，不败的、性感的、独行其是的男性征服者，打败所有坏人，为了祖国的荣耀。只是这种情况下，在我们的文化里，在"马路的我们这边"，谁是谁、什么是什么，都必须互换一下。

在我们这里，反政府派被认为是好人、英雄、值得尊敬的人、英勇的传奇斗士，以少胜多，冒着生命危险，为我们的权益挺身而出，作为游击队员，与一切邪恶力量作斗争。人们这样看待他们，就算不是这里的所有人，也是大部分人，至少在一开始，在随着越来越保守的新势力抬头、向流氓团伙型反政府派转变、导致理想主义者以死亡告终之前。这种巨大的个人转变，给"马路的我们这边"的非反政府派和对政治不怎么感兴趣的人带来了道德困境。这个困境依然由内心的矛盾、道德的模糊以及彻底面对真相的艰难所构成。这里有世界上的一些约翰和玛丽，想要心安理得地过上平民生活，就好像这里的政治问题允许这样似的。但他们逐渐变得不安，不再确定我们的荣誉守护者为伟大事业而斗争的方式是否符合道德要求。这不只是因为死亡和逐步增加的死亡，还因为受伤、被遗忘的破坏、所有以成功的反政府派行动为根源的那些个人暗自遭受的痛苦。反政府派的力量和对力量的假想不断增加，那些约翰和玛丽的不安也随之增加,尽管另一边——"那边"——"马路对面"——"海对岸"——也致力于此,实施他们自己版本的破坏。还有那些日常行为,包括在公开场合谈论不可告人的私事,地区反政府派颁布法律规定,一旦察觉到任何违法乱纪便下发命令和处罚。殴打、示众、涂柏油粘羽毛、人间蒸发,鼻青眼肿、伤痕累累的人随处可见,他们缺失了就在前一天还肯定在的那些手指、脚趾。还有建立在地区临时营房里的即兴法庭,或在其他特别欢迎反政府派的废弃大楼和房屋里。我们的反政府派有无数种方法为他们的伟大事业强征资金。尤其是机构里的被迫害妄想症患者,他们测试,审讯,几乎总在利索地执行对告密者或疑似告密者的处决。然而,在这种对立情绪所带来的不适感将那些约翰和玛丽紧紧抓住之前,反政府派就已经在几乎整个社区的眼里,成了偶像级别的崇高战士。对于这些准军事组织的骨肉皮而言——可以肯定的是,某些女孩和女人在内心或在情感上无法理解什么是道德冲突——反政府派组织里的男人不只代表着具有完美无缺的韧性、性感和男子气概的伟大物种,通过和他们建立关系,这些女性还能促进自身社会地位的提高和职业生涯的发展。这就是为什么总有女性群体围绕在反政府派的身边:逗留在反政府派出没的场所,生活在反政府派的圈子,跻身反政府派的巢穴。无论在这里或别处,如果你看见有女人搭在一个不知名的男性身上,你可以把你的外婆和奶奶都赌上了说,这个备受倾慕的男人肯定是个反政府派。对这些骨肉皮而言,这些男人成为伟大事业的战士并没有他们作为身份特别的个人在这里拥有极大的权力和影响力来得重要。他们不必是准军事组织成员,甚至不必是非法存在,他们可以是任何人。但是,在一段特定的时期里,在每一块极权主义运作的飞地上,都是一些男性准军事组织比起其他任何人更有权力控制这些地方,并掌握最终的话语权,事情往往是这样。当然,准军事组织没有像那些跨越界线的摇滚明星、电影明星、体育明星,以及现在那两个交谊舞冠军那样为不同的社区所接受,但在他们各自的地盘上,相当于当地名流,等同于那些为不同阵营所接受的更为家喻户晓的人。对于骨肉皮们而言,这些人就是詹姆斯·邦德,但不是那个为国家服役的邦德。这个邦德有着令人难以抗拒、难以超越的、超人般逆潮流而上的气质风度,尤其是指每一个在反政府派的等级阶梯上身居高位、随时准备为他们的伟大事业而牺牲的人。至于这个伟大事业——包括"马路的我们这边""海的我们这边""他们的旗帜不是我们的旗帜"等所有这些——其实也同样地,站在个人的角度来看,从根本上来说,就动力和动机而言,这些骨肉皮都无所谓。也并非从一开始就只为了生活中精巧可爱的东西。并非从一开始就只为了这些代表辉煌时代、美好人生和幸福生活方式的漂亮衣服、精美珠宝、开心购物、丰盛晚餐、欢乐派对和放在秘密保险箱里的大沓现金。至少在旧时代,在独裁残忍、难以降伏的老反政府派所处的旧时代,往往没有闲钱给个人挥霍造势,因为所有以非法、极度非法、非法得令人大跌眼镜的手段强征而来的东西,确实都不得不花在这个伟大事业上。因此,要说当时个人在物质上的收获,那是完全没有的,而且老反政府派似乎对此也不感兴趣。在骨肉皮看来,能真正体现她的成就的,是成为这个男人的这个女人所带来的尊贵地位。他必须是领袖，是老大，反过来也让她成为附属品中的老大。如果附属品老大的地位碰巧已经被别人占据了——可能是某个先于她加入组织的千娇百媚的骨肉皮——那么她就成为附属品老大的继位者——就算关系不够硬，还可以成为前途光明的侍女——总之不会退出跑道。如果他碰巧已经结婚，这个男人中的男人，勇士中的勇士，只要能证明他的妻子没什么影响力——比如说，不是反政府派组织的某位女性成员，准备杀掉任何想对她丈夫采取行动的女人——那么也不会有什么问题。所以，骨肉皮们喜欢成为男人的另一个女人，成为情妇，因为那样能确保她们的地位，带给她们稳固的名誉和荣耀。正如我妈前来指责我成为准军事组织的骨肉皮时所再次指出的那样，那些"身手敏捷、令人窒息、叫人神魂颠倒的反叛者"是真正的男人，这些野心勃勃的女人希望能通过他们实现自己的伟大事业。

　　这就是为什么她依然来看我。我是指我妈。来指责我。来规劝我。来命令我别再继续做那种女人，尽管我从来没有。流言已经四处传开——在我和送奶工仅有的两次相遇之后——说我正在慢慢地往那里挪动，已经站在了成为骨肉皮的边缘，我正在敲门，想让人把我放进去，进入强势组织的核心，已经被蛊惑得据说连眼珠子里都充满着野心、欲望和美梦。妈继续警告我，反复让我清醒一点，要明白这些男人不是电影明星，别自欺欺人。我愚蠢地在那些我到处走路时看过的老式故事书里追寻一种巨大的热情，但这并不是这种热情的样板，只是我用充满想象力的原料制作出来的幼稚病态的作品、用未经驯化的男子气概塑造爱人形象的一个例证而已。"但是，女儿，这些书没有告诉你的是，"她说，"你跟他约会并不是因为他是怎样的人，而是因为你想要一个怎样的人并把他想象成那个人。"她又说她的思想并不老套，她不是一无所知，也没有彻底忘记自己的青春岁月。面对令人眼花缭乱、头晕目眩的不寻常的诱惑，她肯定也一样会搔首弄姿。但是实际上，我不仅试图用一种很不淑女、猥亵及跟踪的方式抓住爱情，她说，竟然还险些进入那种绝非无关轻重的女性世界，成为谋杀犯的附属品。"说到这一点，"她说，"那些黑暗的冒险者——先锋者、救赎者、违法者、作恶者——随便人们给他们贴上怎样的标签——都是反社会分子，甚至可能是精神病患者。即使他们不是，"她又说道，"他们固执死板、崇尚冒险激进的个人主义的这一事实，也会赋予他们完美的资格，去犯下他们在运动中所犯下的一切，这种心智模式和个人主义让他们几乎无法为了别的任何东西而归属于这个世界。"没有朝九晚五的工作，她说。没有私人的人际交往。不成家，也不履行家庭义务。甚至活不到人均寿命。"所以，别跟他们混在一起，女儿。无论如何，一个正经女孩，一个正常女孩，一个有完整的道德感、对值得尊敬的文明开化之物有着理解力和欣赏力的女孩，会赶紧该死的离开那里，甚至连去都不会去。"她接着又说我进入那种圈子的方式甚至都不够正经。这意味着我们又回到了婚配问题上，又回到了婚姻承诺上。甚至在这种时候，在试图劝我离开那些具有超自然能力的危险的革命分子的时候，她都似乎无法控制自己不去考虑婚姻方面的问题。她是指我进入得不够体面，没有作为妻子，如果我非要爱上一个反政府派，有没有可能让自己正式嫁给他，以那种方式被接纳？"但是天知道啊，"她说，"做那种人的妻子本身就不容易。所有那些探监、扫墓、被敌方警察、士兵、同为反政府派妻子的女人和丈夫的反政府派战友监视。实际上，会被整个社区监视，"她说，"以确保她的忠贞，确保她没有获得自由，确保她举止得体、没有做出任何有辱她丈夫颜面的行为。所以还是不要了吧，"她说，"这种人生不容易，肯定是一种充满着压榨和伤害的非常孤独的人生。但是，女儿，她在那个圈子里至少结婚了、登记了，拥有完整的声望。如果他最后死了或被关押了，她和她的孩子会得到照顾。"在妈看来，她想把我培养成一个将来某天会有某个男人想迎娶的值得尊敬的女性，相比之下，我却走上了依附男人的道路，摧毁了她对我的培养。我自甘堕落，她说，抱着任何一点残存的可能性，想成为"靠别人养活的东西"，甚至堕入骨肉皮的等级体系。"你达到了目的。你毁了自己和你所有的运气、所有的机会——这是为了什么？"她摇摇头，警告我说，"女儿，他们不会承认那种女人的合法地位的。"

她用平常惯用的那套结束了这次说教："记下我说的话，你以为你既可以吃了蛋糕又可以留下蛋糕，你相信这就是给你带来生命力的东西。普通生活太无聊，我们其他人都太无聊，但事实会横亘在你的生活里，小姑娘，无论你想不想这样。做一个普通人，和一个普通男人结婚，履行生活中的普通职责，这些都没什么错。但我发现你被花里胡哨的东西催了眠，被装饰品、金钱、亚文化、保护伞、你自己的青春和你的不成熟遮蔽了双眼。这会以悲剧告终，"她说，"你会成为空壳，由他塑造，受他控制，你所有的力量和你生机勃勃的灵魂都会被掏空和过滤掉。你会迷失，迷失你自己，会滑入邪恶的深渊。至于他曾经做过的以及他正在做的所有那些模糊不清的事情，所有那些——又是什么呢？那些模糊不清的事情、他的准军事组织生活方式所涉及的所有那些模糊不清的事情是什么呢？——你不会记得。你还会故意记错。很奇怪，我直到现在才看出这一点。我越是把你当作成年人来对待，你就似乎越像你的父亲。他沉溺于他的情绪、心理和对一切的怀疑，而你也一样，女儿，你沉溺于你对阴暗的迷恋。"

事情就是这样。这就是她对我说的全部的话。我现在不再是一个可恶的拒绝结婚的老处女，我绝对已经变成了一个无法沟通、游离于社会、自由散漫的女人。但是她这些充满着伤害与轻蔑的话，并非出自她女儿用充满想象力的原料制作出来的病态作品，而是她自己用充满想象力的原料制作出来的病态作品；她把关于我和送奶工最新的流言蜚语传达给我，同时又成功地将它继续传播下去。如同送奶工——如同他们所有人——这个人，她也知道答案，所以不问问题，对于我的回答也没有兴趣。并不是说我会回答，或者说我急着要跟她解释我还没变成送奶工的女人。她上次那句"骗子！"所带给我的侮辱依然刺痛着我，毫无疑问，我上次的沉默也依然令她耿耿于怀。她只是轻易地丢出那些话，而我拒绝承认那些话造成的影响。但确实造成了影响，正如我刚开始意识到的这里的人们对我的态度也已经发生了变化。不仅仅指那些喜欢搬弄是非、编造谣言、不断散播和翻新那些谣言的人,而是指当地准军事组织的骨肉皮,她们也注意到了我。下一批决定来找我的人正是她们。

事情发生在一天晚上,当时在地区最受欢迎酒吧的厕所里,有六个人朝我围拢过来,在镜子里看着我的脸。其中一个问我想不想要一片她的口香糖。另一个主动让我试一试她的口红。还有一个递来她的雅诗兰黛。她们都很友好,或者说假装很友好,而我接受这种友好,或者说这种假装友好的姿态,不为别的,就为拖延时间,因为当时我很害怕。

"我的男人一直都很难搞。"容貌最年长的那个女人说,她把香水递给我。她在我旁边的水槽边上,对着镜子里的我说话,接着又把注视的目光转移到了她自己身上。她盯着自己的乳沟。似乎很满意。调整一下。再调整一下。似乎更满意了。"一个危险的男人,"她说,"充满男子气概,非常强烈,必须这样,我喜欢那种东西。"她怂恿镜子里的我表示赞同,这时另一个人插了进来:"但那种人追求极端,一条路走到黑,不会改变心意,没有'离开'这个选项。我是指所有那些生啊,死啊,英雄主义啊,"她说,"别忘了这点。""永远是个掷骰子游戏,"第三个说,"只能这样。因为无所谓有没有事前演练、有没有彻查重点,谁都知道他总会遇上倒霉日,那个倒霉日会成为他的最后一天,不过话说回来……"她说到一半打住了。"普通男人,"另一个说,"是做不到的。甚至连普通的反政府派成员也做不到。""没错,你是否一直有点害怕?"有人从背后走来,"有点担心这是自己和他一起度过的最后几个小时,担心如果任务出了差错——会是砰!是哔!这就糟透了!——他倒下,他死掉,或者面临终身监禁。你就像是不得不为此进行训练,不得不为此保持干劲。"我接着明白了"干劲"在准军事组织骨肉皮的词典里是什么意思。"让他知道对你而言他有多重要,"她们说,"看上去要漂亮,要时髦,永远穿着连衣裙,从不穿裤子。穿高跟鞋,注意——还要佩戴珠宝。永远不要让他失望。永远不要独自去酒吧。永远不要和别的小伙踏入舞池,或者意识到自己正单独和一个小伙处在调情的边缘。永远不要考虑别的关系,连准关系也不行。尊重他。好好服侍他。别大声说话。别泄密,别问问题。要感激。"她们说。她们继续指导我,我才明白这是什么,是指导。在这个厕所里,从这些女人这里,我得到了一个给攀龙附凤者的欢迎大礼包。

我还没来得及组织起一个答案,还不知道如何才能组织起一个答案,这时她们又回到了风险问题上,开始声辩为什么一切都是值得的。"那种陶醉,"她们说,"毕恭毕敬,如影随形。整个踌躇满志、如梦似幻、简洁有力的男性存在。这是一种自然的力量。他们获得控制权,维持控制权,把每个人都玩弄于股掌间。"听了这些女人的话,我明白了不只是普通男人无法加入反政府派,显然普通女人也无法升级为反政府派的女人。"会无法忍受,"她们说,"渴望那种生活,但又太过压抑——太太太过害怕。一般的女人,"她们说,"善良、普通、无趣——是不可能过上那种生活的。""没精打采地爱着,"她们继续说,"不肯下注,害怕风险,用保守的任务和庸俗的男人填满生活,而非那种高智商的男人，他们如履薄冰，掌握着各种骚乱动荡和意料之外。这些女人住在一个稳固安全的泡泡里，一个朝九晚五、正派体面的泡泡里。但是，如果你可以拥有权力带来的痛快、控制，甚至残忍引发的刺激，谁还想要宁静得令人昏昏欲睡的泡泡？所有这些步步为营、诡计多端、难以察觉的向上攀爬。你喜欢的不就是，"她们问，"这种突如其来的性欲的警钟吗？"

所以，妈错了，大错特错了。听了这些女人、这些自我满足的古怪女人的话，我清晰地意识到，她警告我的每件事，比如她们瞎了一只眼睛，她们犯糊涂，她们故意不去了解自己的情人所犯下的一切黑暗的罪行，似乎正是吸引那些女人想要继续这种生活的条件。她们不是无法面对现实，要我说，她们正拿着放大镜仔仔细细地观察现实。至于那个很爱夸大其词的女人，她误解了那些坏男孩，把坏男孩误当成了好男孩，还力图驯服和改造某个被社会误解的男人，这个人其实并没有故意制造骚乱。这些女人显然跟那个女人不是一种人。这些确实爱听玻璃破碎声。

她们叫了我的名字，我的名而非姓，由此跨越了界限，避免了交锋。我在她们中间，是她们的一员，尽管到目前为止我一个字也没说。当然，在任何一个走进厕所遇见我们的人看来并非如此。女孩们走进来遇见我们——先瞥我们一眼，接着又赶紧瞥往别处。这就是我过去常做的事情，这就是我过去的身份。每次我遇到这些骨肉皮，或者其他任何骨肉皮，在这个酒吧，或者别的酒吧，在这些一模一样的厕所里，或者这里的其他任何地方，我会先看她们一眼，再看往别的地方，然后掉头走开。因为她们这一类人，在我眼里相当疯狂。我认为她们是怪胎，是另一个星球上的生物，那里以一种我们完全无法理解的思维运作。她们不仅不是我，我还认定她们远远不如我。这不只是我一个人的观点。她们要不是我们伟大英勇的准军事组织在性需求上的附属品，早就跟这里的出格者一样被流放了。危险的征兆。有着古怪的激情，尤其是在性事上有着嗑了药似的激情。我毫不怀疑她们的生活方式在我看来只有恶心。但是，在十八岁的年纪，我从来没想过要承认在性方面还有大量的东西我不理解。这些女人——她们的外貌、她们的话语、她们挪动身体时的姿态——她们也喜欢让别人观看自己挪动身体、举手投足——威胁着要将"性"作为某种没有条理的东西、某种无法控制的东西展示给我。理解了性的大量隐含意味所造成的困惑以及性的矛盾之处，受此影响并为之动摇——还未满十八岁的我能做到吗？我和准男友迄今为止的性经验干净有限，因此我对性几乎一无所知，但是尽管如此，我能否别停留在"在那里，做了那件事情，和准男友做的，所以我知道人们关于它所能知道的一切"的程度上？十八岁的年纪允许我思考的肯定比我实际思考的更多一点吧。

所以，我还没有为那个作好准备，承认自己可能正站在某个门槛上，意识到自己再次——就跟这里的政治问题以及我和准男友的准关系一样——遭遇生命中的矛盾纠结。这些女人继续讲下去——讲他们的行为举止，他们好色的肉欲，以及他们的性欲被唤起时的痛苦，于是他们训练自己不去抵抗，于是他们始终到处寻欢作乐，于是痛苦总伴随着享乐；讲他们被关在牢笼中，处在催眠状态里，无法按自己的意志行动；怦怦直跳的心脏，她们说，皮肤上的细纹，永久的勃起状态——说到这里，我的主控系统再也无法应付，就好像跟三姐夫在一起时，每当他过多地谈论锻炼，我就会关闭身上所有的通道，将话题抵挡在外。最终，她们放弃了这个迷人的话题，开始说"你有一头漂亮的头发"。这把我吓一跳，这不是真的，因为我并没有。绝对没有。但她们又说了一遍，这次还说我的头发像弗吉尼亚·梅奥，甚至像金·诺瓦克。她们并没有止步于这赤裸裸的虚伪。现在说的是"你长得像那部电影《窗里的女人》里的琼·贝内特"，不，同样地，我长得不像她。但她们继续说我，赞美我，把我当作她们的一员，试着巴结我。这让我知道，在她们眼里，我肯定已经是他的人了。就算还不是他的人，她们的内部消息、她们的晴雨表，甚至是她们对于这种事情的感知能力，肯定已经向她们表示，不久之后我就会成为他的人。她们围绕着我，指导我，不是作为对手，而是作为闺蜜、心腹。她们想知道自己和我会处于怎样的社会地位关系。因此，她们推测我喜欢哪个黑色电影明星，然后反反复复地确认，把我的每一寸都吹嘘成跟她长得一样。

现在讲我的颧骨。它们很像艾达·卢皮诺。我和格洛丽亚·格雷厄姆有点像。维罗妮卡·莱克和我。简·格里尔和我。莉莎贝·斯科特和我。安·托德和我和吉恩·蒂尔尼和简·西蒙斯和阿莉达·瓦莉。她们都跟小姑娘似的，穿得光鲜亮丽，好像电影明星，好像蛇蝎美人，她们邀请我跟她们一起玩。"我们应该坐在一起，"她们说，"你过来和我们坐在一起，随便什么时候，只要你想，就可以离开你那些喝酒的朋友，来和我们坐在一起。"然后她们就离开了，但在走之前又说："拿着——进门后再吃。"是一粒药丸。闪亮的黑色药丸。饱满，小巧，正中央有一个更小的白点。她们把它递给我，我摊开手，好像满怀期待似的收下。那一刻，我最强烈的感觉是，我就好像变成了某个人，大家都认为我应该是的那个人。

那晚在地区最热闹酒吧的厕所里，我结交了一群骨肉皮，明白了是哪个有权有势的反政府派成员在对我进行跟踪监视。在那之前，某某·某某之子——我的一个业余跟踪狂——肯定已经听说了我渴望成为准军事组织的骨肉皮，于是想碰碰运气，试试他新的求爱计划。这个新计划是他在第一次被我拒绝后企图第二次逼近我的手段之一。这一次他用尽全力向我求爱，他希望在他向我展示真实的自己时——既然我野心勃勃地想要和至高无上、杰出非凡的反政府派，而不是和哪个老反政府派坠入爱河——我会想，基督啊！他就是那些小伙中的一个！是的，求你把他给我吧，我想要他。目前，这里所有人都知道某某·某某之子是一个反政府派的狂热支持者，而且他确实来自一个信仰坚定的反政府派家庭。然而，在做了一段时间政治偏执型的人之后，他变成了坚信自己是反政府派成员的那种人，也就是说，当他第二次对我采取行动时，他暗示我第一次拒绝他是个错误。他说虽然当时在那种场合下，他说了很多跟踪搭讪的话，回应我对他的拒绝，但是像"等着瞧，你个贱猫，你快没命了"之类的话都不是他故意想说的。他说他希望我不要用错误的方式对待他所说的话，他只是在表达一种自然的渴望，渴望我能够陪伴他，他希望我能从这个角度真正地理解他的话、真正地接受他的话。现在，他说，在经过一番思考后，他决定是时候相信我、把他生命中最隐秘的事情告诉我了。就在这时，他说他是一名反政府派，一个真正的爱国者，诸多英雄中的一个，愿意为了运动，为了伟大事业，为了国家，谦卑地付出生命，奉献一切。我看得出来，他相信此时此刻这番话能在我身上起到与上次截然相反的效果——能讨我欢心，能带来优势——特别因为我自己就有两个兄弟在反政府派组织里。然而，与小道消息相反，与所有那些不能被提起的传言相反——那些传言是指据说人们知道这里谁是反政府派而谁又不是反政府派——我并不知道我有两个兄弟是反政府派，直到在他们其中一人的葬礼上。当时棺材上覆盖着"来自边界那边"的旗帜，送葬队伍没有前往埋葬普通人的老地方，而是去了埋葬反政府派的老地方。在那里，有三个人穿着制服，不知从哪里突然冒了出来，在他的墓地上一齐连放了几枪。整个事件完全出乎意料，我是指对我而言，当我接下来跟别人打听我兄弟在这方面的事情时，又有了更多的出乎意料。我发现我母亲和我所有兄弟姐妹，包括小妹妹们在内，都知道二哥和四哥是反政府派，但他们对我的不知情没有表现出任何同情或包容；毫不意外，他们说，都怪我到处走路看书，故意让自己糊涂。至于某某·某某之子冷不防地把他的秘密告诉我，我很尴尬。再明白不过的是，他并不是反政府派，他陷在发疯的狂热里，他骗不了任何人，除了他自己。但他还在往下说。这一分钟，他是一个真正的准军事组织成员。下一分钟，他又成了最高级别的顾问，准军事组织的最高领导人对他洗耳恭听。他重点想表达的是，他性感的英雄姿态必能给我留下深刻印象，我应该趁还来得及，赶紧跳入他的怀抱。他说，更像是夸耀地说，他理所当然地认为我应该在思想上跟他高度保持一致，他发现至关重要的一点是，当你外出执行任务时，无论发生什么，都要保持镇定，坚持信仰。"我们会放一天假，"他说，"那一天指的是你生命中的最后一天。遇到这种事情，我们也总能挺过去。要是普通男人，你知道，就连普通的反政府派，"他耸耸肩说，"也是做不到的。我们变得有点虚弱，有点紧张，"说到这里，他叫了我的姓名，我的名，姓前面的名，"因为在事情发生前，"他继续说，"我们就已经感觉到自己正活在生命的最后几个小时里，有三种可能——我们会活着，我们会死，我们会受伤，我们会失败，政府会抓住我们。"——他说了五种可能。我决定不去打断他、纠正他，因为那会鼓励他继续说下去。"当我们游戏人生，"他说，"我们不会把任何东西视作理所当然，"说到这里，他又叫了我的名，我的姓前面的名，"在这三四个小时里，"他说，"我们强烈地意识到，在一切结束之前，我们都将处在崩溃的边缘。如果，到最后，当一切都已经结束，当我们完成了任务，到那时候，"他说，"就在那时，我们会意识到生活是多么美好。"这一次温和的吹嘘还有些别的内容，他顺着"心理动机""钢铁般的神经""超人的忍耐力""对正常家庭生活的特殊牺牲"一直往下讲。虽然他的话缺失了重要的上下文，但实际上，即使有上下文，这也只是又一场喋喋不休的指责，就跟我不久前在这个地方和各种各样的人一起经历的一样。"在我们看来，如你所知，"他说，依然用第一人称复数指他自己，"对于我们的家庭而言——我们认为你的家庭也一样——军队生活就跟吃饭、呼吸、睡觉一样重要。但你不能问我们问题。"——说到这里，他举起手，实实在在地阻止我问他问题。整个过程中，他都直直地盯着我，强调把我们维系在一起的那根纽带，就好像我们确实在同一条船上，就好像他通过告诉我他站在准军事组织反政府派世界里的哪个位置，就能让我喜欢上他。然而并没有。他没有给我留下深刻印象，没有让自己讨我喜欢，而且也没有成为反政府派。即使他是反政府派，即使他所说的一切都多情浪漫得让我为之倾倒，但他还是那个一如既往地说着詹姆斯·邦德式谎言的某某·某某之子。

不过，他有反政府派亲戚这一点倒是真的。他父亲、他大姐和他大哥——一直到死——都是反政府派成员。但如果你不能凭借自己的本事在伟大事业上有所发展，你也不应该靠着你爸做的事情、你大姐做的事情、你大哥做的事情，在坚决反政府的准军事组织的据点里要求获得奖赏，至少不能永远这样。也许你能凭借你的血亲，在一段时间里获得一点自由、一点关注和一些渗透下来的尊重。尤其是到这里来的访问者、历史追寻者，你也许能给那类人留下深刻印象，甚至让他们欣赏你、尊重你，因为他们能知道多少？但是，当地人确实知道不少，这些结果自认为是准军事组织成员而实际上并不是的狂热愚蠢的支持者所面临的问题是，这种自我推进式的炫耀会让他们离所有人越来越远。那就是某某之子的真实处境。由于巴拉克拉瓦头套随处都买得到，所以他从没想过自己已经多么彻底地被识破。他一直在到处宣扬超级英雄为自由而战，他无足轻重却太过喧嚣，以至于反政府派本身也开始考虑要不要出来说句话了。他又来找我，无视我之前粗暴的拒绝，开始用这种新的方式跟我搭讪。他说，由于我拥有反政府派的血统，所以他知道像我这种人有资格明白，从今往后任何一天，他都有可能——像我四哥那样——开始逃亡。这些话很烦人。起先，我依然表现得彬彬有礼，好奇在他说出那句"我得走了"之前还要等多久。这些人，他们有一种想法，他们认为你愚蠢，而且认为你察觉不出他们认为你愚蠢。此外，他们还不把你当人看，而是把你当成某种无足轻重、一文不值、什么都算不上的东西，你唯一的意义在于让他们在你身上照出他们自己的荣耀。他们的赞美和渴望也令人毛骨悚然。他们格格不入、扭扭捏捏、精心算计、自私贪婪，特别因为你知道在不久之后——或者按我的情况是在不久之前——他们将会对你进行侮辱、暴力威胁、死亡威胁，以及各种各样的跟踪搭讪。这是因为他们缺乏智慧。他们以为是他们看见你过来，而实际上是你看见他们过来，于是问题就变成了你是要和和气气地对待他们，还是恶狠狠地一巴掌把他们从你面前扇开。我对某某之子彬彬有礼是因为他家里接连又死了几个人，最近的两起死亡事件就发生在几个月前。这两起我们这里有史以来最暴力的死亡事件，让那个家庭几乎成了头等现场，因为那里发生了。还有我从小学结交到现在的最久的朋友所在的家庭，她家里的所有人都死于政治问题，除了她自己。然而，可怜的某某之子，显然亲人的去世对他造成了影响，令他精神失常，为他如此严重的精神失控必须承担至少一部分的责任。首先是他的父亲，接着是他的大姐，再接着是他的大哥，他们都在过去十年里、在各种反政府派行动中被杀害。接着是那个家里最讨人喜欢的孩子，二儿子，他死在过马路的途中。最讨人喜欢的孩子死后过了两个月，有一天，依然沉溺在核武器里的四儿子也死了。药丸、酒、头上套着的塑料袋，还留下一张震惊所有人的字条："我这么做是因为俄罗斯，因为美国。"自那以后，原本由一对父母和十二个兄弟姐妹组成的家庭，只剩下某某·某某之子、他精神极其脆弱的母亲、他的六个姐妹和一个三岁的男孩。但这不是我的错。我感觉不到他的魅力，这也不是我的错。你不能因为可怜某些人、因为他们家里接连不断地有人死掉，就跟他们约会；如果你从一开始、从目光落到他们身上的那一刻起，甚至在和他们发生任何互动之前，他们身上的某种东西就已经让你恶心，那么你尤其不能这么做。起初，我为这种恶心感到愧疚。但是后来，在我第一次拒绝他而他对我发出死亡威胁之后，我就不再感到愧疚。接着，在我第二次拒绝他后，我越发不再感到愧疚。当时他谈到了"我们的反政府派属性"所带来的"我们之间的相似性"，他提起了"我们的关系"，然而实际上我们并没有任何关系。这时我意识到他把那两次粗暴的拒绝当成了接纳，好像那就是我们最初的约会。基于他所有的跟踪搭讪、对我们关系的肯定，以及对我们将来结为夫妻的憧憬，我从来不曾想象世界上这类凶狠、盲目、痴迷、精神失常的人会转眼间就摆脱了凶狠、盲目、痴迷、精神失常，然后像不管有没有明天似的，退缩成一个阿谀奉承的平庸之人。他之所以有这样的表现，是因为在那之前，他得到消息，说有人打算进一步追求我，那个人是送奶工，是一个连某某之子这样的人也能意识到远比他更凶狠、更具有跟踪能力的人。

　　如今，某某之子不再对我抱有求爱的敌意，而我站在这个送奶工身边，心中的想法轻易变成了害怕，抓在手里的死猫脑袋也帮不上忙。在我们的整个对话过程中，我没有提起这个脑袋，没有看它。他也一样，似乎也没有看它。但我知道，他已经很清楚地意识到那是什么。就连我拿起它、走开又走回来的种种细节，先前的所有那些犹豫不决，他大概都知道得一清二楚。他肯定也看见了我将它拨进手帕，拿起它，或许还看穿了我要把它带去老地方的心思。但因为我什么都没说，所以他也什么都没说。夏日夜晚九点三刻，前所未有地站在一个拿着被斩下来的猫头的十几岁少女身边，并且跟她聊她可能在交往的男朋友的生活，这在他看来就好像没什么大不了的。他的出现和他的话无疑影响了我，有那么一小会儿，我甚至忘记了那颗脑袋的存在。但只有一小会儿，接着我就又想起来了。送奶工又开口说那些我知道会让我紧张的话，我紧紧捧着手帕的双手开始烦躁地抚弄织物。我的一个手指突然碰到一颗长长的牙齿，我困惑地把穿透织物碰到我手指的牙齿转过来对着我。就在那时，我的脊椎又开始震颤。我熟悉这种不太自然的震颤，和早先在教室里感觉到的一模一样。接着我的双腿也开始打战，沿着腘绳肌流动，触及神经的恐惧和无孔不入的渗透在我大腿和屁股上弥漫开来。我无拘无束的心又联想到了蛆——联想到了遍布于猫的鼻子、耳朵和一只眼睛上的一簇簇蛆。这时候他又开始说话。这次他不再谈论谋杀准男友的话题，反正不管怎么样，该提示的他都已经提示了。这个男人比我年长许多，比我潇洒许多，一副懒洋洋的漫不经心、却不费什么力气的样子。他又主动提出开车送我一程。

又一次，就跟我们在水库公园第二次见面时一样，他说他不高兴，说他担心，在这个地方走来走去——在镇中心，在本地以外的任何地方——永远不会给我带来任何好处，对我来说太不安全。他又说希望我记住，开车送我对他而言是举手之劳——他亲自开车，忙得走不开时就让别人帮忙。他会跟那些人说一声，他说，让他们在他没空的时候送我。说到这里，他又开始谈论我的工作。不用担心，他说。他会把我安全送达。等一天结束了，还会有人来接我。我再也不用担心公共汽车被劫持，不用担心一旦发生动乱和纵火，那些公共交通工具就会遭殃。我再也不必为每天的公共交通生气。这依然只是建议，以他那种友好热心的方式，通过拿掉我的走路、拿掉我的跑步、拿掉我的准男友，为我提供帮助，让我走出困境。没有可能在违背道德的明显迹象，所以，也许我又误会了，他并没有违背道德。他一直讲个不停，但无论我有多困惑，我都知道我绝对不能坐进他的车，这是一条至关重要的底线。那最后一道门槛似乎被置于显微镜下，别的一切都看不到了。去这样做、跨出这一步、坐进一辆车，似乎就标志着"某种结束"和"某种开始"。整个过程中，我继续站在那里，在这个装模作样和含糊其词的地带里，也继续待在这个人们不应该只是急急忙忙地穿过而应该从一开始就明确自己永远不会进来的地方。然而，我在这里，在里面。他在那里，在里面。此时，我焦躁不安，情绪即将爆发,这很容易导致精神崩溃——我可能会突然冒出一句"不"或者"滚"。我可能会尖叫或丢掉猫脑袋,甚至天晓得会不会朝着他砸过去。然而实际上发生的只不过是又出现了几个男人。

确切地说,他们并不是出现,因为后来发现他们其实早就等在这里了。我对此感到惊讶。这个地方凭借暗黑艺术、魔法故事、巫术故事、鬼怪传说、活人献祭的传说、逆十字架的恐怖故事而声名远扬;虽然也有可能执行秘密军事行动和欺骗大众的政府军队——至少在目前的政治问题环境下——才是背后的真实原因,但不管怎样,都意味着大部分人都只有在不得不从A赶到B时才会匆匆穿过十分钟区域,除此之外,他们更愿意与那里保持远离。我自己在这个区域里,与一个邪恶的男人对话,同时手里拿着一只被纳粹炸死的猫的脑袋——这个事实状况,如果能证明什么的话,那一定是证明了十分钟区域不是为正常事物准备的。可他们在那里,而且有四个人。他们好像刚才一直躲着,或者至少是半躲着。第一个人从一家商店的凹处里走出来,这家店已经关门了,因为现在是晚上,而不是因为它神秘诡异,永远不应该开门营业。他从暗影中走出来,朝我们瞥了一眼,只有短短的一瞬间,接着又看往别处。他站在那里,不再理会我们,但问题依然是,他为什么要站在那里?接着,离我们不远处,又有两个人分别从两座荒废的教堂前破败的路面上冒了出来,朝我们的方向瞥了一眼。他们分散地站着——三个人都站着,左顾右盼,等待着。他们彼此之间距离相等,送奶工和我在另一头。一开始,我有一种恐怖的想法,这些人是便衣警察,准备伏击并射杀送奶工,这也就意味着他们很可能会把我当作送奶工的同伙一并射杀。但我接着感觉到，随着某种形成三角定位的脑波在那三个人之间传送，他们向我们传达了一种更紧密的联结。他们是一伙儿的，那三个人和送奶工。在那一刻，第四个也是最后一个人，从我身边走过。我吓了一大跳，因为我既没有看见也没有听见他走过来。他走到离我只有几寸远的地方，对我和送奶工看都没看上一眼，当我们不存在。就在这时，我又吓了一跳，因为当我把视线从他身上移开，又回过头看送奶工时，我发现送奶工也已经不见了。

他已经从我身边走开，我不知道我为什么会对此感到震惊，既然这个男人的出现没有从任何角度给我带来丝毫安慰。他每次都在一瞬间突然出现，我总是毫无防备地被他慑住。我自然而然地又往身后，也就是朝着镇上的方向，也就是第四个人正在走的方向看了看，心想或许能瞥见送奶工和他在一起。他不可能走另一条路，因为他如果朝着那几个人走去，我应该已经看见了。那一刻，那几个人也决定从我身边走过。虽然他们各走各的，但是我依然能感觉到他们正在相互配合，执行一项合作计划。他们是一伙儿的。所有四个人。所有五个人——我确信是五个人——过不了多久又会在某个地方会合。

你是个疯子。

送奶工离开后，我又这样自言自语。他和其他人假装不是一伙儿的，各自朝着镇中心方向离开。我现在只身一人，开始往反方向走出这个十分钟区域，心里想着送奶工没有明说的"不准跑步"的威胁、没有明说的"不准走路"的威胁，特别是他没有明说的"汽车炸弹谋杀"的威胁，还有我拿在手里的那只猫脑袋。时间刚过十点，白天的光线只剩下最后一点点。眼下，我不可能把它带去老地方了。天黑后，事情会发生变化。即使最后一点光线也足够让人看见我在那里，在那些古老的石头和杂草里从背后一枪将我击毙；就算光线足够让我按照原计划为这个脑袋找到一个安息之地，我感觉尽管那个送奶工刚才已经见过我，把他最新的命令和愿望传达给了我，他依然有可能又从某个德古拉[1]之墓后面冒出来，继续实施他的下一步计划。我现在知道了，关于我，他已经制订了计划，有了某种切实可行的安排。因此，我不能去墓地。可我依然想把脑袋带去某个地方。郁郁葱葱之地会比较理想。某一片绿茵，当然，这种地方水库公园里是有的。但是，像十分钟区域、水库公园这种地方，尤其到了晚上，是特别不能踏入的。而且，无论如何，为什么要把一个脑袋，从一个黑暗的地方，仅仅是运送到另一个黑暗的地方？就算我想办法进入了水库公园，把它埋在某个灌木丛里，或者把它藏在一片下层植被底下，那些潜伏在灌木丛或下层植被里的政府间谍——尤其因为他们目前坚信我是送奶工的同伙——会立即把它挖出来看看到底是什么。所以那片绿茵不行。但还有其他绿茵。剩下的两座教堂周围遍布的杂草堆也算是绿茵，但它们仍旧令人感到压抑。再说，还是没走出十分钟区域的范围。或者花园，我是指其他人的，因为我们家没有花园。我在回家

---

[1] 爱尔兰作家亚伯拉罕·布兰姆·斯托克（1847—1912）于1897年发表的长篇小说《德古拉》中的主角吸血鬼伯爵。

的路上选一个杂草丛生的花园，偷偷溜进去，然后把它留在那里，怎么样？目前这个计划已经变得过分复杂，令人苦恼。于是我想放弃，这根本不是我的姿态。但是我的姿态，甚至在送奶工出现之前，就已经开始一点一点地消散了。从我在镇上离开老师和同学、走出镇中心、朝北走向我的住所的那一刻起，我已经感觉到了那种约束限制，那种蠢蠢欲动的想法——"没什么意义。有什么用？有什么意义？"——压倒了我，或者说在我内心建立起来。就在那种犹豫不决和缺乏勇气的状态下，就在自责"你是个疯女孩，这一刻，你用你的疯狂，把这种祸害惹上身"的同时，甚至在我想把脑袋放下，就这样放下，放在任何地方，放在旁边的水泥地上，丢下它不管的时候，我意识到自己已经走出了十分钟区域，来到了老地方。我正站在古老的锈迹斑斑的墓地大门口。就在这时，我听到身后传来汽车的声音。一瞬间，我又感到一股震颤袭来。哦，不，是他！往前走，继续走。别回头看，别管他。

我穿过墓地入口时，汽车在我身边停下。一个声音在喊："你好！你好，说你呢！你没事吧？"我停下脚步，因为这声音听起来不是送奶工。是别的什么人。是真送奶工。我们这里住着一个真正的送奶工，他确实接受送奶订单，确实有一辆正经的送奶车，确实在这个地区送牛奶。他就是那个不爱任何人的男人，我们这里官方认定的出格者之一。他住得离我们不远。有一天，他从"海对岸"那个国家回来，刚看望了他在那里奄奄一息的兄弟。回来后，他意识到自己的房子出了问题。他独自居住，那天去屋后挖一铲子煤，发现有人在那里挖过地。他想知道为什么，于是也开始挖。过了一会儿,他满身污秽地从门里出来,抱着满满一堆来复枪。这些来复枪用塑料布包裹着,他把它们抱到大街中央,扔在路上。他一边这么做,一边叫喊道:"埋到你们自己的后院里去!不敢是吧?"他回到屋里,出来时又拿了更多。就这样一直持续下去,来复枪后面还有手枪、拆卸掉的枪、一堆堆弹药,以及用布料和更多的塑料布包裹的备用物资。所有东西都被他扔了出来,他在一旁气急败坏,大吼大叫,直到看到一群孩子,他们刚才正在后来被他用来堆枪械的地方玩耍,一直玩到他破坏了他们的乐土。这些孩子先是跳到一边,在那里观看事态的发展。这个不爱任何人的男人一看见他们,就停止了吼叫,但接着他又开始吼叫,这次是朝着他们。"走开,"他大吼道,"我说走开!"他气得差点就要动手,这些孩子——现在是他吼叫的对象——确实听话走开了,可还有四五个孩子依然待在原地不动,接着就哭了起来。这个不爱任何人的男人又对他的邻居们大吼大叫,这些邻居从屋里出来,想看看发生了什么骚乱。他让他们过来带走这些孩子,还要求他们告诉他,是否有哪个善良的邻居注意到,在他离开的那段时间里,反政府派有没有进过他家。于是,他跟每个人都吵了一架,这个不爱任何人的男人,这个真送奶工。他甚至和孩子们吵架。但要分清楚的是:他成为人人皆知的出格者,是因为他把武器扔了出来——谁都知道,如果你在家里发现此前有人进入你家埋下的武器,你应该勉强接纳它们,忍受它们的存在;而他成为人人皆知的不爱任何人的男人,是因为他曾经毫不愧疚地把孩子们弄哭了,甚至连一句抱歉也没有。

于是，反政府派不喜欢他，因为他挖了他们的武器库；不喜欢他，因为他明言抗议当地的法令法规；不喜欢他，还因为他反对他们开设裁决侵害的民事法庭，反对一旦我们居民不遵守他们制定的法令法规，他们就可以随意实施惩罚；每次有疑似告密者人间蒸发，他都很当一回事，这又会招来反政府派的反感。关于他还有一点，是他从没得到过他应得的来自这里居民的感激，这包括他好几次帮助别人，他经常这么做，尽管他无情的名声让人们以为他不会这么做。社区居民无法承认他的善良，是因为他对所有人都不怎么友好的名声在当地人的意识中是如此根深蒂固。想要推翻这种偏见、发现真相，需要在意识上爆发出极大的努力。这里的人几乎没有什么意愿去调整哪怕是最轻微的误解，因此短期内永远不会见到有谁代表社区居民站在送奶工的立场上努力地思考和觉醒。但他帮助别人是事实。他帮助核弹男孩的妈，也就是那个反政府派的狂热拥护者某某·某某之子的母亲。那天晚上核弹男孩自杀后，真送奶工在外面找她，这里的其他人也在外面找她。她听说自己家里刚又死掉一个人之后就失踪了。有传言说，就跟她儿子一样，她也自杀了。但真送奶工还是找到了她。她在另一个地区的大街上游荡，衣冠不整，披头散发，精神涣散，不认识任何人，甚至不知道自己是谁。虽然他把她送回了家，虽然他还让那些虔诚女人继续照顾她——虔诚女人也充当我们这里的医生——但真送奶工的名声依然没有改变，他依然是你所能认识的最讨厌的人。我自己并不认为他脾气臭、性情暴躁，甚至非常出格，我是说相比我们这里的其他出格者，包括药丸女孩，和她阳光般灿烂得令人不安的妹妹，还有可怜的核弹男孩，在他还活着的时候，再有就是那些头脑迟钝、爱说教的议题女人。所有这些人似乎都远比这个男人更岌岌可危。我有这种看法大概是因为真送奶工和我母亲自从学生时代起就一直是朋友，所以他会定期来我们家看望她，了解她的近况。他帮助她，给她免费的牛奶和特浓奶制品、糕点和罐装食品。他还帮助我们自己动手修整房屋。他铺水管，刷油漆，做木工，甚至坚持从小妹妹们手里接过电工的活儿。所以，无论他有着怎样厌世的作风，以及这种作风给他带来了怎样的名声，他确实坚定地认为应该关心别人。那天晚上，这个人，真送奶工，不爱任何人的出格者，在墓地里现身，向我伸出了援手。

  起先，我感到一股震颤。不过，一旦我意识到这不是送奶工而是另一个人，它们就立即消失了。他坐在他的送奶车里，这是一辆正经的送奶车，也是我见他唯一坐过的车。我转过身去面对着他，这时他拉上手刹，打开车门，跳下车，朝我走来。他在我身边站住，虽然这不是他第一次跟我说话，却是他第一次跟我说超出以往范围的话，他以往跟我只有过寥寥几句符合当地风俗习惯的寒暄，通常包括"你好""再见"，以及"转告你母亲我想问一下"。要不是妈，真送奶工和我的活动圈子绝对不会有任何交集。当时就连我妈，我跟她虽然住在同一幢房子里，我们的活动圈子也完全没有交集。但因为他俩是朋友，我才会时不时地在周围碰见他。有时在大街上，有时在我家门外，有时在我家客厅里，在那里，妈会制作特别的大麦面包，或者她常做的那些甜面包里的一种，和他一边喝茶，一边分吃面包。有时我也会看见她坐在他的送奶车里。她刚去过小教堂，或者刚玩了宾果游戏，或者刚做完按摩，他从那些地方把她接回到家门口。她从送奶车里跳出来，笑得跟十六岁似的。这就是他和我会相遇的一些场合，我们相互打招呼，泛泛地点头致意，或者说上一句"你好"。此时他又问了我一遍你没事吧。他问我发生了什么事、他可不可以为我做点什么。我点点头，但我不知道我点头是在回答他的哪个问题。实际上，我说不清自己现在到底是什么感觉，甚至不知道该如何社交性地回答任何问题。感觉上我刚才遇到了四个反政府派——因为那些隐藏着的人有可能是反政府派——他们正要出发去干某个极有可能稍后将登上新闻头条的大买卖。接着我遇到了送奶工——他大概不是个沃尔特·米蒂式的人物，而是——就像人们所说的——又一个反政府派。此时真送奶工在这里，他是我母亲的朋友，公认的行为怪异的出格者之一。我们站在送奶车旁边的路沿上，路沿的另一边就是墓地。我注意到他看着我手上一团用手帕包起来的东西，但接着就不看了，他的注意力又回到了我的脸上。

我脱口而出："我要去找个地方，把这个东西扔了或埋了。这是一只猫脑袋。""没错。"他说，就好像我说的是"这是一只苹果"。我因此喜欢他。我没有解释我是如何得到这个脑袋的，以及它与第二次世界大战或十分钟区域的关系。他说："我来帮你处理它。能让我来帮你处理它吗？"我把猫脑袋递给他，相当轻松，毫不迟疑，就那样。给他后我说："但别把它扔了。你不会只是拿走它接着就把它扔了吧？别等我走后就把它狠狠地扔进垃圾桶，或者把它扔在哪里的地面上。如果你不想处理，不想好好照料它，我想说的是，那就让我来处理，但请你别假装。"我脱口而出这一大堆话，也是真心话，我没有为自己找借口，也没有向他申请许可或批准。随后我感到惊讶，我居然对着一个男人、一个长辈，也是一个在大家眼里最毋庸置疑的性情暴躁的人，如此直率地说出了自己的想法。但我知道，由于我和送奶工之间发生的事情，也由于我拿了太久的脑袋，我的情绪已经到达了临界点。这个男人待人接物的方式中有某种东西似乎让谈话变得轻松。他继续用同样的方式说道："我不会假装，我不会把它扔掉。"他说。"我想给它一点绿茵，"我说，"我要把它带去合适的地方。""我知道，"他说，"告诉你，我有绿茵。我家房子后面有片绿茵。我把它放在那里，挖个洞埋了它，怎么样？合你心意吗？"我点点头，然后说了声"谢谢"。他走向送奶车，把手伸进车里，从底部拉出一个绿色的布包，里面放着台球。他把这些球全部倒在座椅中间深深的挡位凹槽里。脑袋依然裹在手帕里，他把它丢进包里，拉上顶部的拉链。他回到我身边，说："别担心，交给我吧。现在上车，时候不早了，我送你回家。"我喜欢这样的交流，跟准男友和老师在一起时也是这样的交流模式，我会想："我们是怎么做到的？"而不会跟平常一样地想："这有什么意义？没什么用。不会带来任何变化，不是吗？"这让我惊讶。真送奶工古板严肃，却在这里为我花费时间，给我带来希望，听我说话，把我当回事。他已经明白了一切，他知道我是什么意思，所以没有那些磨人的问题。是的，一个惊喜。他是一个惊喜，我惊喜地发现自己能够把这个负担转交出去，无忧无虑地坐进他的送奶车，知道他值得信赖，会诚实地完成任务。他把那颗脑袋放进送奶车,就在这时,照相机发出咔嚓一声——是他们的其中一台照相机,声音是从马路对面一个估计是空置楼房的一楼传来的。我依然什么都没说,就跟那次和送奶工在水库公园里一样。但真送奶工说了一句:"实在太过分——"他克制自己,"没别的出息了,就会干这种事,"他又说道,"随便吧,反正他们想怎么理解就怎么理解。"这种态度又让我惊讶,也出乎意料地鼓舞了我。对于那些不能提起的事情,如果他能够承认其中任何一件的存在,如果他能够承认自己对其做不了任何改变,那或许意味着对于任何人而言——对我而言——即使无能为力,也有可能获得一种承认的态度、一种接受和超然的态度。

我们一路开车。位于我俩之间的宽敞的凹槽里堆着台球,台球上面放着包,包里装着手帕,手帕里裹着脑袋。就在这段时间里,我听说了那天发生在我们这里最新的一起死亡事件。又发生在某某·某某之子的家里。他们家最小的孩子,小宝宝,从楼上背面卧室的窗户里跌落了。真送奶工说,起初都说他是跳下来的,坊间是这样猜想的,刚学会走路的小孩跳楼摔死了,但他并不是故意的。他以为自己是超人,邻居说。或者蝙蝠侠。或者蜘蛛侠。或者那些超级英雄中的一个。他总在背后钉着那件红色枕套,一边跑来跑去,一边大叫"拳!""掌!""砰!""嘭!""熄灯!""啊呕!"虽然还没有被证实,真送奶工说,但大家都说他就是这么死的。会出现这样的传言,他说,是因为这里的人就一直在编造这样的东西,因为在这里,你不能仅仅是死了,这里不可能有普普通通的死亡，再也不可能有这种死亡，不可能有出于自然原因的死亡，不可能有事故引发的死亡，比如从窗口摔落下来，尤其在当下，在这里发生了所有那些暴力死亡之后。必须出于政治原因，他说。必须关乎边界，这意味着可以被理解。如果不是这种，死亡就必须是不正常的，充满戏剧性，令人大吃一惊，比如想象自己是个超级英雄，不小心跳下去死掉。如今人们期望那样，他说。于是，一个可怜的三岁小孩，不明白什么是地心引力，或者只是一个被独自留在楼上背面房间的小男孩犯了致命的错误——他妈妈当时也在楼上，就在前面房间里，但自从她黯然退缩到那里，躺在床上胡思乱想之后，就再也没有出现过——可这个错误还不足以构成一个人如今死在这里的理由。这里的人们，真送奶工说，只能以极端的方式生或死。第二天傍午时分，这个孩子被他的一个姐姐发现在后院里。他的背后没有钉着任何枕套。那天是规定枕套被取下来清洗的日子。

我听着真送奶工跟我讲的这些话，他还告诉我妈不在家，他刚才把她留在了某某·某某之子的家，另一些邻居——那些虔诚女人，带着她们的茶壶、急救箱以及用顶级秘方调配的混合物——也去了某某之子的家，都想要安慰那个死了孩子的可怜妈妈。真送奶工自己也刚从停尸房回来，他说他现在也正要赶回某某之子的家。关于这次悲剧，他又讲了几句。他还泛泛地谈论起悲剧，它的滥用糟蹋，缺乏预见，缺乏防范，以及根本上由贫困和顽固扩张的政治问题所导致的所有这些复杂难料的后果。他继续往下讲，提到忽视、缺陷、厌恶和错失良机。有那么一会儿，他似乎沉浸在自己的思考里。当他回过神来，我不知道其中是否有任何关联，他把话题转到了小妹妹们，以及我，还有妈的身上。

"你的妹妹们，"他说，"一群多么活泼的小姑娘，有着多么美妙的好奇心、意志力、热情和勇气。她们对应有的权利有一种天生的理解力。这一点，你也知道，在这里是很罕见的。更多情况下，敏锐和积极在这里会被扼杀，会转变成垂头丧气，还会被扭曲成更阴暗的情感宣泄。不过，她们还未成年，是多少有些野蛮和桀骜不驯的小女孩。有时候，她们还有些病态的趣味，"他继续说，"而且我还能肯定，在你们的母亲看来，她们还相当难以管教。"他说随着时间的流逝，以及对知识和思维探险的渴望不断增强，她们可能会变本加厉。他又想了想，说："实际上，我相信她可能还不明白，我是指你们亲爱的母亲，她也许没有注意到她们的特别之处，那些或许可以称之为天赋的东西。我也不知道为什么，她们的老师也没有注意到。她们的老师有没有注意到？他们有没有跟你们的母亲谈过这事？"我想了一会儿，说："不知道。"他又问她们的学习成绩怎么样。我说："不知道。"实际上他接下来问我的所有关于小妹妹们的问题，我都说"不知道"。我确实不知道，就这些小妹妹的事情，怎么能指望我知道？她们上学。她们看书。她们讨论问题，出席论坛，参与汇编，参加专题研讨会，比较、对照和交流想法，还有她们称之为课外活动的东西，她们计划中的所有事情我并非都知道。我模模糊糊地记得她们的老师也曾经评价过这种聪慧、天赋和早熟。他们寄信和成绩单给妈。我自己从没看过这些往来信件，还是同样的原因，我为什么要参与讨论小妹妹们的在校表现？我十八岁，是她们的姐姐，不是她们的母亲，不是她们的父亲，不是她们的保镖，所以参与那种事情就跟谈论日落、气温、假牙、疼痛和"你晚饭吃什么？"以及所有那些老年人才想要谈论的事情差不多。我为什么要这样？但我记得确实有几个老师来跟妈谈过话。她们还会把她叫去学校，我印象中是去参加一些特别会议。他们邀请她是为了讨论如何进一步发展小妹妹们的这个或那个。"教育界术语"这个词我记得曾经提起过，或是"教育学界术语"，反正是差不多的词。他们也会来家访，那些老师，还有其他一些会用教育学界术语的那类人。他们进行了更多的讨论，我不确定这些专家对妈说的话，妈是否都听得懂，但我确实知道，她一直有意让小妹妹们把那个天才儿童学院随后寄来的信解释给她听，但她还没找到机会把信拿给她看。至于定期发放的学校成绩单，我不确定妈是否会看、是否会谈论，甚至小妹妹们自己是否会谈论。学校成绩单和证书，在这里没有太大意义。"我并不想批评你母亲，"真送奶工说，"因为她是个好女人，依然是个好女人，可爱的女人。我知道她经历了一段艰难时期，当时你父亲奄奄一息，你二哥奄奄一息，还有你二姐——不说了，你知道你姐姐遭遇了什么。接着是你另一个哥哥，第四个，他——你也知道他遭遇了什么。关于这件事，我想我或许可以问问她，因为其中潜伏着巨大的风险，正确的做法应该是引导，以及严格地监督，趁另一场灾难、另一种糟蹋、另一个悲剧还没发生前。要避免精力误用和方向错误的冒险。她们需要指导，需要被关注、被看护。否则会误入歧途。"我回答说："没错。"我这么说是因为我想让自己给人感觉还挺会聊天的,但接着我就意识到他所说的"误入歧途"可能是什么意思。他之前提到了潜伏的风险、被扭曲的单纯、因为缺乏经验而落入错误的结局或危险的结局,我把这些都理所当然地理解为根本上由政治问题所导致的下场——否则还能是别的什么意思?虽然小妹妹们对政治问题并没有表现出任何不同寻常的兴趣——我的意思是还没有超出她们对其他一些东西的兴趣,包括语音学的音调部位、早期的古埃及王国、技术型演唱的细节要点、宇宙在退化到有序之前的状态、赫拉克勒斯的封神,以及她们其他诸多指标、实例、旁注和书封底上的小笔记之中的任何一个,还有其他所有相关的东西——不久前,曾经有一次,我和几个姐姐进门发现小妹妹们正在读来自"那边"的报纸。那是一种刊载着严肃内容的大报纸,此外,她们还有一些来自"那边"的通俗小报。我们想不出这些报纸她们是从哪里弄来的,但是她们确实弄来了。她们把报纸大面积地摊在地板上,好让视野宽阔。在那之前,小妹妹们还从来没有看过这些报纸,也没有在电视上看过政治新闻,至少没有全神贯注地看过。她们还在经历圣女贞德[1]阶段。在这个阶段,她们公开宣称自己不喜欢"海对岸"的那个国家,但不是因为通常的历史遗留问题,也不是因为已经被建立、传颂、重塑和阐述的关于那个国家和这个国家之间发生了什么的历史记载所

---

[1] 圣女贞德(1412—1431),法国军事家、民族英雄,曾在英法百年战争(1337—1453)期间,多次带领法国人民抵抗英格兰军队的入侵,令法国皇太子查理七世于1429年得以顺利加冕。1430年她为勃艮第公国所俘,被英格兰重金买去。在英格兰控制下的宗教裁判所里,被以女巫罪判处火刑,并于1431年在法国鲁昂当众被处死。1456年得到平反,1920年被追封为圣女。

包含的力量——而是因为她们很自然地支持法国人。但是，由于法国人对贞德的背叛，她们暂时又开始反对法国人。而法国皇太子从来都不是最爱，小妹妹们很不喜欢他，如果我们这里的任何人想要为他说句话，别让这些女孩子听见才是明智的做法。连法国人也变得非常讨厌，所以她们对"海对岸"的国家和这个国家之间世世代代的恶劣关系更是无暇顾及了。然而，我和姐姐们那天进屋，发现她们的迷恋对象不再是圣女贞德，而变成了那些报纸。"小妹妹们！"我们大叫起来，"这些报纸你们是从哪里弄来的？到底发生了什么？""嘘！姐姐们，"她们说，"我们忙着呢。我们正在努力理解他们的观点。"她们说完，回过头去，继续钻研大报纸和通俗小报。与此同时，我们，也就是她们的姐姐，目瞪口呆地在一旁看着。我们面面相觑——我、三姐、二姐和大姐。努力理解他们的观点！小妹妹们接着还会说怎样令人费解的话来？她们的评论，可以瞬间玷污我们这里的任何人。"须密切关注的告密者"在那三个人看来毫无意义？我们想要凭借自己的智慧，努力指出这一点。我们说，她们碰了不允许碰的东西，让自己面临被指控为叛徒的危险。但她们没有听从我们的劝告，几乎没留意到我们，已经忘记我们，深深地沉浸在来自"那边"的报纸里。如果这时有哪个过路的邻居碰巧往我们家的窗户里看了一眼，他完全有理由告发这件事情，但在我们看来，在这些比她们年长的人看来，她们显然不在乎这一点。三姐飞奔到窗边，拉上窗帘。这个举动惹恼了小妹妹们，于是她们中的一个跳起来，把头顶的灯打开。另一个，咔嗒一声，打开了妈最喜欢的两个老式玻璃台灯。第三个拿出她们的三个小手电筒。但她们是从哪里弄来那些报纸的？她们搞来那些报纸有没有被我们这里的人看见？那天,我们几个姐姐猜想:在准军事组织的眼里,六岁、七岁和八岁可能算不上太年轻,她们无法因此逃避告密者通常遭受的惩罚;也有可能小妹妹们只是被教训一顿,反政府派命令她们留下那些报纸,然后跟任何地方所有年幼的孩子一样回家去看《小猪班博》。所以,这就是真送奶工谈起天真、误入歧途的敏锐、败坏的冒险精神时所指的意思？我不敢问。他又开始沉默了,于是我主动谈了一点老师对她们的关心,老师还讨论过她们超凡的学习能力。说出这些话,我心里得到了一点安慰。他帮我处理猫,而我现在也能说些让他安心的事情了。但他并没有感到安心。他再次对小妹妹们、对我妈必须独自对付她们而表示担忧。就在这时,我意识到有一件事他没有反复念叨,却留下线索供我思考。他不是说教导和指引小妹妹们的责任,除了他们的妈妈,还应该落在我,也就是她们的姐姐身上吗？我是否必须和妈一起参与进来,承担责任,插手她们的态度信仰和成长？这让我既惊愕又失望。如果我必须帮忙管教小妹妹们,那我就肯定不能搬去和准男友住。同时令我惊讶的是,甚至是现在,甚至在他问我而我回答了"不"之后,我的脑海中仍在想象搬去和准男友住在一起会是怎样的一番场景。我无意识地享受着的希望正在遭受威胁,因为我必须跟着我母亲,成为一个实习母亲。这时,真送奶工已经转向了新的话题。关于送奶工和我的话题。他没直截了当地问我:"你跟那个老得差不多有两百岁的男人有私情吗？"而是拐弯抹角地说他注意到准军事组织里好像有个人正企图一点点侵蚀我,一个在当地有权有势的人。他问我，如果真是这样，我敢不敢大胆地站出来把这件事情告诉大家？他说这话的时候，我感到一阵紧张。刚才和他待在一起，已经让我慢慢地放松了下来，至少没有太焦虑。当时震颤已经消失，不自然的动作也已经停止。但现在又都回来了，还有我的困惑也回来了。与此同时，我发现他也感到困惑，他开始为他鲁莽地干涉与他无关的事情而道歉。接着，他又提起了我们这里的议题女人，说她们看上去确实对性别发展史和性别政治有相当程度的了解。"遗憾的是，"他说，"我自己对这些未来可能会成为主流的女性话题了解得并不算很多很多。但是，既然她们在这方面有特别的知识经验，而且这件事又和她们所从事的领域高度吻合，如果在当地说出这种事情会让你没有安全感，不妨去找她们稍微谈一下，你觉得呢？"

去找她们稍微谈一下？他难道又疯又瞎又聋又蠢，不知道那些女人在当地被说成了什么样？她们中的任何一个，甚至在大街上看我一眼，就能让我往后在社会上再也无法立足。所以，不用了，谢谢。我跟她们一句话也不想说，现在不想，永远不想。这些女人在当地组成了刚开始萌芽的女权主义小组。就因为组成了这个小组，她们被死死地归入了那一类非常、非常出格的人。"女权主义"这个词是出格的。"女人"这个词勉强不算出格。把两个词放在一起，或者尝试加入另一个词、一个大众的词、一个伪装起来的词，例如"议题"，来进行缓和，却没有成功，基本上你还是会陷入麻烦。关于这些议题女人，我们这里的人说了很多难听的话，不只是在她们背后，当着她们的面也一样。

整件事情始于一位家庭主妇贴在她家窗户上的一张告示。这位家庭主妇曾经看起来精神正常、恪守传统，直到她贴了这张告示。她有丈夫和孩子，据说家里也没有什么人遭到暴力杀害，没什么可以解释她后来完全不符合她性格的举动。但她就是贴了告示。上面写的绝对不是当时我们这里某幢房子的窗户上常见的那种声明。常见的声明会写"**私人领地，擅入者斩，仅此声明**"，署名"**地区反政府派**"，以此警告包括孩子在内的每一个自私任性的居民，别总想着闯进某个身心脆弱者的居所，在那里嬉笑打闹，像青少年一样地喝个烂醉，到处翻翻戳戳，甚至偷偷在那里住下，完全不考虑通常那里已经住了一个潦倒不堪的酒鬼，以及这到底是谁的房子。他们，也就是我们的反政府派，说得很清楚：如果我们坚持用有失公平、不为他人着想、残忍无情的行为对待这里更脆弱的一些人，那么随之而来的后果一定会让我们后悔。与此不同，那个家庭主妇的告示上说的是："**当地所有女人，请注意：大好消息！！！**"接着是关于某个最新成立的国际妇女组织的信息。这个组织正在世界各地建立姐妹支部，没有哪一个地方被排除在外，包括任何一个城市、城镇、乡村、村落、区域、肮脏简陋的房子和与世隔绝的住所。同样，也没有哪一个女人被排除在外，包括任何肤色、信仰、性取向、残疾、精神疾病，甚至任何遭到集体厌恶的与众不同的特质。令人惊讶的是，就在我们的镇中心，也突然冒出了这个国际妇女组织的一个姐妹支部。在召开第一次月度会议之前和之后，都能看到媒体触目惊心的报道，这些报道的基本论调是召开这种会议首先就是胆大妄为。批评使用了恶劣的言辞，非常恶劣，就跟当年红灯街刚出现时差不多，像是"堕落、颓废、灰心丧气、散播悲观情绪、对道德规范的挑衅"之类的。一些妇女从别的地方散着步来到镇中心，想看看这个国际妇女议题组织的姐妹支部到底在做些什么。媒体的强烈抵制连这些人也阻止不了。这些女性参与者不只是分属于这里正在打仗的两个宗教信仰，有些还来自更少人知道、更少人关注、实际上是完全被忽略的、信众人数极少的其他宗教信仰。我们这里的一个女人也去参加了，而且完全是她自己的主意。她没有寻求允许，没有寻求批准，没有征询任何人的意见，也没有要求任何人跟她一起去，为她提供道德上的支持和保护。她只是披上她的披肩，拿上她的手包、钥匙，就这样走出家门。这个女人其实就是后来贴告示的那个家庭主妇。"她贴了告示，"邻居们说，"就在她参加了镇中心的那个会议回来后。"与此同时，在镇中心的姐妹支部的协助下——这个支部本身也在全球总部所有国际妇女运动的协助下——这个女人正在想办法在我们这里建立一个女性社团的下级支部，就跟其他地区的其他一些女人一样，她们也正在想办法建立自己的社团。这就是她做的事情。在窗户上的告示里，她以一种大胆现代的方式，建议这里的所有女人和平常一样放她们的孩子去夜间探险，然后无牵无挂地在星期三晚上去她家交流谈心。告示上承诺说，她们会惊讶于女性地位在镇中心的支部会议上竟得到如此大幅度提升；而且，如果她们想要公开发表任何可以被归为广义女性议题的观点，那么她们将在下一次镇中心月度会议上得到反馈，接着还会在下一次国际季度全体会议上得到反馈。令人困惑的是，这张告示完全没有提到我们的边界问题以及我们这里的政治问题。这里的男男女女都感到诧异。"她能搞些什么？她把这种东西贴在窗上能说明什么？"他们对她和她的告示说三道四；要他们放过她，只有等到他们又回过头来谈起那些正常话题，比如谁可能是告密者、最近谁又通奸了、等到下次电视转播时哪个国家可能赢得世界小姐。这张告示差点被唾沫星子淹死，但之后就没有人在乎它了。这里的大部分人认为，结局不会是别的，只会以怜悯这个女人而告终，或者——如果她继续坚持——她会惊讶地发现自己成了下一个出格者的候选人。最糟糕的结局，是反政府派把她抓走，作为我们这里最新出现的形迹可疑者，这或多或少是有可能的。不过，在出现这张告示的第一周里，还是有两位当地妇女出现在了这个家庭主妇的家门口。即将在周三召开的第一次妇女议题会议的参加者由此变成了三个人。接下来的一周里又另外增加了四个。之后没有更多的妇女加入，但她们现在总共也有七个人了。她们每周三晚上碰面，每隔两周，镇中心机构会派一个博学广识的联络员参加她们的会议。这个联络员会发表动员讲话，谈论机构的扩张，介绍关于妇女议题的历史和当代的评论，所有这些都是为了帮助世界各地的妇女，她说，带领她们走出黑暗，奔向组织。这个小组还会每月一次去镇中心参加支部会议。在"海的这边"和"边界这边"的各区域成功运转起来的分支小组，都会来参加这个会议。常见的被迫害妄想症事件也就由此自然而然地在我们地区上演了。

围绕着下级支部小组几个女人展开的第一个事件，是由她们的会议地点所引发的。最初的三次周三会议召开过后，第一个家庭主妇的丈夫不希望她们以这种女权主义的方式在这个他和他的老婆实际居住的房子里继续活动。他是善良的人，也是他自己想要成为的那种好说话的人，但他也需要留意自己在外界的名声，因此他很抱歉。他的反对没能让这些女人放弃，她们开始修缮第一个妇女家后院里的棚屋，把它弄成一个既漂亮又温暖舒适的会议地点。在此之前，她们曾经去过小教堂，去看看那里空地上的铁皮临时营房是否可以为她们所用。临时营房归小教堂所有，经常允许各种各样的人——主要是反政府派——在里面办事，比如召开地区反政府派大会、伟大事业拓展会议、袋鼠法庭审判。可他们拒绝让这些女人借用一间或花钱租一间，因为那时候，人们对这些女人的看法已经发生了一些变化。她们着手在当地寻找一个正经的会议地点，因此不再被认为是无伤大雅的、孩子气的，不再被当作嘲笑的对象，不再被以为只是闹着玩似的讨论成人议题。关于她们到底为什么要这么做，突然冒出了一种新的观点。"如果她们得到一个临时营房，"这里的人们说，"她们就可以在里面想干吗就干吗。她们可以在里面谋划颠覆政权的行动。她们可以在里面搞同性恋。她们可以在里面实施和接受人工流产。"结果，小教堂当然是说不。小教堂表示，依照什么什么，尽管什么什么，根据什么什么，满足这些女人的要求会引发丑闻，并违背小教堂的原则，这些女人正在做的事情本来就已经造成了这种影响。于是，出于不光彩和难以启齿的原因，小教堂不同意她们使用临时营房，但这并没能阻止这些女人，她们转身就开始油漆和装饰棚屋。她们搭起架子，挂上窗帘，拿来煤油灯、燃气炉子、五彩缤纷的茶杯、茶叶罐、饼干听、暖乎乎毛茸茸的地毯，还有画和靠垫。在四周的墙上，她们张贴着全球模范议题女人的海报，这些海报是她们从镇中心的姐妹支部那里得到的，而姐妹支部又是从国际妇女总部那里得到的。不过，在那之前，我们的七个女人先让第一个妇女的丈夫去棚屋为她们清扫蜘蛛和昆虫，但他有个条件：她们谁都不准把这件事情说出来。只有这样，他才同意深更半夜去帮这个忙。

关于这群实施人工流产的同性恋叛乱分子，被到处散布的第二个事件是那第八个女人，也就是那个来自镇中心姐妹支部的聪明博学的推动者——她每两周来访一次，给她们打气，用信仰的激情鼓舞她们，每次还带给她们一大堆讨论大量女性问题的小册子——她信仰的是另一边的宗教，来自"那边"的国家。一般情况下，这也是可以的，完全没问题的，因为首先，她是女性，这意味着她对地区准军事组织活动造成的潜在威胁比不上那些前来拜访的男性。其次，她是被七个当地妇女邀请来这里的。本来在正常情况下，这已经为她提供了充分的担保。然而，由于这几个特殊的妇女本身也很难说是正常人，因此她们发出的邀请和其他任何人相比绝不可能具有同等的分量。这就意味着第八个女人可能再也无法进入这里了，至少在他们对她费尽九牛二虎之力审查完毕之前，她是进不来了。毕竟，坊间有传闻警告说，她有没有可能实际上并不是一个议题女人，也不是一个女权拥护者，而是政府派来的某个狡猾的煽动分子？在一点夸大其词和谣言常见的愈演愈烈的作用下，不出意料，她被说成了间谍。在社区居民的眼里，尤其在准军事组织的眼里，这第八个女人是敌人派来的，她想要诱骗我们七个天真幼稚、疯疯癫癫的女人向她告密。于是，在一个周三的晚上，反政府派突然冲进棚屋，想要抓走她。他们横冲直撞地进来，头上戴着万圣节面具或巴拉克拉瓦头套，拿着枪，其中几个因为高大威猛、身强体壮而有足够安全感的人故意不用任何面部遮挡。但他们闯进去后看见的只是我们当地的七个女人披着披肩，穿着拖鞋，一边喝茶、吃小甜饼，一边像在谈论印花棉布似的一本正经地讨论着十九世纪彼得卢战役中义勇骑兵队屠杀妇女儿童所带来的出乎意料的后果。让反政府派感到不快并瞬间懵怔的是，棚屋周围的墙上赫然贴着尺寸比真人还大的巨幅明星海报，上面是一些鼓舞人心的、无论在过去或当下都具有代表性的杰出女性，包括潘克赫斯特家的女人们、米莉森·福塞特、艾米丽·戴维森、艾达·贝尔·威尔斯、弗罗伦斯·南丁格尔、埃莉诺·罗斯福、哈丽雅特·塔布曼、玛莉亚娜·比内达、玛丽·居里、露西·斯通、多莉·帕顿[1]——这一类的女性——但没有第八个女人。那是因为另外七个女人始终密切留意当地的小道消息，早已提醒她们的姐妹即将有危险发生，郑重其事地指点她千万别来。过去几个世纪以来的伟大女性出乎意料地和这七个女人一起出现在反政府

---

1 原文为the Pankhursts, Millicent Fawcett, Emily Davison, Ida Bell Wells, Florence Nightingale, Eleanor Roosevelt, Harriet Tubman, Mariana Pineda, Marie Curie, Lucy Stone, Dolly Parton，这些女性都是女权运动的杰出代表人物，有兴趣的读者可以查找相关背景资料，在此不一一赘述。

派面前，那一刻给反政府派带来一种幻觉，令他们目瞪口呆。然而，从震惊中清醒过来后的反政府派为了找出第八个女人，还是在顷刻间就把小棚屋翻了个乱七八糟。他们警告议题女人别去支持她，她会因犯下间谍罪而被处决，她们自己也会因协助政府而遭到严厉的惩罚。然而，由于包括自信和应有的权利在内的观点越发强势，议题女人突然怒火中烧，出乎意料地宣布她们才不管。她们的意思是不会让自己任人摆布。反政府派毁掉了一切，她有可能因此再也不会回来了，但是如果她选择这么做，她们不但不会反对她，还会坚定地站在她身后。至于反政府派，他们自己爱怎样就怎样，她们管不着。后来，双方都开始争论这件事情，反政府派发出进一步的威胁，议题女人慷慨激昂地斥责了父权制度和教学法的弊端。最终，"除非我们死了。"这七个女人说。她们用了某种听天由命、"自掘坟墓"的方式，当然，这正中反政府派的下怀。我们这里的传统妇女，有时会本能地联合起来进行抗争，终结某个已经陷入疯狂局面的政治或区域问题。这七个女人勇敢无畏，正在灵感的支配下与反政府派进行抗争，但跟传统妇女有所不同，她们不会也无法成立像那样坚固而又重要的群众组织。所以她们说："除非我们死了。"而反政府派回答："好，那就让你们死。"要不是传统妇女，包括妈在内，听说并干预了这件事，这个国际妇女运动在我们这里的这个姐妹支部，肯定会因为其成员突然被暴力杀害而立刻消亡。当地的正常女人听说了这件事，她们又一次联合起来，开展行动。尽管她们保守，但还是这么做了，这不只是因为她们必须对付这个从累计的杀人数量来看算得上是坚韧不拔的反政府派杀人机器，还因为到处传播的关于这些爱折腾的议题女人的第三个事件，反过来也给传统妇女带来了令她们气愤的影响。

女人总是破坏宵禁。这指的是传统妇女，因为直到最近都没有什么女人再搞出任何新花样的姐妹会支部。这次破坏宵禁也同样是因为传统妇女的耐心已经被拉扯到了极限。过多的尝试、过度的考验以及随之而来的崩溃，都是那些人造成的，他们制定法令法规，期待其他所有人——是指女人——也遵守这种在他们的头脑中被伪装成理性的愚蠢荒谬，他们可能来自任何一个男性组织，信仰任何一种宗教，可能是在海的这边，也可能是在那边。这些人的头脑基本上就跟个玩具箱差不多，里面有阁楼里的玩具火车、玩具战场上的玩具士兵。对这个国家及其军队而言，频繁从箱子里挑选出的特定玩具就是宵禁，规定如果你在过了军队时间十八点零零，有时候是十六点零零之后，在没有获得许可的前提下破坏宵禁，如果你不害怕，不怀好意，也不对驻军表示尊重，那么他们一看到你就会把你枪毙。所以，一方面你不得不应付自己这里具有地方特色的准军事组织及其所有棘手的规定和迂腐的期待，这本来就已经够糟了，另一方面你还必须考虑政府这边制定的同样愚蠢的跟赛马一样的时间表。在这种环境下，传统妇女的忍耐力不崩坏是绝无可能的。必然会崩坏——因为生活在继续——有孩子要喂，有尿布要换，有家务要做，有物品要采购，还有政治问题，最好能解决，能被绕过去，或者用其他方式安顿。耐心在那时崩坏，传统妇女联合起来。为了确保没有人破坏宵禁，警察和军队仔细研究和调整他们挚爱的作战策略以及行动方案最后的几点细节，然后带上来复枪和扩音器出动。尽管如此，这些女人还是会破坏宵禁。她们解下围裙，穿上外套，戴上披肩、围巾。消息已经通过奔走相告散播开来，她们成百上千的人走出家门，故意在没有获得许可的前提下，在过了军队时间十八点零零或者十六点零零之后，把人行道、街道、宵禁区域上的每一条小路都堵个水泄不通，人群扩散得到处都是。还不只有她们自己。和她们在一起的还有她们的孩子、她们尖叫着的婴儿、她们的家养宠物，包括各种各样的狗、兔子、仓鼠和乌龟。她们还会推着婴儿车，拿上小旗子、横幅、广告标语，同时大喊大叫"**宵禁结束！大家都出来！宵禁结束！**"，号召这里所有还没有出来的人出来。于是所有人都转而反抗政府，每当传统妇女完成这一步，每当她们呼呼夺回理智，警察和军队会发现自己就这样眼睁睁地看着宵禁结束了。如果按照内心的想法，朝着当地的女人、孩子、婴儿车和金鱼开枪，或者用剑刺穿他们，看上去会不妥，会是严肃冷漠、带有性别歧视、有失平衡的，这不只会招来当地媒体批判性的怒目圆睁，国际媒体也会有一样的看法。所以，宵禁结束了，军队和政府撤退，回到玩具箱里，去找找那里还会不会有些别的什么。传统妇女又习惯性地花了一点时间挥舞横幅、围堵抗议，施压游行和接受采访，接着便匆忙赶回家准备晚上的茶点，街道在几秒内又变得空空荡荡。

  这就是通常破坏宵禁的过程。但最近发生的一次却全然另一幅面貌。那是因为我们的七个议题女人决定在这个时候插一手。跟平时一样，在连续那么多天的宵禁之后，正常女人已经到了忍无可忍的地步。她们走出房门，聚众反对"**立即回家，此非游**

戏。最后警告，遵守十六点零零后的宵禁。某时某刻之内，若不离街……"的要求。然而，这一次，我们的议题女人也加入正常女人的队伍，后者一开始完全没有多想，毕竟每一个反抗政府的人都应该被欢迎。但让传统妇女愤怒的是，就在她们再次打败宵禁，正要赶回家里处理土豆时，议题女人篡夺了破坏宵禁的旗帜，虽然后来她们坚持说这不是她们的错。她们说这是媒体的错，确实是媒体突然发现了这些议题女人，她们在传统妇女的游行队伍中举着她们自己的标语牌。尽管相比几百个传统妇女，议题女人只有七个，但全世界的摄影机都突然集中在她们身上。也不是说传统妇女渴望名誉或想出名，也不是说她们想上电视和全世界的报纸。她们只是不想被认为是抗议者，她们除了破坏宵禁没有别的目的，尤其不想和这些议题女人不停谈论的问题扯上关系。正常女人估计，实际上是担心，议题女人一旦开始，就会利用曝光机会，以一种无所不包、百科全书的方式，喋喋不休地谈论女性所面临的不公平和侵犯，不只在游行当天，而是在将来很多年里，使用一些术语，例如"术语""案例研究会""构成了系统性的、超历史性的、制度化的、合法化的厌恶"等等，这就是这些女人几乎整天沉迷的东西。传统妇女也认为存在一些不公正的事件，那些大事件、知名事件、国际性事件，包括烧女巫、缠足、跳火殉夫、淫妇处决、割阴蒂、强奸、童婚、私刑投石、杀害女婴、妇科实践、产妇死亡、家庭奴役，还有将女性视作个人财产，当作哺乳的牲畜，当作私有物品，女孩失踪，女孩被贩卖，以及全世界在文化、种族、宗教上对女性的社会化和污名化，整个父权制历史上对一个女人做了想了说了被认为不寻常的事情所提出的警告。但并不是这些。虽然在当地破坏宵禁的途中说起这些事件也已经够糟了,但并不是。当地这些议题女人谈论的是一些平常琐碎的个人事件,例如走在街上被男人揍,任何男人,就在你路过的时候,不为什么,就因为他心情不好,他想揍你,或者因为某个来自"海对岸"的士兵让他不好受了一阵子,所以现在轮到你不好受了,于是他揍了你。或者在你路过时,感觉屁股被碰了一下。或者在你路过时,被男人大声评论身材特点。或者假装友好地闹着玩似的向你投雪球,实际上却是含性意味的攻击。或者你在夏天为夏天感到苦恼,因为天气太热你没有穿太多衣服,你穿着小短裙,那会为你招来所有夏天里常见的街头性骚扰。还有月经来潮,人们将它视作对人类的冒犯。怀孕也一样,无能为力,只能任由人们也将它视作对人类的冒犯。接着,她们又提到普通的肢体暴力,就好像这只是正常的暴力,还提到了在一场肢体冲突中你的衬衫被扯下来,或者在一场肢体冲突中你的内衣被扯下来,或者在一场冲突中你被摸了一下,这种暴力与其说是肢体暴力,不如说是性暴力;即使你要假装拉扯内衣和胸部都是在肢体暴力中无意造成的,而不是肢体暴力中被掩饰的真正目的,这依旧证明了这从头到尾就是一场性暴力。"那种事情。"传统妇女说。"也会被提到,"她们说,"用那些专业术语,只会被嘲笑,因为大家都嘲笑她们——那些摄影师、记者,甚至是颁布宵禁的人——毫无疑问,嘲笑她们总是坚持在公共场合拿出来讲的这种白色棉布内衣裤。"不过,最让传统妇女心烦的还是世界上任何一个看电视的人都会以为她们——这些英明睿智的传统妇女——也是那些议题女人中的一员。于是她们开始表现出冷漠，因为议题女人劫走了宵禁抗议。当议题女人对反政府派说"除非我们死了"的时候，正处在这种形势下。传统妇女虽然被激怒了，就像被一群想要帮忙洗碗却笨手笨脚地打碎了所有碗的白痴激怒了一样，但是她们依然觉得无法任由反政府派做他们经常做的那些置人于死地的事情。

这就是为什么她们去找他们，去找反政府派。"别干傻事，"她们说，"你们不能杀了她们。她们是傻瓜，搞研究的傻瓜。学术界！她们就适合那种地方！"她们又说，无论议题女人有多么烦人，把她们干掉，无异于用有失公平、不为他人着想、残忍无情的行为对待这里更脆弱的一些人；反政府派这么做会造成一起标志性的事故，为他们今后在历史书上的声望带来令他们追悔莫及的影响。不如这样，传统妇女说，反政府派可以把这些议题女人交给她们来处理，她们会亲自调查，会去镇中心和那第八个女人私下谈谈。她们把话说得尽可能圆滑，就好像给予反政府派的不是命令而是帮忙，甚至更好，是在千钧一发之际请求提供协助，虽然站在反政府派的角度上，他们很清楚命令和请求提供协助之间的区别，很清楚作为行动在剑拔弩张的反政府环境中的武装游击队员，他们的安危取决于当地人民在那种环境中给予他们的支持，这个事实意味着他们也相当愿意采取礼貌的边缘政策[1]。他们煞有介事地表示满意，说不管那些女人是不是傻瓜，是不是害怕，愿不愿意

---

[1] 战略用语，是指故意让战争处于一触即发的边缘状态，以达到令对方屈服的目的。

配合，他们都不会让传统妇女的运动及其成员受到伤害。但如果第八个女人胆敢再来这里露脸，他们就再也不可能饶过这七个人。一番讨价还价之后，传统妇女和反政府派双方似乎最终达成了某种一致。与此同时，无论这七个人如何继续长篇大论地宣称自己宁愿吃子弹也要保护第八个姐妹，反政府派都没再理睬她们，而是让传统妇女去告诉议题女人，让她们安静、闭嘴。接着，我们的三个传统妇女去镇中心拜访支部里的第八个女人，跟她解释目前的状况。"我们不知道你拿什么给我们的女人洗了脑，"她们说，"我们不知道你是不是玛塔·哈丽[1]。我们不在乎在你身上发生过什么。我们只是不希望我们这些正常女人每天不得不放弃一系列的日常家务，就为了看着我们的这几个傻女人，以防她们被准军事组织杀掉。所以，我们认真地跟你讲，别来我们这里。"第八个女人同意了，这标志着从此以后再也没有任何外面的议题女人带着宽广的世界观来拜访我们这块极权主义的飞地。而这三个事件——棚屋行为、串通政府间谍，以及不仅惹恼了传统妇女还惹恼了反政府派的我们的七个女人——说明了为什么我要与这些女人保持距离。有太多危险。此外，她们正在挑战局势，而我却总试图躲进局势的雷达扫射不到的地方。再说了，她们正在接受严格的察看，以便随时发觉堕落的新迹象。即使我在某种程度上认同她们的议题，我也永远不打算和她们产生任何关系。那就是为什么我和真送奶工坐在送奶车里时一言不发，礼貌地听他说完。

---

1 玛塔·哈丽（1876—1917），荷兰人，一战期间混迹于巴黎，成为当时红得发紫的脱衣舞娘，还是一位周旋于德法之间的双面间谍。

他轻而易举就能说完,渐渐地他没有话说了,大概是因为他自己也不明白那些女人捍卫的到底是什么。之后,我们一路上默默无言,虽然我们已经远离了十分钟区域和老地方。我们也到达并经过了我所有剩下的地标——警察亭、烘焙间、圣母之家、水库公园,再往下是几条分界路,接着是三姐和三姐夫的小房子所在的大街。然后我们到家了,汽车在我家大门外停下。"进去吧,"真送奶工说,"天色暗得不同寻常,一个浓稠的暗夜,但是别担心,我们刚才提到的事情,我会照办的。"说到这里,他指了指猫脑袋。"告诉你妈,"他接着说,"我会去那个可怜女人的家,如果没能在那里遇见她,我明天会来这里看她。"我点点头,刚想要再问一遍他是否真的会埋了它,而不是假装要去埋了它,但那一刻我知道自己不必问了。"谢谢。"我支支吾吾地说。我感到累了,突然累了,好像酩酊大醉般的累。我筋疲力尽,连最后一句"谢谢"也说不出来。我想再说一次"谢谢",正经地说一次,说谢谢你替我处理猫,谢谢你送我回家,谢谢你做我妈的朋友,谢谢你成为背景里的那个人。但我没有说,只是从他的送奶车里出来。他等着,没有熄灭引擎。此刻,天空突然变得黑压压的,笼罩在我们的头顶。我拿出钥匙,感觉像是好多年里第一次,轻而易举地、没有一丝颤抖地把钥匙插入了门锁。

4

和送奶工的第三次相遇并非送奶工事件的终结。之后还有更多的碰面，包括真实发生的和集体编造的。真实发生的那几次，跟我们在十分钟区域里的那次十分相像，送奶工没有装出任何一点碰巧撞见我的意思。没有假装惊讶，没有"在这里见到你真是太神奇了"。他只是说："啊，是你。"加上其他一些熟悉的表达，所有的话都说得很随意，就好像我们事先约好在这里见面似的。见面发生在各种地方。我去当地商店，他在那里。我到镇上，他在那里。我下班，他在那里。我去图书馆，他在那里。甚至我去一些地方，就算出来时他不在那里，也感觉好像他在那里。有时我还会认出周围有个当地的探子，心想是他派了那个孩子来监视我。当然，可能他并没有。更可能这个小孩正在日常侦察政府警察和军事叛乱，也可能他今天休息，不用侦察。问题是我对几乎每个人和每件事的疑心都越来越重,这证明送奶工对我施加了深刻的影响。他悄悄渗入我的灵魂。现在看来,最初那三次我骗自己是碰巧的见面显然从来都不是碰巧。此刻他出现在我面前,拦住我,站在我的去路上,和我并排走,跟普通的约会一模一样。有一种不公平的感觉。在我记忆失灵的那些时刻里,我会期待和男孩之间有平凡的交往,幻想着如果准男友和我能够在一天工作结束后以一种普通的方式见面,就是我见过的那些正经情侣在一天工作结束后的见面方式,那该有多好。这个正经男友会做完工作,然后在市政厅附近一边闲逛,一边等待他的正经女友。她也一样会做完工作,以同样受之无愧的普通方式,赶去市政厅和他见面。相当多的情侣都是这样的。我在下班回家的路上看见他们这样,我知道这是构成正经的情侣关系的一部分。他们以随意舒适的日常方式见面,做一些随意舒适的日常事情。他们也许会去鱼和薯条餐厅吃晚餐,边吃边聊天,交流他们一天中遇到的新鲜事。虽然看上去是简单的事情,但我知道它其实也是最重要的事情,证明了在正经的情侣关系中没有什么东西是"准"的。我们不这样。我的时刻表和准男友的时刻表不允许存在这种亲密关系。但实际上,是我们的"准"关系不允许存在这种亲密关系。然而现在,随着这些我并不期待的遇见不断增加,这个送奶工就跟上次提起希腊和罗马课一样,又用读心的方式了解我秘密的渴望和梦想。但他是个错误的人。没有征得我的同意,就想理所当然地得到我。尽管如此,他依然连续出现,无法回避;有时候,我和准男友在镇中心的酒吧或俱乐部里时,我也会看见他,或认为自己看见了他。由于政治问题,这些酒吧,这些俱乐部，它们被看成捉摸不定的地点、危险的地点，数量上也很少。理论上，任何人都可以去那里，也就是说那是一些鱼龙混杂的地方，欢迎所有信仰的加入。除了正在交战的两种信仰，那里也有少数持有其他信仰的人，但是比起正在交战的那两种信仰，其他那些随便什么信仰都无足轻重。政府暗中指派的行动队也是这些位于镇中心的社交场里的常客。他们从事间谍活动，悄悄渗透其中，隐藏武器，拍上几轮照片。这也就意味着这些酒吧、这些俱乐部是你可以去喝上一杯或两杯的地方，但你不会希望自己最后醉倒在那里。这就是为什么大部分和政治毫无关系的普通当地人——比如我和准男友——只会在一开始顺路进来喝上一两杯，对观光客的愚蠢行为惊讶一番，然后就离开去一些只准特定人士进入的可靠地方，那里有为社会所认可的更安全的饮酒场地。我和准男友去的一直都是他那里只准特定人士进入的地方，而不是我这里只准特定人士进入的地方，这是因为在我这里有可能会碰到我妈，她会向准男友提问，会对他进行评估，还有她为我安排的结婚计划。然而，最近每次和准男友在镇中心的酒吧或俱乐部，我总会环顾四周，担心送奶工也在。我想他可能在观察我们，监视我们，也许还偷拍了我们的照片，我特别担心他会在我跟准男友约会的时候亮出他的身份地位。虽然我仍然在和准男友约会，但这并不意味着我已经不再担心那个炸弹威胁。

我们吵了一架，准男友和我，因为送奶工对我持续施压。他通过含蓄的威胁，不断强调倒计时已经开始，基本上是为了向我表明：别跟这个年轻小伙或者其他任何人约会。他又一次跟我强调这一点，提起准男友，然后是汽车，然后是大姐，以及她当时已经被政府捍卫者的炸弹杀害的丈夫——是指那个没能跟她结婚的她心爱的人，不是那个有性瘾的、喜欢说三道四的家伙，她是出于悲伤、丧失和绝望才嫁给了他。"汽车炸弹，不是吗？"他又说了一遍。他提起准男友，然后是汽车，然后是姐姐，然后是她死掉的爱人，然后是汽车炸弹，接着又回到准男友，直到最后，他的话让我想起了某某·某某之子，以及他一意孤行的跟踪搭讪。最终他又回到准男友和汽车炸弹和死掉的男人身上，那人曾经是姐姐的爱人，所有这些都用一句话讲完，所以根本不可能不明白他明确暗示的是什么。我确实明白了。我推断影射，找出根据，然后和准男友吵了那一架。当时，根据我内心所想，这次吵架完全就是准男友的错。这次也不是我沉默寡言造成谈不下去，因为我一直在说话。但不幸的是，由于我们之间的关系若即若离；由于他住在镇的另一边，还没有听到谣言说我现在是送奶工新的追求对象；由于我深感困惑，越来越虚弱，被送奶工的花招整垮；还由于我十八岁，没有证据表明我能够恰当地表达自己的思想、需求和情感，我的解释前后断裂，我努力做的所有事情结果似乎没有一件是对的。但我还是认为，这个送奶工根本不可能真的杀害准男友。不过我也知道，意识形态上的伟大事业的追寻者并非总在伟大事业的名义下行动。会产生个人的意愿，个别不符合常规的做法，主观的阐释。疯狂的人们。并不是说我认为送奶工不会操纵汽车爆炸，因为我非常确定他会的。我只是依然很难相信他那个级别的男人会因为渴望得到我而做出那种事情。他让我作好准备，给我带来困惑，逼我进入危险的边缘,在那里我会被他打败,向他投降,心甘情愿地以他的女人的身份钻进他的汽车。自从他开始扮演那样的角色,我再也分不清什么是似是而非,什么是夸张,什么是现实、幻想和被迫害妄想症。我也没有想到,不断增长的无助感和变本加厉的精神剥夺,也可能完全就是这个男人惊险世界的组成部分。但它们确实发生了。汽车爆炸确实发生了。姐姐就是个证明。她没有参加她死去的男人的葬礼,因为她现在嫁给了另外一个人,她不应该还爱着他。她只是在她所爱的男人的葬礼这一天,坐在我们的房子里,是我们母亲的房子,不是她自己的房子,面如死灰,睁大双眼,不可置信地用手捂住嘴。她盯着钟,就这样盯着,不想我们靠近;她没有哭,但每当我们中的任何一个——甚至包括妈——靠近她,她都会用糟透了的声音说:"出去。出去。出去。出去。"所以我为准男友担惊受怕,他却站在那里,完全不当一回事。我问他是否不得不开车,他看着我说:"我是个汽车修理工,但就算我不是,准女友,也不是我不得不开车,而是我想要开车。""要是有……"我开始解释,"那些东西。""东西?"准男友问,"什么东西?""东西……"我说,"你知道……被绑在……被绑在……""被绑在哪里?""……汽车底部。""准女友,你啥意思啊?"他仍在等我回答。"要是有……"我又开始解释,"……炸弹?"

准男友现在明白了,或者说他以为自己明白了。他说有时候是的,是会发生那种事情的,当然会发生,但我要知道,那种事情不会经常发生,那些汽车爆炸,与人口数量相比,少到几乎可以忽略不计。"这里的大部分人不会被汽车炸弹炸飞,"他说,"这里的大部分人不会被炸飞。再说了,准女友,不能因为某人可能会在某天杀了你,你就不过日子了。"他说得轻松,证明他还没了解这件事的全部细节。我也不知道他什么时候才能了解,因为除了送奶工正在对我施加的这种侵蚀,社区也在对我施加其他的侵蚀。我与送奶工的丑闻像蘑菇一样迅速生长,到了不可理喻、肆无忌惮的地步,很快就成了畅销品。因为这一点,因为我所有被累加起来的违法乱纪,我发现我自己越来越被局限在一个语无伦次、虚弱不堪的状态里。准男友接着说,再说有谁会想杀害他呢?他不在由政府捍卫者管辖的地方工作。他甚至不在混合了各种势力的地方工作。"听着,亲爱的,"他说,"你会这样想,只是因为你可怜的姐姐的前男友遭遇了这种事情,但并不意味着这种事情会发生在每个人的男朋友身上——可能更不会发生在,"他开玩笑说,"准男友身上。"他依然说得轻松,就好像这种事情、这种结果,跟他所理解的世界差得很远。说完,他想要抚摸我,但我躲开了,而且立刻从他身边走开了。在送奶工出现前,准男友的抚摸,他的手指,他的双手,代表了最好的、完美的、纯粹的爱。然而现在,自从送奶工出现后,准男友的任何一部分靠近我,都会让我感到阵阵恶心,感到自己随时可能生病。他令我厌恶,我的准男友令我自己感觉厌恶,尽管我不想感觉厌恶,我竭尽全力不去注意这种厌恶的感觉,我发现自己在责怪他让我产生这种感觉,责怪他没有能力说服我摆脱这种感觉。我甩开他的手,甩开他的手指,推开他,绷紧肌肉,我的胃开始疼痛。我也知道这些都是送奶工造成的,但我想不通送奶工是怎么造成的。从他第一次把目光落到我身上并开始摧毁我到现在，只过了一小段时间。除了第一次开着车碰见我，之后他都没怎么看过我，也从没对我说过任何下流或讥讽或直接刺激我的话。最奇怪的是，他甚至没有碰过我。一个手指也没有。一次也没有。

至于社区，以及社区里关于我和送奶工有私情的传言，我现在已经适应了，因为无论我怎么想，反正就是这么一回事。传言说我和他定期碰面、约会，在各种"点点点"的地方，有那些"点点点"的亲昵行为。特别是我们会定期去两个最爱的浪漫地点，一个是水库公园，另一个是十分钟区域。据说我们喜欢待在一起，就我们两个人——和可能正在监视我们的所有人一起——待在老地方里的一个老区域，那里高高的草丛疯长，盖过了古老的墓碑。我每次坐上他的豪车，总是如此自信，总是如此傲慢，据说是这样的，因为很多人看见过。"接她去幽会，"他们说，"他们的秘密约会，他们的情人约会，他们会去这些地方。""他们要是不在那里，"还有人说，"就会在镇中心那些危险的酒吧或俱乐部里，搞些见不得人的卿卿我我。""要知道，他已经结婚了，"人们轻声说道。"他已经包养她了。"另一些人轻声回答道。"好吧，他是他，我们不管，"他们说，"至于她，她不是更倾向于准关系吗？不是不喜欢信念坚定、刚正不阿的情侣关系的吗？"——这些话翻译过来的意思就是，过不了多久，他就会让我从家里搬出来，搬进某个公寓，过上那种司空见惯的金屋藏娇的生活，当然，这公寓肯定坐落在红灯街上。"等着瞧。"人们说。在我们纷繁缠绕、谨小慎微、说三道四、清教徒式却又下流龌龊的极权主义地区的背景下，所有这些说法都合情合理。但如果跳出这个背景，远离所有那些指指点点、窃窃私语、传小纸条，离开这个地方——这里的人们对性抱有畸形的兴趣，每当你厌倦了政治八卦，性的肮脏就成了嚼舌根最好的材料——就很难理解所有这些当地人怎么可能了解我和他交往中最小的细节。他们富有创造力的想象传到我的耳朵里，一条诽谤接一条诽谤，像有重力一样。在另一些场合下，他们试图跟我有更直接的交流，比如会抓住我用问题折磨我，这种时候会近得几乎面对面。

　　长期以来，早在关于我和送奶工的流言蜚语出现之前，我就对别人的提问抱有怀疑。每当被问问题，我就会想这个人是谁？那个问题背后有什么含义？他们为什么要拐弯抹角，以为拐弯抹角就能迷惑我？他们为什么要用他们自以为瞒得住的方式，"假装"给我暗示或者直率的评判，而我其实知道他们想以此试探我的思想、观点和倾向，引导我给出一个他们早先就有所倾向的回答，狡猾地在我的话里抓我的把柄？我注意到——肯定在小学毕业时就已经注意到——每当某人企图提及某事，即使他们认为自己掩饰了这种企图，也还是经常会被察觉。他们的内心或语言并不是唯一会出卖他们的东西。他们所营造的污秽别扭的气氛也会揭露他们的真实天性。在他们走向我的途中，这个能量场会一直伴随他们。一看见他们，我就会起鸡皮疙瘩，脖子后面的汗毛也会竖起来。那种东西——也就是所有那些强有力但看不见的指标——和邻居们希望能呈现给我的、据说是无冒犯之意的顺便问问的方式形成对比。正是这种对比,最能向我揭露:无论出于何种理由,他们并没有说真话。当然,我也许不知道人们为什么要遮遮掩掩。可能是有些人不想取笑我,引发我内心的极端情绪,或用语言诱骗我,以此对我造成伤害。可能是某种个人的担忧,对此他们从人道的角度出发,敏感地认为需要保持沉默,但又需要从别人那里得到澄清或信息。而流言蜚语和谣言贩子——当然也包括我们这里的流言蜚语和我们这里的超级谣言贩子——总免不了监督审视、巧取豪夺、伺机夸大,这里的公众意见总被托付给臆测,不只是在外界之外,在家乡的活动圈也是如此。

于是,他们开始发动大规模进攻,带着问题向我靠近,但不是一些直截了当的问题,比如"这是为什么?"或者"那怎么样?"而是"某某说"和"有人说",以及"我们从我们叔叔的表亲的哥哥的女儿的朋友那里听说,那个人现在已经不住在这里了"。还有一些人会提起"谣言"这个真实的字眼,比如说"有谣言说",然后把谣言说得跟人似的,就好像挑起或不断散布谣言的不是他们自己。凭借他们看似无冒犯之意的问题,也经常凭借悬而未决的断言,他们带着煽动我的欲望,张开他们的嘴——他们担惊受怕,带着防御的姿态——想让我也张开嘴,提供一些易于传播的私密回答。不过,往往在他们还没能说出一个"某某说"之前,我就已经看穿了他们的掩饰,但我不会表现出来。我所知道的跟他们打交道的唯一方式是掩饰我自己。为此,我尽可能地作出迅速而又不会引起怀疑的反应。我假装对他们的企图一无所知,对他们提出的每个追根究底的问题都不停地回答"不知道"。在我的全套语言防御的本领中，我将"不知道"作为最主要的选手派上场。我已经准备着继续这么说下去，因为小学毕业时我学到的另一件事是最好不要为了说明真相而开口，除非是对一小部分可以信赖的人，这一小部分可以信赖的人在小学里随着时间的推移变成了越来越小的一部分。后来我上了中学，那段时间里——从十一岁到十六岁——越来越小的那一部分可以信赖的人又进一步减少。等到我十八岁——这时有了我和送奶工，还有了关于我和送奶工的流言蜚语——全世界我还愿意信赖的人已经减少到了最少，只剩下一个。我怀疑，如果我继续让它这样减少，继续这种麻木不仁，继续所有的不信任，让自己有计划地一步步脱离社会，等到二十岁，我完全有可能变得再也不在任何地方对任何人开口说话。

所以，"不知道"是我在回答那些问题时用三个字构筑起的防御，我因此成功避免了被唤醒、被激发谈话欲、被吓得说漏嘴。尽量减少、克制、弱化思考，放弃所有必要之外的互动，他们也就得不到任何公开的内容、任何具有象征意义的内容、任何一套完整的说法、任何血性、任何片刻的热情、任何情节的反转、任何悲伤的色彩、任何愤怒的色彩、任何痛苦的色彩、任何事情的任何定位。只剩下我，轻描淡写。只剩下我，什么都没有。只剩下我，没被同流合污。也就是说，他们拐弯抹角地刺激我，语言里充满暗示又在寻求信息，但最后依然没能从我这里得到任何东西。我觉得让他们颗粒无收是正当的，因为在我看来，很显然生活中有些人不配得到真相。他们不是配得上真相的好人。不是有资格获知真相的值得尊敬的人。所以，撒谎或略过也是可以的。是可以的。我是这么想的。接着就出了问题。他们显然认为我不懂他们的暗号、眼神里的含义和诽谤我的企图，而我发现自己不敢在说"不知道"的同时表现出并非如此。我也知道，我在给出那个三字的回答时，必须通过最不抵抗的方式，同时把我们之间始终维持着的至关重要但又不被承认的距离隐藏起来。要不然，向他们发出挑战——在这个时候，在这个地方——等同于自暴自弃地想要成为暴民，或者其他强大的邪恶力量，我感觉自己没有强大到可以去触碰这种东西及其带来的后果。所以，这是一个不断持续、如履薄冰的过程，不能让他们知道我了解他们的手段，或者我所说的"不知道"背后的真实意思是"滚回你的老窝！回家！走！走！"这也就意味着我不得不调用我的备用技能。这是我全套非语言防御的本领中的一个，我确实会调用它，这个技能即刻就能起效。但它做的不只有这些。它一开始非常有效，证明自己给我提供了极其宝贵的协助。接着，它会出乎意料地开始掌控进程，连起码的警告也没有。它首先主动推翻我的"不知道"，并实施替换战略，我后知后觉地了解到，它虽然确实抵抗了我那些爱说三道四的邻居，但更抵抗了我自己。我在攻击我自己，它就是我的脸，我脸上的表情——我本来想让它是暂时的，是临时的，我真心实意地相信它只会是临时的。我以为我的脸看上去怎样、我让它看上去怎样、我如何对外呈现它，都由我选择，都在我的控制下，议事厅里完全由"我"说了算。我以为这个真正的我在那里，掌握着控制权，躲在他们看不见的地方，暗中指挥。我还以为我是挑选了一个下属协助我，而不是一个叛徒掀翻桌子凌驾于我。但就是发生了那种事情，首先是脸出了问题。

不可自拔。我专心扮演着"不知道"，加上一张不可救药的脸——里面什么也没有，背后什么也没有，一个外表光鲜的什么也没有——我以为会把那些说三道四的人搞糊涂，让他们惊讶，让他们的期望落空。最终，他们会疲惫沮丧地中止迫害，所有人都会放弃，各自回家。我希望我的纯粹空白会指引他们怀疑对我的造谣和定罪，甚至怀疑一个反政府派——尤其是那个男人中的男人、斗士中的斗士、我们的大名人、当地社区的英雄——到底有没有可能不断引诱一个像我这样懒惰乏味的人。我甚至不认为他们会把我想得很蠢，或者仅仅是把我想得很蠢，我认为他们会进一步得出结论：我听不懂以某种当下盛行的、基础的、社会编码式的语言。我不明白别人问我的是什么，我身上必然缺失了情绪和心理的沟通能力。他们感觉我就像一本教科书，或某个对数表——内容正确，却不合时宜。这就是我希望他们认为的，那样我的掩饰和对脸部的运用就有了回报，我会得到自由和安全——就算不是在送奶工那里，也至少在他们那里。然而，无论是送奶工，还是对我和送奶工说三道四的人，最后都很快适应了我这套把戏。我完全没有布局。再说也没有时间布局，反正我的头脑最擅长的也不是布局、规划、勾勒、推测。我只会依赖直觉，依赖即兴的避让，依赖被调高的敏感度，根据外面有什么来决定我的反应，而不是根据某种头脑冷静、事先规划的军队般的精细来决定我的反应。但我后知后觉地意识到，我跟这里的告密者很像。一开始，他们落入了驯化他们的警察设下的圈套，后来他们说"我不是告密者，别把我看成告密者，因为我不是告密者"，这种虚假的立场又给反政府派提供了可乘之机——我也一样，我开始丧失推理能力，看不出其中显而易见的关联，理解不了甚至是最基本的关于如何在这个地方存活下去的道理。当然，我现在依然明白，无论我做过什么或者原本还能做什么，这些说三道四的人都不会停下来，他们永远不会闭嘴和走开，永远不会，直到这个男人在得到我、抛弃我之后自己走开。不过在当时，我说出的三字答复和展现出的自我丧失感确实成功地迷惑了他们。结果，他们在催促我表现得合乎情理的过程中，开始马马虎虎不讲究方法，毫无耐心，直截了当，前所未有地展现出他们真正的天性。他们从来没有想过，我的敏锐和骗人的本事可能胜于他们自己的敏锐和骗人的本事。一个人一旦下定决心，就可以特别敷衍了事。说到这一点，虽然我没有表现出自己在情感上和智力上感受到压力，但那并不意味着我认为自己确实没有压力。当然，我相信我是有知觉的。当然，我知道我生气。当然，我知道我害怕，我毫不怀疑我的身体里充满了对我自己的自然反应。起先，我能感觉到这种反应，它确认了我还活着，我还在那里，在我的身体里，经历着这些表面之下的动荡。但是，随着时间的推移，还没等我明白发生了什么，我对生活看似没精打采的态度就已经变得不怎么像假装的，它变得越来越真实。首先开始出现了一种情感上的麻木。接着是我的脑袋。一开始我的脑袋安慰我说："好极了。干得好。我成功地耍了他们，他们不知道我其实是怎样的人、我在想什么、我有什么感觉。"但现在它自己开始怀疑我甚至是否还在那里。"稍等一下，"它说，"我们的反应在哪儿？我们过去有一种私下表达的反应,但现在没有了。它去哪儿了?"我的感觉停止了表达,接着便不复存在。现在,随着这种凭空捏造的麻木不断发展,和这里所有发现我不可接近的人一样,我也开始发现自己是不可接近的了。我的内心世界,似乎,已经离开了我。

生理上也令人疲倦,所有那些怀疑、欲擒故纵,狙击手开枪,对方狙击手回击,避让和扭曲,我和我的社区,我们看上去都像是任由车轮滑行,进入某种终极交锋。为了对付送奶工,我每天晚上回到家,都会检查床下、门后、衣橱等地方,确认他是否在那里面,在那下面,在那后面;我还会检查窗帘,是否拉得严丝合缝,他是否借着窗帘的掩护,躲在玻璃窗这边,或者玻璃窗那边。我意识到我对付社区甚至也已经到了同样的地步,我会去确认社区是否也躲在那些隐蔽的地方。我在这些人身上用去了多得超乎寻常的精力——为了努力避开他们——当然,这也就意味着我在吸引他们,但我当时还不明白执念是如何产生能量的。所有那些昏天黑地和互动游戏都让人痛苦,我的所有掩饰原本是为了以不参与的方式保持独立,结果却成了与他们齐心协力达到目标。我太晚才意识到,在我堕落的过程中,我自己一直都是个积极的玩家、贡献的主力、关键的环节。

至于这些说三道四的人,以及他们对我的回答的回答,我知道我正在把他们搞得晕头转向,因为我一直想要把他们搞得晕头转向,尽管我并不想同时把自己也搞得晕头转向。但我后来才知道,他们不在乎是否晕头转向,他们抱怨我的外表风度不得体,说这是在抵抗常规治疗,这是在反对公共福祉,说我极其空白、几乎

193

没有生命、几乎不育、几乎对抗直觉，他们说这对于地球上的任何人而言，都不是也永远不可能是正常的。至于他们使用"几乎"这个词——几乎极其空白、几乎没有生命，等等——在我身上，当然是有意为之。虽然我说过，我亟须让自己表现得空白和空荡，但我的意思其实是几乎空白和几乎空荡。这是因为精确简洁的方法在纸面上或许能完美运作，给予某种迂腐的满足，但在现实生活中根本行不通，愚弄不了任何人，哪怕一秒。这种计划严谨带有未雨绸缪的味道，但未雨绸缪在这个社区里——尤其当你试图耍花招时——并非好事。除非你在跟极其愚蠢的东西打交道，而我并没有，所以最好的做法是捣乱、添乱，留下茶渍，印一个小小的但带点泥巴的脚印，不要在问题的正中心，而要在边缘一点的地方，最好能暗中指向问题，偶然与问题发生关联。于是那部分发挥了作用。但他们说我的脸部表情表现出我不友善，强调"表情"是单数，就是说，我好像只有一种表情。接近面无表情，这就是他们的说法。接近干巴巴的、接近孤零零的、接近放弃被灌输信念的。他们没说我难以捉摸，这又让我从中找到一点希望。在这里，难以捉摸就跟明显的未雨绸缪，就跟表层的想法一样行不通。一开始，他们说不确定我是否在展现一个刁钻的玛丽·安托瓦内特，趾高气扬，认为自己凌驾于他们之上。后来他们认定不是，这也许是我性格里的某种古怪，很可能出自所有那些我到处边走边看的古老书籍。他们说，我这也不是那也不是，基本上证明了他们的信息资源贫乏，但不管怎样，这不会阻止他们继续揣测我。他们认定我有点神秘诡异，又有点令人毛骨悚然，还说他们到现在才发现，我是一个"看似开放、实则封闭"的人,从这个角度来看,与十分钟区域很像。那里好像什么也没有,却实际上有点什么;那里好像有点什么,却实际上什么也没有。我是一个反面例子,他们说,横着来的,不爱交际,但他们也确实用了"也许那只是她的一方面"来淡化这一点。不过,因为他们不相信还有任何其他方面,这又把他们带回原点,带回到我仅有这一面的想法上。

社区对我的掌握几近贫乏,我对社区的掌握也几近贫乏——再加上他们对我的干预令我不安,我的脸令他们不安,我的麻木让我们所有人都气得发疯——谢天谢地,我不必经常对他们说"不知道",或展现我几乎接近空荡的脸,或暴露我的封闭状态。这是因为大部分关于我和送奶工的流言蜚语都是背着我说的。但情况真有那么糟糕吗?那些日子里,就真的没有人,没有一个或许可以倾听、可以提供安慰、指导和支持的人,让我愿意去倾吐?我是否真的像所有批评我的人所说的那么固执专横、跟十分钟区域那么相像?现在回想起来,除去我和那最后一个可以信赖的人之间从小学起结下的友谊,我自己也认为是的,我是这样的。我非凡的不信任感导致我没意识到也许存在这样一些人,他们也许原本能帮助我,能支持和安慰我——我也许原本能结交到的一些朋友,我也许原本能加入的一个互助圈——只是我失去了机会,因为我不信任他们,不信任或没意识到自己应有的权利。然而,当时在一个所有人都在以他们自己的方式努力保持冷静和振作精神的地方,我想要跟他们一样保持冷静,振作精神,所以对我而言,去理解、去懂得关于帮助和安慰的任何概念在当时是完全不可能的。不过,确实有些人一直在接近我,他们一部分人可能是值得信赖的,可能是想要帮我解决问题的。但就算并非出于我通常的害怕和固执,我也一直在拒绝。关于有什么要说的,我依然没有把握。

这就是事情运作的方式。难以定义这种跟踪、这种捕猎,因为它零敲碎打地往前推进。一点这里,一点那里,可能是,可能不是,或许,不知道。是持续不断的暗示、象征、描绘、隐喻。他所指的可能就是我认为他所指的,但也可能他什么都没指。把它们单独看待,分开描述每一次遭遇,一旦对另一个人说起,尤其在说到一半时,就会发现似乎根本不完全是那么一回事。如果我说:"我走在交界路上,正在读《艾凡赫》的时候,他问要不要载我一程。"就会有人问:"你为什么要走那条危险的交界路,为什么你在读《艾凡赫》?"如果我说:"我在水库公园跑步,而他好像也在水库公园跑步。"就会有人问:"你干吗在这么一个危险可疑的地方跑步?你干吗要跑步?"如果我说:"他把他的白色小货车停在大学对面的通道里,当时我正和我法语班的同学一起看日落时的天空。"就会有人问:"你抛弃我们这个小地方带给你的安全感,跑去镇中心,去一个鱼龙混杂的地方学习外语,把生活看成一种花里胡哨的表达?"如果我说:"我姐夫被谋杀,他对我姐姐痛失爱人表示吊唁,但同时把几乎可以算是我的准男友的那个人和持续发生的汽车爆炸联系起来。"他们会说:"你怎么还没结婚?你为什么一开始要和准男友出去?"除了那些流言蜚语——就算没有那些流言蜚语——我从头到尾始终相信确实没有人会听我说话,或相信我。如果我去当权者那里,把他跟踪我、威胁我、准备迎接我的事情正式报备，然后从当权者那里寻求解决措施，比如问他们打算怎么做，我们的反政府派会回答——好吧，我不知道他们会怎样回答，因为他也是反政府派的一员，我怎么可能去他们那里？从实际操作的角度上来想也有问题，我该怎么去他们那里？虽然我住在一个由准军事组织管辖并派遣警察的地方，但我不知道怎样才能接触到这些家伙。我不得不向社区咨询正确的投诉流程，但这个社区本身也在跟踪我，这也是我要一并投诉的事情。至于真正的警察，这个地区的国家警察，不用考虑去找他们，因为第一，他们是敌人；第二，在一个由反政府派管辖、禁止外人踏入的地方，任何事情都会嚷嚷成你是告密者并将你处死，其中最危险的，毫无疑问，就是去找被认为有高度偏向性的警察，投诉一个你们这里的反政府派。在警察看来，我们的社区当然是一个流氓社区。我们就是敌人，我们就是恐怖分子，平民恐怖分子，恐怖分子的同谋，或者只是被怀疑但还没有被发现是恐怖分子的一群人。情况就是这样，双方都很清楚情况就是这样，在我们这里，如果你叫警察来，那肯定是要射杀他们，他们自然知道这一点，所以根本不会来。

　　一切都在阻止我犯错，比如我不相信我对罪行的判断，比如我的感觉所告诉我的那些。他真的做了什么吗？真的发生了什么吗？如果我不知道，我该怎么跟别人解释，又怎么让别人相信呢？我感到这种疑虑——对我自己、对这种局面的怀疑——会被别人注意到，会引起人们对我的信用进行一番评头论足。即使这里的人听到我的想法，他们也不习惯面对一些像是"追求"和"跟踪"之类的词汇，我是指性方面的追求和性方面的跟踪。这就跟那些美国电影里说的"路边慢驶招妓"一样,太过遥远,完全不是当地会发生的那类事。即使有这种事情发生,我们的社会也几乎不会认真对待。这跟乱穿马路差不多,也许还比乱穿马路轻一些,因为这是女人的事情,也因为发生在这样一个被政治问题塞得满满的年代。在这种年代,就算一个弱不禁风的患有严重精神病的人——比如我们这里最成功的超级投毒者——每周一次自由地走来走去给人们下毒也没人管,连匆匆一次登上关注度排行榜的机会也不会有。所以,对比当地人谈论的主要话题,性捕猎这种好莱坞现象会黯然失色,就像这里的每件事情在那种对比下都会黯然失色。

但他们还是一直来。大姐一直来,反复说那几句话:"如果你继续和那个人联系"或者"这样对你自己没好处"。但她遇见的只有我冷酷的决心,决不为自己辩护,也决不允诺她、安抚她。我们之间已经建立起深厚的敌意,我们不能也不会听对方把话说完。这事情的背后有她丈夫,这头地平线上的狼,它的鼻孔和耳朵变得越来越大、越来越尖,毛茸茸的下肢、后腿、前腿、突出的口鼻和牙齿都开始往外冒,爪子又长又黑,像是在抓什么。他用舌头怂恿她,拼了命地想让她与我纠缠不休,不停地来探望我,坚持要我说出秘密。但是谁都看得出来,大姐一心扑在她自己死去的前男友身上,几乎无法振作精神。此外,我听说大姐夫已经被他自己新一轮的不可自拔的性欲攫住,很快就给他自己带来了不止一点点的流言蜚语和麻烦。还有妈也是,依然不断地当面质问我为什么不结婚,为什么要加入准军事组织的骨肉皮圈子,以此带来耻辱,为什么把黑暗和难以控制的力量惹上身,给小妹妹们树立坏榜样,还把光明、黑暗、撒旦的邪恶和地狱之类的东西带给上帝。"像是被催眠了，"她说，"你以为恐怖电影里那些被吸血鬼抓住的人还能有什么别的感受？他们看不见恐怖，女儿。只有旁观者才能看见恐怖。他们只是被控制了，欣喜若狂，眼里只有吸引他们的东西。"

我跟工作的关系也不再是原来的样子。我在工作台前变得漫不经心、昏昏欲睡，因为晚上我会在床上惊醒，再也无法入睡，一部分是因为我有一种强烈的欲望：我应该起床，把我的房间再搜一遍。我睡觉前已经搜过一遍，我要确定他或社区没有在那之后进来；另一部分是因为噩梦，我梦见自己变成了病恹恹的、孤独厌世的城镇长官，从"总引"到《坎特伯雷故事集》。这房子也蠢蠢欲动。公然指责，吵吵嚷嚷，运动转移，气氛挑唆，目标错置。这是撞击、反诘和挑起争执——一切都在痛斥我，警告我，要我注意我早已发现围绕在我身边的威胁。这种事情总是半夜三更发生在我的卧室里。床头柜上猛的一声撞击会把我吵醒。各种东西发出尖厉刺耳的撞击声，比如墙上的画，正下方的地板上还会突然爆发出一阵敲打声。卧室门也开始摇晃。有一次，家里的幽灵猛地扯掉我的鸭绒被，把我的脚连同小腿抛到床的另一头，力气大得我的整个躯干都几乎要翻过来摔到床下。妈在她的房间大叫："仁慈的上帝啊，我最小的女儿们，我想在睡觉前看会儿书。那些砰砰的声音是从哪儿来的？"小妹妹们在她们的房间大叫："不是我们，妈咪！我们在睡觉！是中间姐姐！""不是我！"我大叫，"是这个房子。是房子里的幽灵。我也在睡觉。"虽然我猜想这房子是想让我去做点什么，做点和送奶工有关的事情，但我不知道它期待我做的是什么。

它已经动手把我弄醒,我一直没能合眼,夜晚的缺眠少觉导致白天我在工作台前被困乏和呆滞所压倒,我的领导已经两次叫我去她的办公室谈话。我的法语课现在也已经失去了光彩,或者说我已经失去了对那种光彩的渴望。它已经不那么令人兴奋,让我越来越觉得"这有什么意义?没什么意义",我疲惫不堪,每周去镇中心上课让我感觉更像是劳作。后来我的腿受了伤,我又渐渐地不再和三姐夫一起跑步了。起先偶尔跑一跑,后来随着疼痛的持续,越来越多次取消跑步,我突然变得不想配合。我再也无法放松,再也感觉不到欲望,无法正常呼吸,而在那之前,跑步运动让呼吸贯穿我的身体,让我时刻活跃,让我感觉自己是个完整的人。一些我原本认为理所当然的东西已经发生了变化,于是我不跑了。甚至不走了。我的平衡变得怪异。它已经开始倾斜,以一种坡脚的站姿出现,并压垮了我。那时,我努力告诉自己:是我自己放弃了跑步,是我自己不想走那么多路,没有人逼我。后来有一天,原本该去跟准男友待在一起的,但我没有去,偶尔会这样,我告诉自己:这是我自己的决定,没有人让我这么做,星期四不重要。这一天是我对我们的准关系最不确信的一天,我还提醒自己毕竟这只是一段准关系。即便如此,去掉了星期四,送奶工依然没有松动汽车炸弹的威胁。他还开始编织一种复杂的新危险,威胁准男友可能会因为背叛和告密而被杀害,可能是被他那里的反政府派,也可能是被他那里的其他任何人。"当然,这很可笑。"他说。他又说,但死于可笑事情的当地人也不是没有。送奶工凭借这番话,让自己看起来就像救赎者、像解药。他一个人,他暗示说,就有本事让准男友面临的那些危险全部消失。还有就是那些搭车,他主动提供并且不断提供的搭车。还不只有他。现在这里的其他人,他的手下、朋党,那些坚信必须听他吩咐的随从,也会开车到我身边停下来,主动提出送我进入或离开镇上。他们不会有只字半语提到自己是送奶工派来的,但他们的过分殷勤让人看出他们显然是在执行命令。他们恳求我,只要我同意上车,就帮了他们大忙。

　　与此同时,我与准男友之间的紧张关系也在不断升级。除了我说"你能不能别再开车了",他说"当然不能,你对我的要求很不合理,你越来越不讲道理了",我们也为别的事情吵架。就算他没有被汽车炸弹炸飞,也会因为部件上的旗帜,被反政府派当作告密者抓走。就算不是那样,他那里那些不是反政府派但同样迷恋伟大事业的极端分子也会蜂拥而来,依然用想象中的旗帜事件污蔑他。据准男友说,由于那些有关超级增压机的谣言,有关无论上面有没有旗帜准男友都是有多么不爱国才会收下它的谣言,如今政府不断地用精密专业的手段偷拍他。我偷听到他对厨子提起,说这样的拍摄让他确信自己已经引起了别人的注意,甚至包括他所居住的地区以外的人。"看样子,"他开玩笑说,"凭借旗帜、徽章、叛国和超级增压机,我有被政府策反为告密者的大好前途。"对比之下,他又说,如果不是地区政府在拍照,而是当地准军事组织反政府派在拍照,那就没什么难对付的了。"可能是在监视我,"他又开玩笑说,"想看看我是不是已经变成了告密者。"接着他又提到了我们这个混乱年代里所有的业余摄影师、外行的文献档案管理者以及遵循日历重大事件的编年史家。他说那些男孩关注机遇，关注将来追名逐利的可能性。他们到处神出鬼没，带着摄像机和录音机冒险跑出来，说是为了捕捉和保卫历史、政治和社会的证据，以留给子孙后代。"你永远不知道，"他们说，"在未来几年里，哪些令人悲伤的素材会最受追捧。"虽然准男友不知道，但我知道，当然知道，他不仅仅会被政府当作有希望成为告密者的人，当街拍下照片；被反政府派当作有告密嫌疑的人，当街拍下照片；被那些幕后行事的投机者当作某天可能会以告密者的身份遭到杀害并由此变得家喻户晓的人，当街拍下照片。他还可能因为被视作高居暗杀名单前列者的同伙的同伙，而被政府两次当街拍下照片。关于贴着旗帜的超级增压机的谣言还在迅速发酵，准男友的邻居和熟人仍在继续一点点地推动它所造成的影响。尽管他们喜欢那个超级增压机，在那一小段快乐时光里已经将自己托付给了对超级增压机的热情，但还有其他的东西，比如"士兵情人""海军少尉情人""'海对岸'国家的情人""街道审判"，所有这些都比那个东西给他们在情感上带来更大的冲击。人生短暂，有时候不可思议地短暂，为什么要让自己因为勾结，因为做了帮凶，因为卷入当地人不该做的事情而遭到控诉？这就是为什么人们认为最好切断和准男友哪怕是最低程度上的联系，尽管，当然了，他最重要的几个朋友还留在他身边。还有一个朋友，那个人据说是准男友在工作上结识的，住在"马路对面"，也就是持有对立信仰的准男友的同事。据说这个人——艾弗——已经表示愿意出面担保那个贴着旗帜的部件并不是准男友的，因为他才是那个贴着旗帜的部件的所有者。为了主动帮助他的同事，艾弗又寄去一张他的宝丽来照片，照片里的他在政府捍卫者管辖的地区，拿着这个贴着旗帜的部件。如此一来，如果准男友在他那里，最后以叛徒罪被送上由反政府派主持的袋鼠法庭，他就能为自己辩护。艾弗说虽然反政府派可能他妈的反对他所代表的一切，但据说他还是很乐意为他的工友发声，提供带照片的证词，帮助准男友走出目前的困境。当我听到传言说存在艾弗这样一个人时，我意识到为保护准男友免遭送奶工的伤害而即兴编造了这个人是我犯下的另一个愚蠢错误。我震惊于一个胡思乱想，甚至是没有说出来的想法，都可以如此轻易地被人们从表层意识里摘取，并成功地传播出去。现在这个想法——在外面——有了它自己的生命。虽然艾弗此刻已经存在于日常生活，他是不幸地被添加进去的，但我只能期待，最终这个谣言会化为尘土，会被遗忘，消失在雷达里，就好像从来没有存在过。与此同时，艾弗——无论他看上去是多么好心办坏事，虽然他可能发誓要发送一百张宝丽来照片和两百张手写的证词来力挺准男友——准男友那里的人也不会相信他，因为他不是他们中的一员。人们对他在他自己的社区里满怀热情地高举着的旗帜充满反感，他也不可能愿意安抚人们的这种反感，就算忽视这种不可能性，就算他以真实目击者的身份存在，他的证词也会比毫无作用更不起作用。在这个事件里，人们观察到的是，艾弗没有寄照片，或者照片底片，手写证词也一个字都没有。尽管他发过誓，但他什么也没做。这进一步坚定了社区的观点：那个贴着旗帜的部件根本就是叛徒准男友的。

如我所说，事情很复杂。整件事让我们、我和准男友眼前的局势急转直下——关于我和送奶工的流言蜚语在我所居住的地方影响着我，关于准男友和他的旗帜的流言蜚语在他所居住的地方影响着他。这些流言蜚语及其对我们造成的影响也一并让我们的准关系急转直下。受压力所迫，我们开始争吵。我们过去就不喜欢彼此交流，现在的交流比过去正常情况下的更少。在我看来很明显，如同我没有跟他讲起送奶工、没有讲起我们社区里所流传的关于我和送奶工之间的故事，准男友也有他自己沉默的防线，基于他的固执己见，针对我，针对其他所有人，作为他自己抵挡侵犯和确保安全的方式。

此后，我们开始不断地为琐事斗嘴和争吵。两人之间的关系一天比一天紧张。除了问他"你是否不得不开车"，除了越来越相信最后可能会发展到不得不服从送奶工并甩掉准男友，我根本想不出其他任何解决办法。与此同时，住在那边的准男友也开始生气，但出乎意料的是，旗帜的问题倒没怎么惹他生气，他不担心自己因为旗帜的问题而被当成告密者判处死刑。实际上，更让他生气的是反政府派来他家门口找他，请求分成。这件事还是跟超级增压机有关。关于超级增压机的流言蜚语已经散布了很长一段时间，最新的说法是他留下旗帜，卖掉了超级增压机，得到一大笔钱。于是他们，也就是他那边的反政府派，上门来找他，请求分成。当然，我所说的"请求"，他们"请求"，他们想知道有没有可能拿走一部分钱，其实是指他们要求。如果你曾经生活在一个由反政府派管辖的地区，你会经常听到："为了发展我们的伟大事业和保卫我们的地盘，我们需要征用你的这个这个这个。"一切都被包括在内——你的房子、你的汽车。根据他们的愿望，以任何折扣换走你的任何东西——宾果游戏赢来的钱、圣诞奖金，甚至包括买面包店里打折的巴黎小圆蛋糕省下的钱，或者在街角商店买的一管聪明豆的折扣。你有义务上缴所有份额或一定比例的份额，当然都是为了发展伟大事业和保卫我们的地盘。这些当地男孩，也就是这里的反政府派，想要分成，呼吁分成，每时每刻不间断地上私人住宅要求分成，一直持续到这一次。所以准男友害怕他们上门，害怕他们认为他卖了什么东西并拿走一部分收入，那是他当然永远不会卖的东西——因为他是他，而那是宾利风驰的超级增压机。但是，如果他考虑卖掉那个超级增压机，他们说——他们说这些的时候，四个人戴着万圣节面具，三个人戴着巴拉克拉瓦头套，所有人都拿着枪，晚上七点在他家的门阶上——或者如果他已经卖了，他们说，别忘了他们以及继续保卫地盘和进一步发展伟大事业的需要。他们还说，如果在他那幢灾难般的房子里的某个地方，有一辆真正完整的宾利风驰跑车，他们也一定会征用。说到这里，他们停了下来，从面具后面瞪着准男友，就在这时，他明白了，他说，他们会改变主意，只是个早晚的问题，既然他们可以拿走全部，干吗还要求分成？然后他们走了，他说，但在走之前，有个家伙在交涉到一半时出现，他不是反政府派，他没有枪，没有面具，穿着西装打着领带，是个外地人。后来人们发现，他前一天从反政府派那里得到了进入这个地区的许可。于是他出现了，但又立即为自己的闯入道歉。他站在那些当地男孩的中间，当地男孩们戴着面具拿着枪,和准男友一起站在门阶上。他自称是来自镇中心艺术委员会的公共关系专员,问能不能在准男友家的外墙上挂一块纪念标识牌。他给大家看了这块标识牌,上面用金色花体字写着:国际夫妻曾于一九几几年至一九几几年居住于此,在他们成为最令人叹为观止、蜚声国际的舞蹈明星之前。"这会让这里略显正常些,"他解释说,"挂上这样一块标识牌,表明在我们这一部分小小的世界里不只有沮丧、惨淡和战争,我们关心的永远不只是枪杀和爆炸,我们还关心艺术、名人和气质魅力。"至于他认为谁会进入这个特定的准军事组织要地,叹服于这块标识牌,谈论艺术和名人,他没有继续提供任何细节,因为根本没有人会进入。实际上,会来这里看它的只有这个地区政府的警察和来自"海对岸"的军队里实施密切巡逻和防御的部队,他们每隔一段时间就会突然冲进来,翻箱倒柜地搜查反政府派,这种精神状态下的人几乎不可能欣赏这块标识牌并理解那种类型的文化。或者会被当地人看见,但他们不会惊叹,因为他们早就知道这对国际夫妻曾经住在这里。准男友说他不想挂上这块标识牌,反政府派则告诉这个来自艺术委员会的人说,虽然他已经为自己的闯入道了歉,但并不代表接下来就不算闯入了。他们又说,某个自称来自艺术委员会的人——无论他的进入有没有得到批准,毕竟他也算个政府公务员——很可能是政府间谍。这时,这个人说:"行吧,我们也不是非要挂上去不可。"说完这句话,他依然兴高采烈地再次把标识牌夹在手臂下,在尝试着把名片塞给准男友但遭到拒绝后便离开了——但是他们会为了它再回来的,准男友说,他马上又回过头来说他相信反政府派已经决心要夺走他漂亮夺目的宾利风驰超级增压机，这个他公平公正地赢来的心爱之物。这又让我们之间的紧张关系进一步恶化，因为我不禁感到惊讶，他丧失了最基本的智慧，反政府派前来索要超级增压机或者要求在超级增压机上分成，应该是他最不需要担心的事情。他已经被指控为叛徒，因此想象中更可能发生的事情应该是他们此时上他家——戴着面罩，拿着枪，大概还有一套各式各样的挖埋铲子——不是来拿下超级增压机，而是来拿下他。毕竟，许多人被夺走性命也只是因为一些不怎么明显的背叛，没有让不属于这里的旗帜飞扬起来这种事情那么明显，虽然实际上你并没有让它们飞扬起来。于是我说："让他们拿去吧，准男友，因为不管怎样你必须知道，因为你不能不知道，只要他们想要，就绝对会拿走。"这番话惹恼了他。但在我看来很明显，此刻发生了一件危及他性命的大事，就算在他看来似乎并非如此。他没顾及自己的性命似乎都是因为他的固执、他对汽车的痴迷，以及他在感知上无法重视并接受这样一个事实：有时候你不得不认输，不得不放手，或许你还不得不丢面子，以及有些事情和其他事情相比并不值得捍卫。但他不那样理解，这变成了我们之间的一种分歧，于是有一天我们在他家的客厅为了超级增压机吵了一架。他已经养成一种习惯：每隔大约十五分钟到半小时，就会偷偷摸摸地、跟强迫症似的，把房子里的东西移动一遍。如此多的汽车部件摊得到处都是，如此多的囤积物一层叠着一层，他期待反政府派会因此感到困惑，然后是疲惫，然后是像婴儿一样的无助，最后对于搜查，他们会选择放弃而并非坚持。这又让我感到惊讶。这似乎进一步证明了他的思考力已经退化到了怎样的程度，他优秀的感知能力已经溜到了多远的地方。他看不出来，他们不会亲自展开搜查，而会用枪指着他，命令他立刻把藏起来的超级增压机拿出来交给他们。这话我也说了，但是更让他恼怒。于是，这个超级增压机被永不停歇地搬来搬去，一直在逃亡。眼下正在把它从门厅后面的木地板条下面取出来，那是他前不久刚为它挖的一个藏匿之所；就在前一晚，直到今天早上吃早餐时，它还被放在厨房里的一面假墙后面，那是他几个晚上前刚为它安装的。他想在他正在改装的楼上那些房间里选一个，在里面设置一个由双层护墙板构成的具有欺骗性的隐匿空间，那个空间还不够完美之前，它被放在一个中空的汽车部件里，在他眼里，这个部件说明了他只是有一点正常范围内的强迫症般的汽车囤积癖，但我发现，在把超级增压机藏进楼上由双层护墙板构成的隐匿空间之前，他就已经开始思考在那里藏上一小段时间后接下来又应该把它藏在哪儿。此时，这个像水桶一样的巨大奇特的装置坐落在屋里，和其他一些杂七杂八的汽车零件混在一起，顶部颇具艺术性地，是指漫不经心的那种，摊着一条浴巾、洗碗布和一些他自己的衣服。整个部件就放在我俩之间的一张矮桌上，我俩之间除了这张矮桌，还有刚形成的持续不断的紧张关系。就在那时，我又开始指责他开车。我刚开口，他就打断了我。他头一次这样指责我，说我认为跟他在一起是一件丢脸的事，因为我不让他上我家找我，只愿意在那些偏僻的交界路上跟他碰面。我立即回击，指责他喜欢烹饪，指责他和厨子一起买食材，指责他真心喜欢烹饪。接着，他又提供了更多的证据，为了证明我认为跟他在一起很丢脸。他详细描述最近几次我故意躲开他,还说星期四晚上我不再和他一起过夜,在我们共处的星期二和星期五晚上直到星期六,以及我们共处的星期六一整天直到星期天的这些时段里,我也都变得不愿跟他亲近,这当然是我对他不断增长的厌恶感所引起的,但我知道这种厌恶感实际上针对的是送奶工。一开始我无言以对,他趁机又提出了更多的控诉,说他观察到一种令人反感的麻木状态正在慢慢地爬上我的身体,感觉它快要侵入并控制我。他说就好像我不再是活人,而是一个带关节的木偶,被艺术家用来——说到这里,我不得不让他住口。他说我脸上的麻木状态在不断加强,我无法听他把话说完。这变成了焦虑和重压,在我们之间建立起不可原谅。每当我们坐在他的车里,还会产生其他一些焦虑。我又一次将矛头对准了他为什么不得不开车,他说他要送我回家,他打算开车送我直到我家门口。我心想,他正在慢慢变成送奶工,对我颐指气使,以为自己可以控制我。我又心想,他是在说他已经受够了我,他要送我回家,因为他想摆脱我。"停车!"我正式宣布,"立刻把车停在没人的交界路上!"但他不想停车。他说他不想让我下车,但我说我要走路,他说啊别走路。这又泄露了他的心思,他想弄瘸我,让我摔倒,把我变成瘸子,就跟送奶工一样。于是我们说了不少"你怎么回事?""你在搞事情""你也在搞事情""你怎么回事?"。接着又说了"我载你一程""我不要你载我""我载你一程""我不要你载我"。在我看来,这是一种诡计,他不再想摆脱我,而是要努力克服他的遗忘症,进一步发展我们的准关系,但不是发展成一种满怀爱意的亲密的正经关系，而是一种涉及跟踪的、充满占有欲和控制欲的关系。为了达成目的，他恐吓我伤害我，这绝不是一个寻求值得尊重的伴侣关系的人应该使用的手段。而与此同时，他说我鬼头偶脑地要在半路上、在一个危险的荒无人烟的地方下车才是一种诡计，一种恶毒的操纵，折磨他，在感情上勒索他，用一种不相称的黑暗手段，进一步发展我们的准关系。"阴险。"他强调；他还强调起码到目前为止，他认为这种低劣的行径配不上我。这时，我迫不得已称他为"将近一年的准男友"，而不是"准男友"这种更亲密的称呼。我感觉自己完全有理由疏远他，不过他肯定也有差不多的感觉，因为他甚至更正式地称我为"交往了将近一年的准女友"。这意味着如果我们继续这样下去，很快我们就会用最正式的、最没有个人情感的专业术语对话，也就是我们在相识前适合说的那些话。事态开始往这样的方向发展，随着我们之间的紧张关系不断增强，他在他那里气急败坏，我在我这里遭受折磨。我不断地把各种事情混淆在一起，本末倒置，用一些不值一提的事情，就算值得一提，那也是他没做过的事情，来责怪他。反过来，从他在这种心理状态下对我施加的言行来看，我认为他肯定也在经历和我类似的状况。与此同时，在这件事背后的某个地方，送奶工正严丝合缝地嵌在我俩之间；准男友也可能被这个嵌在我俩之间的送奶工杀害。在这一切的背后是我姐姐的形象，我的第一个、年纪最大的、永远沉浸在悲伤中的姐姐，她坐在我们家里，在那种可怕的沉默中，脸上带着她在前男友葬礼那天的表情。

由于这些多出来的见面（包括真实的和编造的），也由于我依然什么都没有透露（目前这已经成了我避免成为话题中心的全天候的处理方法），从小学结交到现在最久的朋友捎话来说她想跟我见面聊聊。她故意避开电话联络，而是让那些探子，也就是这块地方最神秘的那些人肉电报中的一个给我带信，跟我安排见面。我让他去告诉她，我当天晚上七点会在这里最热闹的喝酒俱乐部的休息室里见她。我爱我最久的朋友；至少过去爱过她，或者说依然爱着我所了解的她。但问题是我现在几乎不了解她；几乎没怎么见过她。关于她有一点，她全家都死于政治问题。她是唯一幸存的，她独自生活——但很快就要结婚了——在死去家族的房子里。至于我们的友谊，这是一个能让我讲上话的人，一个能让我倾听的人，实际上是我唯一还能信赖的人，她不会把我留在世界上的最后一点生命力都从我身上排尽。跟三姐夫一样，她不会说三道四。对于政治局势，她始终在观察和倾听。她指责我在这方面从来不像她，我无法否认，因为这是事实。我提醒她我憎恶二十世纪，以此为自己辩护。我还说这里势不可挡的流言蜚语——也令人憎恶——对我来说已经过头了。最久的朋友不会像我这样。每件事对她而言都有意义。每个东西对她而言都有用，要么现在就能利用，要么先存起来等到今后用得上的时候。我说她获取的信息、她的沉默、她的储备——不只基于真正的事实，还基于传言和投机而来的事实——是可疑的，也是邪恶的，不是一点点的恐怖。她回答说这是五十步笑百步。我们那晚在这里最热闹的喝酒俱乐部楼上的休息室里见面时，她特地告诉我这一点。我可能还不知道，她说,我自己才是不止一点点的可疑、邪恶和恐怖。我想她是指我没有始终注意倾听,没有收集信息,也没有传播当地人的评论,这同样是因为我一辈子的固执,拒绝把那些爱管闲事的浑蛋不该听的事情告诉他们。"我干吗要这样?"我问,"这和他们没有关系。反正我什么也没做。""很多人什么也没做,"最久的朋友说,"他们现在没做,以后躺在老地方地底下的单人棺材里也永远不会做。""但我只管自己,"我说,"做我自己的事情,走在路上,只是走在路上,然后——""没错,"朋友说,"还有那个。"我问她什么意思,她说她很快就会讲到。在此之前,还有另一点要讲。在那另一点之前,我们还要先讲的一点是毕业后最久的朋友和我不经常见面。每次我们见面,相互间总是一次比一次严肃,一次比一次无精打采。我已经不记得我们最后一次兴高采烈地见面是什么时候了。甚至在她的婚礼上,这次休息室里的见面过了四个月后举行的婚礼,也同样无精打采。我强烈地感到在场的每个人参加的好像是一场集体葬礼,而不是婚礼,我无法摆脱这种感觉,最后不得不提早离开宴会,回家躺在床上,在白天充足的光线下,穿着庆典的礼服,陷入抑郁。在这一点之前还有一点,我俩之间有一种心照不宣,我不过问她的工作,反过来她也不告诉我。自从她开始干她的工作,我们就一直坚持这种安排。这是差不多四年前的事情了。

我们在楼上的休息室里,点了饮料,背靠椅子坐着,一段时间里一句话也没说。我和最久的朋友每次见面一开始都这样,没什么不正常。然后她说:"我了解你,你大概是什么也没做。但是流言蜚语说你好像做了一切。别恶狠狠地反驳我，最久的朋友，告诉我，你和送奶工之间到底怎么回事？"

我注意到她称他为送奶工，她给他一个大写的首字母。对其他人而言，他是"送奶工"，这里只有非常年轻的人才会相信他是一个送奶工，虽然时间并不长。我现在认定，如果她叫他"送奶工"，那一定是因为他就叫"送奶工"。[1]在这方面，她比任何没有相关知识经验的外部舆论者都更了解。因此，考虑到她所掌握的内幕信息，考虑到我们之间的友谊，我感觉把事情告诉她能给我带来安慰，虽然我不知道能有多大程度上的安慰，直到我开口讲述，一切都脱口而出。我知道她会相信我，因为她了解我，因为我了解她，或者至少我曾经了解她，所以我不必担忧，也不必判断她是否值得信赖。我也不必努力说服她。我只需要把一切原原本本地说出来。于是我照做了。我说他有几次突然出现，平静地向我正式宣布，他对我的行踪了如指掌，知道我生活中可以知道的一切。我说他以躲躲闪闪地告诉我要怎么做的方式告诉我要怎么做。然后他突然离开，就跟他的突然出现一样吓人一跳，让我不由自主地感觉自己掉入了陷阱。他在追踪我，他在跟随我，他知道我的日常活动、我的一举一动，以及我碰见的每个人的日常活动。他有某种计划，我说，但是他不着急，按他自己的节奏前进，但也明确了必定会在某天付诸实施。我还说起他没有碰过我，可总感觉他一直在碰

---

[1] 前文提到送奶工以及这里讲的其他人对他的称呼，用的都是the milkman，其中的milkman是个普通名词，代表职业；朋友称她为Milkman，首字母大写，表示姓或名。造成这种差别的原因后文会提到。

我，我脖子后面的汗毛每时每刻都竖着——等待，预测，害怕得要命。接着我说起那些豪车以及那辆小货车，但我知道最久的朋友应该已经知道了这些。我还告诉她，我的直觉警告我永远不要退让到坐上他的任何一辆车的地步。接着我还提到了政府警察，提到了他们因为监视他而对我也采取了监视。他们拍照，我说，不只是拍我和他在一起的照片，还拍我单独一人以及我和其他任何人——我偶尔碰到的或者我约好见面的人——在一起的照片。这些隐藏的摄像机会发出咔嚓声，我说，无关的人也会被牵扯进来，尽管什么也没有正在、已经或者将要发生。接着我提起了马屁精、谄媚者的出现。那些人来到我面前，假装喜欢我，但实际上他们当然并不喜欢我。令我惊讶的是，我甚至提到了好色猥琐的大姐夫。临近尾声，我还说起了妈和她的虔诚，以及她为我向之祈祷的圣人，还有难以描述的谣言散布者，他们听说什么就歪曲什么，没听说什么就捏造什么。最后，我以可能发生在将来的某次汽车爆炸为结尾，这次爆炸可能会杀死和我保持准关系的男朋友。就这样。我把一切都说了出来。我不再说话，喝了一大口饮料，往后一仰，深深地坐在铺有天鹅绒靠垫的长沙发里，感觉轻松了一些。我把一切都告诉了一个对的人。最久的朋友绝对是一个对的人。这个想法自然而然地冒出来——甚至不管在任何时候看上去都很可信——这在我看来恰恰证明了这个想法是对的。

有人听我说话了。有人听我说话，有人理解我，我没有被那些固执己见、悟性差的人打断，这感觉很好，像是得到了尊重。最久的朋友在最久的时间里什么也没说，我不介意她什么也没说。

实际上我希望这样。这像是一个信号,说明她正在消化信息,让信息不紧不慢地解释问题,并在恰当的时刻确认哪些才是真实公正的回答。她保持沉默,保持静止,望着前方。就在这时,我第一次突然意识到,我们每次见面,她都经常凝视着前方不远处,就跟送奶工一模一样。只有第一次碰面的时候,他坐在车里,靠过来看着车外的我,从此以后,他再也没有转向过我。难道这是他们在准军事组织精修学校[1]里学来的某种"展现侧影的姿态"?我正在思考这个问题的时候,最久的朋友开始说话了。她毫不拐弯抹角地说:"我理解你不想说话。这很正常。都已经被当成社区里的出格者了,不想说话又有什么好奇怪的呢。"

我没料到她会这样说,我立即想到我可能听错了。"你说什么?"我问,于是她又说了一遍,向我传达了这条新闻——这是一条新闻——和这里的投毒者、投毒者的妹妹、为美国和俄罗斯问题而自杀的男孩、那些议题女人、真送奶工(也叫不爱任何人的男人)一样,我也成了那些放纵不羁、违法乱纪的出格者之一。我坐直身体,噌的一下,我想我肯定已经惊掉了下巴,张开了嘴。至少在那一刻,几周以来那微不足道的一小段时间里,我惊讶得甚至把送奶工都给忘了。"不可能。"我说。但最久的朋友叹了口气,她没有转向我:"这是你自找的,最久的朋友。我告诉过你,反复告诉过你。我是指从小学到现在如此漫长这一段时间里,我一直在警告你要改掉你坚持的习惯。我怀疑你已经对一边到处走动一边公

---

[1] 精修学校,原指西方社会专为上流阶级的女性开设的学校,课程以传授社交礼仪和上流艺术文化为主,兴起于19世纪末期,20世纪60年代后逐渐消失。

然看书上了瘾。""但是——"我说。"这不自然。"她说。"但是——"我说。"这是令人不安的行为。"她说。"但是——"我说。"但是——"我说,"我还以为你是指万一有车流,万一我走着走着走进了车流。""不是车流的问题,"她说,"是比车流更叫人羞耻的东西。但是太晚了。现在社区已经正式宣告了对你的诊断。"

没有哪个人,尤其是哪个青少年乐意自己被标记为怪胎。我!与我们的投毒者,也就是药丸女孩,现在是同一条船上的人了!这骇人听闻,根本不公平。而且似乎所有人,除了准男友,以及送奶工——虽然我讨厌承认这一点——又都把矛头指向我无害的走路看书。在过去的几个月里,自从送奶工出现以来,我学会了一个道理:就算我完全没有意识到人们正在注意我,我也可以给人们带来很大的影响。"这令人毛骨悚然,不通情理,顽固不化,"最久的朋友继续说,"朋友,"她说,"人们走路时是会瞄一眼报纸,了解一下当日头条。但你的做法不同于这一类,你看书,整本书,做笔记,查注脚,划段落,就好像你坐在某个书桌之类的东西前,处在某个小小的私人书房之类的地方,拉上窗帘,打开台灯,旁边放一杯茶,写文章——你的论述研究,你的严肃文学。这令人不安。这不正常。这是光影的幻象。不是大众精神。不是自我保护。这是引人注目,为什么——在门口有敌人、社区被围攻、我们都必须振作起来的情况下——还会有人想要让自己引人注目?""等等,"我说,"你是说他拿着塞姆汀炸药到处转悠没有问题,但我在公共场合看《简·爱》就不行?""我没有说在公共场合看书不行。只是别在你到处走动的时候这么做。他们不喜欢这样。"她补充说道，她指的是社区。她接着又摆出那种望着前方的姿态，她说她没准备搞得模棱两可，弄得含糊其词，使用那老一套的"海对岸"的话术，但如果我愿意根据周围情况想一想，就会发现塞姆汀塑胶炸药要比"除了你没人会认为它正常"的走路看书更正常些——这种说法在这里肯定能被理解。"塞姆汀炸药并非不同寻常，"她说，"并非无人料及。并非心智无法理解、无法懂得，即使这里的大部分人不会携带它，从没见过它，不知道它长什么样，也不想和它扯上任何关系。它适合这里——比你危险的走路看书更适合。这是一个关于警不警觉的问题，而你的行为没有表现出警觉。所以，从那些方面、那些背景环境的方面来考虑，没错，"她总结说，"他没有问题，而你不行。"

我懂她的话，从中世纪的、哲学的、"相对与绝对"的角度来看，确实在一定程度上道出了真相。然而，我不喜欢她暗示我已经变成了一个无可救药的出格者。"就算走路看书的人属于少数，"我说，"也不代表我就错了。如果一个碰巧精神健全的人对抗一个失去理智的社会整体和种族心理，在大众意识里他可能会被认为是疯子，那说明了什么——说明那个人真就是疯子吗？""是的，"朋友说，"如果他在一个与他唱反调的世界里坚持自己的生活方式。但是不管怎么说，那跟你没关系，"她继续说，"因为还有另一件事。"我估计她又要说送奶工了——我怎么可能不这么想呢？——但朋友说她不想苛责我，说她不想为难我，也不想让我难堪。"但是，最久的朋友，"她说，"你拿着一

217

些猫脑袋到处走，你这是在干什么？又是在想什么？"通过那次，大家都知道了我携带死掉的动物。也许是为了祭祀或者黑魔法？最久的朋友说社区居民都在臆测。也许是在陆陆续续地用妖兽启动一场祭祀，用来对抗虔诚女人以及她们的钟、鸟、预言和征兆？或者是我怀孕了？送奶工已经让我怀孕了？"没错，肯定是那样！"他们说，"送奶工让她怀孕了，在荷尔蒙的作用下——""不是一些猫脑袋！"我大叫，"是一个猫脑袋！只有一个脑袋！只有一次！"朋友咬了咬嘴唇。"所以你认为，"她说，"你在动乱和枪战期间开着台灯到处走路看书，但只要口袋里装着的是一个死掉的动物，而不是数不清的死掉的动物，就不会给你带来麻烦了？问题在于，朋友，你为什么要带着一只猫脑袋到处走？"我深吸一口气，怎么解释呢？怎么开口说我只带过一次、一小会儿？而且你看，就算在那个时候，也有人在监视我。我不知道该如何说下去，我意识到，即使在这里，和最久的朋友、这个曾经是我的灵魂姐妹的人在一起，我还是不得不把生命力从我身上排尽。过去我总把我的秘密告诉她，她在我心里始终真实可靠，即使随着时间的推移——已经过去了四年——我发现我俩的交心已经不是双向的了。但我现在不得不在这里努力说服她，向她证明我说的都是真话；事到如今，信赖所剩无几——不知道为什么——难道是因为我俩之间心照不宣的约定？难道是为了我自己好？我想我可能会告诉她，在我看来，那肯定是十分钟区域里的那枚炸弹造成的；是塞姆汀塑胶炸药，或者说不是老式炸弹，就是塞姆汀塑胶炸药造成的；是随便哪个留下炸弹或从轰炸机上投下炸弹的人造成的。我想让猫离开被炸得一片狼藉的水泥地,我想带它去墓园,给它一些绿茵。但我没有这样说,因为这只会让我看起来像个疯女人。再说在我和最久的朋友之间自小学以来一直保持着的不装腔作势、不加彩排的坦率现在似乎已经走到了终点。我再也不想解释什么,因为这一刻,我能跟她看我和他们所有人看我一样地看我自己。而且我不知道为什么我会带着它。很突然地,我感到悲伤。不是我要先断绝关系,离开最久的朋友,而是最久的朋友已经离开了我。信赖已经消失,即便喜爱依然存在,但喜爱也只是那些"准"关系之一。所以,不谈那个,避开那个——因为那个是人,那个是人际关系,始终被期待的东西——也不谈那只猫的事情,我说:"我们现在能回到重点上了吗?"

最久的朋友面露讶异之色——这是她不常有的表情。"这就是重点。"她说。我对此感到惊讶。"我以为送奶工才是重点。"我说。"不,"她说,"为什么他是重点?他只是一开始先要讨论的问题。走路看书,以及这背后所包含的你叫人无法靠近的固执,加上内在的危险,才是我们今晚在这里见面的原因。但你知道——"说到这里,她停顿了一下,像是突然想到了一条富有启发、突破范式、深思熟虑的洞见,"送奶工对你的捕猎已经开始了,这或许算是,"她继续说,"我是指补救,虽然用的是那种大家都不喜欢的'乌云、银线、在痛苦中成长'[1]的方式。你不想参

---

[1] 指那句英语谚语"乌云背后总有银线(又译作'幸福线')"(Every cloud has a silver lining.),意思是指乌云遮住了太阳,但太阳会为乌云钩上一条银边,引申为当你遭遇困难,不要绝望,总会等到云开雾散的一天。

与，但因为送奶工而被逼着参与，这是生活给你的、让你面对现实的手段之一——成就你，提升你，让你进入下一段旅程。依我看，朋友，一直以来，唯一为你做到这一点的，就是送奶工像现在这样出现在你的生活里。"这句话让我觉得她就是个自鸣得意的浑蛋不是吗？我这样说她，她说不，说我们不必进行人身攻击。可是如果她现在对我进行的不是人身攻击，那又是什么呢？她说我们要关注重点。重点在于：我走路看书如何让社区吃惊；有种人如何不喜欢解释，却又无法阻止人们去解释他们；人们如何不应该不用脑子地生活在政治环境里；我如何被来自社会的疑问、定期的问询，甚至是无害的信息收集，搞得发疯似的提心吊胆，尽管我反对她的说法，我说我其实鼓励别人提问，但是不——她摇摇头——我只鼓励文学方面的提问，而且就算这样，我也只鼓励十九世纪或者更早的文学问题。重点还在于，她说，我不肯放弃脸上和身体上的麻木，尽管每个人都知道以麻木作为保护在这里是行不通的。于是就出现了人们眼里那个走路的女孩——"那个走路的女孩？""是的，你就是那个走路的女孩。有时候你是那个看书的女孩，其他时候你是那个面色苍白、顽固不化的女孩，带着固执难改的想法，到处走来走去。"接着，她说她要给我一些正式的指导，说得好像她从刚才到现在并不是给我指导。"不是说非要你提供你真实的人生传记，"她说，"但你走路看书，你看起来几乎是一片空白，你什么信息都不给，这太少了，所以他们不肯放过你去盯下一个人。朋友，你这样做只会让观众们使劲儿大笑鼓掌，"她说，"如果你不放下傲慢——他们认为你傲慢，你以为你能逃避惩罚,因为跟你上床的是——""没有上床!""——人们认为你和送奶工上床,也因为在这场运动里,那个男人并非无足轻重,所以他们当然不会——不会在他站你身后的那段日子里——直接对你下手。但你必须知道,"她总结说,"你甚至不得不庆幸,在他们看来,你已经坠入一个艰难地带。"她是指"告密者"地带——不是说我是个告密者。那是一个鱼龙混杂的地带,在那里,人们对待你就像对待告密者一样,不会接受你、认可你和尊重你。这一边的人不会,另一边的人也不会,任何人都不会,甚至连你自己都不会。但从我的情况来看,我之所以坠入艰难地带,不只是因为我没有把我的生活告诉别人,或者因为我麻木无知,因为我对别人的提问疑神疑鬼。拿来攻击我的还有一点是,在别人眼里,我不是一个清清白白的女朋友,比如说除我之外他不是没有别的附属品。他有别的附属品。其中之一是他老婆。所以,我是狂妄自大的新手、小情妇、攀龙附凤的女人、荡妇。另外一方面也跟告密者一样的是,当你不再被需要,当你已经被取代,当你完成了你的目标,或者当你还没完成你的目标就已经被颠覆,别人——有时候他们也为自己的过分而感到痛苦——会忍不住想打击报复你。那就是艰难地带。充满了复杂的数据,作为会议结束后的补充议题,甚至自相矛盾。为了方便,全部被简化为一概而论。但是她错了。我不是坠入了艰难地带,我是被推下去的。

"好吧,那我不再这样了。"我说,我是指走路看书。为了逃避固执带来的麻烦,我又跳回到了走路看书的话题上。如果非要放弃什么,我情愿是那个。"就是那种勇气,"朋友劝说道,"动动你的脑子,摆脱固执,改变你的性情,放弃你的优越感,偶尔表现出一些友善。只要做些小事就能让他们满意,而不是用沉默煽动他们。接下来,如果你还能放弃叫人难以理解的走路看书,就能进一步改善情况。"我点点头,但我说放弃走路看书不是我"还能",而是"仅能"。我需要我的沉默、我的不通融,以防被骚扰,被各种问题猥亵。跟朋友的想法相反,我认为试图用提供信息来安抚他们、赢得他们,不会带来平息风波的好处,只会鼓励和引导他们变本加厉。再说我也不想这样。我还是不想这样。这是我在这个削弱一切的世界上仅剩的一点力量。"那你最好小心点。"朋友说。大家都这么说。人们总说你最好小心点。可是当事情不受你控制,当事情从来没有真正地受你控制,当事情累积起来对付你,一个人——一个住在这里的渺小的地球人——怎么才能小心点?所以我提起那些书和看书作为让步,相比之下似乎比较容易办到。甚至不会留有遗憾,因为我已经不再从中得到以前那种享受了。轻松惬意地投入书本,走出家门,从口袋里抽出书,沉浸在一个个迎来送往的段落里——这种过程已经发生了变化,自从跟踪开始,也自从谣言四起,甚至连政府警察也起了疑心,他们为了维护国家安全拦下我,从我手里拿走《马丁·瞿述伟》。接着有人就开始在我看书的时候监视我,汇报我看书的情况,而且不管我有没有在看书,都至少有一个人给我拍照。一个人在面对所有这些的同时,怎么可能继续集中精力阅读一本小说并享受它所带来的乐趣呢?

至于政府警察,朋友让我别担心那些照相机、咔嚓声、数据存储,她说反正在送奶工出现之前,他们就已经认为有必要为我建立一个档案了。"整个社区就是一个可疑的社区,"她说,"每个人在他们那里都有档案。每个人的住所,每个人的行为,每个人的人际往来,都被不断地审查和监视。只有你似乎没有注意到这一点。他们监视,"她继续说,"他们渗透,他们拦截,在岗哨上望风,描绘房间布局、家具位置、装饰物摆放和墙纸,编制监视对象名单,分析犯罪空间情报,削减和增加情报,还有'鹅妈妈[1]'和茶叶占卜,尤其是,"她说,"他们的直升机盘旋在一片古怪恶毒、愤世嫉俗、为存在而痛苦的土地上,毫无疑问每个人在他们那里都有档案。在一片由反政府派管辖的土地上,如果有谁在他们那里没有档案,那么关于那个人肯定在搞些偷偷摸摸的事情。他们甚至会拍摄影子,"她说,"通过侧影和影子就能破译和察觉这里的人。""那种东西已经很适应了。"我不由自主地说。朋友接着又说,反正在送奶工出现之前,就已经存在一份写着我的名字的档案,这是跟我来往的其他一些人造成的。我正要问她哪些人,她打断我说:"上帝啊,不可思议!你这脑子!你这记性!所有那些精神上的隔绝和意识上的分裂。我是指我!你和我的来往!你的兄弟们!你的二哥!你的四哥!"她开始摇头,"该注意的你却没注意,朋友。你的脑子和外部世界之间有一种割裂。这种精神上的打不着火——不是正常的。是不正常的——识别,未识别,记得,不记得,拒绝承认显而易见的事情。但你鼓励那样,那些头脑上的抽搐,那种记忆错乱——还有最近警察的问题——全部是我在这里

---

[1] 指在英国家喻户晓的《鹅妈妈童谣》,出版于18世纪末,陆续收录了作者和作品创作时间不详的几百首古老童谣,其中不乏一些血腥残酷、充满现实主义的作品。

所说的一切的完美例证。"她停了下来,转过身,全神贯注地盯着我,我很伤心,却也感到焦虑,就好像她随时都可能把我狠狠地扔进一个我不想去的维度里。"毫无疑问,"她说,"他们特地留意你、拦住你。""不是特地的。"我表示反对,"他们以前从没拦过我,现在留意我、拦住我是因为送奶——""不,"她说,"他们拦住你是因为你自己引人注目,你做了出格者才会做的事情,你走路看——""不,"我说,"如果真是那样,为什么他们以前没有拦过我,在还没有送奶——""但他们过去拦住你!他们现在拦住你!他们拦住每个人!"说到这里,她的音调变成了顺从而不再是颐指气使。"我感觉,"她说,"甚至在这种时候,我们又要进入你的'犹昧感'状态了。""你说的'犹昧感'是什么意思?"我问。接着我又问:"你说的又要进入我的'犹昧感'状态是指什么意思?你是说我有一种状态叫作'犹昧感',我每隔一段时间就会经历一次?"就在这时我明白了,我每隔一段时间会向准男友提出确立正经的关系,但我把这份记忆拦截在外,假装不知道,每次都以为这是第一次想要让我们的关系更亲密些。在这里,我也用了类似的做法,我幻想自己过去从未被政府安全机构拦住过,但是显然我是被他们拦住过的,她坚持说,我整天被拦住。最初只是日常执勤,她说,他们随机拦下一些人,做一些对每个进出反政府派管辖地区的人都会做的普通检查。但是现在——并不是因为送奶工,而是因为我自己越来越出格的行为——我被特地拦下的次数远远超过了被随机拦下的次数。她在这次谈话的最后讲到了严密监视,还有我时常会消失在另一些维度里。她说就跟照相机一样,我不必过分担忧政府可能会为我的行为添加哪些虚假的表象。我现在是出格者，大家都知道我好像坐着似的走路看书；根据社区的说法，我喜欢从后往前读，从最后一页开始，读到第一页，为了事先避免叙事带来的惊讶，因为我不喜欢惊讶；我不在书里我真正刚读到的地方夹书签或者折页，他们说，而是狡猾地选择一个带有误导性的地方，以此欺瞒大众，出于个人想要兜圈子、与被迫害妄想症有关的理由；有人报告说我会数数，我数汽车、路灯、可以勾掉的地标，同时还会假装给看不见的人指路——整个过程里都在走路看书；我不喜欢书上、唱片套上和挂在墙上的相框里有人脸的照片，因为我会想象自己被他们监视；最后提到的是我口袋里装着死掉的动物。

"和准军事组织的一位重要成员有私情又算得了什么？"她问，"在所有这些疯狂的事情的衬托下，说到底还有谁会他妈的在乎那种事情？"

说完这些，接下来是那天晚上比较轻松的一刻，是新闻节目最后播出的无伤大雅的内容。我们伸手拿起饮料，呷了一口，然后坐着往后一仰，朋友随口告诉我，最早散布谣言的人正是我的大姐夫。"但别跟他过不去，"她说，"他已经惹上了麻烦，很快就会让他认清现实。"让大姐夫认清现实的，毫无意外，肯定是他最近的性瘾。他将手淫问题伪装成无害的艺术文化问题，跑去问修女，社区里那些百分百圣洁的女人。"他提起那个雕塑，"朋友说，"你知道的吧？那个雕塑，修女的雕塑，圣特蕾莎，她有她自己一套神秘的神魂超拔的仪式。"我知道她所指的那个雕塑。十二岁那年，我在学校艺术室里飞快地翻阅一本书。翻到某一页时，看到了那个雕塑的照片,当我明白自己正在看着的是什么,吓得往后一跳,真的哭了起来。出乎意料。事发突然。当天我完全没有预料到的一种领悟正冲我而来。那些鼓起来的衣服,修女的衣服,穿在她身上,她在衣服里面,她在衣服里面感觉呼吸困难,衣服裹在她外面,是活的,好像要把她整个儿吞噬。那些褶皱,那些缠绕,那些卷曲、厚实以及活生生像是在流动的层层叠叠,是的,这当然吓到了我。这张照片本身让我厌恶——但它还是吸引住了我。当时我想的是——当我从厌恶中恢复过来,又回过头看了第二眼,接着是第三眼、第四眼,再接着是第五眼,直到第五眼时我才发现天使拿着一根棍子模样的东西——我想的是,如果她没穿那些衣服,也许会好些,不会那么可怕。但是,如果她没穿衣服,却又那样扭曲着肢体——裸露双臂,裸露双腿,全身上下各部分都裸露着——那张脸,那种眼神——无助、放纵、享受——或者是享受的反面——她赤裸着祈祷——但看上去不像在祈祷,除非——哦上帝——难道那就是祈祷?十二岁的我又想了想,然后认定,那些令人不安和贪婪的衣服还是一直穿在她身上比较好。[1]

"所以,姐妹们,"大姐夫开口说道,他已经来到修道院,想把他自己的一本杂志拿出来给修女看,那上面正印着那个雕塑的照片,据说这位艺术爱好者已经带着它到处走了一阵子,"一张唤起情感的照片,一个虔诚礼拜的雕塑。你如何理解这种狂喜?

---

[1] 上文所描述的雕塑是指意大利雕塑家、画家乔凡尼·洛伦佐·贝尼尼(1598—1680)的作品《圣特蕾莎的狂喜》,是他最具争议的作品之一,现坐落于罗马圣马利亚·德拉·维多利亚教堂。圣特蕾莎(1515—1582),也译作亚维拉的德兰、耶稣的圣德兰。

如何理解对这种充满冥想、神秘、肉欲——在我看来像是甜蜜呻吟——但又过分冒犯他人、放荡得令人震惊的场景描绘？难道确实——"说到这里，他脸上露出忧思与真诚，说这应该是艺术审美，绝对不是性变态，"这个女人，与上帝完美结合，这位修女——就跟你们一样——也许是在如痴如醉中被唤起，通过神魂超拔的隐喻进行自我满足？至于这个一直在插啊插的六翼天使，鉴于你们自己的经验——"

他已经到了那种程度。

当然，他立即就被看穿了，朋友说，因为修女不是傻子，她们对艺术并不无知，对众所周知的他喜欢讲黄段子、患有性紊乱强迫症，更不是一无所知。她们一直在为他祈祷。实际上，在她们所列选的当地亟待被祈祷者长名单上，他已经位居前列，快要拔得头筹。但是这次她们把他扔了出去。这种做法完全背离了文明开化，她们完全无法平静地请他离开，完全没有因为他是一个走在人生道路上的精神灵魂，就像她们自己是走在人生道路上的精神灵魂一样，而对他彬彬有礼。没有。她们把他扔了出去——说得更准确一些，是玛丽·皮尤斯修女，大修女，她把他扔了出去——在其他修女已经扇了他一巴掌之后。事情发生后，修女领袖拜访了神圣者——也就是我们这里的虔诚女人，她们在这里的圣女和国家反政府派之间充当调解人。当虔诚女人听说了这件有碍风化的事情后，去找了反政府派。就在那次他们决定，朋友说，最好对大姐夫的行为进行一次前所未有的调查。

"这个男人很难对付。"朋友说。"没错，是的，"我说，

"我也正在想这一点。只是现在看来不难了。他会怎么样？他们要对他做什么？"我这么问并非出于对他的关心，而是为了大姐，他的老婆，我的姐姐。当三姐听说了这件事，她说看到他得到应有的报应，自己绝对是很开心，但从"愿上帝保佑他的灵魂"这种同情的角度来看，也不算很开心。因为他沉迷于野蛮的精神折磨、感官上的挣扎、夜郎自大、无法得到满足的瘾，任何东西和任何人——只要是个女的——他都必须接近，必须占有，他只是无法自拔。这些女人里也包括我们，他老婆的妹妹们，从我们十二岁开始，还有这里的其他一些女人，现在发现还包括修女。只有性的角斗场；这个男人不知道如何加入其他任何角斗场。这就是为什么三姐和我尝试着去告诉那些女孩。但小妹妹们说不需要我们提醒她们对大姐夫身上某种狂热、被动和贪婪的东西提高警惕。她们说他有某种病态的神经官能强迫症，谁都能轻易看出来。"只是，这对我们又能怎样？"她们补充说道，"你们为什么要来找我们，告诉我们这些，警告我们小心大姐夫？""万一他要干点什么。"三姐说。"干点什么？"她们问。"就算他看起来只是在单纯地跟你们谈论某个话题，比如说，法国大革命——""法国大革命的哪方面？""任何方面。"三姐说。"或者，"她继续说，"如果他想要讨论你们三个感兴趣的那个被边缘化的科学理论，关于水热的多重波动——""你描述错了，三姐。"小妹妹们开始反对。"三姐的意思是，"我打断她们，"如果他借口德摩斯梯尼对阿西比亚德的反驳悄悄接近你们，如果他突然出现并且想要阐述观点，说威廉·莎士比亚实际上是弗兰西斯·培根，这意味着——"

"我们知道阐述观点意为着什么！""中间姐姐说的是，"三姐说，"如果他开始总结性地讲解盖伊·福克斯在被严刑拷打前的日常签名和盖伊·福克斯在被严刑拷打后的供认书上的签名，这意味着——""我们知道总结性地讲解意味着什么！""听着，小妹妹们，重点在于，"我说，"如果他试图引诱你们，以任何东西为托词——包括科学、艺术、文学、语言学、社会人类学、数学、政治学、化学、肠道学、不常用的委婉语、复式记账、精神的三大部分、希伯来语字母、俄罗斯虚无主义运动、亚洲牛、十二世纪的中国瓷器、日本部队——""我们不明白，"小妹妹们大喊，"谈论那些有什么错？""错在不要被骗了。"三姐说，"那些都不是他的用意所在，都不是他真正想要获取的。""那什么才是他的用意所在？什么才是他真正想要获取的？你们两个是什么意思？"三姐和我明白了，我们完全不是在安慰和保护孩子们，而是警告和吓唬了孩子们。于是三姐说："会发生一些跟虐待、性侵有关的事情，一些暴力诡异的事情，始终是言语上的事情。但我又想一想，你们还是别担心了。你们三个还太年轻，不需要了解那些。"

"他会遭到审判，"朋友说，她是指在其中一个袋鼠法庭上，他们为法庭而存在，"这是对他的第一次警告。"她说。"不应该直到现在才警告他，"我说，"他最初对我下手，在我十二岁的时候。""可能会跳过警告，直接给他一顿打，"她说，"因为他调戏圣女。""那些议题女人，"我说，"她们不会喜欢这种做法。"听到这句话，最久的朋友皱了皱眉头，我首先想到这是因为她对女性等级制度的理解。将自己完全献给上帝、在鼓起的衣服里经历幻觉的女人应该比其他女人有更高的地位,接下来是谁呢——老婆?母亲?处女?但结果发现她皱眉并非因为议题女人坚持万物平等,也就是说不该有父权制,而是因为我提起了她的工作,我们心照不宣地约定过我永远不会这么做。然而,最先提起她的事情的人是她自己。这整个在休息室里的会面从一开始就是她搞出来的。派来那个密使,那个探子男孩,在我们之间安排会面,都是她干的,都是她的事情。"是你先提起的。"我说。"我不得不这样做,"她说,"因为你精神堕落,因为我料想你在听了所有这些对你的缺点的严加指责后,也许会想要得到一些鼓励——所以就提到了你的姐夫。但你说得对。我们放弃整个话题吧,从今往后只谈跟政治无关的话题。"

我们在休息室里的会面结束后,我又和从小学一直结交到现在的最久的朋友见过三次。第一次是四个月后在她在乡下举行的婚礼上,我是——除了主持仪式的神职人员以外——唯一没有戴墨镜的。甚至连新郎和穿着简约礼服的最久的朋友也都各自戴着一副。婚礼过去一年后,我又见到她,这次是在她丈夫的葬礼上。之后过了三个月,我参加了她的葬礼,那天他们把她和她丈夫合葬在一起。那是在反政府派的墓园里,就在十分钟区域的北面,也被称作"无镇公墓""无年月公墓""不得闲公墓",或者只是简单地称之为——老地方。

5

那个实际上是女人的女孩到处在饮料里下毒,她给我下毒,我不知道她这么做了,甚至在我上床后过了两小时伴随着最不可思议的肚子痛醒来时也不知道。起初我以为肚子痛主要是因为送奶工出现后涌向我的那些震颤,那些刺痛,那些恐惧感。然而不是。是药丸女孩把什么东西迅速丢进了我的饮料。那是在俱乐部里,当时我和最久的朋友在一起,我们的讨论已经接近尾声。我原以为我们要讨论的是送奶工,结果却是我的出格者身份。朋友去了卫生间,我一个人坐在桌边,那个实际上是女人的女孩悄悄靠过来,直截了当地控诉我是反人道主义的罪犯,还说我自私;同时给我下毒,赶在我叫她滚之前干完了这一切。"你应该感到羞耻。"她说,但她没有提起我和送奶工的私情,我原以为她会提起,因为那是其他所有人——虽然也不关他们的事——都会提起的事情。

她只讲了我与送奶工相互勾结，在她的某个前世里杀害了她。包括她在内，据说我还害死了其他二十三个女人。"其中一些是在吸大麻，"她说，"但只是一些无害的白色药物，还有一些什么也没做。"在那个前世里，我们共有二十六个人，所有人都是我杀的。她是指十七世纪某段时期里的一次前世轮回，她说出了具体的年月日时，说他是个医生，但是个庸医。说到这里，她露出恶心的表情，说这样一个冒牌货，我却要跟他站在同一战线，像黑猫跟随女巫似的跟随他。她说就算我说我不知道他是个骗子也没用。我教唆他，对他施了黑魔法，为他切割动物的尸体，在我们风景如画的村庄里，成为他谋杀那二十三个女人的帮凶，还要加上她。"我们都死了，妹妹，"她说，"这都怪你。"因此她说我的遭遇都是罪有应得。就在那时，我摆脱了她催眠般的絮絮叨叨，说："哦，看在该死的分上，给我滚。"最久的朋友回来后问我发生了什么，我摇摇头说："啊，是那个药丸女孩。"最久的朋友提醒我留心药丸女孩，因为，她说，"那个可怜的实际上是女人的女孩状况越来越差了"。

　　事情就是这样。我们最臭名昭著的出格者是这个实际上是女人的女孩，一个瘦小但又结实的女孩，年近三十岁，往人们的饮料里下毒。很长一段时间里，没人能从她那里获得关于这件事情的任何解释。由于一开始就对她缺乏了解，只能根据社区对她添油加醋的描述进行推测。大部分人认定她之所以做出那些事情是因为听信了一些女权主义的抗议。他们没仔细描述这些抗议，但他们说有人看见我们这里的议题女人——也是另一个出格者群体——和药丸女孩交谈过，因此她们也许事先指点过她，给她洗脑，让她加入她们的运动。这意味着那些简单粗暴的议题，比如暴力激进的女权主义议题，是她不断企图杀害我们的唯一理由。当时，议题女人们不承认这项指控，说社区误解了她们的奋斗目标，还说他们没有一丁点证据可以证明这一点。她们还说药丸女孩早在她们决定和她谈话前就开始下毒了，反正她们靠近她只是为了尝试理解和干预。因此，她们说，用一些不假思索、不负责任的方法是不可能判断出这小个子是出于怎样的目的才下毒的。于是各种解释不断出现，还有关于这些解释的即兴演讲和争辩。下毒事件也同样不断地出现。最常发生的地点、需要防范她的关键场所，是这里最热闹的俱乐部星期五夜晚举行的舞会上。

每当她决定走进舞会，如果你和你的男朋友或者同伴在舞池里，饮料放在桌上没人看管，盯着她就变得尤其重要。实际上，在她每次进来之前，总有另外两拨人会先进来。一拨是反政府派，他们穿着黑色衣服，戴着巴拉克拉瓦头套，拿着枪，检查这里有没有不该出现的人和未成年的饮酒者。有很多不该出现在这里的人和未成年饮酒者，但从来没有一个被拉出去，或者被要求离开。这是一种虚张声势。谁都知道这是一种虚张声势，一种力量的显摆，一种每周必须实施一天的着装准则。他们大踏步地进来，坚定不移，四下张望，快速地显露一下装备，检查完毕后离开。过了一会儿，另一拨人进来，又搞一次虚张声势。这次是外国士兵，来自"海对岸"国家的占领军。他们也一样，穿着他们的服装，他们的卡其布装，戴着头盔，拿着枪，四下寻找反政府派，正是他们几秒前刚刚错过的那一拨反政府派。我们只会偶尔想到，如果这两拨人真的一起进来了，会当即爆发怎样一场血淋淋的屠杀。但所有这些年的星期五晚上，从没发生过这种相撞。很难想象居然从没发生过，我们说，所以他们之间肯定不经意地存在着无意识的同步、某种心意相通的巧合。"又到了周五晚上，"一方的潜意识可能会跟另一方的潜意识说，"为什么不把这样的简简单单继续下去呢？你们先进去，然后离开，接着我们进去，怎么样？等到下周，我们会先进去，然后离开，接着你们进去。"肯定就是这样，因为难以相信他们会彼此擦肩而过，不止一次，不止两次，是轻而易举的好几百次。所以这些军队分批进来，做他们该做的事情，仔细搜查，卖弄，耀武扬威。同时其他人，是指我们——在舞池里的年轻人，在酒桌边的年轻人，在吧台上的年轻人，在阴暗角落里亲吻爱抚的年轻人——无视他们的存在。但是，一旦药丸女孩来了，就另当别论了。

"她来了！"

"快！"

"各就各位！提高警惕！哦要小心！药丸女孩！是药丸女孩！"

俱乐部里的每个人都在窃窃私语，相互警告。这时醉酒让人感到恐慌，那一周被指定为每张桌子每个小组的男守卫或者女守卫都会从舞池、卫生间、吧台、阴暗角落里的拥抱中、从他或她当时碰巧所在的任何地方，赶紧跑回各自的酒桌。他们是要去守卫饮料，但即便如此，我们其他人还是会保持紧张，高度警惕她的存在。我们用肘部相互轻推，一个接一个，整个俱乐部跟在她后面，把所有注意力都集中到她身上。这时，她就像某种鬼魂、某种可怕的噩梦，慢悠悠地走进来，蹑手蹑脚地到处走动。你会认为，我们都超级警觉，因此我们，也就是这大多数人，正处在阻挠药丸女孩干坏事、保护自己身体健康的最佳位置。但结果却是这个单打独斗的参战者每次都能轻而易举地获胜。没人知道她是怎么做到的，但就算桌子边上有人，她也总有办法沾染饮料。在所有人的见证下，桌子边上的那个人警觉地跑回来，一把抓起饮料，放在自己的手边，决不给她任何一点机会。急着赶她走时也不会装出任何礼貌。"滚！"他们会大叫，事后坚持在这种可能被下毒的场合里直截了当始终是最好的方式。"滚！"他们会大喊。"滚！"他们会抛弃社交礼仪。"滚！"他们会粗鲁得令人震惊。但如果这一次，在他们对这里最成功的全职超级投毒者喊出那么多的滚之后，她却依然没有离开，那么接下来很可能发生的事情是，他们，这次聚会上的至少一个人，会在痛苦中弯下腰，翻来滚去，攥紧拳头，颤抖，扭曲，被喂下各种各样的解药，在筋疲力尽中哭泣求饶，求死神把他们带走，让他们一了百了，别等到那个漫长的夜晚过去直到天明。

　　她由此彻底遭人厌恶，但相反因为这种厌恶，这里的人们对药丸女孩又是泰然接受。即便这是一种令人担忧的接受、一种偏执的接受、一种被下毒的接受，因为人们或许会发疯，他们会想要杀了她，但从来没有人想过，她应该被这里最热闹的酒吧拦在门外。从来没有人想过，她应该被医院收治、被送进监狱，她的家人不应该让她出门，至少在她每次外出的时候应该轮流监护她。也从来没有人想过，我们其他人其实不必在每个周五的晚上经历这种被下毒的煎熬。她是个危险人物，但在那个不同的时代里，在那种不同的意识里，带着所有对生死和风俗的理解，人们忍受她，就像忍受天气，就像忍受天灾，以及星期五晚上必须前来的军队。我们，也就是这个社区，最多也只是宣布她是个出格者。所以，人们始终允许她再来，她也始终会再来，继续下毒。后来她的作案轨迹发生了变化，周五以外的日子她也开始下毒，原因更是说来话长。

朋友说她开始对她的亲妹妹下毒，但她的家人至今都把这件事藏着掖着，缄口不言。她控诉她妹妹是她自己身上无法接受的另一面。我说："这就不太好懂了。你是指——""没错，"最久的朋友说，"是指她自己身上被分裂出去的一面，正在侵吞她。"似乎是因为这个地区没有足够的空间容纳她这些相互矛盾的方面，为了能够让自己存活下来，既然一方是下毒的人，那么没有下毒的另一方，也就是她妹妹，则必须离开。最久的朋友同意我的看法，她说是的，自从药丸女孩按照她自己的解释开始行动以来，要对她作出集体性的解释确实越来越难了，如果我从今往后不再捧着书到处走，了解一下正经的现实，也许就会注意到社区本身费了多大的劲儿才跟上她。这里的每个人，都在"推动事情发展"。有一种持续不断、一贯正确的"推动一个人向前进"，这种"一步一步地推动"始终在发生。如流沙般易变的错位在社区接受的范围内能够轻易地被族群责任意识所吸收消化，但是那些出格者，比如药丸女孩（也比如现在的我，虽然我依然不肯面对），他们有自己的一套规则。出格者经常被说成公然藐视传统,不像其他人那样合理地一步一步地推动事情发展,而是在没有批准、没有宣布的前提下,一次两步、三步,甚至彻底回避错综复杂的细节,踏上某个甚至更不切实际的新的立足点。这就是认为她妹妹是她的反面的药丸女孩的所作所为。

朋友解释说,被下毒的妹妹,阳光般灿烂的那个,中毒后需要立即送医院,实际上,已经远远超出送医院的程度。中毒让她丢了半条命。当然,她没有去医院,因为在这里与医疗机构扯上关系就跟叫警察一样——意思是你不会叫他们——也会被视为鲁莽。一批政府机构,社区判断说,总是会招致另一批政府机构。如果你以任何你不想谈起的方式被枪杀了、被下毒了、被刀捅了,或者受伤害了,不管你愿不愿意,医院会通知警察,警察会立即从警察亭里赶过来。接下来会发生的是,社区警告说,这些作为敌人的政府警察在发现了你来自藩篱的哪一边之后,会要你妥协,让你作一个选择。那个选择会是:要么你在当地被误认为或被暗示成告密者,要么你就真的变成告密者,把你们那里的反政府派的秘密告诉他们。不管你选哪个,或早或晚,最后承蒙反政府派的惠允,你的尸体会在通道里被发现,手里肯定少不了拿着十英镑,脑袋里进了几枚子弹。所以不要这样。依照集体规则,你不会考虑医院。我们有安全屋手术室、后客厅伤员急救站、驻家药剂师,再说这里遍地都是花园棚屋药店,数量超出了需求,你为什么还要考虑医院?

至于药丸女孩的妹妹,已经有四分之三条命进了坟墓,她拼尽全力,她的家人和邻居也拼尽全力。经过好几次彻底的洗胃,大家都想说她已经痊愈了。然而在她康复的过程中,人们发现这个年轻女人的健康和视力显然大不如前,于是社区审判再次通过反政府派介入进来。这个家庭的内心充满着矛盾,因为受害人和凶手都是他们的血亲,他们乞求反政府派不要施以严惩,再给药丸女孩一次改过自新的机会。反政府派上一次已经发过誓,药丸女孩要是再不停止她的反社会行为,他们会亲自替她停止。所以现在,由于被指控者最近再次无视他们的警告,反政府派说,是时候兑现誓言了。最久的朋友接着说,反政府派没有立即行动,而是又一次考虑了这个家庭的苦苦哀求。他们传唤了这个家庭,提前跟他们说清楚。"好吧,"他们说,"再给一次机会,但那是最后一次。"

我们喝干杯子里的酒,离开喝酒俱乐部。我回到家,爬上床睡着了,一直睡到我被一个看不见的东西弄醒。这个东西飘入我房间,飘到我的床单上,进入我的嘴,滑进我的喉咙。我醒了跳起来,哭喊道:"它进去了!它想办法进去了!它们在我睡着的时候进去了!"在我彻底清醒之前,在我意识到自己正在说什么之前,五脏六腑里有一种灼烧感攫住了我。我嘴里还有一股刺激的气味,一开始我以为是一颗牙齿没补好。接着我意识到那不是牙齿!那更像是送奶工,更像是他的垂涎三尺正在对我起作用。接着一阵痉挛又攫住了我,把空气排出体外,从我身体里挤出来,我的肌肉开始绷紧,我变得僵硬。我从床上摔下来,依然僵硬,内脏变成了石头。我靠着前臂和膝盖爬出房间,用脑袋撞开门,因为我抬不起头,因为我的躯干僵硬。我不知道用脑袋撞开门意味着什么,不知道门意味着什么,也不知道我要去哪里,我只知道我要出去求助。

在楼上的楼梯口，我又感觉到一阵新的疼痛猛地以交叉的方式袭来。我在从卧室到浴室的中途被迫放弃爬行，始终有个奇怪的声音在我耳边，我觉得那是广播慢速播放的说话声。我后来发现那是我自己的呻吟。我的妹妹们大喊道："你猜怎么着？那声音吵醒了我们所有人！"这些妹妹，她们说得兴致勃勃。这是我中毒后的第四天，我躺在床上休养，正在慢慢恢复健康。她们后来跟我形容这些呻吟，证明我不是非这样不可。她们跟我描述了那天半夜发生的事情，还说我脸色苍白——"但不是你平时看上去的那种糟糕的苍白"。"更像牛奶。"年纪最大的妹妹说。"一瓶牛奶。"年纪中间的妹妹说。"像是又被涂了一层白色颜料的白色牛奶。"年纪最小的妹妹说。"所以会在黑暗里发光。"围绕着"在黑暗里发光"的说法是真实的还是杜撰的，小妹妹之间爆发了三方争吵。她们还争论这种特别白的颜色是什么时候突然开始呈现出来的。是在我们的母亲和邻居给我洗胃之前，还是在我们的母亲和邻居给我洗胃之后？是的，妈和邻居给我洗了胃，妈第一个在楼梯口找到我，她伸出手抱住我，但由于我身体里正在发生的一切，我没听见她过来。我感觉到她结实的双臂，感觉到她温暖的呼吸，在那一刻，我意识到身边有母亲陪伴甚至好过上帝。我抓住她睡袍的卷边，沿着睡袍爬行，一点点挪到睡袍的前片，我知道我安全了，我不再是孤身一人。

在救我的同时，当然，她也在抱怨我。她一边飞快地检查我的身体，一边对着我连珠炮似的提问——被割伤了？被刀捅了？吃了什么？喝了什么？有没有什么奇怪的人给我什么奇怪的东西？

我在和什么人吵架？我之前有没有被什么人踢到脑袋？所有我信赖的朋友是否值得信赖？以及我被下了什么毒？——紧接着是她对我的指指点点。"你这样到处转悠着偷别人的丈夫，你还能指望得到什么，小姑娘？"她问，"那些女人当然会杀了你。既然你有你所谓的对这个世界的认识，你怎么会连这一点也不知道？"我不知道妈所说的我对这个世界的认识指的是什么。我对这个世界的认识是由去他妈的、去他妈的、去他妈的组成，不包含任何细节，细节实际上就是那些词本身。但是妈还没说完她关于丈夫和妻子的那一套。她又说了更多遍"你还能指望得到什么"，只是这一次换了花样，一会儿说我搞了许多人的丈夫，一会儿说我搞了所有人的丈夫，一会儿又说我搞了一个人的丈夫，也就是送奶工。"傻姑娘，鲁莽啊！鲁莽！"她哭喊道，"你才十几岁，他的年龄要翻你个倍还多！"说到这里，她停顿了一下，把我拉起来靠在她身上，扶我到浴室。然后又继续指责我，随随便便地得出结论，还严肃地补充说道："不管怎样，等这件事情过去后，女儿，我希望你把所有妻子的姓名列张清单。"在此期间，我依然蜷成一团，无法舒展身体，无法站立。一阵阵疼痛不断袭来，从下方推动，迅速朝上——依然以那种交叉的方式——穿过我的身体。于是妈拉起蜷成一团的我，命令我一只手臂别松开她的脖子，另一只手尽全力抓住栏杆，还催促我把下毒的事情告诉她——"他们给了你什么？你知道他们给了你什么吗？"——最后我终于艰难地说道："没有什么妻子，妈。没有什么丈夫。没有和送奶工的私情。没有下毒。"接着——她不再听我说话，因为她的头脑里有了一个新的想法——她僵成了石头。

"以上帝的名义!"她大喊道,"他们是对的人吗?每个人都是对的吗?你有没有被他弄大肚子?被那个反政府派,那个被看作'头号通缉犯'的聪明男人,那个冒牌送奶工?""什么?"我问,因为她用的那个词是单数,确实有那么一会儿,我完全想不出来她指的是什么。"被他灌输了?"她解释说,"孕育。繁殖。施肥,折磨,尴尬,浇水,感到后悔,希望没有发生过——上帝啊,孩子,我把话说清楚了吗?"她为什么不把话说清楚?她为什么就不能直接说怀孕?但妈就是这样。就好像我现在要是不从中毒这件事情上——当时还不知道是中毒——拨出一点时间来思考她刚才一番莫名其妙的评论,就还不够忙。她也没有停留在复杂的怀孕问题上,因为妈能给她自己一个接一个地讲恐怖故事。她接下来讲的是流产,我也不得不从"打虫药、唇萼薄荷、撒旦的苹果、提前驱逐、没能来到世上"这些词汇里把它猜出来。就算一开始不确定,在听到她下面这句话后,疑虑也都给驱散了:"好吧,女儿,我对你已经失望得不能再失望了,你告诉我——你到底弄到了什么,你是从她们哪一个老娼妇那里弄来的?"

这对我来说是个新闻。我以前从不知道这里有什么老娼妇是反政府派所允许存在的或者阻止不了的。这也是妈的典型行为,她作为我的信息来源,一如既往向我透露藏在底部的惊人细节,同时又控诉我已经知道了这些。这一次,她依然对我没有丝毫的信任,她不相信我说的可能是真话,不相信我说的是真话,不相信我也许有我自己足够的智慧不去和像送奶工那样的男人搞在一起。她所有的不信任不会鼓励我去鼓励她对我有信心，因为我为什么要这么做？上一次我试过了，但她说我是骗子，要求我告诉她真相——虽然我告诉她的就是真相。她不想要真相。她想要的是对流言蜚语的确认。我努力明确病因，让她知道这些痉挛，这次僵硬，这次无法舒展身体、无法站立，并非中毒造成的，而是我的日常表现的一种强化版本，但这又有什么用呢？我生病是因为送奶工跟踪我，送奶工循着我的足迹，送奶工知道我的一切，他伺机行动，悄然逼近我；是因为这里的偷偷摸摸、无礼瞪视和流言蜚语带给我严重危害。所以妈和我相互误解，我们总是相互误解，但那次我确实努力过了，因为在那一刻，孤独的一刻，我比过去任何时候都更渴望她能信任我、懂我。"没有什么妻子，妈，"我说，"也没有丈夫，没有胎儿，没有老娼妇，没有中毒，没有自杀"——最后一个是我自己加上的，省得麻烦她来加。"好吧，那又会是什么？"她问，在疼痛的过程中，在中毒的过程中，我愉快地感受到一种慰藉贯穿全身，一种安抚降临在我身上，这都是因为她劝诫到一半停了下来，开始思考我说的会不会是真话。爱她是容易的。有时候，我能明白爱她是一件多么容易的事情。过了一会儿，她突然不再犹豫，不再挑事、拉扯和诬告，而是叫了一声小妹妹们。三个小妹妹这时已经从床上爬起来，穿着睡衣站在我们身后。

她命令她们来帮忙。做这种事情，妹妹们自然是欣喜若狂。她们喜欢戏剧性，任何戏剧性，只要是纯粹的，是她们可以参与的，至少能亲眼目睹的。她们急忙跑过来，准确地抓住妈所指的地方，四个人扶着我沿着剩下的楼梯往下走，走过最后一级台阶，进入浴室。小妹妹们一进去就松了手，她们以为这时候应该松手，于是我和妈一起摔倒在地板上。这一跤又硬又疼，我一开始哭出声来，接着意识到这地板不错，它冰冷、光滑、讨人喜欢，但这种想法没持续多久，因为我的身体又开始强调它的存在。我又开始用前臂和膝盖支撑身体，为某种迫在眉睫的东西作准备。与此同时，妈指示小妹妹们去她的卧室，找到后院药房的钥匙后，立即拿来给她。她们一窝蜂地跑开了，小妹妹们平常不管做什么都是这样的。妈转过身，一边按着我的肚子，一边命令我想一想！想一想！如果没有"受委屈"，没有"被驱虫剂"，没有"被薄荷油"，那么有没有其他什么吃的东西？什么喝的东西？什么不应该在周围转悠的人在周围转悠？但我当时根本无法回答。依然染着病，依然是那种奇怪的姿势，我僵硬地冲向浴缸，冲向地板，冲向马桶，接着又倒在了地板上。某种巨大的东西正要来临，我的身体似乎没有希望摆脱它。

妹妹们拿着丁零当啷的一串钥匙回来了。妈跳起来对她们大喊："我马上回来！"她让她们别离开我，一直看着我，确保我不会躺倒或者睡着。如果我脸色发青，或者出现了别的问题，除了呕吐，就来找她。接着她急急忙忙地跑开了，妹妹们围在一起，我感觉到她们的热情比她们的身体散发出的温热还要多。我看不见她们的身体，因为在又一阵痛苦的缓解中，我将额头再次顶着冰冷的地板。我知道，这只是一阵短暂的喘息，我也知道，我必须享受这种简单的放松，趁更多的抽搐开始之前。但小妹妹们立即叽叽喳喳地叫了起来。她们摇我。戳我。"不行！别睡觉！妈咪说不准睡！"

妈回来了，拿着难闻、丑陋、像怪物一样可怕的一品脱药水。同时邻居们也出现了，她们带来了细口酒瓶、钟形玻璃罩、贴着绿色、棕色和黄色的警告标示的广口瓶、香脂膏、催情药、小药水瓶、草药、粉末、秤、杵臼、巨大的药典，以及她们自己"家用秘方"的蒸馏物。邻居们不知道是从哪里突然冒出来的，在"不打算去医院"的情况下，她们经常这样。跟妈一样，她们也作好了准备，卷起了睡袍的袖子。站在我身边的女人们先在浴室里开了个会，你一言我一语地在我上方说话。加上后来小妹妹们的补充，我几乎知道了她们所有的谈话内容。她们在争论行动过程，她们中的纯粹主义者说，如果还没弄清楚要处理的是什么，催吐不是好办法。另一些人说先试试看，显然没有时间追求精细和完美，现在亟须的是权宜之计和仓促的方案。"粗略看来，"一个邻居说，"这情形和那个被她姐姐下毒的可怜女孩很像。""哪个可怜女孩？"妈问。她的声调，据小妹妹们所说，在那一刻压得很低。

"就在几天前，"这个邻居开始说，"这事你们绝不能说出去，你们中的一些人还没有听说过，是因为消息还没有在社区里泄露。那个实际上是女人的小女孩又分裂了。她给她妹妹下毒，阳光般灿烂的那个。我们一些人一起帮忙洗胃，相信我们说的，情形看起来非常糟糕。"邻居们点点头，因为她们大部分人都去了。但妈没有。小妹妹们也没有。这消息给她们带来沉重的打击。尤其给小妹妹们。虽然她们喜爱戏剧性，但她们对药丸女孩的妹妹的喜爱甚至超过了戏剧性。尽管被允许在夜里参加成人活动，就跟伊妮德·布莱顿[1]笔下的午夜冒险偷吃盛宴一样,让她们很兴奋,听到她中毒的消息还是让这次冒险,这次不只有她们经历的冒险,有了瑕疵。药丸女孩的妹妹如同阳光般灿烂,性格温和,方方面面都表现出善意,对人敞开胸怀,哪怕会受到伤害。尽管如此,大家依然喜欢她,包括浴室里的每个人。那天晚上,在浴室里,小妹妹们一听见这个消息,就变得忧心忡忡,妈看上去也忧心忡忡。她们四个人很震惊。实际上所有女人看起来都很震惊。她们停顿了一段似乎无穷无尽的时间,去理解这个光芒四射的年轻女人身上所发生的事情的严重性,在永恒的过渡期里,她们忘记了另一个也许没有那么光芒四射的年轻女人正奄奄一息地躺在她们的脚下。

  过了一会儿,另一个邻居说:"那个情形很严重,这个其实不能跟它相提并论。"她的话把大家的注意力拉回到了躺在地上的我身上。"那个在我看来,"她说,"比这个糟糕多了。"说到这里,之前去帮忙洗胃的邻居们都表示同意,说我的情形没有另一个可怜女孩那么糟糕。然而,由于她们错误的认识——以为我只是被送奶工的妻子报复了——她们没有意识到自己这番话所包含的真相。妈也没有,而在这一刻,不可思议的是,我也没有。我甚至躺在地上想起药丸女孩的妹妹的时候,也没有意识到这明显落下的面包屑般的线索。最久的朋友跟我讲了她的疯子姐姐对她的所作所为,我听后当然为这个女孩感到难过,但这只是你听说一个人经历了可怕遭遇而感到难过罢了,你一秒钟也不会去想自己

---

[1] 英国国宝级的儿童文学作家(1897—1968)。

今后也可能会有极其类似的经历。所以，这是一件"顺便一做"的事情，是站在我的角度为药丸女孩的妹妹很不当一回事地感到难过，是一种并非存心故意的忽视，但也不是一种建立在真正的理解和同情之上的情感。至于我对自身状况的看法，我认为中毒导致这种肚子痛的想法是很荒唐的，这实际上是精神问题造成的——即使我的精神状况自从送奶工出现以来从没糟糕到这种程度——就在这时，妈做了件不可思议的事情，她提议去医院，说不能因为社会风俗强行规定她不能叫救护车就让她的女儿去死，她还没有准备好这么做。她的话像一枚炸弹。邻居们倒吸了一口气。"够了！哦，够了！"她们求她别再讲了。

"你疯了，亲爱的邻居！"她们大喊道，"你想一想。你不能把她带去医院。不但当地的道德观念规定了不能去，而且万一出了什么状况，会被警察要求录笔录，这还会影响到你女儿在不认识她的人心目中的名声。如果你把她带去那里，肯定会有影响。如果那个重案犯警察联盟听到风声，他们想要抓的'你知我知'的那个人的情妇正在医院里，他们会认为自己得到了最好的鱼饵，用于钓上最隐蔽的反政府派。""他们怎么可能放过那种机会？"另一个邻居继续说，"你女儿还年轻，很容易被操纵和威胁。他们会吓唬她，把她作为诱饵，牵连她，扭曲真相，并且——去他妈的他们的良心，一群街头流氓——你也知道，就算不答应他们，也救不了她。在这里，只要有一点点告密的迹象就远远足够了。"

"还有你们自己，"另一个人指手画脚地说，"可怜的寡妇，操持一个女孩们的家，丈夫死了，一个儿子死了，另一个儿子在逃亡，另一个儿子成了叛徒，还有一个儿子偷偷摸摸地进出这里，好像在干什么勾当。还有你的大女儿正处在不可言说的悲哀里，你的二女儿被反政府派流放，你的三女儿完美无缺般地完美，只是她说的脏话被公认为这里最下流的。现在又有了这个可能被指控为叛徒的女儿。想一想这几个小的。"——她们是指站在她们身边、把她们说的每个字都吸收进去的小妹妹们。"不，"她们摇摇头，"不能上医院。这个将来一定会痊愈。她会痊愈的。"她们坚持说道，"你别担心，邻居。"说到这里，她们拍了拍妈，搂着她，"别忘了，"她们总结说，"我们不是不知道现在需要的是什么。我们所有人，包括你自己在内，都曾经用过这些临时拼凑的东西、这些基本常识、这些家庭处方很多很多次。"

我同意这些邻居的说法，但不是为了保护我在不认识我的人心目中的名声。我在不认识我的人心目中的名声这种东西，完全是他们捏造出来摆放在那里的。如果送奶工自己没有决心要给我情妇的地位，我是"你知我知"的那个人的情妇的说法就很愚蠢。而且，在一个擅长怀疑、推测和含糊其词、将一切都本末倒置的地方，既不可能准确地讲一件事情，也不可能不讲而只是保持沉默。在这里没什么事情能被说出来，也没什么事情能不被说出来，反正最后人们都会深信不疑。既然社区当时相信那个让人深信不疑的说法，政府在面对一个只允许特定人士进入的区域所特有的鄙夷和僵化时，怎么可能不去抓牢这种胡说八道，为它拍照、摄像、归档，对它断章取义和轻信呢？至于告密，反正警察会逮捕你。谁都知道他们可以逮捕你，任何时候都会试图让你叛变。这跟你有没有叫救护车没有关系。叫救护车本来不是问题，但大家认定它是导致事情发生的原因，它就成了问题。然而，我自己不想叫救护车，也不想去医院。我不需要它们，因为——到底要我说多少遍？——这不是中毒。但邻居们可不这么认为。她们建议洗胃，如果我把我肠胃里的东西都吐到地上，她们说，那就安全了。"毕竟，"她们继续说，"她的身体本身就好像正在努力驱逐什么。我们只是协助一下。"接下来就变成了给我洗胃，要我全部吐出来。

　　她们要搅乱我的五脏六腑，让我又抽搐一阵。不管她们让我吃下了高剂量的哪种泻药，确实产生了效果，我吐了。整个晚上，我被迫吞下所有东西，然后又吐出所有东西。随着一吞一吐，我的身体一会儿变得僵硬，一会儿变得碎布偶般软塌，反复了至少十七次。一开始我试着数了数有多少次，以此分散我的注意力，假装这是一次我置身事外的锻炼。我大声数了出来，小妹妹们告诉我，接着她们又说我后来可能是数不下去了，也可能是开始默数。我记得当时我的喉咙和腹部有种撕裂的感觉，起初我天真地以为接下来可能发生的只是正常的、难受的呕吐而已。在这次呕吐中，我吐出了上一顿饭，剩下能吐的就只有胆汁了。不。起初是胃里的东西。接着吐了几次肠道里恶心的棕色物。等到我不再有棕色物可吐，吐出来的就只有胆汁了。然后还没完。我开始干呕。过分多的干呕。所有这些阶段，越来越对抗重力，很快让我开始渴望、乞求闭上我的眼睛。其实我已经很难睁着眼。去睡觉，我想。去躺下。马上死掉。为什么她们不让我马上死掉？我感觉那晚在浴室里把我弄了个半死的实际上不是中毒，而是这些女人给我洗胃以及她们断断续续的祈祷。一刻不停。她们分成两组，一组负责洗胃，另一组负责祈祷。然后她们交换工作。那天晚上，时间不断地延长，直到筋疲力尽之后，才一点点地出现好转。好转出现在每次药效发作促使我的身体排出毒素后的短暂平静期，然后平静期慢慢地变长。只有在那个时候，当她们停下手中的活儿开始讨论接下来的步骤时，我才能继续躺在地板上，感到放松，不被干扰，独自一人。这时我开始认真思考地板——上面细微的灰尘，上面陌生的毛发，我刚刚溅在上面的呕吐物——我想在这个世界上唯一真实的是地板、灰尘这些身边最基本的东西，它们，只有它们，能够给我力量。但有时候我会改变想法，给我力量的东西会变成浴缸挡板，或者马桶，或者舒适的浴室墙壁，我偶尔会意识到自己靠在那上面，相信它可依可靠，会永远支撑我。

我第一次醒来是白天，我躺在床上，脑子里想着法语动词être[1]的变位。配合不同人称、时态和主宾格都在我的脑子里过了一遍。我第二次醒来，依然躺在床上，心里想着好吧，如果这就是他捕猎我对我造成的影响，我已经不知道该如何从他那里逃脱了。我第三次醒来时，刚走出一个跟普鲁斯特有关的梦，或者说一个跟普鲁斯特有关的噩梦。在梦里，他变成了某个二十世纪七十年代的作家，一个堕落的当代作家，他冒充一位世纪之交的作家，据说这就是他在梦里——我想是被我——告上法庭的原因。那一刻我又睡着

---

[1] 法语单词，约等于英语中的be动词。

了，在我最后一次醒来时——在真正醒来前，我不断这样睡睡醒醒好几次——我知道我已经渡过了难关，正在恢复中。我之所以知道这一点是因为弗赖本托斯罐头。我正在我的脑海里做一个配料复杂的弗赖本托斯牛肉腰子饼。我从食品柜里拿出罐头，拉开盖子，把它放进烤箱。接着我又给自己拿出一套盘子、刀叉和喝茶的马克杯。就算躺在床上，在我的脑海里，馅饼的香味也让我流口水。感谢上帝，一秒钟就做好了。我把它取出烤箱，感觉自己快饿晕了，正准备咬上一口时，卧室门突然打开了。是小妹妹们。她们又一窝蜂地冲进房间。

"她醒了！"她们尖叫道，冲着我也冲着彼此尖叫道。她们立即宣布，妈出去了，要求她们负责看着我。她们列举了什么是我不能做的，包括不能摔下床，不能试着下床，不能吃喝，也不能企图与异性出门游荡。就在这时，她们说到我病了。也就在这个时候，她们模仿我的呻吟给我看。她们继续说我的皮肤病态的苍白，这时我打断她们说我快饿死了，然后掀开毯子下床。这引起了尖叫。"不可以！"她们大喊，"妈咪说的！"她们大喊。于是我说："好吧。那有什么吃的？去看看，给我拿点什么来。"但她们把我推回去，把被子盖在我身上。为了分散我的注意力，她们说她们要讲一件跟反政府派有关的惊心动魄的事情。今天早晨，我还在睡觉的时候，我们这里的反政府派准军事组织找上门了。

小妹妹们听到了敲门声。妈和小妹妹们接着去开门。男人们站在门阶上。他们压低声音，说了一件发生在这里的事情，还说想要跟我谈谈这件事情。妈说："你们不能跟她说话。她病了，而且她正躺在床上，可能在睡觉，也可能一边休养一边在讲脏话。发生了什么？告诉我发生了什么。"男人们说先让小孩子回屋里去。妈让小妹妹们去客厅，关上门，不要参与他们的谈话。她推着她们穿过走廊，让她们离开。小妹妹们又偷偷溜回来，这一次躲进房子前面的门厅里，把耳朵贴在拉着窗帘的窗户上。但反政府派依然压低声音说话。

"就算那段时间她也在俱乐部里，那又怎么样？"她们听见妈打断说，"很多人上那个俱乐部。那个喝酒俱乐部，"她说，"是这里最热闹的地方，我女儿在那里不代表她就知道这些事。"妈接着说我已经卧床四天了，中了毒，他们可以去问那些洗胃女人。反政府派回答说他们会暂时离开，但肯定会跟洗胃女人谈谈——他们还会回来，如果洗胃女人的证词不能让他们满意。他们走后，妈主动跑到邻居那里，想搞清楚刚才聊的那些是怎么回事。"好啦，我们已经让你打起精神来了，"小妹妹们说——我依然忧心忡忡，不明白她们是如何得出这个结论的——"轮到你了，中间姐姐，念书给我们听吧。"她们说着递来几本故事书，在此之前我都没有注意到她们手上拿着书。这些书包括：《驱魔人》，是从妈床边的那堆书里拿来的；《浮士德博士生死悲剧史》，不知道从哪里拿来的；成人书《自称民主！》的儿童改编版，开头是这样的："有哪个地区政府直到五年前还可以没有逮捕令就入室搜查，没有逮捕令就执行逮捕，没有起诉就投进监狱，没有审判就投进监狱，实施鞭刑，禁止所有探监，在没有逮捕令就逮捕、没有起诉就投进监狱、没有审判就投进监狱之后还禁止调查监狱里的死亡？"古怪的小妹妹们，我心想。太多的莎士比亚。真送奶工说得对。必须跟妈谈一谈她们。这时候，妹妹们已经把这些书放在我身上的羽绒被上，然后爬上我的单人床，钻到毯子底下挨着我。最小的小妹妹在床头，用尽全力搂住我。与此同时，最大的小妹妹和年纪中间的小妹妹也挤了进来，握着彼此的手，在床脚等着我念书。

那天晚些时候，小妹妹们外出探险时，妈回来了，她来楼上看我。她神情严肃，说明得到了更多坏消息。她说："那个到处给人下毒的可怜女孩——她死了。一支军队巡查组在一个通道口发现了她，喉咙被割开了，所以是遭人杀害的。"我的第一反应不像人们可能预期的那样："你说什么？不可思议。她才是那个要杀人的人，怎么会死呢？"也没有直截了当地问："是谁杀了她？"因为虽然我听见了妈说的话，但我的脑子还没能吸收她是遭人杀害这部分内容。仅仅在谈话里提到她就足以刺激我了。啊，她又来了，我心想。这次她又给谁下了毒？但我不想知道，真的不想，因为这种事情不断发生，直到最后你根本懒得知道他们是谁。当然了，无论是谁，我都很难过，但这跟听到最久的朋友说药丸女孩给她妹妹下毒时感觉到的难过是一样的。只是袖手旁观的难过，漠不关心的难过，从没有真正地设身处地——至少在我如闪电划过般地意识被下毒的人就是我之前是这样的。我接着想到："我这是有多瞎啊！我怎么就这么蠢呢？"现在很清楚，该死的绝对明显。她是一个投毒者。她来过俱乐部。她来俱乐部找我，不停地纠缠我，说我和送奶工狼狈为奸杀害了她和其他人之类的事情。这也是她的新手段，大家都知道，就是不停地对你讲她编造出来的具有催眠效果的故事。她用那种手段攫住了你，她的下一个受害者，上她的钩，入她的局。你焦虑但又专注，把注意力都放在她的言语上，也就是说——尽管你知道她独特的手段和她的整个下毒的过往——但你还是没意识到她的手放在了哪里。那就是她想要的。非常娴熟，非常阴险，非常隐蔽，混在所有东西里，溶化于无形。有些人说她是一个天生的小贼骨头，是凶猛的女权主义檄文的推崇者，但是真正的女权主义者说她还算不上女权主义者，这里的议题女人说她只是脑子有毛病。

她们说现在看来很明显，不只有性别平等的立法问题，还有其他一切平等的立法问题，每隔一段时间都会被她用来装作她的立场，掩盖她的疯狂。只要用这种方法，她们补充说道，任何人可以用任何东西掩盖他们的疯狂——包括教育、事业、家庭生活、私生活、宗教、健身、饕餮、挨饿、抚养孩子、自由之战、国家的行政管理。这个可怜的女人所做的一切，她们总结说，都是那些东西的个人而非集体版本。议题女人早前告诉过反政府派，不断警告药丸女孩停止她的所作所为是没用的，因为她不会停止她的所作所为，她需要的是干预——只不过不是他们那种类型的干预。她们接着说，既然反政府派已经让自己当选为这里的统治者，就只须管好他们自己的分内事，把药丸女孩留给她们，留给议题女人，怎么样？他们倒是可以，这些女人提议道，对那个四处追逐、哄骗年轻女性的中年好色之徒采取点行动。反政府派回答说，他们不会被搪塞的话所欺骗，也不会听其摆布。"你们曾经大胆挑战过药丸女孩，"他们说，"但你们失败了，甚至到最后，我们听说，你们自己也有几个人中了毒。所以，站一边去，我们会处理的。"——这当然是指用他们经过时间考验、万无一失的方法来处理。

反政府派发出警告，说药丸女孩已经给太多人下过毒，如今不允许她再给任何一个人下毒，但她依然我行我素，这最后一个中毒的，我后来发现，甚至不是我。在我之后还有另一个人，一个男人，她给他下毒，认为他是——我不知道，也许是希特勒。这个男人一整晚没睡，这个男人的妻子也一整晚没睡，和他们的邻居一起给他洗胃。后来妻子去找反政府派，告诉他们药丸女孩都做了些什么。在反政府派采取行动之前，有个神秘人已经采取行动。这是妈说的，她在我对面，坐在我的卧室里的椅子上，震惊地把这个传闻告诉我。他们登门，她说，因为他们现在的任务不再是杀掉药丸女孩，而是要找出杀害她的凶手。所有最近跟她有过接触的人都被要求去反政府派那里，为他或她自己澄清。我被当作特例——几天前的晚上，有人看见我在喝酒俱乐部里和药丸女孩讲话——还有那个被误当成希特勒的男人也被当作特例，反政府派主动来找我们，因为我们俩都病得太厉害，无法下床。中毒的男人能够证明自己没有杀害她，因为他的家人和给他洗胃的人都亲眼证实他做不到。我母亲站在我们家的门槛上，告诉反政府派我们的家人和洗胃女人也可以为我作同样的证明。

反政府派没有再来，他们很满意我在药丸女孩遇害期间也躺在床上。奇怪的是我完全不记得这个人已经不再活着了。我母亲对我表现得很固执，于是我对我母亲的固执也开始发作。显然她已经接受了那个被误当成希特勒的男人很可能是被药丸女孩下了毒的说法，但因为她依然深信流言蜚语所说的我跟送奶工有私情，几乎不怎么信任我，所以在她的理解中，我也被她下毒这种事情是绝对不会被允许发生的。我一方面感到宽慰，因为我经历的那个可怕的夜晚是药丸女孩造成的，也就是说跟送奶工对我造成的影响没有关系，但同时又牢牢建立起了对我母亲的怨恨，因为她看不见明摆在她眼前的东西。她继续谈论死亡，似乎已经忘记了发生在各地的蓄意投毒案十有八九是"可怜的药丸女孩"干的，我气愤地发表我的看法，没有切中要害，但也是我当时拼尽全力所能讲的："听着，妈，她不是一个小姑娘。她比我年纪大。她是个女人！"妈回答说："啊，你懂我的意思。她个子小，非常小，大家都知道她有毛病。就算她没有被杀害，那个小女孩也永远不会长大。"就在这时，我才想起来药丸女孩已经死了。

妈感到忧虑。她说如果反政府派没有杀害她——他们说自己没有，如果他们杀了她，没道理说自己没杀她，因为他们已经到处宣扬要杀了她——这只能说明发生了一起普通谋杀。普通谋杀是诡异的、难以理解的，是一种不会发生在这里的谋杀。人们不知道如何衡量、如何归类、如何发起讨论，因为这里只会发生政治谋杀。"政治"当然涵盖了一切和边界有关的东西、一切能够被解释成和边界有关的东西——即使这关系是最浅的，是最扭曲的，是被世界上其他地方——如果他们有兴趣的话——视为最不可能的。面对任何与政治、社区无关的谋杀，人们都会感到费解和焦虑。

"我不知道我们将来会怎么样，"妈说，没错，她绝对感到了焦虑，"我们正在变成'海对岸'的那个国家。那里什么事都会发生。那里发生普通谋杀。那里出现道德败坏。那里的人们结婚，搞婚外恋，但他们的伴侣不在乎这些婚外恋，因为他们也有自己的婚外恋——那么为什么要结婚？他们不说他们为什么要结婚。然后他们离婚，或者根本懒得离婚，而只是和他们自己的孩子结婚。然后他们通过自己的孩子有了自己的孩子。然后他们诱拐其他孩子。在那里，你不能出门，出门只会遇上性侵。"我从没见过妈像这样震惊，越来越歇斯底里，我想这就是你在一个人们不习惯普通谋杀的地方遇到普通谋杀时会有的反应。"妈，"我叫她，想要阻止她，想要打断她，"妈！妈！"妈抬头看着我，一脸困惑，然后挣扎着回过神来。"告诉我，妈，"我说，"关于药丸女孩，你还听到些什么？"

她只知道政府警察开始介入，但社区里几乎没人跟他们讲话。一些人故意对他们含糊其词，另一些人跟他们扯谎兜圈子。狙击手，毫无疑问，已经准备击毙他们。重装巡逻队带着他们的反狙击部队和那具尸体一离开，社区居民就立即一如既往开始议论纷纷。大多数人说这"不可能是普通谋杀。我们不可能有普通谋杀。肯定是政治谋杀，只是有谁知道这是哪种政治谋杀吗？"事情就发展到这个程度，或者说直到大约两周后我决定去油炸薯条店时也还是这么认为的。

自从中毒后身体恢复以来，我一直忍不住地吃。我也一直忍不住地在我实际上不在吃的时候幻想我在吃，我的内心在头脑里呈现一场甘甜可口的特效演出。我想到了更多的弗赖本托斯罐头，还有法利拉斯科斯婴儿饼干、糖块泡芙、番茄酱腌沙丁鱼、蛋奶沙司饼干三明治、玛氏巧克力棒三明治、脆薯片三明治、海螺、猪蹄、掌状红皮藻、炸橄榄、燕麦粥里的什锦软糖——这些过去的婴儿食品、幼儿食品，现在通常只会让我觉得恶心才对。只有等到我迫不及待想吃油炸薯条，只有油炸薯条，不是别的就只是油炸薯条的时候，我才会感到，啊这才是正确的食物。我现在又恢复了正常。

我走出家门，怀着我如今通常怀有的对送奶工突然出现的担忧。我来到位于地区中心的油炸薯条店，一路上送奶工没有出现。我推开狭窄的半截双推门，立即就被油炸薯条的甜美香味所包围。我沉浸其中，细细地闻，沉湎其中，一开始并没有意识到有一种陌生的气氛正在包围我。我后来发现，敏感的人很快就能意识到自己被下毒，而我要过很久才有反应，这跟炸薯条店里发生的一幕简直一模一样。

店堂里有一条队伍，长长的一大条，蜿蜒地绕过两面墙，我排进队尾。接着就有其他人走了进来，排在我身后。这些人大部分跟我只是点头之交——有进来买晚餐的中年女人，还有一些男人、一些孩子、一些青少年。当时那里没有一个人跟我是熟人。排队等待的时候，我定定心心地享受着薯条的香味，同时脑子里又在练习着"我是，我不是[1]"，并且默数我前面还有多少人。然而，

---

[1] 此句原文为法语。

就在我数数的过程中，被我数过的人开始退出队伍。一些人立即离开了薯条店，大部分人站到一边，或者去了店里稍远的另一头。也就是说我已经站到了柜台前，原本还要等十九个人才轮到我站到柜台前。与此同时，我有一种感觉，排在我后面的人也开始减少。很快变成了我一个人在排队，虽然这个队伍不可名状地依然存在于薯条店里。在柜台后面有两个穿着白色大围裙的服务员，其中一个朝我走来，直接站在我面前。她双手叉腰，没问我要点些什么，我点单的时候，也没看着我。她似乎只是凝视着我脑袋旁边。我没有很担忧，但有点别的什么，我看着她走开去为我和小妹妹们拿薯条。就在那时，我注意到了沉默，因为我一直住在这个地区，从童年起就领会了这个地区的动向、微妙和节奏，虽然我从来没有正式承认过。先前的一场大病把我变得迟钝——这是我唯一能想到的我在这里反应如此之慢的理由。这沉默让我的背部开始颤抖，就在我的背部，我无法转身，但心跳开始加速。别是送奶工。哦，求你了，别是送奶工。然后我转过身，不是送奶工。是其他所有人。店里的每一个人都瞪着我。

一些人立即看往别处，低头看地上，另一些人看自己的双手，或者抬头看前方柜台墙上的大幅菜单。其他人毫不掩饰地瞪着我，我甚至感觉是轻蔑地瞪着我。我想，这些该死的，他们又认为我做了什么？我恍然大悟，这跟药丸女孩有关。不是指她对我下毒，我知道所有人应该都已经听说了这件事。而是指她的死。但是我想他们肯定不会认为我跟那件事有什么关系吧？这时女服务员回来了，把我的薯条放在柜台上。我别过身来，拿起袋子，胡乱地掏出钱递过去。女人已经走开了。她宽大的背转过来对着我，已经走到了店的另一头，默不作声地站在另一个女服务员旁边。不为其他人点单，也没有其他人要求点单。大家似乎都在等待接下来要发生的事情。

反政府派说他们没有杀她。他们四处调查，想弄清楚是谁杀了她。接着他们又宣布边界上发生了紧急冲突，据说为了腾出手，他们放弃了审慎调查的义务，不再追究这件事了。但这些人以前从来不会放弃追究。这是他们的声誉，他们的印记，他们标志性的势不可挡。社区由此得出结论：肯定是他们中的某个人杀了她。当然，这次不是出于政治原因。反政府派突然沉默，他们一声不吭地放手，他们突然中断野蛮凶狠、无孔不入的彻查，尤其是他们没有像往常那样在任务完成时宣布大功告成，说明了药丸女孩的死不可能出于政治原因。所以，不是出于跟边界有关的动机。不是为了拯救国家、保卫地区、将反社会行为赶出我们这里。是送奶工。是他杀了她。他普普通通地、并非出于政治原因地杀了她，都是因为——在这个社区看来——他不喜欢她想要杀害我的企图。

这也许是真的，也许不是真的。但油炸薯条店认为这是真的，而且那一刻在所有这些打定了主意的人的围绕下，我也觉得这是真的。一个身份显赫的社区英雄，干了一件犯规的事，一次普通谋杀，就为了替某个厚颜无耻的荡妇报仇。如今我已不再万分天真，这是指我已经发现，你过你的日子，很多时候事情总是有一点混乱，有一点进展，但不是无法控制的，都是在预料之内的。但是接着会迎来一个特殊的日子，到了那天，所有的状况——无论你是否理解，无论你有没有同意——都会彻底发生变化。事情被推动着向前，这点没错，但不只是被一个人推动着向前发展，而是被远远不止一个人的很多人。在此之前，每当我想把钥匙插进锁里，我的五脏六腑会无所适从，胃部疼痛，两腿抽搐，双手颤抖。还有室内被迫害妄想症，万一他在我的衣橱里而实际上他不在，万一他在我的食品柜里而实际上他不在，万一他在我的床下。每次他都在靠近……越来越近了……甚至更近了，但直到现在我依然说不上来，他是否依然在给我加盖戳印，还是说一直以来他早已把戳印加盖在我身上。最久的朋友曾经警告过我："你不可推测，你不可演绎——他们不喜欢这样。你固执，朋友，有时候愚蠢，不可思议地愚蠢，因为你不肯提供信息，提前给人们留下不喜欢你的印象。那很危险。你不肯提供的信息——尤其在动荡期——人们会自己捏造。""不是所有人，"我争辩道，"而且，不管怎样，我的人生不属于他们。是他们编造了这个故事并像恶狗般盯守着想要控制局面，我为什么要对他们解释并乞求他们的原谅？"至于他们把我看成一个肆无忌惮、不知廉耻的荡妇，我说："说到这一点，朋友，现实中我大概更像圣母马利亚，比起任何一个——""你十八岁，"她说，"你是个女孩。没有靠山——没有，除非你想让送奶工做你的靠山。所以，给他们点信息——任何信息——就算他们怀疑也没关系，因为他们也享受怀疑的乐趣。那样，至少他们就不会拿你高攀他的事情来攻击你。"但我没有这样做。做不到。不知道该怎么做。不相信还有时间去做。已经有太多的流言蜚语、言下之意，还有"别多管闲事"，被他们拿来填补空白。

所以，我正在吸取教训，但是由于速度太快，尤其是情绪上的，我不知道自己正在吸取什么。也不知道该怎么做，于是我做了一件蠢事。在众人的沉默中、注视下，我拿起薯条，拿上自己的钱，转身走出了店堂。我不想要这些薯条，也不想要我自己的钱。当然，我应该把它们留下，薯条，钱，两样，都留在柜台上，好让自己摆脱那种处境。但是，在突如其来、令人震惊的事情发生的当下，很难想起那些显而易见、高风亮节、值得尊敬的做法。反正你也不知道一段时间过后什么才是正常和高尚的而什么又已经不是了。于是我拿起它们，我没有付钱，一部分出于愤怒："是的，送奶工。去。杀人。杀掉他们所有人。继续。听着。我命令你。"一部分是出于对他们的感受的体贴和顾虑，不想因为一个年仅十八岁的人胆敢蔑视和纠正年长者的行为而惹上麻烦。所以我乱了方寸，被迫恶狠狠地拿走了薯条。因此，最该死的是我自己的行为，恶劣地对待了薯条店，尽管我是在店里的每个人的逼迫下才这样举止恶劣。但我现在知道了他们这一段时间以来的想法，我不再是那些在这里进进出出、四处游荡的青少年之一。我现在知道了，那个戳印——不只是经送奶工之手——已经违背我的意愿，毫不掩饰地加盖在我身上了。

6

我在床上康复的那段期间——当时我已经听说药丸女孩被杀害，但还没发生薯条店里的遭遇——有三个电话打到我家，其中两个是打给我的，第一个来自三姐夫。他听说了下毒的事情，但想从我母亲——正好是她接的电话——那里知道，为什么我不去跑步了。他说昨天我没来跑步，其他几次该来的时候也没来，而且我没有主动打电话跟他解释，也没有跟他争吵。他补充说，方方面面都堕落得太厉害，他为最近女人身上发生的变化感到大惑不解。妈说："女婿，她不会去跑步了。她躺在床上，中毒了。"姐夫说他知道中毒的事情："但她还来跑步吗？"妈说："不跑了，在床上，中毒了。""我知道，但她还来跑步吗？""不——""我知道，但——"小妹妹们说那一刻妈的眼珠子翻到了天上。她又努力了一下："女婿，我们不能一直这样没完没了。她在床上。不会去跑步了。中毒了。不去跑步。在床上,中毒了。"三姐夫——用锻炼癖好压倒一切的机械性思维——刚要问我还来跑步吗,这次妈抢先说道:"女婿啊,上帝保佑你,但你这是怎么回事?你明知道她中毒了,整个地区的人都知道了,我却还要在这里花掉二十个小时不断地告诉你她的胃被捣鼓了一遍,或者随便别的什么叫法,我不得不陪她熬两晚,就怕她胃里没弄干净。你却不理解,表现得好像我根本没有解释。"在几乎察觉不到的片刻犹豫后,姐夫说:"你是说她不来跑步了?""正是!"妈说,"你刚才说犯错?这跟犯错有什么关系?""是堕落,"三姐夫纠正说,"方方面面的堕落,女性的堕落。"听到这里,妈用手捂住话筒,对小妹妹们轻声说:"这男孩脑子不清。滑稽的小东西。但是话说回来,那整个家族都很滑稽。天知道你们的姐姐为什么要嫁过去。"接着她把手从话筒上移开,因为姐夫正在总结陈词:"好吧,一开始是她走路看书叫人无法理解。后来是她借口双腿再也走不了了——也叫人无法理解。现在又说她不去跑步了。如果她坚持这种不可理喻,丈母娘,告诉她,等她恢复了理智,她知道上哪儿来找我。现在,我自己要出门跑步去了。"妈说:"好的,女婿,我同意你对走路看书的说法,不过实际上她依然在死亡的边缘,所以我要求她待在床上。"说完这句话,他俩互道再见,这又花去五分钟,因为这里善良的人们不习惯用电话,也不信任电话。他们不想说完再见就挂掉电话,因为担心会显得粗鲁和伤人,万一对方的道别仍然在传输中,被耽搁了一小会儿,正在通往他们这里的电波上呢。因此,电话礼仪导致了许许多多的"再见""再见""回头见,女婿""回头见，丈母娘""回头见""回头见""再见""再见"，双方的耳朵依然贴着听筒，同时他们弯下腰，听筒随着每一声再见一寸寸地靠近主机。最后，听筒被挂回到主机上，耳朵从上面挪开。甚至在这个阶段，也许还会说一些具有确保性的再见，控制不住地确认和肯定眼下的状况，这并非说明了费尽心思从一场电话交谈中脱离出来还没有让这个经历了持久战的人身体扭曲、心灵疲惫，而是意味着那场交谈——在没有任何令人焦虑的"我打断他讲话了吗？他会伤心吗？我挂电话是不是太快了，伤害了他的感情？"的前提下——最后终于以符合传统的方式结束了。听说这件事后，我很高兴当时是妈接的电话——因为我还没有强壮到能够忍受并逼退姐夫相沿成习的思维模式。

　　妈后来又接了第二个让我不高兴的电话。是准男友打来的，过程不太顺利。首先这是他第一次打电话给我，我都不知道他有我的号码。他从没打过电话到我家，我也从没打过电话到他家。我不知道他的电话号码，我甚至不知道他有没有电话。电话在我看来不太重要，我也不觉得电话在准男友看来会是重要的。我喜欢十九世纪文学的一个原因是，我不必去适应任何像这种现代、难搞、耗时费力的东西。我们在每次约会的最后，总要为下一次约会作好安排，我们一直坚持这样做一定程度上是因为电话不被信任——它是科技产品，是不正常的沟通工具。但不被信任的主要原因还是"肮脏的伎俩"，私接的合用线路、政府监视行动。这意味着普通人不会用电话谈论私事，也就是脆弱敏感的情爱之事。当然，反政府派准军事组织也不用电话，但我不打算在这里谈论他们。刚才说到电话不被信任；实际上，我们会有一部电话只是因为我们搬进来的时候它就在那里了，妈警惕地想到万一来移除电话的人不是真正的电话公司的员工而是乔装打扮、潜伏入内的政府间谍头子可就麻烦了。邻居们警告说，他们会拆掉电话，但在这个过程中，他们又会安装别的东西，用来揭露我们和反政府派关系密切，而实际上我们和反政府派关系并不密切。尽管我的两个兄弟已经成了反政府派，但我们也只是平均水平上的密切，正常分量上的密切，而且，后来的日子里还不如一开始那么密切。现在，虽然妈在原则上还是支持他们最初的目标，绝对没打算向一个在她看来并不具有合法地位的政府公开告发他们，但是基于他们近期的所作所为以及妈目前对他们爱恨交织的程度，就算当面谴责他们，妈也觉得心安理得——我认为，这或多或少证明了，我们跟他们的关系算不上密切。于是我们就让电话挂在楼梯口的墙上，有时有人会用它，但问题是，每当你在任何时候、任何地方想用一部电话，你必须先把它拆开，看看里面是否有窃听器。我非常偶尔地要用电话时也会作这种确认，但我并不知道窃听器长什么样，也不知道如果有窃听器，它是在电话里面，还是在头顶上方的线路上，又或是在电话转接处，如果有转接的话。实际上，我检查窃听器只是在动作上走个形式而已，我怀疑这也正是其他定期拆开电话的人所做的事情。

所以，就算他有电话，我也没有他的电话号码。我想他也不会有我的电话号码，因为有电话号码会让事情变得复杂。但没有彼此的号码，主要还是因为我们的关系属于"准"的范畴。这种"准"决定了我不会告诉他药丸女孩给我下毒，送奶工在追求

265

我，以及当地关于我的流言蜚语。我没想到要告诉他，因为和我保持准关系的准男友为什么要知道这些呢？我们凭什么擅自推定对方允许我们透露关于那方面的想法、感觉和需求呢？再说了，如果我想说但他不要听，该怎么办呢？如果他无法承受我自己也无法承受的那种分量，该怎么办呢？然而，他打来了电话，妈接了，他找我，妈说："哦，不，你想也别想。我不在乎你有怎样的妖术，你是一个多么伟大的反政府派，你有多英勇，你在社区里有怎样的英雄形象。你纠缠年轻姑娘，是一个邪恶的冒牌送奶工，玷污了那些真正的送奶工的名声。你别想跟她说话。你别想伤害她。你离她远点。带上你的炸弹——你这个有老婆的人！——滚！"她讲这些话时没有顾虑，没有斟酌，没有万一在第三方监听下的丝毫掩饰。她说完就挂掉了电话，没说再见，没有为了他用无数个"再见"把自己折磨得筋疲力尽。这时我正躺在床上，但可以清清楚楚地听见她所说的一切，我跟她一样错误地认为电话线上是送奶工本人。他有一套严密的监视技术，当然比我和我"交往了将近一年的准男友"都更有可能知道我的电话号码。现在他来了，马不停蹄地跑到我家里来猎捕。那一刻，我想到了准男友。中毒后我第一次期待、盼望他在这里，在这栋房子里，在这间卧室里，在我身边。他要是能联系我该多好。但那些想法没有停留很久，因为我接着就有了一个新的想法。这个想法关于妈，关于她如果有一天见到他，场面会有多么难以想象："那么，年轻人，什么时候举行婚礼？还有，年轻人，什么时候要孩子？没错，年轻人，你不会没有正确的信仰吧？你不会结过婚吧？"是的，糟透了。我把他赶出我的脑海，不是因为他不重要,而是因为他太重要。他多么幸运啊,有一对很久以前就跑掉的父母。

第三个电话是打给妈的,是她那些虔诚伙伴之一,负责管理名字的杰森,急急忙忙地打来的。杰森说老地方外边发生了点状况。一支政府暗杀行动队,她说,埋伏并击中了真送奶工。他们把他送去医院。告密者身份在这里很不光彩,因此每个人都知道,如果你有小小的政治污点,医院正是你永远也不该去的危险地方。"他在这件事情上没有发言权,朋友,"她的朋友说,"没有选择,他们击中他后就把他抓住了。打开你的收音机,听一听最新的消息,你会听到他们说他是恐怖分子。你能想象吗?真送奶工!——不爱任何人的男人!——是个恐怖分子!"那一刻,小妹妹们说,电话从妈的手中掉落。

她跑上楼,来到我的房间,说她必须去趟医院,她必须找到真送奶工。她问我有没有力气起床,照顾小妹妹和看家。"他死了吗?"我问,我感到惊讶,因为我从来不是一个会问出这种问题的人。她说她不知道,但又说那些来自地狱的恶鬼,那些遍布全球、上下左右无处不在的指控者和游荡者,在击中他后已经把他送去了医院,但不清楚杰森的意思到底是他死了所以被送去医院,也就是医院旁边的停尸房,还是指他昏迷了,她说,可能是奄奄一息,因此没法儿抗议说自己不想去医院。也有可能他不介意去医院,坚持要求送自己去医院,因为大家都知道真送奶工喜欢唱反调,偏偏要做我们这里的反政府派不允许我们这里的人做的事。"不知道,"妈说,接着又说,"他们说他是恐怖分子。现在正在搜查他家，挖他的后院，想找出点恐怖分子埋在那里的东西。""这里没事的，妈，"我说着从床上爬起来，"你去做你必须做的事情吧，我会照顾好我们自己的。"听到这句话，她上前来亲吻了我，然后又俯下身亲吻了小妹妹们，她们已经跟着她来到了楼上。她们黏着妈，哭泣、哀求、恳请着说："不，妈咪！不，妈咪！我们希望你别走！"她对她们说，她们都是乖女儿，但现在必须听我的，也就是她们的中间姐姐的吩咐。她直起身子，挣脱她们的纠缠，从钱包里拿出一些钱，扔进裙子口袋，以备不时之需。接着，她又把装着剩下的钱的钱包交给我。那一刻，我完全明白了小妹妹们的心理状态，明白了她们为什么黏着妈，哭泣、哀求、恳请。妈的钱包过去只交出过两次。第一次是政府警察带她去辨认尸体，是她的儿子，我们的二哥。那一次，她把钱包交给了大姐。她说，如果那些总赋予万物人格的家伙奚落她说"你是自作自受，你孵出来的大儿子也是自作自受，胆敢在他小小的民兵组织里跟我们打游击战"，她不确定自己会做出些什么，又会遭受些什么。第二次交出钱包是因为我们这里的反政府派来找二姐，要杀了她，或是惩罚她——她嫁给了敌人，但更让当地人感到深受其辱的是她嫁给敌人后还回来探亲——或是要求她害死她丈夫，让他死于他们的伏击，以此为自己的外嫁赎罪。当时，妈急忙把钱包塞给三姐，然后跑去临时营房，他们正在那里审判二姐。她去楼上拿来她死去的儿子的一把备用枪带在身上，我不知道那上面有枪，但我知道她完全不会用。反政府派从她身上拿走了枪，给了她一个警告。他们后来把二姐鞭打了一顿，并让她永远别再回来。这一次是我拿着钱包。"以防万一。"她一边说,一边穿上外套,戴上围巾。此时此刻,小妹妹们号啕大哭,我蹲下身子,抱着她们,试图安慰。妈神情严肃,我忍不住意识到,就连她丈夫,也就是我们的父亲,死在医院的时候,她都完全没有这样。所以我不能责怪小妹妹们。我感觉到的不是焦虑,而是一种很容易一股脑儿地被归为焦虑的心理状态。我不愿意细想,但是,如果小妹妹们是对的,她确实要去干一架,结果被逮捕,最后被关进大牢,再也回不来了,那到底该怎么办?

她还是回来了,但一直等到天黑后,那时小妹妹们已经上床睡觉,用来哄她们睡觉的有脆米花、薯片、巴黎小圆蛋糕、煎面包、橙子味鱼油软糖,每一样都又添加了额外的糖。还有《谁害怕弗吉尼亚·伍尔夫?》,是她们选的,不是我选的。这是一本写于二十世纪的书,但我发现小妹妹们感兴趣的其实并非对白和故事,她们一遍又一遍想听的是这个童话般的书名。于是每隔三个词组我就把书名偷偷念一遍,好让她们镇定下来,现在她们已经睡着了。我打开一条门缝钻出去,蹑手蹑脚来到楼下的客厅。在昏暗的寂静中,我坐在扶手椅上。我想过打开收音机,听听他是不是已经死了,但我受不了广播节目:那些播音声;那些喃喃自语声;那些每小时、每半小时就会在紧急消息的播报里出现的声音。所有这些我都不想听到。我希望他没死,但一直以来,这种情况下几乎都会死。因此,我为什么要提前面对那些我暂时还可以避开的东西,让自己心烦意乱?我还没到那个点,那个关键的时点,等到了那个时点,不知道会比知道更让人难以忍受。我还处在"先别管,还没到时候"的阶段。正想着,我听见了妈把钥匙插进锁里的声音。

虽然房间已经彻底暗了下来，但她知道我在房间里。因为一个人能通过或许是无形之力，或许是心灵建构，或许是心电感应得知这一点。她一样没有拉开窗帘，没有开灯。她只是在我对面坐下，没有脱外套，头上裹着围巾。她说他还活着，状态平稳，但她不知道"平稳"是什么意思，因为她不是他的家属，虽然真送奶工已经没有家属——他唯一的兄弟几年前死了——但他们也没有向她或者其他任何一个在医院露面的邻居透露除此以外的任何消息。她突然不再谈论这个话题——没什么奇怪的——一颗心突然不由自主地感到困惑，开始思考一些可能有关但在听者看来似乎是无关的事件。她开始谈论某个人，某个她曾经认识的女孩。那是在很久以前，她说，当时她也还是个女孩，这个她曾经认识的人是她认识第二久的朋友，一个我从没听说过的人，一个妈从没提起过的人。不过，她说她俩的友谊早已终止，她们分道扬镳，因为这个朋友发誓成为一名圣女，加入位于马路尽头的一幢圣所里的一群圣女的行列。妈叹了口气："我无法相信，"她说，"当时我们十九岁，佩吉放弃了人生——衣服、珠宝、跳舞、扮靓——那些东西所代表的一切——就为了成为一名圣女。"但据妈所说，这还不是这个名叫佩吉的人所舍弃的一切东西里最叫人悲哀的。妈继续说，但我开始感到困惑，我怀疑她在谈论一个不存在的佩吉，之所以这么做是因为她从儿时起到现在、结交了很久的第一个真正的朋友——真送奶工——当天实际上已经被枪打死了。这也许是个替代品，某个故事，用来掩盖"他死了，女儿。他死了。现在我该怎么面对？"。一颗心渐渐崩溃，但在渐渐崩溃的过程中决心不接受任何坏结局,用编造传闻逸事推迟结局的来临,拒绝面对现实,甚至在传达消息的时候——妈打断我正在揣测她思绪的思绪,说:"女儿,问题在于,我也想要他。"她现在说的肯定是真送奶工,她说所有女孩都迷恋他,所有女孩无非就是指我们这里的那些受人尊敬的女人,那些比真正的圣女低一个档次的中年祈祷者,还包括一些再低几个档次的女人,要不是过去曾在男人、性和后代的问题上犯过些小错误,她们原本不会低几个档次。"我清清楚楚地记得,"妈说,"她们听说佩吉决定加入圣女会时的反应。她们笑这荒诞,笑这纯粹的运气,笑这恰逢其时,毕竟佩吉已经让路,现在还有谁能阻挡她们?"妈说这让她愤怒,但她也对佩吉感到愤怒。佩吉整天沉思冥想,出于她的习惯、她神秘的状态、她与上帝的结合,她不再认为真送奶工有别于其他男人,不再关心别人想什么或说什么。"我想不通,"妈说,"因为她爱过他,我知道她爱过他,可她背叛了他,也背叛了她对他身体上的欲望,没错,女儿,"说到这里,妈压低嗓音,"那时候,人们相互尊重,揭发、冲动和不检点也比现在少得多,但我知道她和他睡了,这也是当年你永远不会做的事情。"

上帝当然是伟大的,按照妈的说法,但是怎么也想象不出可以为了他放弃真送奶工。这就是她所说的。妈确实说了这句话,这句具有启发性的话直接从她的嘴里传进我的耳朵。我的母亲,这里的五大虔诚女人之一,说出了令人难以置信的"上帝当然是伟大的但是"。这是丑闻,但也激动人心,甚至令人耳目一新——一个神圣的人表现出她并不是百分百的神圣,或者只是如今神圣的含义需要调整，要把下半身也包括进去。所以我们说对了。我的姐妹们和我说对了。妈在年轻时和男人在那些"点点点"的地方幽会过——还想要他们，或者至少不排斥要他们。她在内心深处认可他们。死亡是真实的，"被埋伏击中差点死掉"也是真实的。要不是那天送奶工被埋伏击中差点死掉，我永远不会知道妈和真送奶工和佩吉和这里属于上层阶级的高等虔诚世俗女人之间存在这样一桩内幕。她继续往下说。她说，最久的朋友当了修女，这让她们很高兴，但是没过多久，她们之间就爆发了前所未有的激烈冲突。"她们对他竞相争夺，"她说，"女儿，我也争夺他。"听到这里，我依然保持沉默，因为我想让她说完，不想让她恢复理智，想起她是谁，我是谁，以及那个男人，死掉的男人，跟她结婚的我父亲。"但后来发生了一件可怕的事情，"她说，"我自己和其他任何人都没想到的事情。"那件可怕的事情，我后来听说是真送奶工以他一贯特立独行的叛逆，在他自己的婚姻问题上作了决定。如果他要不到佩吉，他决定了，他不会要任何人。至于他名字的由来——妈接着就讲了起来。

　　跟同龄人一样，我也以为他之所以被当地人称作"不爱任何人的男人"是因为那次他很生气，对着孩子们大吼大叫——冷漠、反社会、坏脾气——在当地人的描述中他就是这样的。还有他从不参加集体活动，不待见反政府派的努力。"是为了我们好，那些枪，"人们说，"当地男孩总得把它们藏在某个地方。"因此，他是个不配合的人——在这一点上大家也达成了共识。他还喜欢争论，主要还是针对反政府派——他们对药丸女孩发出死亡威胁、他们鞭打我家二姐、他们试图杀害前来女权主义小棚屋就全球女性问题发表演讲的客座发言者。他争论的话题甚至还包括开枪击穿膝盖骨、暴揍、黑帮保护费、涂柏油粘羽毛——不只是在别人身上涂柏油粘羽毛，还有他自己身上的。你看得出来，他正在制造进退两难的困境，人们说。他无论走到哪里，都没有平和，没有圆融，有的只是严苛、谨慎、机警和不妥协。每次讲起为什么他被说成"不爱任何人"，我们这一代人就会自然而然地在这些理由的基础上进行理解。当然，他还有另一个名字，"真送奶工"，但这个名字是最近才出现的，为了将他和我谣传中的恋人区分开。但听妈说了我才知道，那个名字还有另一个更早的出处。"佩吉为了上帝伤透了他的心，"她说，"而他又不结婚、不肯忘记她，这伤透了所有女孩的心。"他依然英俊，只是如今以伤痕累累、失去纯真、严肃中沾染着几分苦涩的方式表现出来，所以一开始他被叫作"除了佩吉无法爱上任何人的男人"。后来他变成了"除了佩吉故意不爱任何人的男人"。再后来，在他与烟灰苦艾、麦角菌感染和硬心肠做伴的阶段，他成了"确立坚定方针不再爱任何人尤其是佩吉的男人"。为了叫起来方便，这个名字就被简化成了"不爱任何人的男人"，这原本会是他刻进石碑的名字，直到"真送奶工"的叫法出现了。那个名字一直没有消失，妈说，尽管他做好事，他依然在做好事。他帮助某某·某某之子的妈，她也是可怜的死去的核弹男孩的妈，那之前她还死了丈夫，又死了女儿，接着是她的四个儿子也一个个地死掉。他也帮助妈，在爸死的时候，接着是二哥死的时候，还有二姐因为在婚姻伴侣的选择上的反叛而在反政府派那里惹上麻烦的时候。他也帮助我,在那天我在十分钟区域遇到送奶工之后。所以说,他帮助其他人,很多人,包括断然拒绝了他的药丸女孩,但令人惊讶的是,她没有给他下毒。他也帮助议题女人,八百年的政治问题尚未得到梳理,社区居民却为一些鸡毛蒜皮的事情嘲笑和惩罚她们。所有这些,他都帮了忙,他做这些是出于某种更宽阔的视野、某种更高等的意识状态。但是这丝毫没有影响他的名字在我们的社区里继续存在。"是种浪费,"妈说,"这样一个人,这样一个善良、理性、诚实的人。还有他的相貌,女儿——"说到这里,她又改变话题,问我是否也认为他长得有点像男演员詹姆斯·斯图尔特,还有男演员罗伯特·斯塔克、格里高利·派克、约翰·加菲尔德、罗伯特·米彻姆、亚伦·赖德、泰隆·鲍华和克拉克·盖博。我没法儿说我同意,恋爱中的人,我知道,眼里一天到晚都是些疯狂的东西。"最后我们女人不得不退出。"她说。听到这句话,我看着她。即使在黑暗中,她也感觉到我正在看着她。她急急忙忙想要纠正。"不是我,"她说,"我不是说我。我在很久以前就已经放弃他了。"不,她没有放弃。哦不,她没有放弃。接下来,就在那天晚上,我对某件事情豁然开朗。"我当然已经放弃他了,"她坚持道,她提高了嗓门,试图阻止我通过对她的新洞察将她看透,"如果我还没有放弃他,女儿——"她以为这算是证据,"我为什么要跟你爸结婚?"

究竟是为什么呢?我又一次回过头去思考"跟错误的人结婚"这个问题。我指的不是婚姻双方不断成长,直到不再适合彼此——他们曾经在共同走过的人生路上相互奉献和承诺,相互赞美,在到达自然的终点后分手，或有爱或无爱，或带着祝福或不带祝福，然后继续投向别的人或物。我指的是跟自己不爱的、不想要的人结婚的问题。其他地方的人路过我们这里，会摇着头说，如果最后证明他们是对方错误的人，那就不应该在对方的生命里占据如此亲密的位置。但当地人通常会认为这样做是有理由的。一个理由是这里的政治形势，你真正想要的伴侣可能没有惨遭暴力，英年早逝，但话又说回来他或她也是有可能遇上这种事情的。你为什么要把自己的心寄托在一个你爱的、想要的人的身上，让他占据你的生命，而实际上这条路可能还没走上多久，他们就已经转投坟墓弃你而去？另一个理由是害怕落单，因为落单会被社会自动看成耻辱。所以随便找个人结婚。他会这样做。那哥们儿会这样做。或者她会这样做。挑个你家娘们儿。这是迫不得已，因为你必须遵守习俗，因为你不能让人们失望——日期已经确定，蛋糕已经下单，你还没有去预订蜜月？害怕自己，害怕自己的依赖，害怕自己的潜在，所以通过和不在那条道路上的某个人、对那条道路没感觉的某个人、认不出它或者不会鼓励你用心追随它的某个人结婚，以避免走上那条道路。也不要爱上你想要的那个人，因为这么做，你也许会在其他人的心中激起嫉妒和愤怒，你知道他们也想要这个人。还有其他一些理由让人选择了错误伴侣——比如害怕让渴望之物进入你的表层想法造成失控，或者你想要某个人他却不想要你，于是你跟他身边亲近的人，包括他最好的朋友、他的同事、亲戚，甚至住在隔壁的人结婚。当然，还有一个很重要的理由，没有和正确的人结婚的最重要的理由。如果你和那个人结婚，你爱的和渴望得到的那个人，那个

275

人反过来也爱你和渴望得到你，你们的结合表现出最令人满意的幸福所带来的真实、美好和充实。那么，如果这个完美的伴侣一直爱着你，而你对他也一样，但这时你们中的一个因为政治问题被杀害了，那该怎么办？那些快乐都会永无止境？你确定，真的，真的确定你能对付将来的那种可能性？社区居民认为不能，不可能。伟大永恒的幸福是一种非分之想。那就是为什么在怀疑中结婚，在罪恶感中结婚，在悔恨中结婚，在害怕中、绝望中、指责中，也在可怕的自我牺牲中结婚，几乎成了当地人心照不宣的婚姻必需品。那也是为什么我用不结婚来保护我自己；更进一步说，是通过坚持准关系的方式，尽管我也会间歇地渴望、徒劳地尝试在我和准男友之间建立一种正经的关系。这就是所谓的一不小心跟错误的人结婚的全部理由——确实有着充足的选项。现在我知道了，爸就是一个错误伴侣，因为虽然她责怪他，一直在责怪他——责怪他抑郁、他长期卧床、他住院、他垂死、他不爱她——但并不是因为爸本身有问题，而是因为她还在恋爱，她一直爱着真送奶工。至于爸，他知不知道自己是一个错误伴侣？他是否介意，是否心碎，不只是因为他被放在一个错误的位置上，也因为他允许自己被放在一个错误的位置上？或者爸是否已经知道，在婚后的所有那些年里，甚至在婚前，妈对他而言也始终是一个错误伴侣？

如今已经过去了将近两周，妈依然会离开我们去医院看望真送奶工，让我在家照看女孩们。她们的焦虑已经减退，因为她们现在知道了她没有永远离开，没有消失，没有被消失，没有被偷偷送到阴森可怕的地方，比如医院或监狱，知道了她没有死，尸体没有被埋在某个偷偷挖下又匆匆填上的坟墓里。她每隔一段时间露一下脸，到时候她们就能和她待在一起，她们接受了这种方式；此外，她们还可以凌驾于我之上，这就是她们当时的做法。"妈咪说我们可以吃这个。""妈咪说我们可以去那里。""妈咪说我们可以在外面一直待到凌晨四点。"我让她们带着这些"妈咪"走开，到了晚上，我念书给她们听，因为小妹妹们喜欢听别人念书。也就是在这期间，因为她们提了要求，因为我自己也想要，于是那天晚饭前我去了这里的中心地带，去买（说起来是这样）那些该死的薯条。

我推开笨重的半截双推门走进去，之后便有了那一段糟糕的经历，被认为包庇了杀害药丸女孩的凶手。当然，等我回到大街上，我认定这桩谋杀跟他没有任何关系。是他们太过情绪主义，太过遮遮掩掩，说了太多的谎言，他们希望那些谎言是真的，才在他们的脑海里，在他们的闲言碎语里，让它成真。不管怎样，如果我是包庇犯，他们凭什么谈论我呢？因为他们所有人也都是包庇犯。我推开门走进去，没过多久——在震惊中、羞耻中，拿着免费的薯条，心里愤怒地想着"杀了他们，送奶工。杀了他们所有人。我恨他们。赶紧杀了他们"——我又出来了。我从薯条店出发，沿着街道，走到街角拐弯处，心里想着：所以现在变成这样了？我是指开始免费拿到东西。过去我曾经亲眼目睹这里的一小部分特殊人群免费拿到东西。他们走进商店，让一言不发、偶尔凶巴巴，但大部分时候总是过分焦虑、过分殷勤的店主把免费的一包包东西递给他们。所以，在送奶工的扶植下，我现在也变成这样的角色了？我会被厌恶、害怕、轻蔑，但关键是也会被讨好。如果局面变成了这样——把东西给我，把东西递给我，越来越多的东西，无论我想不想要——我担心，接下来我该怎么做呢？我应该让自己适应，收下这些免费的东西，把它们堆在角落里，再也不看上一眼？还是应该下定决心，不受胁迫，不受欺负，把钱摔在柜台上？还是应该带着我完好无损的自尊心离开，不购买也不接受任何东西？如果是最后一种做法，我将掌握控制权，但我现在拿走了薯条，所以他们已经掌握了控制权。这意味着如果我要买东西，就只能冒险去这里以外的商店，除此之外没有别的办法——不只是买一些小商品，还包括每周的整体采购。而且，关于如何反抗、如何解决，我没有接受过训练。如果他死了——如果送奶工死了——或者坐牢了，或者消失了——因为反政府派认为偶尔各自消失一下没什么大不了的——或者甚至到了某一天，他只是不再渴望得到我了，我的地位一下子暴跌，而他们，这些店主，反过来会因为先前舔了我的屁股而想要报复我，还会要求拿回他们给我的所有一包包东西。我继续往前走，垂头丧气地思考，对未来感到沮丧，我心想：这有什么意义？有什么用？一堆负面想法不断在我的心里增长。也就在那时，身体内一种令人不快的飘浮感又向我袭来，我的双腿不再有感觉，我的双脚不再触及地面。我能看见它们在移动，但我感觉不到它们在移动。而且，我又有了那种屁股后面裸露的感觉。发生了什么？我讨厌这样，我心想，这时我停下脚步，抓住几根金属栏杆。就在这时，另一股令人颤抖的反高潮感如期而至，流遍我全身。一遍接着一遍的震惊，一次连着一次的难受，直到我似乎有所理解。但理解的又是什么呢？是他们认定他，为了我，切开了她的喉咙，这又怎么会是我的错呢？

这时我想起了薯条。我依然拿在手里，它成了我的负担，于是我随手一扔。等它们掉到地上，我又毁掉这种崇高姿态，心想我为什么要这样做？我要把它们捡起来吗？我犹豫着。它们没弄脏，还在包装袋里。我可以再次拿起它们，在上面画个十字，然后带回家给小妹妹们？但是来不及了，不知从哪里冒出一群街狗，猛地冲向薯条，争抢起来，获胜者在顷刻间就把它们狼吞虎咽地吃掉了。群狗的暴力之下，马路对面传来倒吸一口气的声音，我看了看，是药丸女孩的妹妹。跟我一样，她最近也差点被那个人毒死。跟我一样，她抓着栏杆，看上去也吓了一跳，而且，就像他们所说的，她看上去就好像仍在中毒煎熬的最初阶段，而不像已经挨过了中毒煎熬的洗胃阶段。她眯着眼睛看过来，先看看我，然后看看狗。我发现那是真的，自从她中毒后，他们说她再也没有恢复往日的灿烂——还说她再也看不清东西了。他们说她没有用拐杖，此刻她也确实没有用，只是凭借眼睛仅存的一点视力，加上围墙、栅栏、灯柱、树篱，就那样摸索她的道路，一路上脸贴着物体，感知她的路。"她还不错，出门到处走动"，这是社区对她的预后判断，也是社区对她"有所恢复但无法复原"的委婉说法，本身也是对她"需要紧急的药物治疗和照看"的委婉说法。不幸的是，所有这些，这个需要帮助的人都不能去医院获取。至于她阳光般的灿烂，我现在可以亲眼确认已经被摧毁了，满目疮痍，几乎无法辨认。除了一些慌乱的眨眼和眼睛里闪烁着的古怪而又郁郁寡欢的光芒，她与我们任何一个背负沉重麻木的人毫无二致。在这个时间点，街上几乎没人，因为大部分人都在家里，喝茶看新闻，出现在街上的人也只是直接从她身边走过。一些人故意不看；另一些人会停一下，放慢脚步，站着不动，然后突然穿过马路，走到群狗依然在打架的地方，选择走一条最不会令人不安的路线。我犹豫的同时，有一两个人也犹豫了一下，不是因为我们不想帮忙，而是因为药丸女孩的妹妹在她消失的灿烂中，在她侵蚀的黑暗里，也许会抵触别人的帮助。而且，就算有人想帮忙也帮不上，因为她正紧贴着栏杆。那几个犹豫不决的人从我身边经过，然后一鼓作气，也穿过了马路，于是只剩下了我和药丸女孩的妹妹。当然，还有狗——一些在打架，一些在舔，甚至在吃薯条的包装袋。接着，我突然看见两个男人出现在我们眼前，他们也在打架，肢体上的打架。我之前没看见他们是因为他们完全没有发出一点声音。他们默默无声地、安安静静地打架——挥拳，猛扑，一捅一拳，一捅二捅三勾拳，下勾拳，躲闪，四处跳动，抓住对方不放。看见这种场面会觉得很奇特，但更奇特的是每一个男人，在他们进行肢体锻炼的同时，嘴边都叼着一根无精打采的长香烟。

我放开手里的栏杆，朝着药丸女孩的妹妹走去。我主动告诉她我是谁，因为我不太清楚她能不能辨认出我。我问她需不需要帮忙，但我不认为她会说好的，甚至不确定她是否会回答，原因之一是如果她跟薯条店里的其他人一样，也认定我在她姐姐遇害的事情上推了一把，她怎么可能会认为我认为她眼下想要我帮忙？原因之二有关那个在怀疑中结婚，也就是错误伴侣的问题。确实有人说过，这新一轮黑暗的折磨之所以会降临在药丸女孩的妹妹身上，与其说是因为她姐姐给她下毒，还不如归咎于一年前被她谈了很久的男朋友甩了以后，她开始慢慢放弃了自己的灵魂。由于她是被一个人甩掉的，其实几乎算是被抛弃的，又由于那个人跟我有血缘关系，我的心在那一刻就是不愿意往那方面想。但我确实主动向她提供帮助，她说："你要干什么？我能看见动静，现在有些狗，我过不去。"她已经转过身，去对面绕道走。这很可能意味着她要经过一根接着一根的栏杆，一片接着一片的树篱，一个接着一个的坏掉的灯柱，才能七拐八弯地回到家里。"我扔了薯条，"我跟她解释，我说，"别走那条路，那里有男人在打架。"她听到这句话，停了下来，说她正在艰难地辨别眼前的状况。尤其是街上的路牌，她说，她用手指了指，说上面的字很浅。我往她指的方向看过去，但那里没有路牌。这个地区的大部分街道都是一模一样的，反政府派为了迷惑敌人，让他们放慢速度，已经把每一块路牌都移走了，她应该知道这一点，我因此开始怀疑她的脑子是否也受到了毒药的影响。"我在算我走过的路，"她说，依然使劲地看，手里握着栏杆，"我不记得有没有拐进——"她说了两条街，没有一条是她拐进的。不过她居住的街就在三条街之外。我解释说我们现在在哪里，刚想问她是否愿意跟我一起走，我俩同时开口说话了。我们说出了至关重要的事实。我提前警告过自己不要说那些自私的话，但下一秒我就脱口而出，我说："我没有杀你姐姐。你被你的真爱拒绝也不是我造成的。"与此同时，她说的是："几天前，我们在我姐姐的房间里发现一封信。"

这封信是药丸女孩的妹妹在她的家人联手开展的一次搜查中发现的。他们下定决心,一定要找出药丸女孩藏匿毒水和毒药以及所有那些作案工具的地方。她肯定有一个长期的贮藏点,她不可能,不可能把全部东西都带在身上。肯定被藏起来了,他们认为,就藏在这幢房子的某个地方。他们中的一些人掏地下煤仓、杂物柜、马桶水箱、阁楼等的底部,而药丸女孩的妹妹去了一些不太可能的地方。充满智慧和洞见、对环境及其构成有一种古老的亲密感的美国印第安人,她说,会把东西藏在那种显而易见的地方,却不会被找到。那种地方,翻译过来,显然是指客厅。药丸女孩,这个投毒者,连最基本的家庭聚会都故意回避,意味着她原本永远不可能去那种地方冒险。所以药丸女孩的妹妹直奔客厅,在所有最最不可能的房间里最最不可能的地方四下查看,寻找她姐姐藏匿毒药的最佳地点。红色印第安人的答案再次凸显。那天横躺在长沙发上的——一直躺了五年而且年数还在不断增加的——是家里人自己做的曾经被挚爱的破布娃娃。这个娃娃被孩子们一个传一个地玩下去,直到最后一个小孩长到十一岁后将它丢弃。虽然家里的某个人肯定想过某一天,很快会到来的某一天,是的,某一天,等他或她解决了其他所有亟待完成的、非做不可的家务后,他们终会有时间把那个娃娃收起来或扔掉。但它是一件如此微不足道的东西,实际上已经成了房子里的一个固定摆设,所以那一天一直没有到来。家里打扫卫生的人后来忘记了,所以娃娃继续躺在那里,明明白白地在长沙发上,直到变得就跟隐形了似的。于是,药丸女孩的妹妹走过去拿起它。在这个娃娃的肚子上,在生殖轮和太阳轮[1]之间有一个大大的扣着尿布的通道。药丸女孩的妹妹拉开按扣,把手伸进娃娃的肚子里,在里面找到的不是药丸女孩真正的毒药,而是一封对折三次、缩小到八分之一的信。上面是她姐姐的笔迹,似乎是一封私人长信,由药丸女孩的一面写给她的另一面。我最亲爱的苏珊娜·埃莉诺·丽萨贝塔·艾菲,信是这样开头的。看到这里,药丸女孩的妹妹停了下来。和家庭里所有一丝不苟的成员一样,她拒绝窥探另一个人的私物。一般情况下,她永远不会这么做,除非家庭背负巨大的义务,要找出并摧毁亲人所持有的杀人武器。反政府派站在门阶上,威胁要杀了这个亲人,他们感觉自己别无选择,唯有采取行动。其他人还在身后爬上爬下,卸掉地板,在墙上打洞,在房梁下寻找小药水瓶和药水。药丸女孩的妹妹惴惴不安地坐在长沙发的边缘,打开折叠着的信,这封信一共有十三页,上面是密密麻麻、整整齐齐的纯黑色字迹。她深吸一口气。我最亲爱的苏珊娜·埃莉诺·丽萨贝塔·艾菲,信是这样开头的。

我最亲爱的苏珊娜·埃莉诺·丽萨贝塔·艾菲:
    我们义不容辞地为你列举你的恐惧,以免你将其遗忘:物资短缺;过分依赖;古怪;不可见;可见;羞耻;被回避;被欺骗;被欺负;被抛弃;被打;被谈论;被可怜;被嘲笑;被认为又是"孩子"又是"老女人";

---

[1] 古印度所称的人体"七个脉轮"中的两个,"脉轮"一词出自古印度中的梵文,意为能量点,代表了天体的秩序和平衡。

愤怒；其他人；犯错；凭直觉知道；悲哀；孤独；失败；失去；爱，死亡。如果不是死亡，那就是活着——身体上的，它的需要，它的组成部分，勇敢的部分，多余的部分。还有颤抖、涟漪，我们的双腿变得瘫软，因为那些颤抖和涟漪。按照百分比来看，我们百分之九十九的人相信我们已经失去了力量，屈服于脆弱，对别人施以阴险狡诈。我们还相信变化无常。我们百分之九十九的人认为自己被监视，我们传递旧的伤痛，我们表情紧张、痛苦而又麻木。这就是我们的恐惧，亲爱的苏珊娜·埃莉诺·丽萨贝塔·艾菲。请把它们写下来。请记住这几点。苏珊娜，哦，我们的苏珊娜。我们害怕。

"我的天哪！"我说。
"没错，"药丸女孩的妹妹说，"下面还有。"

不用冗长的解释或过多的说明，这最强烈的担忧，我们抓着不放的担忧，如果没有它该多好，就算我们还保留着其他所有恐惧，我们依然会幸福得难以言表。它严厉谴责我们，把我们变坏，阻止我们克服微不足道的困难，比如刚才罗列的那些恐惧，那是心理上某种诡异的东西——你还记得吗，我们的苏珊娜，那个心理上某种诡异的东西？我们内心的光明与善良，在你的记忆中，依然在我们内心、支配着我们的东西？

"她是写给我的，"药丸女孩的妹妹说，"在她开始下毒之前，我是指真正的开始——我比较的是以前，那时姐姐只给她那个古怪的过客下过毒——别忘了，她是我的大姐，我的姐姐，我必须尊重她，因为她的年纪——我找她谈话，但因为我不了解的不只是她的恐惧程度，还包括她的恐惧本身存在的原因，我去了她的房间，说错了话，犯下了愚蠢的错误。我不知道自己正在犯下愚蠢的错误。我让事情变得更糟。我没看出有什么东西正盯着我的脸。我没有企图做什么，却在她心中唤起了对我的怀疑。我想引她说出她下毒的理由，扶正她的曲解，恢复她的理智。她说这不可能，当存在坏东西、所有这些难以忘却的坏东西时，她说，把注意力集中在好东西上是危险的。她说过去的黑暗事物，还有新出现的黑暗事物，都必须被记住，必须被承认，因为如果不这样做，过去所经历的一切都会白费。尽管我对她所说的'白费'毫无头绪，"药丸女孩的妹妹继续说，"我却蒙昧无知地说它们可能没有白费，没有令人遗憾地白费，也许吧，但最重要的是现在可以放下它们了，她可以从它们身边走开了？就在这时，她第一次给我下毒。""第一次？"我问。"是的。她一共给我下过五次毒，但前三次我以为只是月经来了。"这个妹妹接着说她和她姐姐又喝了一次茶，又聊了一会儿。这次又是药丸女孩泡茶，妹妹又听她讲了决不能遗忘的坏东西。她意识到她姐姐仍然被困在坏东西的问题上。这次讲的是它们如何不应该被放过，否则那将意味着原谅是可以用走后门的方式得到的。她无法原谅，药丸女孩的妹妹说药丸女孩如此说道，至少在有人跟她道歉之前。"我说，"药丸女孩的妹妹说，"尽管我不知道是来自谁的道歉，也不知道道歉是为了原谅什么，但我又这么说了——我说我本能地感觉到，等待道歉是战争思维的一部分，我问她能否别再等待，因为继续等下去只会甚至更进一步地摧毁她。她说她无法前进，她必须获得道歉，否则一切都不可能，而我说她不必，她真的，真的不必。就在这时，我感觉我又来了一次非常难受的月经。"她们第三次一起喝茶聊天时，药丸女孩的妹妹说，她们似乎已经完全离开了关于"白费"和未曾给予的道歉以及是否要原谅的话题，而开始谈论起了身份、遗留和传统。"我告诉她，在我看来，"药丸女孩的妹妹说，"她似乎极其介意、过分纠缠、超出需求地关注她的自我分离和自我孤立，而这正是她每次下毒时的心理状态。能不能'共存'呢？我问，她说一切都必须得到尊重，再说，如果她只专注于阳光般灿烂的那几面，大家就会认为没有其他面了。他们会遗忘，她说。他们会以为一切都好，留下她成为唯一没有遗忘的人。我不知道她说的这些是什么。我说她的身份认同似乎来自一个极端边缘，她不能让自己起疑心，只能不断地强化这个边缘，就在这时，我第三次经历了突如其来、极其痛苦的月经。"到了第四次，药丸女孩的妹妹说她意识到是她姐姐一直在给她下毒，那以后，她们不再一起喝茶聊天。"但我依然认为，"她说，"肯定还有别的办法。"那时，这里的反政府派已经开始威胁药丸女孩，与此同时，她的家人也开始搜查她的杀人武器。"就在那时，我找到了这封长信，"她说，"以恐惧开头，接着一页又一页，密密麻麻地写了多达可怕的十三页。"信的末尾署名：

　　　　　　　　　我以爱你之心，
　　对你现在以及将来的安全，感到万分焦虑和担忧，
　　　来自你真挚的，同时依然真真切切地感到恐惧的
　　　　确信不疑的他人之恐怖，不只在艰难的日子里

确信不疑的他人之恐怖，不只在艰难的日子里直言不讳。也没有持续不断的信件往来，药丸女孩的妹妹说，意味着这是一股反对势力，是内心反对党对满怀希望的一方发起的某种勇敢的闪电式袭击，它试图战胜对方，并夺回恐怖的局面。只有一张来自光明与善良的活页纸，即便如此，依然不断受到确信不疑的他人之恐怖，不只在艰难的日子里的打断，亲爱的苏珊娜·埃莉诺·丽萨贝塔·艾菲，这张独行侠的纸上是这样开头的：

　　亲爱的苏珊娜·埃莉诺·丽萨贝塔·艾菲，
　　你不需要我告诉你——
　　这是可怕的！哦，太可怕了！
　　——你看见的每件东西都是映像，来自——
　　一切都太恐怖了！
　　——你内心的想象，你不必——
　　救命！救命！我们要死了！我们都要死了！
　　——相信这内心的——
　　我的胃！我的头！哦，我的肠子！
　　——想象。相反，我们能够——

记得拿上我们的急救装备，苏珊娜！我们的抚慰装备！我们的活命自卫装备！我们的捍卫立场手段装备！我们的小药水瓶和我们的药水和我们闪亮的黑色药丸！哦，快！复仇！我们要让他们感受我们的痛苦以及……

　　所以，是他人之恐怖获得了控制权，扰乱了秩序，并最终暗杀了光明与善良。光明与善良披着其他的伪装前来：和谐、灿烂、姊妹。它以姊妹的形式出现。所以可想而知。姊妹已经进入她的体内。她需要姊妹离开她的体内。姊妹，因此必须离开。这就是药丸女孩的妹妹为什么会被第五次下毒，而且是致命的一次。接着是我被下毒。再接着是被误认为希特勒的男人被下毒。之后，药丸女孩自己被暴力杀害。他人之恐怖大概认为，有了她的脑袋，它，它自己，就能活下去。它要开派对庆祝，彻底放纵，继续制造恐怖。它们，这些心理上的掠夺者和占有者，始终没有意识到，在抛弃宿主，抛弃它们毕竟还赖以生存的那个人的过程中，它们也不可避免地抛弃了自己。我凝视着药丸女孩的妹妹，她带着病容，面色苍白，眉毛上沾着汗水，呼吸困难，可怜的双眼残疾，一双小手依然紧握着栏杆。她像发烧似的不停地拽栏杆。可能她就是在发烧。她跟纸巾一样薄，不只是她的身体，而是她的各方面。她神经紧张，情绪暗涌变成了情绪外溢，敏感性和预警系统，她所有的监视侦察被一切压倒，又压倒一切。我想帮助她，但我不知道该如何帮助她，我甚至感觉自己也被拉了进去。她叫我的名字，我的名，听起来温暖、友善，感到一种宽慰，完全不是我之前预料的"你杀了我们的姐妹！"。她接着说："你明白她有多害怕吗？她是我大姐，但我从来没有因此了解过她所受到的夹击，尽管她始终与人为敌。"我点点头作为回答，但随即意识到她也许看不见。于是我说："没错。"我还在找别的话说，因为，就跟和真送奶工待在他的送奶车上一样，我想再说点什么，做点什么。但我还没想到说什么，她的前男友就已经出现了。

　　他把双手放在我肩上，在此之前，我就已经感觉到他在我身后。是三哥，我的三哥，我已经一年没见他了。他现在几乎不怎么出现在这里，或者说自从他一年前结婚以来已经有很长一段时间没有出现在这里了。他会回来看妈，带钱给她，但他来也匆匆，去也匆匆，带走她和小妹妹们，让她们上车——快！赶紧！——让她们下车——快，赶紧——开车带着她们短途游览。他把她们带到镇中心，小妹妹们说，或者带到山上，或者去海边，如果天气好的话，他们总是停下车，享受些小吃——"冰激凌、薯条、柠檬汁和香肠"。"如果那地方有旋转木马，"她们补充说，"我们也会去。他带着我们，甚至还会带上妈，一起去所有那些景点。"他还不时带她们穿越小镇，她们说，上他家跟他和他的新婚太太一起喝茶。这位新婚太太是个意外，谁都没有料到她的出现——妈没有，我们没有，社区没有，三哥没有，药丸女孩的妹妹——与他相爱很多年的女朋友——肯定也没有。至于我和他，自从他结婚后我们就再也没见过，因为他每月第二或第三个周二来家里，这一天正是我下班后去准男友家过夜的日子。可他如今在这里，从我身后走来，双手放在我的肩膀上，我还没来得及回头并意识到那不是送奶工，不是来自薯条店的私刑动用者，不是他人之恐怖或者药丸女孩的幽灵又回来了。是他，三哥，我感应到了他的靠近，也不止我一个人产生了这种感应。药丸女孩的妹妹也感觉到了什么。她突然不再谈论她姐姐那巨大的惊恐，曾被误认为她姐姐的巨大的愤怒，她吓了一跳，接着哭喊道："那是谁？谁在那里？那是谁？"她的声音急迫而又苛刻，也很兴奋，充满希望，因为她在我之前就已经知道站在我身后的是谁；甚至在三哥开口说"让一让，双胞胎妹妹，我要走过去"之前，就已经知道了。

他只好从我身边绕过去，因为我整个人都惊呆了，挪不开步子。虽然他刚才跟我说了话，但我看得出来此时他已经忘记了我的存在，视线越过我，直接移到那个他唯一爱过的女孩身上。一听见他的声音，药丸女孩的妹妹又发出一声哭喊，一只手连忙捂住嘴，另一只手伸出来，可能是想躲开他，也可能是想抓住他。她垂下双手，想要往后退，但她做不到，因为她身后已经是栏杆。她只好往旁边走，这时我知道她已经彻底忘记了我的存在。这是我认为她可能会粗暴地拒绝我的帮助的第二个理由。由于我是她的前男友的妹妹，这个前男友抛弃了她，娶了某个大家都不认识的作为权宜之计的人，她可能不会想看见任何提醒她想起这段悲惨过往的东西吧？于是又回到了错误伴侣的问题上，在这个案例中，三哥的妻子是错误伴侣，而药丸女孩的妹妹是正确伴侣。在我们看来就是这样——在我的家人、她的家人、社区里的每个人看来都一样。可是他们没有结婚，因为三哥走了，他做了那件平平常常、毋庸置疑、不知不觉、出于自我保护的事情。他爱的人也爱他，程度之深令他无法再面对这种脆弱的相互依存的关系。他终结了这段感情，为了能在失去它、在命运或别的什么人从他手里把它夺走之前，先主动放弃它。那时没有人对他说过任何理性的话，谁会当那个人呢？于是三哥企图躲开对理论上他会失去他最想要的东西的恐惧，用一个替代品凑合。毫无意外，药丸女孩的妹妹对此感到愤怒。

"走开，"她说，"你曾经走开了，前男友，所以你现在也只管走开。"她的声音在震颤，她的身体在发抖，她肯定很愤怒，在艰难地集中注意力；而且显然她无法清晰地辨认他。至于我，那两个人依然对我视若无睹，但这也没能让我的心不再怦怦直跳。为时已晚吗？他已经断绝了所有后路？他已经毁掉了一切？还是她已经回心转意，同意让他弥补？三哥似乎想要修复关系，没有按她的命令走开，而是越走越近，虽然还没有触碰到她，但正在跟她说话，向她苦苦哀求。没有斟酌，没有提炼，因为他情绪太过激动，无法作出任何合乎自我意识的评价，他说了"……错误……笨蛋！……大笨蛋！蠢货！不知道自己在想什么、做什么……愚昧……错误的人。因为我爱你……害怕。危险……为了安全感……出卖梦想……哦蠢货！……哦傻瓜！……该死！……错误的人……去他妈的……幼稚！"之类的话，还说了"不珍惜"，然后是"珍惜"，再然后是"爱人，我的爱人" "无法面对"，以及"蠢货，疯子，大蠢货，幸福，不可能……不会……大浑蛋蠢货……"之类的话。我想他是在说他自己。然后说的是"这个关于爱情的问题"，以及他如何妥协，如何"解决"，他告诉她他在发抖，他在这里，就站在她面前，瑟瑟发抖。"你能看见我在发抖吗？"他问。接着他说："该死的！你看不见我在发抖！你看不见了！她干了什么？你姐姐对你的眼睛干了什么？"

这让他停下了脚步，我想他最近肯定听说了药丸女孩的妹妹，也就是他的前女友被下毒的事情，但没预料到会是这种程度，周围中毒的人并不多，也许附近的街区一个都没有，所以他不知道中毒所损伤的不会永远仅仅是消化道。但药丸女孩的妹妹已经镇定了下来。"你让我心碎。"她哭了，"你让我不幸。你让你自己不幸，你看看，无论如何你都不可能让她——无论她是谁——免于不幸。所以走吧，走吧。"她又一次伸出手。他也又一次伸出手。她试探了一下，他也试探了一下，她又试探了一下，然后停了下来。接着他又试探了一下，而她把他推开。基本上就是停下和推开，伸出手，伸出手臂，用手推开，不止一次口头上的"走开"，却没有一次真的走开。接着，他又再次澄清他的爱，说了更多的笨蛋、该死的笨蛋和该死的蠢货。"如果她已经杀了你！"他哭喊道，"如果你姐姐已经杀了你，那该怎么办？你可能已经死了，我永远不能……"虽然他并没有真的在颤抖，身体上没有，但内心绝对有一片混乱在骚动。不是她看得见，而是她听得出来他看上去的样子，不可能搞错。他确实已经让步了，已经决定了，他受到摧残，变得迟钝，如果他再不跟随自己的内心，不放任自己的内心，那么也许不出一年，他就会变成被活埋、百分百、极度痴呆、活在棺材里的那些人里的一个。

但是，在他澄清他的爱和他的内心颤动的过程中，他的语气发生了变化。现在包含了紧急、尖锐、令人钦佩的无畏，甚至愤怒。他又问了一遍她姐姐对她干了什么，有没有人带她，他的爱人，去求助？于是谈论到了医生。有没有人带她去看医生？有没有人帮助她做过些什么？但药丸女孩的妹妹打断了他，粗暴地拒绝了他对于她姐姐对她干了什么这种琐碎事情的关心。"你为什么关心她对我干了什么，却不关心你自己对我干了什么！"她又讲了更多的事情。这次两个人都在讲。然后她推了一把，又紧紧抓住他的衬衫，紧紧抓住他，她几乎一头撞上去——但是没有！她只是拒绝他的衬衫，拒绝他，接着又推了推，但又抓住衬衫，走近一点，再近一点，更近一点，继续靠近。她凑过去，向前一靠，把她的脑袋靠在自己的前臂上，已经是他心脏所在的地方。她闭上眼睛，把他吸进身体，她的男友，前男友，她的男友，那一刻，三哥肯定认为自己已经获得了批准。他抬起双臂——太早了！——还没有获得批准。她大哭一声，再次将他推开。

　　就这样，他们待在那里。她再次推开他，轻轻地推开，他已经伸出双臂——伸得更宽，等待着，警觉地寻找线索，寻找时机已到的隐约提示，所有这一切，当然，都不是故意做给我的耳朵听、给我的眼睛看的。通常情况下，当我想到任何人——尤其我自己——站在几英尺外直愣愣地盯着两个做作而又感情用事的情侣，我都会感到震惊和恶心。但这次我目不转睛，忍不住不看，也不想忍住不看。另一边，他们已经开始了，而且还在继续。现在她允许他抱住她，她自己也紧抓着他，但同时又努力推开他，她责备他说:"我想我恨你。"意思是她不恨,因为"我想我恨你"等于"我大概恨你",等于"我不知道自己是否恨你",等于"我不恨你,哦,上帝,我的爱人,我爱你,依然爱你,永远,永远爱你,从没停止过爱你"。接着她把脸从他的胸口抬起来,半推半就,他俩都不动了。一秒钟万物皆止,一瞬间悬而未决,然后他们便如释重负地——再没有说话,再没有戏剧性地——坠入了彼此的怀抱。

此刻,他们正在接吻,紧紧地抱在一起。他让她往后仰,托着她的背、她的腰——而她伸出双臂,钩住他的脖子,任由他抱住她,任由他托住她,任由他让她往后仰。很快他又亲吻她后面,让她激动不已。这就跟那些法国圣诞香水广告一样,"你永远不会被这样亲吻,直到你闻起来像这样"。也就在这时,我注意到——虽然他们没有注意到——其他人也在围观。围观者里的大部分刚才还凑成一小堆,观看两个男人在街头打架的奇特壮观的场面,接着就突然跑了过来。他们仍在继续,那两个打架的男人,还在默默无声地继续打架,嘴角叼着那些烟。也许这一架打得太安静、太持久、太令人费解,一场仓皇失措的打架,难以衡量,也许基于联想,是某种独树一帜的现代新艺术的碰撞。然而,传统观众更习惯于遵照时间顺序的传统现实主义,大部分人开始怀疑那两个男人到底是不是在打架。这就是为什么他们丧失了兴趣,冲到我们这里,大部分邻居此时正在点头,洞察世事般地点头。我身边的一个女人洞察世事般地点头,朝着在我另一边的一个女人,而这个女人通过她自己洞察世事般的点头,认可她的洞察世事般的点头。"我知道这是出于愧疚，"第一个女人说，现在是对着我说，"这解释了你哥哥的行为，他鬼鬼祟祟，偷偷溜进这里，又急匆匆地溜出去。愧疚。只是出于愧疚。和政治问题，和反政府派，和其他任何可能存在的告密嫌疑都没有关系。都是愧疚——还有懊悔——他良心发现自己对她做了什么。但你们有没有想过——"这时他们所有人转向我——"他那个错误的老婆对此会怎么说？"

那是另一件事。兄弟们。我的兄弟们。我有四个兄弟，实际上是三个，其中一个，排行第二的那个，已经死了。我依然把死掉的二哥算进去，因为他依然是我的哥哥。我把第四个也算进去了，那个人不是我的兄弟，但他是二哥结交最久的朋友，两人上幼儿园就认识了。他一直和我们一起生活，这第四个兄弟，尽管他也有他自己的家——一对父母，两个兄弟，七个姐妹——他们依然住在四条街之外。十四岁那年，他离开学校，搬来我们家住，但那时他已经加入了反政府派。二哥也加入了反政府派。即使到了现在，二哥死了以后，第四个兄弟理论上依然和我们住在一起，作为我们家的一员，但目前他不在我们家的房子里，因为他正在逃亡。他们说他骑着摩托车冲向边界，在那之前，他朝着那个巡逻队开枪，故意杀掉了四个政府人员，无意杀掉了三个平民——包括一个成人和两个六岁的孩子，当时正站在他们的乡下汽车站等候公共汽车。我们再也没见过他，但据说他住在"边界那边"的那个国家里的某个郡县里。至于大哥，年纪最大的哥哥，好吧，按照传统，如果期待一户人家里有人去参加运动，那就应该是大儿子去参加运动。

人们坚信这一点，以至于当妈的二儿子，也就是我的二哥，参加了运动，并在一场与政府军队的交火中被杀害后，来找妈去辨认尸体身份的警察不停地搞错，总把他称作她的大儿子。而妈实际上的大儿子，也就是我的大哥，并没有加入反政府派。某天晚上他在镇上喝醉酒跌倒了，摔断了自己的一条手臂。他自己去了医院，说这都怪一块松动的人行道石板，他要求赔偿，那些可以决定要不要相信他的人相信了他的话，赔了他几千块钱。他拿出一大部分给妈，然后谈到这个国家和它的政治问题，他说："去他妈的，我要离开这里。"他去了中东，为了能获得一点安宁、平静和阳光。在走之前，他提出带着兄弟们一起走，但二哥和第四个兄弟有着深深的反政府派情结，说他们不想走。三哥也不想走，因为他正在和药丸女孩的妹妹恋爱。于是大哥一个人走了，从此杳无音讯。所以说，这个哥哥，在外漂泊的大哥，做了他自己想做的事情。二哥，我死掉的哥哥，做了他自己想做的事情。第四个兄弟目前也正在做他想做的事。至于三哥，抛弃了适合他的伴侣，娶了错误的那个，然后到目前为止什么也没做。这勾勒了——至少到目前为止——关于他所能讲的一切。

让-保罗·高缇耶[1]式接吻过后，三哥依然没有察觉到我们这些观众，他让他真正的老婆激动不已，扑倒在他的怀里。他说了一个词："医院！"他从澄清他的爱、骂自己是笨蛋，转变成了"亟须医护和照看"。他转身把他的爱人送进他的车里。"不能带她去

---

[1] 让-保罗·高缇耶（1952—），法国高级时装设计大师，1976年创立同名品牌，前文提到的法国香水广告就出自该品牌。

医院，"人群喃喃自语，他们此刻摇着头，"医院是错的，完全是错的。没有什么比医院更错的了。会有一些表格要填。会问是谁给她下的毒。然后党卫队会派人来，他们两个会被逼着告密。"他们接着转向我，"他们会认出你哥哥，没错吧，他们会明白他是谁，他是你死去的二哥的弟弟，是你正在逃亡的第四个兄弟的兄弟。就算他自己不是反政府派也没用。身为反政府派的同伙，"他们说，"反政府派的家人，也会被视作跟反政府派有关联的证明。"说完这些，他们等我回答。至于我，我只希望他们别再拘泥于医院。现在这里有很多人违背趋势，打破对医院的禁令，主动定期上医院。医院里挤满了我们这里被认为不该来的人。用不了多久，上医院就会变成一日游，你的假期会在医院里度过。一个新时代正在崛起，至少在医院方面是这样的。这些邻居越早意识到这一点，我们就能越早调整和前进。他们欲言又止的是，警察会认出三哥还是一个和准军事组织的主要成员有性关系的女孩的哥哥，这个人前不久刚作为幕后主使，杀害了那些法官和法官太太，也杀害了我们当地所见过的最严重的投毒者。但是他们不敢说，这一点我当然知道，这些邻居故意避而不谈整个谋杀案，不谈我是导致它成为一起"普通谋杀"的主要原因。他们反复说警察会把三哥和她的女朋友变成告密者。与此同时，这位哥哥，对这些英明的见解和反对以及自己正面临成为告密者的风险完全装聋作哑。他把他生命中的爱人送到汽车的副驾驶座上，自己越过引擎盖，直接坐进驾驶座，随即发动引擎。汽车在大街上轰鸣，啸叫着拐过街角，来到通往医院的交叉路口。此后，我曾经忧心忡忡但现在幸福快乐的三哥的形象和声音，连同他再次幸福快乐起来但曾经病恹恹的前女友，便一起消失了。

事情就是这样。所有行动都结束了。太多的行动，对我而言，对一天而言，远远超出了所需。我不喜欢行动，因为几乎从来不曾有过好的行动，几乎从来不曾跟善良的事物有关。所以我现在回家，调整晚上剩下时间里的计划，小妹妹们可以改吃蛋糕。吃完蛋糕，她们出去冒险，我自己待在家里，洗个泡泡浴，也吃点蛋糕，边洗边吃，在洗澡中和洗澡后都要架起双脚，把《波斯人信札》的最后一部分读完，它可能会因为湿气而在水蒸气和水珠中逐渐烂掉，但也没关系，因为反正里面有几页已经让我跟它闹掰了。之后，如果到了小妹妹们睡觉的时间妈还没回来，我会给她们念一点哈代，因为她们早就进入了读哈代的阶段。哈代阶段之前是卡夫卡阶段，接着是康拉德阶段，这很荒谬，因为她们都还不满十岁。我念给她们听，尽管我们正处在哈代所说的可怕的世纪，是哈代无法接受的世纪，但我还是会念的，为了给夜晚画上圆满的句号，这样我就可以爬上自己的床，开始读我那本十八世纪的书《关于罗马兴衰原因的几点思考》，它出版于1734年，我几乎认为所有的书都应该像它那个样子。这是一个简单有序的计划，不复杂，便于实施。然而我一进门，小妹妹们就从后面的客厅跑出来，拿着女式阳伞，身上缠绕着从藏在衣橱顶部的圣诞节储物盒里拿出来的金丝线，她们对我说的第一句话是："有个叫'准男友'的人刚才打电话来找你。"这让我大吃一惊，因为我从不知道准男友有我的电话号码。他从没打过电话来我家,我也从没打过电话去他家,我没有他的电话号码,甚至也不知道他有没有——小妹妹们这时继续说道:"我们告诉这个人,你去薯条店给我们买薯条了,中间姐姐。"——她们寻找薯条,但我手里什么也没有——"后来我们问他要电话号码,好让你回电话,但他说:'如果她只是去买薯条了,如果她去只是为了那个。'接着他说他半小时后再打来。过了三十七分钟他又打来了,但你还是不在。你花了很长时间去给我们买薯条,中间姐姐——"她们又开始寻找薯条,微微皱起眉头——"于是我们又一次建议他留下电话号码,这个人又说'不必了',你的准男友说。接着他问我们是不是你的妹妹,我们说是的,但是,中间姐姐,薯条在哪里?"她们直奔主题,我只好解释说为什么没有薯条,我的解释里没有一句话是真的。我含糊其词地说薯条店里的薯条卖完了,尽管我知道她们从不接受含糊其词。为了赶紧蒙混过关,也为了防止她们因为我撒谎而批评我的道德思想,我不失时机地说她们可以吃任何她们能够在厨房食品柜里找到的任何东西——但愿食品柜里能有特别好吃的东西——接着我又借着宣布药丸女孩的妹妹和三哥有点类似于重归于好了,把薯条这件事翻篇了。

这是正确的伎俩,是转移话题的聪明办法。小妹妹们喜欢药丸女孩的妹妹。她们非常爱她,总是朝着她跑过去,跳起来,扑向她,吊在她的手臂上、脖子上,拥抱她,大笑,被她拥抱,她做三哥女朋友的那些日子里每次都这样。这就不难解释为什么三哥抛弃她时,她们的心也碎了,心碎到把三哥从她们的圣诞礼物名单上划掉长达一年的时间。十一个月零三周，一直注销到平安夜结束前半天，此后她们才大发慈悲，又把他放回名单。被除名的这段期间，他周二带着她们，还有妈，一起去那些短途游览、那些旋转木马、那些开心的娱乐活动，他似乎并不知道自己不可饶恕到什么程度，不知道在她们眼里他犯下了怎样的罪行，也不知道他差一点点就会在特别的圣诞节期间拿不到小妹妹们送出的驯鹿卡片、男袜、鞋带和挂绳肥皂。两人复合的消息帮助我实现了诡计。这是最好的消息，因为小妹妹们爱药丸女孩的妹妹，药丸女孩的妹妹也反过来爱小妹妹们。我从没见过谁会如此善待这三个郑重其事地讲解百科全书的发明、丹属法罗群岛上的龙卷风、自然音阶、中国省市、非定域性宇宙、材料科学的理论和事实以及威尼斯黄金宫庭院文物受损的人。药丸女孩的妹妹确实纵容她们。小妹妹们带给她欢乐，她倾听她们，鼓励她们，认真对待她们，读她们的大部头笔记，问一些有意义的问题，这让她们高兴。所以现在，她们为这对情侣的复合而兴高采烈，提问不再盯着薯条，而围绕着药丸女孩的妹妹和三哥。然而，就像三哥和我最初不了解中毒所能造成的严重伤害一样，小妹妹们也不了解中毒的后果，没有意识到她们所爱的这个女孩正处在危险境遇里。对此我也没有说具体的，没有说她如何站在死神的门前，直到现在还和三哥在医院里，检查中毒情况。我只说过不了多久，她们大概就可以见她，可以跟她重聚了。此外，我还说只要是厨房里有的东西，她们都可以拿来当晚餐，吃完可以出去玩，一直玩到很晚，很晚，之后我还会给她们念二十世纪的哈代作为额外的奖励。这听上去挺让人满意的，于是就变成了现在这样——小妹妹们选了聪明豆、亨氏磨牙饼干、白煮蛋和一种叫作"方便倒出来的薄荷糖"的东西,加上其他各种早茶下午茶会吃的零食——这时准男友又打来电话,那晚第三次,总共第四次。

"那么现在就去拿吧。"我大喊,我是指她们的食物,因为电话铃响我接起电话时,小妹妹们正要离开去厨房。准男友问:"是你吗?"这时我捂住话筒,继续大喊:"把门关掉,别听我电话!"这是我第一次跟准男友——跟任何准男友——打电话,我有点拘谨,所以我不想让我们的对话被别人监听,我指的是被小妹妹们偷听,当然会有警察用电子设备监听,但是对于他们,如果他们目前在听的话——因为也可能没人在听——除了不跟准男友说话,我也没有别的办法。所以我对着小妹妹们大喊,叫她们去后院吃她们的零食,然后从后院出去。接着我坐在楼梯上,移开捂在话筒上的手,把听筒放回耳边,说:"准男友。"我很高兴是他打来的,非常高兴,尽管在电话上交谈很奇怪。这种事情我只做过八次,七次,也许六次。准男友说:"准女友,你花了很长时间去买那些薯条。"他的声音听起来很有他自己的特色,是指可爱,是指有阳刚气,是指亲切。他拿薯条的事情打趣,一开始我以为那是在打趣。所以这次通话开头还不错,但到了最后——当我们谈到我妈称他为恐怖分子,谈到他越来越走投无路,现在不只是因为关于超级增压机和旗帜的流言蜚语,还因为他那里又生出一些关于他的其他谣言,而他似乎认为远在这里的我要为此负责——我感到头晕目眩,又想了想他刚才对我的评价里所提到的"花了很长时间",才发现这其实不是某种满怀爱意的打趣的开场白。很快我就认定了,这根本就是对我的一次攻击。

他问发生了什么。为什么我们在周二、周五晚上一直到周六、周六整天一直到周日的碰面我没来?因为除了已经被我取消的周四晚上偶尔会有的碰面,我们在保持"准约会"将近一年的日子里,从没漏掉过任何一天的约会。我告诉他发生了一些事情,我不得不待在家里,照看房子和小妹妹们。我没告诉他真送奶工中枪,以及因为真送奶工中枪,妈变回了真正的自己,以及我被下毒,以及药丸女孩被谋杀,以及送奶工开始加强对我的捕猎——其实我连有送奶工这个人也没告诉他。我没告诉他社区及其编造的谎言,还有那场汽车爆炸的真相细节,这依然是我们之间尚未解决的争论,虽然他依然坚持不当一回事。还有在薯条店的遭遇,以及他们的态度——"来!拿走薯条,但别以为你能逃脱惩罚,荡妇!",这些我都没告诉他,但我没告诉他不是因为我固执。尽管如此,我还是隐约感到,也许我可以说出来,也许我的事情能变成——如果准男友想让它变成——他的事情。但我依然有所保留,心想,如果我早就说了又能怎样?如果我现在说了又能怎样?如果我努力说出来了,比如汽车炸弹这种事情,但他毫不理会,满不在乎,该怎么办?在我生命中的这一刻——由于送奶工和社区让我茫然自闭;由于我和准男友之间保持着不经承诺的状态;由于长久以来我一直小心翼翼,完全不知道自己错失良机;由于这一切,我认为他听说后却满不在乎会比不告诉他给我带来更大的伤害。所以我轻描淡写,到了这一刻,我心里依然认为我只能采取这种方式，但准男友却问："准女友，发生了什么？遇到什么事？"我大吃一惊，不自觉地开口说了起来，尽管长期以来我一直秉持着充分的理由什么也不说，但此刻一句句话自发地从我嘴里跑出来。我听见自己说妈的朋友中枪了，说她现在经常去医院——说到这里，准男友打断我说他要过来，问我是否希望他过来？我多么希望这种自发性可以再延续一会儿，这样我就能说我想说的话了，我想说"是的"。他可以过来。他可以待在这里。而且过来时不会有妈发表长篇大论，不会问关于结婚、生孩子的问题，不会指责他是送奶工。就算妈在家里，她现在被她自己的事情搅得心神不宁，可能都意识不到准男友在房间里。所以，不是因为想到了妈才让我无法答应，让我犹豫不决，并把准男友从我手里夺走，而是——好吧，如果他真的来了，还听我说了，又能怎样？我感觉自己又回到了为大姐被谋杀的前男友举行葬礼的那一天，我和大姐一起默默无声地坐在妈家的前客厅里。我任由自己被迫变成流言蜚语说我已经变成的那种人，我知道这难以置信，但根据当地最新的说法，我跟送奶工的关系实际上已经维持了两个月。这就意味着需要我欺骗他，他们说，所以我在欺骗他，背着他和对面镇上的某个不知轻重的年轻汽车修理工调情。这个新冒出来的谣言让我犹豫要不要在回答前先理一理思路。我已经说出了一部分——那些简单的部分，与我无关只是与妈和真送奶工有关的部分——现在是时候，我决定，对准男友说出剩下的全部了。但我还没来得及这么做，准男友就已经误解了我的迟疑，他冷不防地说我不想让他过来，说我从来不想让他过来——来接我，送我回家，跟我一起待在我所居住的地区。起先，他说他以为我是因为围绕着他和超级增压机的流言蜚语，才羞于让别人看到和他在一起；我可能仅凭他遭遇的那些说三道四，就也已经开始相信他是告密者。那时另一个流言蜚语甚至还没有出现，他说，就算他住在对面镇上，他也还是听说了另一个流言蜚语——关于他胆敢跟一个反政府派抢女朋友。"而那个反政府派，"他说，"是一个名叫送奶工的反政府派。准女友，对此你有什么要说的？"

我们之间又立即回到了剑拔弩张的状态，这种全靠我俩各自居住的地方所散布的流言蜚语而建立起来的关系。目前看来，这些流言蜚语似乎越来越相互说得通，他的看法从"我不想让他打电话来是因为我为他感到羞耻"变成了"我不想让他打电话来是因为我和送奶工有私情"，我的看法从"我不想让他打电话来是因为妈要求我结婚生子"变成了"我不想让他打电话来是因为万一送奶工要了他的性命"。至于说出真相，我认定说出来不会有好结果，因为你看，我刚要开口，他不就跟我吵起来了吗？我不会回答——他跟别人一样，张口就是控诉，这种时候我凭什么要回答他？——我又一次把想说的话收回来，缄口不言，被触怒，就在这时，那种强烈的厌恶感再次攫住了我。哦别，我心想，别是那种厌恶感，别是针对准男友。但是没错，几秒钟内准男友又开始发生变化。他突然间变得不那么有魅力了，不那么像他自己了，而是越来越像送奶工。我开始战栗，这是我第一次因为准男友而战栗。接着我想，等一下，他是怎么搞到我的电话号码的？为了搞到我的电话号码，他做了哪些鬼鬼祟祟、暗中监视、悄悄尾随的事情？"你是怎么搞到我的电话号码的？"就在我用这个问题攻击他的那一刻，厌恶感渐渐消退，我又想起了他是谁。你真傻，我对自己说，他怎么搞到的又有什么关系？我甚至不是不想让他有我的电话号码，权衡之下，我反而想让他有。不是为了能接到他打来的电话。而是如果他有我的电话号码，他想要它，我就能在心中感知一种亲近的确认、一种信任的增长。但他把我的问题只从表面上理解为一种攻击，不幸的是，在我问出口的那一刻它确实是攻击。"从电话簿上，准女友。"他凶巴巴地说，过去很少见到准男友这样凶巴巴地说话。"哪本电话簿？"我问。"天哪，准女友！二十世纪的电话簿也被你禁了吗？"这是他第一次侮辱我的阅读品位。于是我想，他也一样。他也一样。我自己的准男友也同样背信弃义。我也同样被他插刀。"我打了几个你们那里跟你一样姓氏的号码，"他继续说，"因为你知道，你从来没告诉过我地址，准女友。"说到这里有一种苦涩，明显的苦涩，"在打错几次之后，"这种苦涩说道，"最终我又拨了一个号码，而接电话的女人是你妈。"

他现在的口气变得冷若冰霜，可以说是微含怨恨，感到不满，冷若冰霜。他再也不说自己要过来，而是停留在送奶工的话题上。"准女友，"他说，"关于我和这个反政府派，你对你妈说过些什么？""什么也没说。"我说，"那是我妈自己的想法。她自己编造出来的。""她说我有炸弹，"他说，"说我已经结婚，玷污了别人，然后就挂了电话，不肯让我跟你说话。所以你告诉我，你对她说了什么？""我告诉你，"我说，"我什么也没说。是她自己，跟我没关系。是她自己的事情。""你肯定说了点什么。"

305

他说。"为什么我肯定说了？"我说。说到这里又变成了让我检点自己的行为，我又不得不反驳、解释，并为别人的错误想法负责。他继续声明，说他听说这个中年男人年届中年。他还强调说，这个中年男人，这个老伙计，可能年届中年，但在这场运动中肯定不是无足轻重。你知道这个坚韧独裁的领养老金的家伙是个什么人吗在这场——"别说了，"我说，"我没在跟他约会。我跟他没有关系。""准女友，他知不知道，"准男友坚持说下去，"我的事情？"我无法相信。看来他现在一刻不停地追问，他已经成了我所居住的地区和他所居住的地区里最活跃的长舌妇。"我知道我们以前从没谈过这件事，"他说，"关于我们作为准男友和准女友在一段'将近一年的准关系里'，这大概意味着我们要是和别人约会也是可以的——但是一个反政府派，准女友——我是指，就那个反政府派？你确定要走上那条路？"我感到伤心，我们的准关系已经维持了差不多一年，他却无所谓我们可以和别人约会。而我自己，在我和他刚认识的时候，曾经试着和其他几个男孩交往，我想是为了让他们中的某个人成为我的准男友，但是后来我放弃了，因为准男友成了准男友，我们在一起的日日夜夜越来越多，相比之下和其他人在一起的时间开始变少。他们问了太多问题，用来测试和验证，显然还有一张列表——逐条进行评估和确认，以判断我是否够优秀——没有哪个问题是因为想了解真实的我才问的。于是我也反过来评估这些小伙子，最后得出结论他们对我而言还不够优秀，也就是说我们之间或有的一段准关系在还没开始前就已经结束了。而准男友的说法——关于双重约会，关于三重约会——

是否意味着他自己正在和好几个人约会?在我们维持准关系的整个期间,他有没有和别的女孩或女孩们约会?他有没有在和我睡觉的同时也和她们睡,因为我就是那么平淡无奇?他是否依然和她们保持关系,和所有这些人数众多、数也数不清的女性保持关系,甚至在他问我要不要和他一起搬去红灯街住之后?

"——接着她指责我炸弹的事情,然后就挂了电话。"

他不断地讲我妈,把我从关于他和其他女人的痛苦思绪中拉了出来。"但在挂电话之前她已经让我知道,"他说,"我不是她在她的立场上所认可的那种了不起的男人。""她把你当成了另一个人。"我说。"我知道。"他说,"这就是我一直在告诉你的。"他的话听起来带有嘲弄和自以为是,于是我说:"你最好别得寸进尺,准男友。我妈编了整整六卷的故事,他们所有人都编了整整六卷的故事,但这并不是我的错。没什么送奶工——好吧,是有个送奶工的,但没有我——""别费心解释了,"他说,"我已经知道了。"正是这句懒洋洋的、不上心的、哦活着没意思透了的"别费心解释了"出了问题。他怎么敢说"别费心解释了",说得好像我一直在烦他,我企图向他解释而这快要把他彻底逼疯了,说得好像他在那头所做的整个声明不是为了从我的喉咙里一点一点地拽出解释。他说了这种话,因此我开始发动我自己的报复。"别把你那超级增压机上的屠夫围裙,"我说,"怪到我头上。"这句话很卑鄙,非常卑鄙,手段卑劣,叫人恶心,不光彩的卑鄙,我从没对任何人说过这种话——甚至对我讨厌的人,这个人可能正巧有一个堪称完美典范的来自"海对岸"的宾利风驰超级增压机，藏在他们告密者的房子里，那上面不止有一面引发争议的来自"海对岸"国家的旗帜，还有大量来自那个国家的引起争论的旗帜，这样的东西，我知道，准男友是没有的。那天不是我特别敏感的日子，但我已经被他的态度、被他指责我和准军事组织成员约会所惹恼。于是我说了残忍刻薄的话，但我说完后悔了；不算立即后悔，但没有再说。我在这句几乎立即让我后悔的评论后面，又说了我的另一个报复性的观察，说完也几乎立即就后悔了。"你烹饪，"我说，"你有咖啡壶，你看日出，在甚至连女人都没有咖啡壶、都不看日出的年代里。你用汽车代替人。你拥有一幢宽敞的房子，里面有多得让人晕头转向的房间，你还谈论立陶宛电影。"于是他说："你走路看书。""又来了。"我说。"我还没说完。"他说，"亏得你喜欢走路看书。那是一种你喜欢做的安静无声而又不协调的事情，你还以为那没什么古怪的，也没什么人会注意到。但其实这很古怪，准女友。这不正常。不是自我保护，而是顽固不屈，是令人困惑，在我们这种环境里，让你显得像是个固执任性的人物。我不想说这种话，但是你先说了刚才那些话，我才跟着说的。你看上去就好像不再活着了。我看着你的脸，感觉就好像你的五官正在消失，或者说似乎已经消失了，所以没人能跟你沟通。你总是难以捉摸，但你现在变得不可捉摸。也许我们现在应该挂掉电话，在情况变得甚至更糟之前。"

于是我们大声谴责对方的不足，开始翻旧账——又一次争吵——但我确实同意他所说的，是的，我们应该挂掉电话。在这次电话争吵的全过程中，我一直担心有人在偷听，这也许没什么大不了的，因为在过去两个月里，我始终都感觉有人在听，有人在监视，有人在追踪，有人在记录每件事情，无论我在哪里，在做什么，和谁在一起。我正在疯狂的边缘，越来越相信有些人所做的一切，有些人的人生使命，就是去偷听，不过这也许是我过度紧张的想象，根本没有人偷听，没有人擅自闯入。我们以一种生硬庄重的方式结束了通话，我说我会尽快去他那儿，他听起来好像无所谓，好像他不相信我，好像他不想见我。之后双方各说了一句孤零零的再见，就挂了电话。我挂了电话，继续坐在楼梯上，我的自发性尽管有所延迟，但还是自行萌动了起来。它让我彻底抛开自怜自艾，去准男友那里找他，它提醒我说我喜欢准男友，准男友是第一个和我一起看日落的人，他是唯一跟我一起睡过觉的人，我曾经一周至少有三个晚上和他在一起，直到送奶工威胁要杀了他，才减少到了两个晚上，我做了这种事情，这种过夜的事情，在准男友之前我从没和任何人在一起过夜。尽管我们之间是准关系，而不是正经的情侣关系；也尽管每次无论我们哪一方想要进一步讨论这种准关系，我们都会进入失忆状态，但我还是要去他那里，现在就去，我的自发性说，去当面向他解释我们之间所有这些误会，去好好沟通，清理混乱。等我做到这一点——如果准男友允许我这么做，没有再跳起来防卫——他到时候也许会解释——关于那台超级增压机的事情和告密者的事情，现在还要加上最近出现的关于反政府派女友的闲言碎语——所有这些都会发生在我和他做爱的时候。然后看情况，他也许会开车送我回家，因为我必须回来照顾小妹妹们。不过，不管妈怎么看，不管送奶工怎么看，这次他开车送

309

我，不会只送到我们常去的这个区域周边的分界点，而会一直进入区域里面，直接到我家门口。他还会进门，待上一会儿，过夜——只要他不在乎送奶工此后会设法杀了他。他是一个成年人，一个已经长大的男人。我可以让他自己决定。所以，我的自发性说，准男友是我的准男友；送奶工不是我的情人。在肯定这个信念的同时，真相的死而复生令人神志清明、欢欣鼓舞。然而，我在狂热的兴奋里有某种程度的疏忽，我可能并非神志清明、欢欣鼓舞，而只是从一个沮丧无力的极端荡到了另一个突如其来、没有连贯性的快乐的极端。在这种状态下，我写了一张字条给小妹妹们。上面说："换上睡衣。等我回来后，我会遵守承诺，给你们念哈代。"写完字条，我披上夹克，匆忙赶往街上的公共汽车站。

这次我没有走路，出于三个理由。第一个理由是我的发条上得太紧，正处于假亢奋状态，我把这种状态误当成决心和快乐的信念。因此我渴望去准男友那里，越快越好。第二个理由是即便到了现在，即便我身上、我腿上充满着跳跃和兴奋，即便是走路——不是跑步，只是走路——也无法恢复到最好的状态。第三个理由是，我决定和准男友解释清楚，但在这个决定背后，我依然害怕走出门遇上送奶工。当时看起来——但我没有问——我不想让我刚拾得的重生由于他的再次出现而被试探，甚至可能被打败。

我在准男友所居住的那个地方下了车，抄近道来到他家门前的大街上。他家的大门被砸坏了。依然掩着，但已经被砸坏了。这意味着什么？我小心翼翼地推开门，溜进狭窄的走廊。我从那里进入客厅，客厅里没有人，但汽车部件堆得到处都是，散落一地，这里那里哗啦倒塌，说明相比平时的堆叠，准男友的囤积已经具备了某种杂乱无章、吵吵嚷嚷、甚至暴力相向的特质，或者说他的日常囤积已经发生了某种骚乱。我刚要叫他的名字，却听见厨房传来厨子的声音。他跟平常一样，正在指导他幻想中的徒弟如何烹饪。

"这里，这样试试看。不。别管那个。这样，这样。那里，那样好多了。等我好了你就把餐巾盖上去，然后我用水冲一下——"我往厨房走去，想打断厨子问问他大门是怎么回事，还要问问他准男友去了哪里，但我停下了脚步，因为那一刻厨子幻想中的伙伴正在喃喃地回答他。这是什么什么，我听不清楚，但我认出了那声音，是准男友的声音。我正要往里冲，但他声音里的某种东西刺痛我的肌肤，让我停下脚步。我发现自己正在不由自主地退缩，站在厨房门外的客厅里，无法前进。准男友又说了什么什么"该死，操，蠢货！大蠢货！傻屌！没发现有那么蠢，不知道我在想什么，厨子，我做的那些……笨死了……要是我意识到他们……"厨子喃喃地说了些什么，让准男友闭嘴，把头转向左边。轻轻地，我把这开着一点点的门又推开一点点，透过铰链往里看。我偷偷看见准男友坐在厨房餐桌旁的厨房餐椅上。他几乎背对着我，有点不太对劲，因为他正拿着一块湿答答的餐巾捂住眼睛。他用这块餐巾把两只眼睛都捂住，厨子站在旁边，拿着一沓纱布，手臂下还夹着另一些布，同时把一瓶手术液倒进桌子上盛着水的搅拌碗里。桌子上还有厨子的一把长长的厨刀，刀尖朝下插入桌面，完全直立在桌子上。刀上有血。我的直觉再次拦住了我。我一秒钟也不会相信那并非人血,而是一些刚刚做好的"烤甜菜根和罗马番茄",或者"波尔图红酒紫甘蓝",或者"随后上的一盘可食用红色配进一步的红色和几摊更红的颜色配额外惊人的红迹斑斑"所留下的污迹。不,这是血。还有更多的血——大量的血——在厨子的衬衫上,地板上有红色的血痕,桌子上有棕色偏红的血渍。接着,我注意到有小血滴从准男友的身上滴下来。奇怪的是,我依然原地不动,就好像有一股强大的力量用它一只看不见的手按住我的手臂,紧紧地拦住我,命令我,指挥我,警告我。作为准女友在片刻前还只想着要重新振作起来,立即改善局面,她要冲进准男友的房子,下定决心要见他,和他坦诚相待,向他解释她在限制中新发现的自由,然而这种想法现在已经荡然无存。没有倒吸一口气,没有尖叫,没有充满担忧地冲进去,一把拉住准男友哭喊道:"发生了什么?我的上帝!发生了什么?"我只是原地不动,无论厨子还是准男友都没发现我已经是半个身体在厨房里,半个身体在厨房外了。

准男友又开口说一些"……该死。偷偷摸摸的小杂种。简直是杂种中的杂种!该死的杂种!"之类的话。我现在慢慢开始明白——因为准男友过去用过这些词,当时在和他那位"没有恶意只是"的邻居吵架,那个人编造了关于超级增压机上旗帜的谣言,这又引发了关于告密者的谣言。"我们要上医院,最久的朋友。"厨子说,而准男友回答:"绝对不行。倒卖旗帜的事情已经给我带来够多麻烦了,据说我现在还因为自信过头,要挤进来分一点那个反政府派在情人方面所占的便宜。"——"在情人方面所占的便宜"指的是我——这让人震惊,因为他从来没有发自内心地说过这种话——他曾经刻薄地说过——曾经嘲弄地说过。我们之间是否已经酸腐到这种程度了？此时此刻在我面前的是我的准男友的真面目？但是等等，我心想，他刚被刺了一刀，或是被打了一顿，他的眼睛受了伤，但我又转念一想，前阵子我自己也中了毒，后来就在差不多一个小时前，我还在薯条店被众人指控为杀人犯的帮凶，再后来是他又亲自在电话上指控我为情妇，甚至到了现在，他还在背着我指控我为情妇，你却从不会看到我和从小学结交到现在最久的朋友一起坐在角落里批评他，谴责他。然而我又想起他已经受伤了。然而我又想起他从没发自内心地这么说。我认为这当场给了我一个完美的教训，告诉我为什么不该隔门偷听。"不行，厨子，"准男友又重复了一遍，因为厨子又提起了医院，"如果他们发现我去过医院，肯定会把我当成告密者。"他说他的眼睛会没事的，让厨子别再大惊小怪，很快就会变得跟从前一样清晰了。"我们不知道那是什么，"厨子说，"我们不知道他们朝你扔了什么、他朝你扔了什么，你说不疼，却睁不开眼睛，所以我们要去医院。谁知道呢，"他又补充了一句，"说不定我们还会在那里撞见那个'没有恶意只是'的人。""我想他们没料到会打架。"准男友说，没有留心厨子的最后一句话，而是完全顺着他自己的思绪。至于我，从听见的对话来推断，显然他们又打了一架，和平常一样，是因为厨子的娘娘腔。但是准男友的下一句话让我意识到并非如此。"我的意思是，以为我只有一个人，像是——"他说，"寡不敌众，于是他扔了那东西，我看不见了，就算我听见你跑过来，厨子，但我们还是寡不敌众。所以你又能怎么办？你又能怎么办——一个娘炮,一个漂亮妞儿,从来不被认真对待——仅凭你一个人,怎么把他们那么多人吓跑?"厨子耸耸肩——但准男友没看见——他叫了一声"啊",这是一声难以捉摸的"啊",或者是一声不屑一顾的"啊",表示这是一个沉闷乏味的聊天话题。不过厨子凝视的目光——准男友依然看不见——已经慢慢移到了他的厨刀上。厨刀依然沾着血,依然直立着,依然插在桌面上。但接着厨子悄悄地把它从桌子上拿起来,又悄悄地把它放进水槽里。他走了过去,想把湿餐巾从准男友的眼睛上拿开,但准男友不让。他拖动椅子,地上发出刺耳的声音,同时用手肘把厨子推开。"滚开,厨子,"他说,"别管了,没事的。眼睛不疼。"但厨子坚持要亲眼看一看。我也想看一看,因为我想知道他需要上医院吗?还是不需要去医院?他是我的准男友吗?还是他不是我的准男友?但有种看不见的存在,到了现在依然把我拦在原地。

到目前为止,在他们的交流过程中,我的注意力几乎一直都在准男友身上,凭什么不在准男友身上呢?可是当我瞄了一眼厨子,立即吓了一跳。他脸上的表情毫不掩饰地——因为他以为没人在观察自己,没有理由掩饰——充满着浓浓的爱意。这不是一个"最好的朋友"脸上该有的爱的表情,也不是一个冷静客观的"关心每个人"的爱的表情。这个表情里也没有"准"的范畴。我过去从没看见厨子脸上——肯定从没看见他脸上为了我的准男友——做出过这种表情。但是话说回来,我本来就不会经常看厨子,不会看他的脸,确实不会。他只不过是厨子,那个弯了的小伙子,那个人畜无害的小伙子,那个被其他男孩保护的小伙子;也是那个被别人看不起的、被别人取笑的小伙子，尤其当他又突然为食物感到极度焦虑时。我打心底里认为人们会为厨子感到难过，但依然不是正经的难过，而是"他肯定很不好受所以我很高兴我不是他"的那种。不会真的被当成、被视作和自己平起平坐的人。然而现在，在我看来，就像是第一次见到这个人。我现在明白了为什么我的直觉把我拦在原地，不让我宣告自己在场。我身上甚至有种大难临头的战栗，这是我第二次在与送奶工无关的场合下感受到这种战栗。此刻，厨子正在掀开餐巾，与此同时，脸上的表情越来越强烈，这更加令我震惊。他把手放在准男友的脸上——准男友没有阻止他。这不是粗糙男性笨手笨脚的"让我看一看"。他的手甚至没放在准男友受伤的眼睛上。他把手放在他的脸颊上。他轻抚他的脸颊，一遍，把手放下，接着又轻轻地、慢慢地移到另一边脸颊。准男友依然没有阻止他，而是让自己的双眼，始终，都闭着。我先前看见的那些血，那些血滴，不是来自准男友的眼睛，而是出自他的鼻子。他不顾厨子的手，想要擦去血滴。接着他推开厨子的手，又推了一次，这是我原本应该期待他一开始就做的事情。这一刻，没有言语，只有那手轻轻地移开，那手又安静地放回来，一双眼睛闭起，另一双睁开，准男友在椅子上，厨子在他旁边，站着，让他仰起脸。

接着准男友叫了起来："停，停，厨子。我们不能这样做。我们不能再这样下去了。"为了证明自己的话，他举起手，再次把厨子的手推开。他推开，但他又放回来，接着准男友又推开，没有用很大的力气。然后他不再推了。没有咒骂，没有"滚开，厨子。你在干吗？我不喜欢那样"。他们之间也不存在惊讶，最后事实证明只有我一个人对厨房里两个男人之间正在发生的事情感到惊讶和意外。准男友在把厨子推开后停了下来，然后抓住这个同样是男性的人的双臂。他依然闭着眼睛，抓着双臂靠向它们，依偎在厨子的腹部，厨子弯下腰，直到把脸埋进准男友的头发里。他俩中的一个开始呻吟，接着听到："放手吧，结束了，厨子，放手吧。"但是当厨子松开手要走，也许真要放手时，准男友扬起脸，又一次把他拉向自己。

就在这时，我退回到客厅，因为，不！——我心想。我知道即将发生什么，这不是我的眼睛该看、我的耳朵该听的。等等，我接着又想，你说不是你的眼睛该看和你的耳朵该听的是什么意思？这是你的准男友，也是那个说近来"你令我诧异，准女友，总是难以捉摸，无法沟通"的准男友。话说回来，这有多久了？有多久了他俩……？我似乎陷入了迷茫状态，同时又能充分理解。现在他们已经不再呢喃，我猜这意味着——尽管我不敢去看——今晚的第二次高缇耶式接吻正在进行。过后，又传来了呢喃声。"错误的人。"准男友说——又是指我——厨子说："……为了你，都是为了你，这么做是为了你，因为……""害怕，危险，太危险……真是个蠢货！……多么可怕的蠢货！……如果他们已经杀了你！如果那群人……你可能已经死了，而我永远无法——"最后一句话可能是厨子也可能是准男友说的。我不知道我的双腿还能否支撑我走到大门口。这时我依然站着，沉沉地靠在准男友的客厅墙上，墙的另一边就是厨房。客厅里的大门已经被砸坏。它是怎么被砸坏的？他的强迫症般的囤积是怎么被打断的？我后来没能知道，也不在乎。至于电话上的争吵，我们最近的一次争吵——考虑到他和厨子……他和他……他们……——那次电话争吵到底是为了什么？我多傻，一直以为准男友不会装模作样、工于心计，从不欺骗或掩饰自己的内心感受，而实际上他在这里跟厨子、跟我明确表示，他也是个"居高临下的挑选者"，选择了某个能够确保安全的错误的人，而不是那个正确的人。我真是个蠢货，我心想，我是指我认为我保护了我自己，相信自己通过待在"准"的范畴里，安全地避开了错误伴侣的范畴，结果却发现一个人在"准"的范畴里也可以被同样的问题折磨至死。我恍然大悟：不再麻木，有所觉察，得知真相，维护真相，在场，做个成年人，这一切其实是多么可怕。就在准男友继续宣称自己是个蠢货以及我痛斥我自己也是个蠢货的同时，厨子又一次提出上医院，这让我们三个人又回到了当下。

他的语气变了。尖锐、严厉、颐指气使。准男友说："差不多恢复了，差不多正常了。看，我眼睛又好了。我已经可以看见一点了。"即便如此，厨子依然说："我们要去医院。但等我一下，我再去套一件衬衫。"我紧张起来，因为厨子要走进客厅上楼——他放了一些衬衫在这里？对呀，他当然放了衬衫在这里！——他会发现我，而我会害怕，因为厨子现在确实让我害怕，他已经不是我在此之前所以为的那个人了。但是之前我以为他是什么人？我从没思考过他这个人。从没发现他特别友好，但我现在也不在乎了，因为在整个重要性等级体系里已经没有他的位置了。但也不是无害。这个人，我现在明白了，也不是无害。想到他对食物有怎样的控制欲，他对人的权利到底有怎样的看法？我想到了刀，他的刀，血淋淋的，在水槽里，依然血淋淋的。想到我也许会晕倒，虽然我这一生中从没晕倒过。但我感觉脑袋轻飘飘的，热乎乎的，潮潮的。有一群嗡嗡作响的昆虫类的东西围绕在我周围，或者在我体内。目前，当然，那种最近熟悉起来的感觉，那种战栗，紧贴着在我的尾椎和双腿上上下下。又传来了一些声音，亲昵的声音，从厨房里传来，呻吟至少说明了高缇耶式的行为正在进一步发展。他们中的一个说："老公。"接着又听到一句，"我们抛下这一切吧。我们干吗待在这里？我们去南美！我们去布宜诺斯艾利斯——古巴！我们去古巴！我喜欢古巴。你也会喜欢古巴。"我心想：老公！古巴！我们！——相比之下，我和他之间连准关系都无法超越，连搬去红灯街都做不到。

我悄悄离开，穿过杂乱的房间，走出被砸坏的大门，来到小路上，沿着那条蜿蜒的近道离开。他们永远不会知道我来过这里，但是我一边离开，一边在脑海里展开想象——如果他们知道了。为了保持平凡，为了显得正常，为了抵消影响，我从大门溜出去，弄出点动静，然后再走进来，怎么样？他们会以为我刚来。我会注意到被砸坏的大门，立即大叫前准男友。这样前准男友和厨子就有时间把两人的身体分开。他们会慢慢镇定下来，在我进来之前赶紧准备好措辞。前准男友会大叫："在这里，在厨房，准女友。"我会进去，在那里他俩会是朋友关系，刀在水槽里，看不见，不再需要解释。但前准男友的眼睛和那些血还是和之前一样。厨子会要求上医院,前准男友会拒绝上医院。没有亲昵,没有温柔,没有那种浓浓的神色,也没有他们之间的相互抚摸。我会倒吸一口气,也许会尖叫,冲过去紧紧地抓住前准男友。"准男友,发生了什么?哦,天哪!"他们会解释,或者让我自己推断,这里的反同性恋者又来突袭厨子,这意味着我们会糊弄过去,我们会想办法拼凑,我们会保持暧昧和欺骗。不会有矛盾的情感,没有势不两立。只不过是厨子和往常一样被攻击了,也被保护了。我不会说的,我肯定不会说的,就像我确实没说的,是那句"也许是时候让我们三个人好好谈谈了"。

于是没有吵架,没有又翻旧账、斥责失职、相互指控。没有大喊大叫,没有生闷气。但我知道我不会再跟前准男友约会了,也不会再踏进他的房子了,再也不会了。我在夜里一路走着,好像是在前往出租车等候区,这时,就跟我之前离开薯条店时一样,我的双腿失去了知觉。我看得见我的双腿,看得见地面,但我无法和它们连接。我伸出手放在大腿上,刻意抚摸它们,按压它们,同时尽量不引人注目,但我还是平时的我,依然有那种被监视的感觉。

但是没有愤怒。我感觉不到愤怒。但我知道,在那里,在那种麻木之下,肯定存在着愤怒。对前准男友。对厨子。对大姐夫,因为他编造故事,散播故事,其中包括我最近如何愚蠢地在光天化日之下背着送奶工和镇对面和我同龄的那个男孩来往。我也对那些爱说闲言碎语的人感到愤怒,因为他们给大姐夫的故事添油加醋,编织自己的故事。对既恨我又拍我马屁的人感到愤怒,以及薯条店老板,和所有那些会紧张兮兮地把任何他们认为我会想要的商品及时地呈献给我的普通商店的老板。消失了，不见了，这种愤怒，跟我看得到但感觉不到的双腿一样，跟我知道就在脚底但感觉自己像是在上方飘浮的地面一样，就好像我没有权利感到愤怒，因为如果我成功地采用了不同的处理方法，现在就不会是我的错了。如果我是这么这么做的而不是这么这么做的，去了那里而不是那里，说了那个而不是那个，或者我看起来是另一副模样，或者那天，或者那晚，或者那周，或者过去两个月里的任何时刻，当我让他看见我，让他想要我的时候，我没有拿着《艾凡赫》出门，那该多好。我跌跌撞撞，就在这时，那辆白色货车在我身边停下。副驾驶座车门打开，那种"并不是现在才进入那个恐怖之地"的感觉又再次向我袭来。

　　我坐上车，就好像自然而然，就好像这不是第一次坐上这辆货车，这辆平淡无奇、刻意低调、最为重要的交通工具。他靠过来，离我只有几毫米的距离，没有碰我，也没有看我，在我亲自动手之前为我关上我这边的车门。原先副驾驶座上有一个长焦镜头照相机，他把它转移到我俩之间一个宽敞的储物箱里。这个储物箱里还有一些小药瓶，里面装着许多闪亮的黑色药丸，每颗正中央有个白点。其中一颗还在我的手提包里。为我关上车门后，他又靠回到他的座位上，发动引擎。接着，我们一起，像一对正经的情侣那样，开车离开了。我作过所有的准备，我坚守过最后的阵地——"决不能上他的车"，不只我警告我自己，还有从小学结交到现在最久的朋友也警告过我"无论你做什么，不管是什么，朋友，别上他的车"，一旦我跨过那道槛，我原本会想象——两个月前我肯定会想象——所引发的心烦意乱和情绪激动会比此刻所表现出来的多得多。没有心烦意乱。没有情绪激动。这里发生的事情是我始终知道将要发生的，因为它在过去几年里一直告诉我它即将到来、即将发生。现在开始了。哪有什么可情绪激动、心烦意乱的呢？剩下的是坐进去，将它终结。不是说我有意识地认为，反正他一直知道他会得到我，我无法阻止这件事情的发生，无法阻止他得到我，不如就让他得到我；也不是说，我正准备让一件很久以前我就应该接受并任其发生在我身上的事情发生在我身上。而是说这次货车出现的时候，我已经习惯了某种被催眠、被削弱的状态。前准男友曾经亲口说过："不知道该怎么说，准女友，但是……看着你的脸，感觉就好像你的五官正在消失，或者似乎已经消失了。"一些东西卡住了。被困住了。我多希望他从没评论过我被剥夺的脸。

送奶工一如既往地看着前方，说："到此为止了，关照过了。"他的声音平静温和，从容不迫，没有喜悦。他的下一句话听起来带着感激，甚至惊喜。"那是个意外。他们没想到那个男人带着刀。但事情到此为止。他们不管了，会放过他。至于另一个，有几辆车的那个——过去的附属品——他会没事的。旗帜和告密不会给他带来任何后果。你看不起他，不是吗？一个准男友，是吗？别担心，公主。我们再也不用为那里操心了。"

他开车送我回家，没有说别的话，依然没有看我，直到把我送到我妈家的大门口。一路上不说话是聪明的做法，送奶工一直很聪明。这是一种完美的前期准备，创造最佳氛围，让我在这种氛围下听清楚并理解他最后讲的话。我们把车驶出前准男友的居住地，驶入镇中心，然后又穿过镇中心，沿着正确的地理路线，路过我所有的地标。接着又驶过更多的交界路，进入我所居住的地方，在那里，作为一对正经成熟的伴侣，我们把车停在我妈家的大门外。我知道我应该感到震惊，应该感到反感，至少应该感到诧异，而不是像现在这样毫不讶异于我正坐在这辆声名狼藉的汽车里，坐在离这个声名狼藉的男人几英尺远的地方。但我别无选择。没有更多的选项。我之前一直没能理解其他所有旁观者能够轻易理解的一点：我一直都是送奶工的囊中之物。

　　依然在他的车上，在黑暗中，他关闭引擎，坐在座椅上转向我。我终于感觉到了凝视，长久的、缓慢的凝视，落在我身上，因为现在他可以看我了，他可以允许自己看我了。这代表着成功、实现、占有。相比之下，这一次我成了那个始终看着前方的人。他脱下手套说："很好，好极了。"但我觉得这更像是自言自语，而不是在他的算计内我应该听的。他靠近我，抬起手指，要碰我的脸。手指停在半空中，毫米之遥，纹丝不动。接着他改变了主意，收回了手指。他靠在椅背上，然后说出了他最后的一番话。他说我很美，我知不知道自己很美？我必须相信自己很美。他说他已经安排好了，我们要去某个美好的地方，做一些美好的事情，我们的初次约会时，他要带我去一个令人意外的美好的地方。他说我再也不能去上希腊罗马课了，但是他说他敢肯定我不会介意不去上希腊罗马课。他还问我真的需要上那种希腊罗马课吗？将来，他说，还有一些事情需要我们决定。他说，只要我继续住在父母家，他就会上门来找我，但会等在门外，我会朝他走来。他说他会在明天晚上七点开车过来。"不是这辆。"他又补充了一句，不考虑这辆货车，而是提到了一串字母数字混合编码。至于我能做的——他是指我能为他做些什么、我怎样做能让他开心——包括我可以准时来到门口，不要让他等。还有我可以穿些漂亮衣服，他说："别穿裤子。要漂亮衣服。一些有女人味的、性感的、优雅漂亮的连衣裙。"

7

我一生中有三次想扇别人巴掌,我一生中有一次想拿枪砸别人脸。我确实拿枪砸过别人脸,但我从没扇过巴掌。我想扇巴掌的三个人里面,一个是大姐,那天她匆匆跑来告诉我政府警察已经开枪打死了送奶工。她看上去幸灾乐祸,还很亢奋,因为她以为死掉的男人是我的情人,是对我很重要的男人。她肆无忌惮地扫视着我的脸,想看看我如何接受这个事实,就算我再犟头倔脑——这种性格反倒把我推向了送奶工,引发了我和送奶工之间的谣言,把我推入了前所未有的深渊与危险之地——也还是能看出她此刻是多么恬不知耻。我想,她认为这对我来说是个教训。不是因为政治背景,不是因为他所象征的。不是因为他的杀戮所象征的。那些都无关紧要。一切只因为她不想让我拥有她很多年前就已经不再允许她自己拥有的东西。跟她一样,我也必须怨恨,必须凑合,不能和她以为我所渴望的那个男人在一起,不能和那个我所爱的但又失去了的男人在一起,如同她不能和她所爱的但又失去了的男人在一起,而要和某个我不想要的替代品在一起,送奶工死后,那个人也许正在赶来。她依然看上去很激动,不再是过去那些年里她四下走动时的悲哀神情。虽然她并不想以我为代价获得这种激动。别开心了!这不是让你开心的事情!——啪一巴掌!——这就是当时我心里想的,但我在现实中的反应,甚至在她等着我反击她的时候,也只是让自己的脸看起来接近漠不关心、几乎无法触及——这已经成为我的常态。然后带着一点点佯装的情绪,刚够我在片刻间、很短的片刻间用来指出她某种有点逗人发笑的爱打探的心思,我说:"你看起来好像在经历高潮。"

她的幸灾乐祸——这种令人作呕的幸灾乐祸,原本并没有过分到理应被扇巴掌的地步,只是这个幸灾乐祸的人平时就是个死人,但在整个悲惨遭遇中,却有那么一瞬间感到自己还活着——好了,那种幸灾乐祸现在消失了,我知道它会消失,因为我已经在我想惹恼她的方面、我打算惹恼她的方面惹恼了她,正中她的靶心。要是她或者其他任何人对我说那种话,我也会被惹恼。她扇了我一巴掌,一种退缩反应,因为我已经进入了我无权进入的地方,尽管那一刻我认为自己完全有权利回她一巴掌,但我没有,也不能。一开始我很满意自己让她震惊,让她为她的胜利而感到羞耻,但我接着就开始后悔说出这样的话。所以,够了。我想让她马上走,带着她自己和她凑合着的丈夫,以及他成为万恶之源的肮脏的口头诽谤,现在就走。没有客客气气,那时候,从来没有。

她走了，再度充满悲伤，再度站在十字架之下[1]，至于幸灾乐祸，我再也没感觉到。他死了我并不开心，不会高兴——也可能我是高兴的，我干吗不高兴？我确实感觉到一股安慰感以我生命中从未体会过的强度流遍全身。我的身体在宣告："哈利路亚！他死了。感谢该死的哈利路亚！"尽管那并不是我心里反复出现的真实想法。我心里反复在想的是，也许我现在能冷静下来了，也许我现在会有所改善了，也许所有那些"别是送奶工，哦，求你了，别是送奶工"的想法都将结束，不用再盯着我的身后，不用再担心一转过街角他就会突然出现在我身边、跟我并排前行，不会再被跟踪、被监视、被拍照、被误解、被围绕、被先发制人。不会再被命令。不会再有像前一天晚上那样的屈服，当时我在沉重的打击之下，对自己破罐子破摔，才坐上了他的货车。最重要的是，不用再担忧准男友被汽车炸弹杀害。所以，当我站在厨房里细细体会这部分影响时，我才明白那个男人已经将我封闭到了何种程度、已经将我挫败到了何种程度，让我进入一个仔细构建起来的虚无之中。同他一起的还有社区，以及与精神关系密切的氛围、那些具有侵犯性的日常琐事。至于他的死，他们在上午时分伏击他，当时他那辆白色货车正停在水库公园门外，这意味着在一开始连续六次杀错人后，他们最后终于逮到了想要的男人。在送奶工之前，他们开枪打了一个垃圾清运工、两个公共汽车司机、一个扫大街的，还有一个真送奶工，他是我们的送奶工，以及另一个跟蓝领工或服务产业没有任何

---

[1] 耶稣被钉死在十字架上时，圣母马利亚站在十字架下目睹他的受苦受难。

关系的人——他们都被误当成了送奶工。然后他们开枪打死了送奶工。他们故意淡化那几次错误的枪击，有意强调那次按计划完成的枪击，就好像他们枪击的从来都是送奶工，也只有送奶工。

然而，一些媒体部门、批评政府的部门，可没打算放过他们。《送奶工被误当成送奶工惨遭枪击》以及《屠夫、面包师、蜡烛工——要小心了》之类的新闻标题已经开始出现。接下来是新闻短片和持续加印的报刊，提醒政府又犯下的愚蠢错误，它的颠倒是非，它的秘密部队，它的飞车射杀，它私自给予特别引人注目的出格者前后不连贯的法律地位。最终，政府作出了回应，它承认说是的，它在追踪特定目标的过程中，确实精确地瞄准了一些意料之外的人，错误已经犯下，是需要道歉，但我们也应该把过去抛在脑后，徘徊不前毫无意义。最重要的是，尽管弄错了目标，还有无法预料的人为因素，但它可以向所有思想正确的人们保证，他们可以松口气了，因为一个反政府派恐怖分子的领袖人物已经被永久铲除。"我们不想搪塞敷衍、搞修辞上的噱头、诡辩，或是野蛮地幸灾乐祸，"他们的发言人说，"但我们认为这次任务确实完成得很好。"因此不用显示出扬扬得意、居高临下、必胜主义，因为必胜主义并非公开表现的可用工具。不仅仅是公开表现。一听到那条新闻，就算在私底下我内心的潜台词里——在那里除了我自己没有人可以目睹真正的我，也不必害怕被当地人评判为冷心肠的叛徒——我也努力不让自己高兴起来。但我总在想从下一个晚上他为我准备的随便什么节目里逃脱的可能性微乎其微，我感到高兴——我也为那一刻媒体冷嘲热讽、暴露事实的聚光灯没有直射到我身上而感到高兴。

他的死登上了头条，但登上头条的不只有这个。在他们枪击了他以及替他挡枪的六个不幸者之后，有消息披露了他的年龄、住所、是"谁的丈夫"和"谁的父亲"，同时披露的还有送奶工真的姓"送奶工"。一片哗然。"不可能有这种姓，"人们大叫，"送奶工，牵强，奇怪，甚至愚蠢。"但你仔细想一想，又有什么奇怪的？屠夫是个姓。教堂司事是个姓。因此织布工、猎人、编绳子的人、切割者、运动员、泥瓦匠、盖屋顶的人、雕刻师、车轮匠、园丁、设陷阱捕猎的人、出纳员、懒人、教皇和修女都可以是姓。几年后，我遇到一个邮递员先生，他姓图书管理员，所以它们到处都是，那些姓。至于"送奶工"，以及对"送奶工"的接受与否，奈杰尔和杰森，我们的名字管理员，会作何感想？不只是我们的奈杰尔和杰森。在其他反政府派地区跟他俩一样管理着禁用人名的男职员和女职员又会作何感想？甚至是马路对面由政府捍卫者管辖的区域里对禁用人名加以抵制的罗宾们和玛丽们也会有所想法吧？与此同时，耸人听闻者围绕着送奶工姓氏起源的问题，继续辩论不休。是我们的吗？是他们的吗？来自马路对面的吗？海对岸？边界那边？应该允许？禁止？丢弃？嘲笑？贬低？什么是共识？"一个不寻常的姓。"大家都在反复思考后，小心翼翼地说道。这打破了可信度的边界，新闻上说，生活中的很多东西都打破了可信度的边界。我开始明白，打破可信度，似乎就是生活的本质。尽管如此，关于送奶工姓氏的报道还是让人们惊慌；它欺骗了他们，吓唬了他们，让他们只剩下尴尬。曾经被认为是个假名，某种代号,"送奶工"具有一种神秘莫测、激发好奇心、展现戏剧效果的可能性。然而,一旦失去了符号意义,一旦变成了稀松平常,变得平庸乏味,变成了老汤姆、迪克和哈里,它作为准军事组织活动分子高级管理人员的别名所获得的一切敬仰就会立即被削弱,立即脱落。人们查阅电话簿、百科全书、姓名参考书,想知道世界上任何地方有没有任何人姓送奶工。许多人一无所获,无法理解,什么也没得到,只不过助长了新闻媒体和各地区对于这个姓"送奶工"的人到底是谁的猜测。他是不是当地人过去一直以为的那个令人毛骨悚然的邪恶的准军事组织成员?还是说那个可怜的送奶工先生根本什么都不是,只是另一个无辜的政府牺牲品?

无论他是谁,无论他叫什么,他已经死了,所以我做了对于死亡我通常会做的事情,即忘掉它。各种混乱再次攫住了我——这里的"混乱",指的是它在古时候的意思,是指屠宰场,血屋,肉市,日常生意。我决定不去上法语夜校了。我涂脂抹粉,准备去俱乐部。我要去我们这个小地方上的十一家喝酒俱乐部里最明亮、最热闹、最受欢迎的一家,至于为什么要去:当你既狂躁又压抑又需要酒精的时候,喝酒俱乐部正是你会去的地方,去那里正是你会做的事情。

我刚到没多久,就离开一起喝酒的朋友,上厕所去了。我没跟这些朋友提到那起枪杀,他们也什么都没跟我说。这很正常。有些朋友是用来一起喝酒的,有些朋友是用来吐露心事的。我有一个朋友可以用来吐露心事,纯粹的一轮轮喝酒也不是从小学结交到现在最久的朋友感兴趣的事情。我刚推开厕所门,那个实际上是男孩的男人，某某·某某之子，就跟在后面也挤了进来。前阵子，在我们毫无关系的关系里，他已经放弃了他业余水平的跟踪，和这里其他相信我是情妇的阿谀奉承者一样，走过来朝我鞠躬，同时一脚往后擦地，假装出喜欢我的样子。但是妈依然对他有所误解。"多么可爱的小男孩，"她说，"结实，可靠，有正确的信仰——还有那些可爱的情书，是他放在我们家的信箱寄给你的，你不跟他约会吗？你没考虑过跟他结婚吗？"我的母亲渴望我们在二十岁高龄之前随便找个什么人结婚。她什么也不懂，依然和她那个年代的人生活在她的那个年代里，没有意识到现在已经到了我的时代，周围是一群完全不同的人了。这个可爱的小男孩，某某·某某之子，挤进厕所，把我顶在水槽边。他拿着一把手枪，抵着我的胸口，于是我明白了——因为我之前就已经怀疑——送奶工的死亡，对我而言，并不意味着送奶工的完结。因为他们编造的故事；因为他们认为送奶工已经占有了我；因为我的傲慢；因为我的保护人现在已经死了；因为现在到处流传着这样一种说法，说我背着他勾搭一个汽车修理工，还想逃避由此带来的惩罚；因为每当有关乎集体而非个人的重要人物死亡，总会允许额外多一点无政府的混乱状态——因为所有这些因为，也许现在正是时候在更极端的程度上把这里的流言蜚语彻底散播出去，让一直密谋杀害送奶工的人变成我，而非政府暗杀行动队。人们甚至会在荒谬和矛盾的外延边界上编造一切。他们会相信这一切，并在此基础上继续搭建。确实，遇到天时地利，我也许会是个很可怕的人，到处走来走去，吓唬邻居说"伊万·伊万诺维奇跟伊万·尼基福罗维奇如何吵架"，但不只有我是这样。这里还有非常多的其他人，也用他们自己独特的方式，表现得非常骇人。

现在，某某之子又重拾他之前的跟踪癖好，似乎是在利用送奶工死掉的局面，急急忙忙地跑回来，做回他自己。令我惊讶的是，他现在又往他的跟踪搭讪里混入了一点点反跟踪搭讪——也许是为了挽回一些尊严和控制权，之前他曾两次被我无视，每次在我作为送奶工的私人财产路过他身边时，他都会以"女王陛下，小人在此；女王陛下，敬请笑纳"的方式不由自主地朝我跪拜。现在，把我看成一个放荡不羁的人、打定主意是我在跟踪他，也许会让他感觉舒服一点。"别烦我们！"他大叫，"一直以来我们只想要你别烦我们。别再跟着我们。别再陷害我们。你打算对我们做什么？放开我们。你为什么就不明白？我们不想要你，不会接受你的勾引，谢谢但我们不需要！你对我们而言毫无意义，我们甚至想不起你，还有，你不能逃避惩罚，不能就这样继续下去，好像没事一样，好像不是你造成的一样，好像你没有挑事一样。你是只猫——没错，你听我们说话，一只猫——一只双面猫！我们认为你连只猫都配不上。别再逼我们了，因为这是构成重罪的骚扰。"他说得对。这是构成重罪的骚扰。送奶工还没出现之前，他寄过一封信——就是妈不明就里地提起过他放在我家信箱里的那些情书中的一封。在那封信里，他威胁要在我家的前花园里自杀，只是我家没有前花园，于是在第二封信里被修改成了"在你家大门口"。此刻我们在厕所里相遇，他当时写下的自杀威胁看样子已经变成了我写下的自杀威胁。据说在我亲手递给他的一封长长的信里，我警告他我要在他家门口了结自己的生命，让他为自己不要我而感到愧疚。这让我怀疑他是否在暗示他计划即刻在这厕所的水槽边杀掉我。很明显，他依然不能自拔。同样很明显的是，他为此疯狂。如果在某某之子做过的所有可能遭到控诉的事情里有那么一件事情永远不会遭到控诉，那就是他头脑简单。整个过程里，我茫然无措，不知道该如何回答他。

"这里不是那种地方，你这只冒牌猫。"他开口说道，但接着他就没话讲了，我想是因为他怒火中烧，无法说出他一开始想要传达给我的话。但也不必讲，因为很容易看出他的潜台词。他的意思是这个喝酒俱乐部、这个地区，不是那种你没有介绍信、没有批准章就可以随便进来的地方；也不是一个倾向于和谐融洽的地方——诱惑人们变成动物、变得粗犷原始，每次发生血腥冲突，这种诱惑总是压倒一切，让人性中更混账的一面占据上风。他说这里什么都会发生，我应该知道这里什么都会发生，因为我就来自这里。他说话的时候，我的心在狂跳。我心想，这个男孩是愚蠢，但他是危险的愚蠢，他想操我，他想揍我，从目前的情形来看，他甚至想要朝我开枪。但那时他已经下定决心。我知道他想要复仇，很久以来，他一直怀有复仇的念头——甚至在送奶工出现之前。他已经作了决定，因为我应该做个好姑娘，更进一步说，是做他的好姑娘，但出了点差错，令他大惑不解，深受其辱，送奶工盯着这里，才被迫撤退，抑制怨恨。他当时无法呼唤正义。但现在他能呼唤正义了。实际上是他能执行正义了。送奶工不再是障碍，其他人也习以为常，还有什么，还有谁，会来阻止他？

"你觉得这里有任何人会他妈的在乎吗?如果我教训一下你——"

不确定、不知道他接下来会说什么,因为他永远无法说出来了。我从他手里一把夺过枪,抓住枪管,枪口,一端,随便那部分叫什么。我动手之前,他没料到会这样,我自己也没料到。我又一次想起了那个很久以前的说法——一次莽撞,一次放纵,一次我对我自己的摒弃。反正我要死了,反正我不会活太久,现在看来任何一天我都可能死掉,任何时候,被暴力杀害——而我现在明白了,这给定了一个确切的边界,提供了一个不同的视角,一个释放恐惧的选项。那也说明了为什么我不是现在才进入那个恐怖之地,可他却以为是他拿着枪刚刚把我推进去的。于是我夺过枪,用它砸他的脸,我是指砸他的巴拉克拉瓦头套,用枪的把手,后部,随便那部分叫什么。只可惜这种金属砸在骨头上、让别人的脑袋开花的碎裂声算不上动听,直到那一刻我才发现自己竟然如此嗜血。这一击笨拙无力,我还没来得及重整旗鼓再给一击,他就揍了我一拳,从我手上夺走了枪。接着,他用枪砸我的脸。我没有戴巴拉克拉瓦头套。然后他把我拖到墙上,和刚才一样拿枪抵住我的胸口。

他能做的到此为止,因为发生了另一件他没有仔细考虑过、没有据此调整他的计划的事情,那就是女人的出现,专指出现在厕所里的女人,这些女人,在这间厕所里。这些女人突然开始动手打他,这就是她们大部分人当时正在做的事情。那把枪在推搡中掉落,接着又落下了第二把枪。似乎没有人在意这些枪,我看了它们一眼,也不在意。它们既像是累赘又派不上用场,也可能只是派不上用场。眼下需要的是赤手空拳、细高跟鞋、穿着靴子的脚,身体压着身体,骨头顶着骨头,听见开裂,造成开裂,释放所有那些被压抑的愤怒。因此枪被忽略了,没人想要,在某某之子被踢的过程中,它也被踢东踢西。与此同时,我依然站在他刚才顶住我的水槽边,看着眼前事态最新的发展。我只能这样。一堆女人,把他团团围在中央,当时堵住了唯一的门。

她们揍了他一顿。由于他的所作所为,她们揍了他一顿,但不是为持枪的冒犯,不是为戴了巴拉克拉瓦头套,反正大家都认得出他是谁;也不是为他威胁我,一个女人,她们的灵魂姐妹之一。不是。是为一个男人不打声招呼就走进女厕所。他不尊重女性,蔑视女性的脆弱、纤细和敏感,没有表现得彬彬有礼,没有显露出绅士风度,没有英勇无畏,没有高尚的节操。是为他几乎不讲礼貌。如果他选在一个不恰当的时点走进来,碰巧撞见她们正在涂口红,整理发型,分享秘密,交换卫生带,那就没有别的办法了,只能是这种后果。此时此刻,遭遇的正是这种后果。接着这眼前的后果,等到她们把这件事告诉她们的男人——这正是她们在接下来的一分钟里要做的,还会有进一步的后果。政府特遣队杀掉送奶工并不是为了帮我,同样,这次营救也没有这般事先计划。但帮就是帮了,无所谓来自哪一方。这意味着又一次,一天之内两次,我收到了别人递来的一笔赏钱、一种特权、某种残留的但非常珍贵的副作用;而且很幸运地在恰当的时间里及时递给了我。

所以他被她们折腾得死去活来。接着又被她们的男朋友折腾得死去活来。后来我听说——我没有问,因为我从来不问,因为我只管我自己，可那些事情还是会主动来找我——他被送上了袋鼠法庭。开庭。他们真这么做了。一开始不知道该以什么罪名指控他。后来有个人突然提议指控他犯了四分之一强奸罪。

那就是他们的做法。他们之间严密地设计了一套精细的、百科全书式的、相当令人钦佩但又像强迫症般的分级制度，我们的反政府派把所有可能出现的犯罪和有失检点，以及我们这些当地的出格者、不法之徒、无耻浑蛋可能会有的反社会行为都进行了分类、再分类，直到最后手上剩下一份只能被描述为"物主兼用户指南"的东西。他们通过这种矫揉造作、过分精细的分类，把自己搞得像是当地的学校教员或吹毛求疵者——论及女性议题时除外。女性议题是难解之谜，要求苛刻，极其令人恼火，尤其是任何人只要有一点点神性就能看出，提出议题的女人，已经彻底精神错乱——我们的样本组已经证明了这一点，她们依然每周在那个后院棚屋里碰面。然而，那段日子里，随着时代的变迁，随着八十年代的来临，女人变成了需要哄骗、需要讨好的对象。由于女性化、女性联合，以及女性这个和女性那个，还有眼下关于性别平等的讨论——貌似如果你没有走出门、对她们那些轻率鲁莽的疯狂想法至少礼貌地表示一下，你就很容易引发一场国际性的意外事件。那就是为什么我们的反政府派要自我折磨，鞠躬尽瘁，用尽该死的全力讨好女性出格者，与她们展开对谈。最后，他们认为自己完成了任务，通过创造性地将强奸分为不同档次——也就是说，在我们这个地区，现在有完整强奸、四分之三强奸、半强奸和四分之一强奸之分——我们的反政府派说这比只分成两种——"强奸"和

"没强奸"——来得好,他们还说,这也是大部分封地和占领军设立的滑稽的法庭上所采用的分类。"我们已经相当超前了。"他们坚持说,他们是指从现代性、冲突解决方案、性别关系进步的角度来看。"瞧瞧我们,"他们说,"我们严肃对待问题。"强奸,以及诸如此类的东西,实际上就是字面意思。我没有编造。是他们在编造。好极了,他们说。这对她们来说就够了,她们是指所有女人,也就是说,不仅对提出议题的女人,对没有提出议题的女人也要给予正义,因为并不是所有女人都提出议题。于是,四分之一强奸就变成我们这里默认的性指控。

某某·某某之子被指控这项罪名,原因是他在女厕所里窥探,尽管没有一个从厕所里出来的女人提到强奸或者要求承认那是强奸。这很严重,反政府派宣布说,他们想知道某某之子有什么想为自己辩护的。但这是在玩游戏——更多玩具战场上的玩具士兵,更多阁楼里的玩具火车,青春期的硬汉,二十多岁的硬汉,三十多岁、四十多岁的硬汉,跟玩具一样的智力水平,尽管这些男人正在玩的根本不是玩具。他们沉浸在这种玩具般的世界观里,所有人都沉浸在日常的谣言里,因此我不在乎他们指控了他什么。我不在乎他们对他做了什么、对彼此做了什么。我什么也不探求,什么也不想要,什么都没问,甚至告诉我我也不想知道。最后我没有被法庭传唤作证,我觉得很好,因为反正我也不会作证,反正我也不会去,不会——至少不会自愿地——去参与。最后我听说,由于揍了他的那些女人里没有一个愿意操心这件事,坐在审判席上的小集团便默默放弃了四分之一强奸的指控,反正这种指控也具有一种随机的"哦,我们就说这个怎么样?"的特质。他们改为指控他从垃圾场捡非法枪支,用于达到与女孩约会的目的,而这并不是,他们警告说,使用枪支的正当目的。

我后来没有听说、也没兴趣了解袋鼠法庭对某某之子的审判结束后,他身上发生了怎样的变化,我只知道他也许会因此重新构建他对典型的女人和女人专用房间的理解。至于我,我又开始走路了。但没有走路看书。我还开始跑步了。送奶工死后第二天,我下班后打算去找三姐夫。我先回家去换运动服,打开大门时,看见小妹妹们打扮得花枝招展,正站在楼梯上。她们穿着我的衣服、我的鞋子,戴着我的首饰、我的珠宝,涂了我的化妆品,外面还套着用家里楼下背面房间的窗帘布做的临时衣服。她们加上了花环、雏菊项链、业余制作水平的荷叶边,以及又是过早地从圣诞节储物盒里拿出来的金属装饰带,所有这些,我猜想,都是她们自己即兴拼凑出来的。我刚要发脾气,因为我之前已经警告过她们别乱翻我的东西。但那时,她们三个穿着她们的华丽服饰——我的华丽服饰——正忙着打电话。她们一起坐在楼梯上,把听筒放在三个人中间,异口同声地讲话。"是的,是的,是的。"她们回答。停顿了一下,她们说:"她现在回来了,我们会转告她的。"然后是通常说的"再见""再见""别了""别了"——还有电话亲吻——直到煞费苦心地结束交谈,大家都挂了电话。"是妈咪打来的,"她们说,"她说没给我们做好晚饭之前,你不准出去闲逛。她回不来了,因为她正忙着照顾送奶工。"她们指的是真送奶工，她们没有丝毫旁敲侧击的意思，但很明显，在真送奶工家里，那两个人之间有某种非柏拉图式的东西正在发生。在他自愿出院之前——他又一次通过违背医嘱表现自己的特立独行——妈大部分时间都待在医院里，现在他出院了，她又一直在他家里，给他带蛋糕，喂他喝汤，照料他的伤口，照着镜子确认自己的形象，还给他读书念报，一整天——还有一整晚。

"再见。"最小的妹妹唱着说。我把她举起来，说："可以了，电话已经挂了。""我知道，"她说，"我只是再确认一下。"接着她把腿盘在我的腰上，摸着我眼睛周围的瘀青，说："你是因为跳华尔兹才弄成这样的吗？我们是因为跳华尔兹才弄成这样的。"接着三个人伸出她们的腿，给我看擦伤和瘀青，一模一样的擦伤和瘀青，在她们的身体上还经过了精确的校准，不是相当接近，而是几乎就在同一个地方。"这些伤痕一直不退，"最大的小妹妹说，"在扮演那对国际夫妻的时候。"啊，我心想，这就是她们在街上欢腾跳跃的原因。有一个困惑始终在我的内心边缘徘徊：为什么所有小女孩都开始打扮得花枝招展，到处跳舞？不只是在我们的街上，而是在我们这里的每一条街上——甚至越过防御区的交界路，我之所以知道这一点，是因为有一天我在一边看书一边走去镇上的途中朝那里偷看了一眼，发现了她们。原来这就是答案。所有这些小女孩——"我们这边的""他们那边的"——都穿着长裙和高跟鞋，一边扮演国际夫妻，一边摔倒，这证明了这对夫妻——也就是前准男友的父母——对于这里的意义不仅限于世界交谊舞冠军。他们取得了非凡的地位，跨越了宗派的分界。

这种丰功伟绩，对没有宗派纷争的地方而言可能没什么意义，但是对存在宗派纷争的地方而言，它是世界上最珍贵、最能带来希望的事情。起初我没有注意到这一点，因为我按照通常的理解，以为只不过是小孩子们在做着小孩子才会做的事情，但是后来发展到了这种程度，那么多人——打扮得花枝招展，成双成对，遍布四处，跳华尔兹，拦住每个人的去路，让每个人都不安，摔倒，爬起，拍掉灰尘，继续跳华尔兹——这种现象绝对能慢慢地侵入硬心肠中最硬的心肠。小妹妹们正在解释扮演国际先生和太太所带来的乐趣。"非常开心，"她们承认说，"但差一点就被毁掉了，都怪那些小男孩。"她们指的是这里的小男孩们，为了成就美感，这里的小女孩们努力了好多年，想要说服那些小男孩扮演前准男友在世界各地跳华尔兹的父亲，同时由她们自己扮演舞蹈表演里的明星，也就是他的母亲，但努力始终毫无成果，因为小男孩们不想参演。他们只想继续在来自"海对岸"那个国家的外国士兵列队出现在我们的街上时朝对方扔微型手榴弹。不顾小女孩们的责骂、哄骗和眼泪，小男孩们就是顽固地拒绝参加。这让小女孩们别无选择，只能相互轮换着扮演两个角色，一会儿是前准男友光彩照人、超级美丽的母亲，一会儿是他没那么光彩照人、也没那么有趣——至少在小女孩们看来——穿着乏味服装的名人父亲，这种方式没能一直维持下去，因为后来事实摆在眼前：根本没有一个小女孩想成为他。每个人都想成为她，成为前准男友令人惊艳的冠军母亲，于是她们彻底摒弃了这个父亲，要么让两个身着华服的跳华尔兹的女性配对，要么假装有一个男性舞伴支撑着自己。

"通过这种方式，"小妹妹们解释说，"你就可以每次都打扮成她了。"这解释了为什么会有这样的颜色——因为颜色复杂得简直要爆炸——以及为什么会有这样的布料、首饰、妆容、羽毛、装饰羽毛、头冠、珠子、亮片、流苏、蕾丝、蝴蝶结、荷叶边、分层衬裙、口红、眼睫毛，甚至皮草——我瞥见了皮草镶边——还有高跟鞋，属于小女孩们的大姐姐，不合脚，这就是为什么小女孩们会不时地摔倒，不断地受伤。"但问题在于，"小妹妹们反复说道，"中间姐姐，你慢慢地不再为此欣喜若狂，因为你每次都能扮演她！"小妹妹们不断强调这一点，不断强调的同时没有意识到，对我而言，忘却前准男友将会是一个漫长的过程。甚至在我还没出门的时候，就似乎已经有东西在提醒我想起他了。走出门后，又有东西在进一步提醒我：他父母被贴在广告栏里，被每一条新闻提及，被杂志赞美，被报纸表扬，被广播台采访，被全世界的小女孩模仿，尤其在墙上的绘画里、在每台电视机的每个频道上都有他们曼妙的舞姿和美丽的造型。

这是为什么她们不可能脱下我的衣服，小妹妹们说，她们要在扮演过这对国际夫妻后才肯脱下。我刚给了她们一点吃的东西，她们就要出去扮演了。好吧，我说，但是等我跑步回来，她们最好已经待在家里，把所有我的东西都脱了下来。我目前还不允许她们穿我的高跟鞋。"把鞋给我，"我说，"会被你们弄断的。"我把鞋从她们那里拿回来，但我心里十分清楚，一旦我走出这房子，她们就又会去拿。然后我说："希望你们没碰我的内衣抽屉。""不是我们碰的，"小妹妹们抗议说，"是妈咪，妈咪现在经常去那里，就在每天你出门上班后。"

没错。她是去了。我跟她吵翻过，我警告她别弄乱我的东西，尤其是我的内衣，还警告她不准踏进我的房间半步。自从她发生了变化，和真送奶工陷入爱河——或者是不再假装自己并不是始终爱着真送奶工——她不停地照镜子，不满意自己看起来的样子。她开始皱眉头，屏住呼吸，收紧肚子，然后又放开肚子，她不得不这么做，因为她需要呼吸。接着是唉声叹气，审视身体上的每一个细节。我心想，她已经五十岁了，太老了，不该有那种表现了。还有我的衣服。她翻我的衣服，虽然一开始，小妹妹们说，她翻她自己的衣服，把她所拥有的每件衣服，她们说，都翻了出来。她很悲伤，她们说，因为她的衣物，还有她的每一件首饰都很老土，不是流行的，这就是她为什么，她们说，一直等到我去上班。掠夺就是这样开始的。真送奶工出院后有一天，我亲自将她逮了个正着。那天我提早下班回家，发现她正在我的房间里，不停地试穿试戴。我的衣橱门开着，我的抽屉开着，我的鞋盒开着，我的珠宝盒开着，我的化妆箱空了，所有东西不是被她涂在脸上，就是倒在我的床上。此外，她还把我一半的东西都搬到了她的房间里，不只有我的东西，还有一些二姐的东西，她正在流亡，离开时被迫匆匆忙忙，没有时间收拾行李，拿上她的衣物。还不只有我和二姐。妈也去过大姐和三姐家——堂而皇之地选在一个她知道她俩都不在家的时间段里。对于大姐，她借口想见她的外孙外孙女，而对于三姐，她则借口来催问为什么还没有给她添外孙外孙女。但实际上，她的真正的目的都是来掠夺她们的东西。丈夫们让她进去，也没多想。当她无视他们的存在，径自上楼，过了一会儿又下来，捧着高高叠起的一大堆他们老婆的东西，蹒跚着走出他们家的时候，他们依然没多想。她满载而归，小妹妹们说，因此我们所有姐妹都发现了这次的真送奶工恋情革命。至于她长期保持的有规律的祈祷，她的整点祈祷，所有那些残酷严苛、道德高尚、竞争激烈的小教堂祈祷，根据小妹妹们的说法："已经改成了在唱机上播放李欧·赛耶的《当我需要你》，还有《我无法停止爱你》和《你让我想跳舞》。"所以我下班回家时，她正在那里烦恼腰带、手提包、围巾，但最主要的还是在烦恼她自己的身体如何背叛了她。她没有脸红，甚至被当场抓住时也没有知趣地表现出任何愧疚，她说："我的女儿啊，你是不是从没想过买跟低一点的高跟鞋？"我气愤地想指出她违反了规定，乱翻不属于她的东西。我想问她，如果我告诉她，每次她出门去小教堂祈祷或者绕去邻居那里讲闲话，小妹妹们都会径直上楼跑到她的房间，在她的床上，穿她的睡衣，读她的书，玩祈祷游戏，玩讲闲话游戏，假装在用草药制魔药，以及其他的混合试剂，相互轮换着扮演她，经常是这样，她会怎么想？然而，我因为看到她痛苦，看到她似乎已经进入某种脆弱、退化、奇怪的转变期，便没有这么说，反而递给了她一双露跟女鞋，说："试试这双，妈。"

　　为了真送奶工，整个地区似乎都有所行动。甚至连我都注意到了最近关于一大群虔诚女人的讨论——她们现在已经降级，变成了曾经的虔诚女人——注意到了她们之间曾经开展过的爱情竞赛又一次被挑起。女人们先是祈求上帝给真送奶工留一条活路，在愿望得到满足后，又进一步恳求上帝让真送奶工痊愈。此后，其中一些女人发现，就在她们在小教堂里，闭上眼睛，双手合十，用虔诚、祈祷和下跪，磨坏了教堂长椅的时候，其他一些人却临时利用她们这种虔诚持久的敬拜，最大程度上减免了她们自己的敬拜，抢先跑去医院看望真送奶工。在发现了这一点之后，所有人都开始变得急急忙忙。祈祷，轮到祈祷的时候，总是措手不及。这些曾经的虔诚女人事先向上帝道歉，向他保证，说当然，这是临时的，说这只会是临时的，她们很快就会回来做完完整整的、正常正式的祈祷，但与此同时，如果他同意，她们想缩减祈祷清单上的每一个项目——这次不是为了加入更多的祈祷，而是通过临时删除清单上的大部分内容，以达到缩短祈祷时间的目的。这不是因为她们已经彻底忘记了"伟大的存在"，而是因为她们也跟妈一样地在烘焙馅饼，装饰蛋糕，喂他喝汤，试穿女儿的衣服，试用女儿的化妆品，试戴女儿的珠宝，踩断女儿的高跟鞋，马不停蹄地进出医院。后来，真送奶工出院后，她们依然跑来跑去，忙忙碌碌，这次是为了去他家看望他，了解他如何适应回家后的生活。

不过，刚开始的时候，妈凭借杰森向她透露的消息，占得了先机。多亏了杰森，她爱着奈杰尔，她自己的丈夫，所以在那方面对真送奶工完全没有兴趣。妈一听说枪击，就第一个赶到医院。警察当即逮住了她，把她带去医院里的一个小茶水间问话。他们问她为什么要去见这个男人、这个恐怖分子、刚刚被他们当作政府敌对分子开枪射杀的人？当然，看得出来，这些警察，正在努力尝试，想看看有没有可能把一个受伤的中年准军事组织成员的中年女友改变成他们的线人。也许能让她揭露藏匿的反政府派？藏匿的反政府派行动计划？帮助他们将邪恶的敌人连根拔除？但问题是，就在妈赶到医院之后，又有三个女人接踵而来，她们可能也同样是这个受伤的准军事组织成员的中年女友。然后又来了四个。警察为了偷偷安置这几个有希望成为告密者的人，向医院临时借了几个小茶水间，但现在都已经不够用了。这意味着他们不得不把她们转移到警察亭，但由于女朋友的人数不断增加，再也无法像这些警察希望的那样暗中进行。政府警察凶神恶煞地走在医院的走廊上，接着又拦住了两个中年女朋友，她们也被带去问话。到了这一阶段，警察肯定在挠头。"他到底有几个女朋友？他是哪种玩弄女性的家伙？我们这里的这位瓦伦蒂诺[1]到底是在什么时候、如何在两次幽会之间，成功地穿插了他的恐怖主义活动？"他们还没能尝试着找到一个答案，同样的事情却在不断地重复发生。据说出自我们这个禁止外人踏入的小地方的中年女性告密者的人数已经从十个增加到了十八个。老实说，难以应付，而且不只是在警察看来难以应付，连我们这里的反政府派也觉得难以应付，因为他们眼前有十八个曾经的虔诚女人，他们知道事后必须对她们实施心理评估，以明确她们中是否有任何人反转成了告密者。不只是难以应付——是荒唐可笑。不只是荒唐可笑——是令人心烦意乱。不只是从政治局势的角度看来难以应付、荒唐可笑、令人心烦意乱，这些女人同时也是这里传统的妻子和母亲，因此从更个人的立场上看来也是这样。

---

[1] 可能是指美国男演员鲁道夫·瓦伦蒂诺（1895—1926），他是默片时代最为风靡的银幕情人。

"有什么东西不见了。你不觉得有什么东西不见了吗？"听说一个反政府派这样问了另一个反政府派。这地方安静得叫人害怕，浸透了安静。幽灵般的、苍白的安静，就好像人们一开始并不知道这里有多么不安静，直到如同暗流一般持续不断的玫瑰念珠的拨动声和祈祷的喃喃声都停了下来。"是那些虔诚女人。"另一个反政府派说，"曾经的虔诚女人。她们不再发出那些可怕的喃喃声，那些持续不断、音量低微、有节奏的祈祷，那种使人萎靡、叫人'烦得咬牙切齿'的整点祈祷，那些无缘无故突然唱起来的赞美诗，所有这些都停止了，都是因为开枪打了那个蠢货，那个不爱任何人的男人，那个对着孩子们大吼大叫的人，那个在他的兄弟死后从'海对岸'的国家回来、把我们的武器扔到大街上的人。""我们不应该给他涂柏油粘羽毛，"另一个反政府派说，"我们应该偷偷把他带到某个临时准备的小墓地，然后一枪毙了他。""没错。"另一个说。"话说回来，"另一个又说，"我们也别再苛责自己了。"这个反政府派让其他人想起他们初出茅庐时的那段日子，也让他们想起十二年前在他们的安全屋门口安营扎寨、影响了袋鼠法庭诉讼程序的也正是这些女人。当年她们之所以这么做，是因为在那之前，这个不爱任何人的男人把反政府派的枪械扔得满地都是，还对着孩子们大吼大叫，对着他的邻居们大吼大叫，后来反政府派出现了，他们抓住他，带着迅速收拢起来的枪械，径直去了安全屋。他们原本打算杀了他，不只是因为他破坏他们的财产，还因为他冷酷无情地把这些财产在光天化日之下扔得满地都是。要不是那个青年探子迅速采取行动，跑进来告诉他们发生了什么，任何一架老军事直升机——只要来这里的上空盘旋，一如它经常前来盘旋——肯定会立即发现他们的武器。所以，他们要杀了这个不爱任何人的男人，但是因为这些爱着他的女人的存在，他们做不到。通常情况下，这些女人支持反政府派的作为，也乐意为他们提供帮助。她们会一大群人聚集在一起，敲着垃圾桶盖子，吹着口哨，警告包括反政府派在内的每个人：敌人正在靠近；她们赞成为反政府派提供食宿，为他们通风报信，终止宵禁，运送武器，当然，还会提供驻家医疗点的专业知识技能。任何一个合格的反政府派都会同意，什么都比不上被枪击中却还能有足够的力气穿过旁街后巷的狭窄通道，成功地进入其中一个女人的家里——让她们设法为你取出子弹，把你的伤口拉拢、缝合，如果没有时间缝合，就用足够的尿布别针固定住，让你有时间逃离至今仍在进行中的军队抄家。所以，那是一种你无法创造的忠诚。但他把他们的枪械扔得满地都是，他们因此把他带到安全屋，实际上那不是个屋子，而是属于小教堂的一座临时营房，他们这么做，实际上也不是在执行袋鼠法庭的某种额外程序，只是想赶紧把他关进去，然后一枪崩了他的脑袋。他们刚把他推进门槛，那些女人就出现了，奇怪的是她们没有半句明显的不满，只是在街上支起帐篷，就在临时营房的大门外。她们面对着临时营房，一声不吭。她们看着临时营房，人还不少——天哪，真希望不是这样——她们甚至用手指着临时营房。没过多久，反政府派开始明白了那些女人为何而来。他们知道，他们也知道那些女人知道他们知道：当时只要有一架直升机在空中盘旋一圈，看见这群女人坐在外面，指着一座由反政府派管辖的小教堂所拥有的临时营房，这个临时营房马上就会成为政府目标，被翻个底朝天。所以，这是一种胁迫，甚至可以和忠诚同时存在，因为这就是人性的反复无常。不可否认的是，在反政府派眼里，这些女人意味着她们忠诚的垃圾桶盖、她们忠诚的口哨，也是她们忠诚的动脉缝合。不过也在同样程度上不可否认的是，如果这个不爱任何人的男人没有被立即释放，这些女人也意味着她们所威胁的对反政府派的背叛。她们什么都没说，除了女人们的发言人最后走到临时营房门口，砰砰地敲打着门，冲着他们大喊大叫：不爱任何人的男人要被活着放出来。不能是尸体，她大叫，她们的这个朋友要毫发无损，仍在呼吸。但是在这一点上，反政府派没能满足她们全部的要求，因为反政府派为了挽回面子，最后作了如下判决，说这个送奶工被证明是一个新出现的地区抵抗者，具有反社会倾向，不在服从的要求范围内，也就是说他够资格成为我们社区里的又一个可怜的出格者。确切地讲，是他头脑不清——说到这里，他们敲了敲自己的脑袋——这意味着出于对精神虚弱者的宽容怜悯，可以免除死刑。但是，不爱任何人的男人也不能完全逃脱惩罚。他将遭受一顿轻到中度的鞭打，接着是涂柏油粘羽毛，还会得到一个警告：下次如果他再对他们和他们的武器的安全造成威胁，无论有多少人爱他，他都不会像这次这样被如此宽容地对待。"可惜我们太宽容了。"如今他们说道，在上次那起重大事件过去了十二年后。此刻，他们又再次面对来自非常相似或者说几乎是同一批妇女的最后通牒。"她们没被告知不要去医院吗？"他们问。"她们被警告、被命令、被指挥，但是看啊，她们还是跟着他一起变成了政府的可靠线人,现在已经被带走了。""可她们看中了他什么?""就是这么说嘛,而且她们都已经这个年纪了,其中一些人已经不年轻了。""不只是一些人。她们没一个年轻的。谁谁的妈肯定不年轻了,侦察部队已经通知我们,她也刚从医院的一个茶水间里被偷偷带出来,现在正在警察亭。""谁谁的妈也一样。""还有谁谁的妈。""还有我妈。"一个反政府派承认说。"对不起,我之前不知道,我爸也不知道,直到今天她匆匆忙忙地跑出去,然后就被捕了。"一阵沉默过后,其他一些人也开始承认自己的妈妈跟不爱任何人的男人也有暧昧关系的糟糕局面。

无论是警察让曾经的虔诚女人反转成告密者,还是反政府派追踪曾经的虔诚女人以确认她们是否已经反转成了告密者,两者都没有任何进展。女人的数量一直在增加。议题女人——"哦不,别是她们!"所有军队和准军事组织的全体人员都在大叫——也开始出现,并匆匆赶往医院,去声援送奶工。他是这里,她们说,唯一完全理解和尊重她们以及她们的事业的人。接着媒体来了,包括那个规模小但令人气恼的敌对机构,它甚至已经无凭无据地发布了一篇以'送奶工真的就是送奶工!'为标题的充满冷嘲热讽的午间新闻头条,宣称政府又一次搞错了。政府在发现说得没错他们确实搞错了之后,在下一次的电视新闻公告上宣布决定结束整件事情。反政府派曾经担心自己将不得不坐在袋鼠法庭上,对潜在的告密者——极有可能是他们自己的母亲——进行公正严苛的审判,现在看到政府在电视新闻公告上号召对这件事情做个了结,他们生平头一次赞成敌人的看法,表示自己也很乐意让这件事情到此为止。

接着,政府警察释放了妈和另外十七个女人,反政府派就更不用讲了。她们立即匆忙跑回医院,径直跑到重症监护室。在那里,她们被告知真送奶工目前情况"平稳",但是暂时不允许她们任何一个人进去看他。"对不起,你们不是家属。"医院说。据说"配偶以外的配偶"在这种情况下也不能算。一些伴侣便回去了,去召集援军,制订计划和紧急方案。就在这时,妈在黑暗中进了家门,吐露了关于她自己、关于佩吉、关于真送奶工、关于其他那些女人的一段过往;当然,还谈另一个话题,错误伴侣的话题,这是一个在她和爸的整个婚姻生涯中从来不能被提起的话题。

此刻——在我被下毒近两周后,那时我还没去薯条店——她正在试穿我的露跟鞋,她稍事平静,因为她看得出来鞋子适合她。但她的自卑感依然强烈,已经开始盯着另一样东西看了。是她的"后部",她是这么叫的,比起上次她在镜子里完完整整地看过之后,这个后部又变得更大了。那已经是几年前的事情了。至于多少年,她不想说。但她看了,她说,而且看见它越来越大,她知道这一点,她说,不只是因为她的确在镜子里照过自己的正面,眼看那部分越来越大,便想到背面肯定也成比例地越来越大,还因为,她说,她不得不一点又一点地加大她裙子的尺寸。此外,她说,她还通过坐那把当时放在前厅里的椅子知道了这一点。我看起来肯定是一脸茫然,因为她又补充说道:"我说的是后部,女儿,那把椅子我再也不坐了,没错,就因为我的屁股,我再也不坐了。你可能在想——""我没有，妈。"我说，"我没有在想——哪把椅子？我从没见过任何椅子。""你当然见过，"她说，"前厅里的那把有扶手的木头椅子，曾经是你曾曾奶奶威尼弗雷德的椅子。没错，我过去会坐在里面。不时地坐在里面，织织毛衣，跟杰森或者其他女人聊聊天，坐在里面喝杯茶，独自一人，或者和那个的确是个送奶工的男人。"她说到这里看着我，但我跟平时一样没有反应。"有时候我只是坐着，"她说，"想事情，或者听无线电，这就够了。我坐在那把椅子上，没有复杂的心绪，甚至没有任何意识，就那样坐着。它只是一把椅子；没什么了不起的，不应该造成心理折磨。我低身坐下，事情做完后，又起身离开。一切正常。但现在不是了，女儿。现在，每次我坐这把椅子，总有一种灼热的精神痛苦，因为每当我低身坐下或者起身站起来，我的后部不是轻轻地掠过这一边的扶手，就是类似地掠过另一边的扶手。这些扶手不会说话，"她强调说，"它们紧紧地卡住身体，因为这是一体成型的椅子，当然这椅子本身不可能变小，这也就意味着是我的后部变大了，但它在变大的同时却没有做出相应的调整，以一种新方式适应家具，而只是依照记忆中的方式行事——在过去的岁月里，它曾经那么小。"我张开嘴，不太确定是说些什么呢，还是就这么张着嘴。"但是你要明白，女儿，"妈继续说，"我不是说这把椅子挤着了我的后部，我的后部已经坐不进这把椅子了。它依然坐得进去。只是说它现在覆盖了多余的几英寸或几分之几英寸，过去它不是这样的，对此它一直没适应。"

当然，我现在已经明白了她想表达的是什么，但依然不确定如何回答。妈敏感、痛苦、细致地描述了她对自己屁股变大的看法，她的描述里没什么盛气凌人、野蛮粗鲁或刻意简化的东西，也无关流行文化。所以我的回答应该和她所讲的相匹配，应该用相似的口气和分量，为了承认和尊重她作为长辈的地位，甚至是她通过对比她所谈论的椅子来形容她的后部所具有的深度时其中所包含的原创性。当然，我还注意到，由于她正在经历跟真送奶工有关的翻天覆地的变化，同时还为了真送奶工和曾经的虔诚女人进行较量，她可能会因为椅子这种不起眼的事情而陷入精神崩溃。至于这把椅子，我不用非评论不可了，因为小妹妹们正在楼下叫我。我和妈刚开始谈话，她们就已经跑出卧室，冲进前厅，把我们正在谈论的那把椅子拖到走廊上。"中间姐姐！中间姐姐！"她们大叫，我和妈都跑出房间，来到楼梯口，越过扶手往下看，看见下方大厅里有一把椅子。正是来自前厅的那把旧椅子，老式的、高靠背的木头椅子，带有扶手，看上去足够无害，但从精神折磨的角度来看，什么都能说，唯独不能说它无害。"在这里，中间姐姐！这把椅子！就是这里的这把椅子！"小妹妹们大声嚷嚷着。与此同时，妈移开目光，伸出一只手臂遮住视线，大声叫道："哦，别提醒我！把它从我眼前拿开，小女儿们！"于是她们用力拖着，挣扎着，拽着，把惹人生气的曾曾奶奶威尼弗雷德的椅子又拖回了前厅。接着她们冲上楼去，而我们继续刚才的谈话。

她现在讲她的脸。它已经开始"衰退"，她说。接着是褶子、色斑和皱纹。"这里这个。"她凑过来，为了让我注意到一条特别的皱纹。我注意到了。这是一条皱纹，在其他皱纹中间。在她的脸颊上。在她的脸上。"是从这条皱纹开始的，"她说，"比较浅，若隐若现，我不得不很用力地抚平它，有一次差点弄伤我的眼睛，那天我在市政厅旁边的镇中心公共厕所里依稀辨认出它，当时我三十出头。我知道那意味着什么，但在经历了最初的一阵焦虑后，我就不再管它了，女儿啊，因为你看，我什么也做不了，已经有好多年了。"接着讲她的大腿。"它们已经死了，"她说，"感觉就像是死了。看起来就像是死了。我是说它们看上去很僵硬，不再有任何弹性。"接着讲膝关节突出，膝盖软骨的嘎嘎响，日渐粗壮的腰围，那个后部也越来越糟，慢慢累积起多余的几英寸或几分之几英寸。她的后腰线条，她接着说，由于身体各部位都在走下坡路，也不再有以前那种优美的曲线了。"过去我动起来就像一只羚羊，跟你三姐一样。我甚至能想象自己变成羚羊的模样。还有这个。看见了吗？这里这个红色印记？看见了吗？它一直在那里，但以前根本没有。"小妹妹们轻声说妈这样已经好几个小时了，她们担心她，她们想让我说出她犯了什么毛病，想让我去治疗她，去做些什么，所以有那么几次，我试着干预她，但是徒劳。我想要安慰妈，因为我注意到——尽管她自己没有——真送奶工中了枪，关键是没死，这件事附带的益处是妈变年轻了几岁，但是她也似乎因此失去了自信，变得像个青少年，认为自己不可能跟那些曾经的虔诚女人相抗衡，她们看起来也年轻了几岁，却因此变得更加自信。但妈不让自己得到安慰。无论我试图用什么来振奋她，她都会用一大堆的"没错但是"来打断我。这些"没错但是"在我甚至还没能说出第一句话的第一个词就已经跑出来了。她现在讲她的腋窝、手臂、手臂的颤抖和上臂后部的肌肉,像她这种年纪的女人不该这么做,除非她们想折磨自己。接着讲牙齿间的缝隙、胸部的下垂、关节的嘎哒作响、骨头抽筋、消化系统发出的咕噜声、肠子的毛病,她的视力也开始模糊,开始患上了小老太太常患的那种小老太太眼[1]。她的头发也即将花白,她说,身体上却新长出了汗毛,尤其是——说到这里她压低嗓音——脸上长出了胡子。"我能一直这样说下去。"她说。她也真这么做了。她依然为那些东西感到自卑,而那些东西,我以前甚至以为到了她这个年纪根本不会考虑,更不用说在意了。但是话又说回来,她好像是给人一种变年轻的感觉,尽管她不相信自己变年轻了。生活里存在逆向发展的现象,所以我想,目前也许可以说,她的心理年龄又回到了十六岁,对衰老的恐惧又开始令她苦恼。就在这时,就好像为了让我知道,如果我以为此刻眼前看到的就已经是彻底的溃败和沮丧了,那么接下来看到的才是真正的彻底的溃败和沮丧。她又往镜子里瞄了一眼,这次由于她确定自己正在变矮,因为她的骨头正在崩坏,她发出了到目前为止最大的一声叹息。发出这声叹息更像是对着她自己,而不是对着我和小妹妹们。她说:"我干吗要这样?反正这不重要,目前看来这不重要,相比那个可怜的女人,死了四个儿子和一个可怜女儿的母亲,死了丈夫的可怜寡妇。"就从这时起,她把话题转向了核弹男孩的妈。

核弹男孩的妈,当然,也是某某·某某之子的妈,也是死于

---

[1] 指高血压引起的视网膜疾病。

那场爆炸的最讨人喜欢的孩子的母亲、那天从窗口跌落下来的小宝宝的母亲。但这个女人，几乎还是作为核弹男孩的妈为大家所熟知，因为核弹男孩给人们留下了太深刻的印象，全靠他令人吃惊而又令人费解的对核弹的恐惧——更别提那封自杀信了。他那个家庭里的所有人——无论是活着的还是死去的——没有一个能在任何地方像他那样引人注目。实际上，除了某某·某某之子，其余的家庭成员只有在提到他时才会被一并讲起。这些人里有核弹男孩剩下的六个姐妹。有核弹男孩各种各样的同辈表亲、叔叔阿姨，诸如此类。而妈在谈论这个女人时，我现在明白了，是把她看作核弹男孩的妈。她刚开始提到这个话题时，我又只能干瞪眼，不知道她说这些话想表达什么。妈总结陈词般地说，就好像她已经设法得出了结论："我想我只能让她拥有他。"我让她解释。她说，昨天那些曾经的虔诚女人亲密地簇拥着到我们家门前，恳求她对可怜的核弹男孩的母亲发发慈悲。她说，她们跟她讲道理，说考虑到"**很可怜很可怜很可怜很可怜的**"（她们强调这一点）核弹男孩的母亲，在她的生命中所遭受的个人政治悲剧，从数量上来看，超过了这里的其他人在他们的生命中所遭受的个人政治悲剧，因此她能不能再发扬一下风格，更虔诚一些、更无私一点，她们说，站到一边，把真送奶工让给她？我终于一下子明白了她的意思，我想说"上帝保佑啊，妈，你看不出来这是她们的诡计吗？事情不是这样运作的"，但我还没来得及开口，她就已经开始历数事实了。她掰着手指，又开始从数量上，根据痛苦级别，来比较她和核弹男孩的母亲各自的痛苦遭遇。"那个**很可怜很可怜很可怜很可怜的**

女人，"她说，"死了一个丈夫、四个儿子和一个女儿，都死于政治。相比之下，我只死了一个丈夫和一个儿子，没有女儿——我是指没有死过女儿，而且，没错，"她抬起手阻止我说话，"二儿子是死于政治，但你们的父亲——一个好人！哦，多好的人啊！也是好父亲、好丈夫。"说到这里，她突然偏离话题，开始赞美爸，而不是像平常那样批评他，我猜这意味着又一股愧疚感朝她袭来。很久以来，她一直压抑着自己对真送奶工的爱。"我不可以恋爱，因为我已经结婚了！我怎么可以恋爱？"她为此感到愧疚，于是用责备自己跟错误的人结婚来过分地补偿那种愧疚感，"你们的父亲，"她说，她又回到原来的话题，"死于普通的疾病，感谢上帝爱他，也就是说他没有死于政治。所以我认为她们说得对，我只能退出，做一件崇高的事情，把真送奶工交给她。"

我瞪着双眼，无言以对，但接着我就为妈在这件事情上的迟钝反应激动得跳上跳下。她知道自己在说什么吗？为什么她看不出来那些狡诈的曾经的虔诚女人想要干什么？如果事情真是这样——如果她们所谓的崇高原则以及"只死了一个儿子和一个丈夫，没有死女儿，因此不够格"这种扎实的推理是正确的——如果这真的就是这类事情的发展规律，那还要我们家多少人因政治问题而葬身于坟墓之后，她才能考虑出门约会？即使认可那种评判方式——是指她所说的痛苦级别、她看谁在悲哀和不幸上拿了最高分数的专制指标——即使是那样，她此刻也误解了她所谓的"真相"。这下该由我用学究气的方式为她消除这些误解了。首先，我说，可怜的核弹男孩的母亲因政治问题而失去的儿子只有两个,没有三个,尽管这里的一些人说,不考虑美国和俄罗斯,核弹男孩或许也应该算进来。我无法把他算进来,因为妈目前正要进入关键的自我摧残阶段。我算上了那个儿子,最讨人喜欢的那个,他在过马路的时候死于政治,为大街上那颗炸开的炸弹所赐。我还算上了她的反政府派大儿子和一个反政府派女儿,当然,她丈夫也死于政治。还有他们家那只可怜的小狗,那次在通道口被士兵割断了喉咙。其次,我说,尽管不够有力,但依然可以据理力争的是,妈自己也受到很大的摧残,因为她的一个女儿遭到了流放——这也是因为政治问题。尽管不够有力,但依然可以据理力争的另一点是,她还遭受了失去另一个儿子的痛苦,名义上的第四个儿子,正在逃亡的儿子,尽管他实际上并不是她的儿子,实际上不是,虽然她深爱着他——也尽管他还活着,住在边界那边的某个地方。我还指出,核弹男孩的可怜母亲郁郁寡欢,不太可能会寻求任何两性间的浪漫。"算了吧,妈,"我说,"你又不是没见过她那模样。那时候她还没有开始闭门不出,你至少亲眼见过那个可怜的女人如何每况愈下,人们对她如何爱莫能助,人们变得如何害怕她,出于这种害怕,他们甚至考虑把她归入我们这里的出格者名单上的死囚类别里。你上次见到她是什么时候?"我问,"她最后一次让人看见是什么时候?他们说她不洗漱,不吃,不起床,已经抛弃了家里的其他人。妈,别去想核弹男孩的妈了!"我说,"你正在与别人争抢与男人在'点点点'的地方幽会的机会。"妈皱着眉头,双手捂了一下耳朵。"你太冷酷了,孩子,"她说,"你粗暴严厉。你是那么冷血。你身上总有些极其冷血的东西,女儿。"而你总是慢半拍,妈——这是我想说却没有说出口的话。要是说了,我们又会回到那种"哇噻"时刻,接着又会是一场争吵,又跟从前一样怒对彼此。我也没有说,至少没有直接说"你所有的朋友都可以信赖吗?",用来回应那晚她给我清洗肠胃时责备我的话。为了拐弯抹角地讲出同样的意思,我讲起了其他参与者的阴险狡诈。

"你的同伴,妈,"我说,"跟你一起祈祷的同伴,曾经的虔诚女人。你认为她们自己有没有可能说'哦,我们必须,仅仅是必须,后退一步,让她拥有他',这里的她是指核弹男孩的母亲?你认为她们会不会为了她,同意放弃真送奶工,同意把他交出来,同意放弃她们与他在一起的可能性?妈,一旦你让了路,在她们的情感绑架很轻易就能让你放弃,那个可怜的女人接着就会被她们全速经过的第一辆马车踩在脚下。她们还会重新组队,再次设定情景和编织阴谋,把她们之中继你之后第二个获得真送奶工爱情的人革除掉。但首先要对付的是你,妈,"我说,"在这场追求真送奶工的竞赛中,你跑在最前面,这就是核弹男孩的母亲这张牌为什么会打在你身上,如此娴熟,几乎就要得手。""胡说八道!"妈说,"我不可能是跑在最前面的那个——"说到这里,她突然停住了,这次她做了一个不以为然的手势。"是你,妈,"我说,"他喜欢的人是你,为了你他才来喝茶,才总是多带几品脱牛奶,还有一些特别的奶制品,我确信这些东西他不会随便给任何人。"她又做了几个不相信的手势,但已经没有那么强烈,更像是半信半疑,多了一点希望。毫无疑问,妈缺乏练习,亟须激励。这意味着我必须对她仁慈,不,是必须讲求效果,因为实际上我没注意过真送奶工喜欢的究竟是妈,还是核弹男孩的妈,还是她们其他任何人。她们太老了,老得没人会注意她们。我只是不希望她刚开始就放弃。尽管目前真送奶工显然渴望着私人的伴侣关系,但他当然还是有可能决定不和她们任何人发展成这种关系,也有可能身体一旦恢复,他就会回到那种泛泛的友好的人际关系里。对妈而言,对曾经的虔诚女人而言,甚至对我而言,这种时候想象这种情景就太令人难过了。所以我们没有这么做。也就是说,我用谎言来激励她,不过等到一切真相大白时,这谎言也可能从来都不是谎言。我说:"妈,你是最强有力的竞争者。他总是对我说,他喜欢你,让我替他问候你。""他有吗?我有吗?""有的。"我回答,虽然他只是曾经顺便一说。但是话又说回来,我坐在他的送奶车上,跟他正正经经的那次谈话里,也就是他送我回家、为我处理那个猫脑袋的那次,真送奶工确实是百分百地关心过妈。所以,我实际上并没有说谎,我也把这件事告诉了她,说了这百分百,用高调的数字激发她的自信心。"没事的,妈,"我说,"只要鼓足勇气,坚持信仰,勇往直前,一点一点地介入,低调巧妙地得手。要记得那些女人当年在佩吉的事情上是如何表现的。她们在佩吉成为修女后突然爆发的欲望和贪婪。你说你对她们感到生气,可她们又在这里做着同样的事情。这些狡猾的女人。"我补充说道,心里想着她们如何欺骗妈,给她洗脑,利用她内心的挣扎。很久以来,自从她遭到她们的偷袭和侧边突袭时,我就已经看出来了。"多么老谋深算,善于操纵,诡计多端,八面玲珑的女人——""中间女儿!"妈哭喊道,"那些人都是你的长辈!别用那种形容词来形容那些曾经的圣徒！"

但我还是说服了她，因为她已经开始建立自尊心。她的心上生出某种"她们竟敢利用我的良知"的想法，这鼓舞人心，但是我发现局面变得很快，因为真送奶工中枪还引发了另一件事，也许是他中枪所引发的最关键的一件事，就是中枪似乎确实促使他走出了他长期以来"无法忘却佩吉"的隐居生活。他远离男女之间激动浪漫的爱情，驻扎在无条件的人类大爱里，这种自我施加的流亡目前看来似乎已经走到了终点。在他还没离开医院、还没摆脱枪击所带来的不愉快之前，尽管他身上严苛和禁欲的一面用尽全力想重振严苛和禁欲主义，但他还是别扭地发现自己度过了一段美妙的时光。妈告诉我说，他告诉她，起先躺在医院里，他的心里突然冒出了某种异样的违背意志的感觉，想让别人对他好，而不是总由他来对别人好。这与十二年前完全相反，当时在他巨大的自我满足的初期，虽然他也需要帮助，需要那次痛揍以及涂柏油粘羽毛的惩罚过后他能够得到的并随之得到的所有帮助，但是他当时的内心，和现在完全相反，对个人的爱情和浪漫没有半点开启。这一次，他经历了他自己的革命，从所有那些群众利益和自我牺牲的背后走了出来。他想成为男女爱情、性和倾慕的接受者。妈说他对于所有这些都完全敞开胸怀，她还说，他说就好像时机已到，就好像奇迹一般，各种各样的好——有可能变成个人爱慕——源源不断地倾注在他身上，女人们几乎一下子开始出现。她们成群结队地出现在医院，他说，大部分是当地那些传统的虔诚女人。接着议题女人也来了。还有一些男人——一些不怕被认为与某个不断冒天下之大不韪的人有牵连的邻居——他们也出现在医院里。当然,还有妈,他最久的朋友。他们来了,他说,真是太好了。说到这里,他牵起妈的手,握在手里。妈告诉我说,他说这种新出现的对他的好,正与他新建立起来的平和的个性显得十分相称。他出院后,依然有人来探望他,这种对他的好依然显得十分相称。妈被真送奶工握着手,亲密地说着话,她为此经历着一种复杂的狂喜,但同时也感到生气,因为她现在明白了,关于那些女人,我一直努力想让她注意到的是什么。

当时她除了抱怨衰老,还抱怨这些曾经的虔诚女人的无处不在。她不再教训我关于结婚的事情——这本身也是一桩由真送奶工受伤所引起的令人愉快的次生事件——也不再说我跟危险的已婚者搞在一起。只因为她没时间。"她们永远在那周围,"她大叫道,"在他的家里,鬼鬼祟祟,带芜菁给他,我看见她们送他胡萝卜和欧防风、在家自制的汤、蛋糕、玫瑰水,她们的口袋里还露着半截包装精美、像礼物一样包起来的土豆。诡计多端!难以置信!""我知道,妈,"我说,"确实难以置信。""还打扮得花枝招展,女儿,"她继续说,"但是天知道她们已经不再年轻了——"说到这里,承蒙没错但是的惠允,她想起来她自己也已经不再年轻了——我赶紧再次干预。我强调说,由于她内在生命力的彻底变化,她正在盛放,放弃了老年人通常会有的那种想法:"生活已经结束,我已经没什么生活了,都过去了,剩下的只能是过一天算一天了。"她过去总有这样的想法,我始终没注意到她总有这样的想法,直到最近不再有这样的想法。她跃向生活,冒出嫩芽，激发——"……竞争和较量。"没错但是总结说道。换作我，才不会这样总结。"我老得都不会嫉妒了，"妈说，"不习惯了。所有那些我想我都已经没了。你知道，女儿，我认为当年我跟上帝乞求让佩吉拥有他，比跟上帝乞求让我拥有他来得容易——我的意思是，我害怕其他人会出于嫉妒，对我进行集体抵制。我还认为嫉妒她们中得到他的那个人会比我自己得到他然后要去应付别人的嫉妒来得容易。"就跟曾曾奶奶威尼弗雷德的椅子一样，我感觉我们现在肯定又进入了一个显微镜观察下的高级讨论，这次讨论的是嫉妒——这个话题不但我从没听妈谈起过，连我自己也没谈起过，我也不想承认它，以免带来属于我自己的没错但是以及他人之恐怖不只在艰难的日子里。

没错但是又冒了出来，打消了我所有想要激励我母亲的企图。我为了鼓励她的每一个赞美，没错但是都会给予否定，将其击倒。没错但是没有表示没错但是的时候，妈会照着镜子叹气。不管怎样，她看起来就像盏电灯。这一分钟亮了，然后灭了，接着又亮了，然后又灭了，她一会儿往下沉入死亡，一会儿又往上提起精神。这时她突然又生出了某种想法，我看见她皱眉、消沉、苦恼。

"对于有些人来说，"她说，"去世界各地闲逛，在舞厅里跳舞，打扮得光彩照人，没心没肺地讲话，这些都很正常。你知道那个女人吗？在电视上赢了那些交谊舞比赛，与我几乎同岁，女儿，你知道她吗？没错，就是她！但其实我们都可以看起来像她那样。哦，看起来像她那样并不难——站在世界巅峰，打扮成洋娃娃，迷人的微笑，闪亮的衣服，身体动起来——甚至在他们步入舞池之前——就已经像是最新出炉的冠军。我们都能变成那样，女儿，如果我们做了她所做的，因为你知道她做了什么吗？她把她六个刚出生的孩子抛弃在长沙发上。他们用尽全力，靠着随手撒在他们之间的仅有的一些婴儿饼干活了下来——这样她才能到处取悦于人，拥有这世界上最具热情、最多姿多彩的职业生涯。那是怎样的行为？哪种母亲会那样做？就算是在成为最优秀、最最优秀者的荣耀之下，就算是在一个历史上长期存在仇恨与暴力的地方成为促进和平与合作的无私灵魂之一。跳舞、荣誉、知名度、威望、信誉、名声和外表并不是一切。你不会见到我抛弃我的职责，离开我的孩子。"这又将她带回到日常生活和例行家务里。

她开始叹气。灯灭了，她越发消沉。接着又回到了"不敢相信我在尝试做这种事情，年纪太大了，不该做这种事情了。不能穿你的衣服，那是小姑娘的衣服，不是成熟女士的衣服"。她猛地跌坐在床沿上，因为她做不到，因为她嫉妒准男友的妈能够如此完美地做到。就在这时，我清晰地认识到我是不会成功的。我无法替她坚持住。我心里没有什么可以用来帮助她。我不是能激励她的那个人，因为她不把我当回事，不在乎我的观点，她更关心的是"没错但是"的观点。再说，我有我自己的忧虑。那时送奶工依然在跟踪我。他不只是没死，还在他捕猎的序幕中变本加厉地施压和逼近。但是对于妈这种情况，我需要增援，那意味着，只能意味着，必须把大姐叫来。她知道该怎么办，我心想，该怎么建议，如何让妈摆脱她的失败主义和负面情绪。大姐也不会允许"没错但是"的任何打断。必须把大姐叫来，把大姐叫来，这成了我最强烈的念头。

妈托着脑袋坐在床沿上,和"没错但是"在一起,由于情绪低落,她又想通过把真送奶工拱手让给核弹男孩的母亲,做一个无私的人,做一件正确的事。小妹妹们正在英勇地劝说他俩别这样,于是我走下楼,拿起电话。我和大姐之间依然剑拔弩张,所以我小心翼翼地打电话给她。我们已经到了决裂的边缘,而且毫无疑问,我们都充分意识到了这一点。我们还意识到,除非我背叛送奶工,放弃和终止我与送奶工之间道德败坏的、红灯街类型的恋爱关系,除非她不再错误地指控我和送奶工有私情,否则这种剑拔弩张很快就会爆发,可能会变成我们之间的肢体暴力,也可能更糟,在不可原谅的恶语相向中发展为语言暴力。因此,电话接通后我必须有个开场白。我必须在她又一次发起攻击之前就立即让她明白,我打这个电话不是为我自己,不是为了她,不是为了送奶工,不是为她可怕的丈夫。是妈遇到了麻烦。她需要帮助,来自大姐的帮助。现在就需要,我会说。如果姐姐确实提起了送奶工,因为这似乎是她对我首当其冲的固有冲动,如果我愤怒地回应她,我会这么做的,因为那也是我对她首当其冲的固有冲动,那么不是我就是她就极有可能挂掉电话。我不喜欢做这种事情。我知道我讨厌做这种事情。但此时此刻我感觉到自己必须冒这个险。于是我拿起听筒,和平常一样确认了一下有没有窃听器,和平常一样不知道如何识别我正在确认的东西。接着我拨了她的电话。接通提示音传来时,我想到她丈夫可能会接电话,开始考虑要不要挂掉,不过他没有接电话。是大姐接的电话,这时我才想起来他不可能来接电话。大姐夫最近受到准军事组织的一顿痛打,正在卧床休养。

为了防止立刻进入争吵,我赶紧发表我计划好的开场白。"是我,大姐。是关于妈。"我随即开始解释,"……所以她需要帮助……是的,她的朋友,不爱任何人的男人……啊对没错……啊对不是……实际上,姐姐,她不希望他们只是朋友……她认为她不能拥有他,因为曾经的虔诚女人们播下了愧疚的种子,她们说——什么?……没错……呃呃……啊,对的。我就是这么告诉她的,但是……啊对没错,那个我也说了,但她不听我的……那个我知道,姐姐,但别忘了,她已经没有勇气了,这不像她以前经历过的。爸之后她再也没有过这种事情。"我在这里完全没有提起错误伴侣的问题,因为这也是大姐自己的痛处。"所以可能已经过了很多很多年,"我急急忙忙地说,"……什么?哦,我没想到那个,不过反正也没用,因为我不能让她明白……那就是我一直试图告诉她的,可她总说'没错但是''没错但是',她开始沮丧,为她的衣服、她的身体、一把她坐不下的椅子……对的,椅子。没错,椅子!我说的是'椅子'!……我没有大喊大叫!没有,姐姐,我没有夸张。你听。你听得见她的抱怨和叹息吗?"说到这里,我把听筒朝着楼上,从我的房间里清晰地传来妈正在极度展现她的精神痛苦的声音。同时传来的还有小妹妹们英勇地尝试安慰她的声音,她们告诉妈,她看上去完全就是她该有的样子,但考虑到妈的精神状态,现在也许不是说这种话的时候。小妹妹们停下安慰,冲下楼站在我这边听电话打得怎样了,接着又回到楼上,再次尝试着安慰妈,目睹她又生出新的自卑感。"听见没?"我说着把听筒放回耳边,"所以,姐姐,你到底来不来?她需要帮助。

她需要你。你是唯一能彻底改变现状、能让她明白、跟她说话、帮助她、挽救她的自信和装扮的人。我办不到,不是我,你能办到。所以你到底来不来?能来,还是不能来?现在?"

我就对她说了这些,我还故意称他为"不爱任何人的男人",而不是"真送奶工"。此刻只要提到"送奶工"——任何送奶工——都绝对会引起恐慌。姐姐紧接着说她会在"十五分钟加十分钟"内到达,这是指二十五分钟,能理解她为什么会这么说,十分钟区域如此荒凉恐怖,没有人愿意把它和自己的正常时间混为一谈。"我会告诉她的,"我说,接着我又说,"谢谢姐姐。"然后我们说"再见"。要不是我们之间关于送奶工的剑拔弩张依然存在,这"再见"通常会是无穷无尽,令人精疲力竭。但现在没有那样。事实上,我们说了几声再见,不止一声,也不是没说,这是某种信号,标志着姐妹情谊有了试探性的修复。就这样,电话打完了,没有大吵一通,没有扇巴掌,没有说任何会让我们俩都后悔但又无法撤回的话,她要来了。感谢上帝,十五分钟加十分之后,她会来到这里,让妈清醒过来。我放下听筒,不太在意政府窃听者刚才有没有在听。我还宽慰地叹了口气,然后硬着头皮,再次上楼去面对妈。

十五分钟加十分钟后,姐姐确实如约而至。她根据人物和场合,带来一些合适的衣服和配饰;还有她三个幼小的孩子,两个双胞胎儿子和一个女儿。她把她的丈夫留在家里,让他独自照料非公判决所带来的伤口。她当即挑起大梁,我知道她会这么做,她应该这么做,因为她和妈更合得来,她们总是有类似的想法,相处融洽，比起我她更像是妈的灵魂增能剂。而且她从不出错，总能很准确地知道需要的是什么。她说服我、小妹妹们和她自己的小宝宝们帮忙打杂，她自己则安慰妈，让她平静下来。"没错但是"被驱逐了，实际上是自行离开的，没有丝毫与姐姐掐架的企图。我们其他人也都参与进来，跑来跑去地干些简单活儿，我们很高兴为妈干这些活儿。与此同时，妈也振奋了起来。她开始放宽心，而且非常非常信赖我们。大姐也振奋了起来，不再那么忧伤，不再那么悲痛。妈高兴，大姐高兴，小妹妹们高兴，小宝宝们高兴，我也高兴，于是过了一会儿，我说他们继续高兴，我下楼把茶壶煮上。

　　自从药丸女孩给我下毒、她被谋杀以及妈爱着真送奶工并且为他心神不宁的问题爆发以来，已经整整过去了两周；自从厨子和前准男友安排他们的南美冒险计划、送奶工死掉以及某某·某某之子开始养伤并感到懊悔以来，已经过去两天。我又开始过上了正常的生活。我在厨房里，为女孩们做晚餐。之后，她们会出门扮演国际夫妻，而我会穿上运动服，中毒康复后第一次去马路另一头的三姐夫家。小妹妹们说如果我能动作快点就好了，因为她们都急着想出去，都已经准备好去扮演国际夫妻了，就差吃饭了，她们和平常一样想吃弗赖本托斯肉罐头。"配薯条。"她们补充说。"或者巴黎小圆蛋糕。"她们补充说。"也要配薯条。"她们补充说。或者"香蕉配薯条"，或者"水煮蛋配薯条"，或者"外卖馅饼配薯条"，她们继续说，说了所有东西配薯条，尽管我已经解释了她们不能吃薯条，原因之一是我不会做，而且我确信——虽然没有得到证实——如果我尝试做薯条，会把整幢房子都烧掉，所以我永远不会尝试。另一个原因是我没脸再去薯条店，尽管送奶工已经死了——也许就因为他死了，我更没脸去了。那些先前向我屈服的店主——虽然我并没有要他们屈服——现在很可能会公开表露他们对我的积怨，迟早会把自己的钱连本带利地要回去，这只是个时间问题。所以，我和送奶工的事情，还没结束。但话说回来，我也始终知道它不会结束。每次发生这种事情，你都不得不将它和每一天、每个人、每一次报复行动联系在一起。除了薯条，我说小妹妹们可以吃任何她们想吃的东西，比如弗赖本托斯罐头、奥帕尔水果糖、什锦甘草糖、冰激凌，以及可食用的小袋子装着的作为教会圣餐的飞碟糖，碰到舌头会发出嗞嗞的裂开的声音，我知道她们喜欢，另外还有煮甜菜根。"随便什么，"我说，"只是不配薯条。"她们一半开心，一半失望，但最后还是接受了那些我在中毒后的康复期间所幻想过的各种各样婴儿喜欢吃的东西。于是我为她们准备了茶水，基本上也就从食品柜里拿出来这么一点工夫，但她们还是一直在叫："中间姐姐！求你快点。你能不能快点？茶只要一点就好了，只求你能不能再快点？"

我给她们茶，她们喝掉，接着就冲出门去扮演国际夫妻。我上楼为跑步换衣服，路过窗户望出去，看见国际夫妻真的流行起来了。满地都是小女孩。似乎整个地区的小女孩都出来了，跳舞，扭摆，一眼看上去她们大部分人就好像在模仿枝形吊灯，还有像金色的织锦缎和有浮雕图案的墙纸一般的柔软感。我走出门时，每条街上都有她们在跑动：扎着缎带，披着丝绸，披着天鹅绒，踩着高跟鞋，穿着扎人的小外套，成双成对，或者独自一人但假装成双成对,跳着华尔兹,不时地撞在一起。与此同时,不关心小女孩的小男孩们也暂时停止了对来自"那边"的军队的攻击——这大概要归功于来自"那边"的军队眼下正缺席——正轮流在他们最新排演的表现政治殉道者的戏剧中扮演好人:反政府派英雄送奶工,被跟踪,被突袭,然后被一个由恐怖主义政府制造的谋杀卫队以他们一贯的懦弱方式开枪打倒。

"操!操!"

我知道他知道我在那里,知道那是我,但他依然背对着我,在他的花园里,穿着运动服,一边做热身运动,一边像往常一样喃喃自语。他没有看我,我到他家后俯身打开小房子前的小栅栏门时,他也没有跟我打招呼。我猜那时候他还在生闷气,我是指为了前阵子跟妈讲我没来跑步的那个电话。由于那个电话,也由于他对我之前的抱怨产生了怀疑——我曾经说我的双腿无力,身体不协调,失去平衡,开始跌跌撞撞,开始摔倒——我想我最好默默地在他身边开始拉伸,而不是再试图做任何解释。当时我就这么做了。过了一会儿,他说:"还以为你放弃跑步了。"他依然没看我。"没有,"我说,"我只是中毒了。""好吧,一天又一天地过去,"他说,"我以为你不会来跑步了。""有人企图谋杀我,姐夫。""他们都这么说,妹妹。"——说到这里,姐夫的声音变得紧张不安,好像受到了伤害——"如果你说'不,不能是十二英里,要三十英里',那没关系,因为那是反抗。但你说——或者让你母亲说——'不,不跑步了,再也不跑步。'那就是破坏规则了,就是了。"

他依然没有看我,继续练他的髋屈肌。我知道我必须挽救局面,认可他的委屈,安抚他受伤的心灵。最好的做法是让他刺激我,导致我恫吓他——起码这就是当下他正在尝试的。接下来我必须说:"没错,是这样的。我已经受够了。我们今天跑二十英里。"但是以我的恢复情况、我的耐力,我相当怀疑自己能否完成二十英里。我连十英里,甚至五英里都无法确定,虽然我的双腿回来了,但我真的不知道我到底有没有为跑步作好准备。我想我可以随口说个距离,只是投机性的,我们不会跑的,然而——"我们今天跑十二英里。"他宣布,赶在我逮到机会前先亮出了他的报价。"我们不跑十二英里,"我说,"也不跑十一。"诡计得逞,因为接下去他听起来——对他而言就像按下了按钮——既平静又震惊。"不可能不跑十一。"他哭喊道。"可能的,"我说,"不跑十一,也不跑九或八。""那好吧,"他说,"我们跑九。""不,"我说,"不跑九。也不跑七或六,也许可以是五——我们跑六英里。""六英里太少了!"他哭喊道,"六英里!六英里,就不能比六英里再多一点?六的两倍怎么样,妹妹?或者六英里再加三英里,或者……"当然,我原本可以回答:"听着,姐夫。你想跑可以多跑点。说实话,我们为什么不按我们自己想跑的跑呢?"因为我无所谓我们要不要一起跑,现在无所谓了,因为送奶工已经死了。我没有公开承认这一点,我是指对我自己,我怕万一这让我清晰地意识到自己已经变成了那个冷心肠的叛徒。但事实上,在送奶工之后,在他所说的"我是男人而你是女人"、他所说的"你不需要那样跑步",加上他心底所想的"我打算限制你、孤立你,这样很快你就什么都做不了了"之后;在两个月前开始跌跌撞撞,双腿奇怪地不再正常运作,接着又很快恢复完美运作之后,我又感觉到了我独自跑步所享有的安全感。但是现在,或者说至少在姐夫又一轮的极度成瘾导致他发疯之前,我决定继续和他一起跑步。"只跑六英里。"我宣布,最后姐夫对此妥协说:"好吧。"他还说他对六英里存有异议。他认为自己可以通过跳绳,或额外的深蹲和马步,以及稍后去拳击俱乐部,来弥补这落差。"这让我很不开心。"他说,但他看上去并没有很不开心。他看上去挺开心的,我想这意味着我们又做回了朋友。这时,他的妻子,也就是我的三姐,出现了,和她的那群朋友一起,她们每个人都喝了酒。除了买来的东西,大量从精品店和购物中心买来的东西之外,她们还抱着一大堆酒瓶,都是她们花了一整天从镇上一间又一间的零售酒吧里扫荡而来的。

"天哪,我们醉啦。"她们说。接着,她们,包括姐姐在内,倒在了用作装饰的树篱上。姐姐破口大骂*%↑&^# ⇒$,以及所有那些"*If You See Kay*"的脏话。她的朋友们摇摇晃晃地从草地上爬起来,拿着她们的酒瓶和买来的东西,立即反驳说:"朋友,我们告诉过你。我们警告过你。太任性了,会失控。那个树篱有种不祥之感,把它弄掉。""不行,"她说,"我好奇它会带来什么、会有怎样的个性。""你已经看见它带来了什么、有了怎样的个性。

---

1 这句话的字面意思是"如果你看见凯",但它的发音十分接近FUCK的拼读,FUCK是一个很常用的脏词,类似于汉语里的"操"。

它已经带来了三尖树时代[1]。它的个性就是要杀死我们。"她们随即不再关心对树篱的诋毁,把注意力转向我们。

姐夫成了他们的第一个目标。

"听说你经常把女人打趴在地上,在水库——"姐姐的这个特殊的朋友没能把她的观察说完,因为姐夫一听到头几个词,就停止了拉伸。"什么?!"他气急败坏地说,"谁这样到处讲我?""住嘴。"三姐对她的朋友们说。"没事的,小乖乖,"她转向他,"别理她们,对于你华丽的敏感而言,她们只是黑暗阴冷的杂草。"虽然很难一本正经地板着脸把三姐夫称作神经敏感的超凡脱俗之人——正如眼前她的朋友们爆发出一阵笑声——但我确实能够理解姐姐说的是什么意思。要举出我们在场的所有人里哪个最胆小谨慎、最容易受惊,我会说,姐姐会说,甚至她的朋友们,尽管他们在笑,也会说:"哦,要说到这一点嘛,我们认为是他。"

"嘿!"三姐说,她突然朝着她丈夫跳过去。这让我注意到,正如妈所说,三姐站着的时候——在她没有摔在树篱上的时候——是多么轻巧优雅。"你是说那不是真的?"姐夫叫道。他没有刚才那么震惊了,但依然被指控搞得跟跟跄跄。"当然不是真的,你怎么可能揍一个——""我不是指这个,"三姐夫说,"我指的是有人在到处讲我,这不是真的吧?""没有人到处讲你。"说到这里,三姐身体往上伸展,戏剧性地在她丈夫嘴上响亮

---

[1] 由英国作家约翰·温德汉姆(1903—1969)写于1951年的同名末日幻想小说,讲述了一种外星植物在地球上落户并很快蔓延,给人类带来了灭顶之灾。

地亲了一口。"别这样，走开。"他说着把她推到一边，"我没心情吻你。"接着他又转向其他人，她们刚才用一个不该被当作玩笑的话题激怒了他、吓唬了他，这是他所无法容忍的，尤其是涉及性别问题，他最不希望出现对这种原则性问题的嘲笑。"别再有这种指控和诽谤了，"他说，"这不好笑，到处讲别人，毁掉好人的好名声。你们已经不是孩子了，做点符合年龄的事情吧。"

这丝毫影响不到她们。接着，她们又开始把目标转移到我身上。

"哎哎，瞧瞧她呀！"一个人叫了起来，虽然她们其他人早就已经瞧着了。"真巧啊！"另一个人叫了起来，又回过来指着三姐夫。"你俩过会儿是要去参加一年一度的鼻青眼肿大会吗？"就在这时，三姐夫转过来，看见了我眼睛上的瘀青，而我也看见了他的。

三姐夫的眼睛上不常有瘀青，但比起我来，还是常有的，算不上稀罕的东西。那天早上，我在镜子里看见了自己的瘀青，心绪难平，只好想想某某·某某之子为此也没少受惩罚。他的眼睛周围肯定有超过二十个瘀青，而且那些瘀青，我告诉我自己——承蒙那些女人，接着是她们的男人，接着是反政府派的惠允——比起我脸上的这个，毫无疑问，颜色都要深得多。"这对他是个教训。"我安慰镜子里的我，接着考虑要不要去上班。最后我还是去了，在眼睛上涂了几吨彩妆之后；但是——出门后才遇到没几个人，我立刻就明白了——掩饰效果并没有我起初设想的那样好。

"所以那是真的，"三姐夫说，"我听到了传言，但因为是你的大姐夫说的，所以我没当回事。但那个狗屎样的·狗屎儿子·某某之子确实对你做了那种事情？"我耸耸肩，意思是没错，但都已经过去了，而且不管怎么说，他也没能逃脱惩罚。我就说了个"啊"，根据不同的情境，它可以代表各种含义。在此时的情境里，它意味着，别管了，姐夫。已经解决了。再说了，我心想，相比所有发生过的事情——尤其是如果送奶工没有被杀害，而是让我按照他在捕猎的序幕里所要求的那样在前一天晚上去见他，相比到时候可能发生在我身上的事情——某某·某某之子用枪砸我几乎算不上什么。"这不重要。"我说。"对我来说很重要，妹妹。"姐夫说，"原则呢？你是女人，他是男人。你是女性，他是男性。你是我妹妹，我才不在乎他家被杀了多少人呢，他就是个浑蛋，就算他们没有都被杀，他也会是个浑蛋。"他们没有都被杀。只有四个是被杀的。另外两个，一个是自杀，还有一个是意外。

　　姐夫现在真怒了，我被他的这种愤怒感动了。某某·某某之子那时候说错了。这里的人们确实是在乎的。但是姐夫还存在别的问题，与他在女人身上表现出来的奇怪的、被集体诊断为精神异常有关的问题。由于他将女性当作偶像来崇拜，他信仰女性神圣不可侵犯、是更高等的生物、是生命中的未解之谜等等，除了他所谓的强奸，他无法理解对她们实施的其他虐待。在姐夫看来，强奸没有分类。不是搪塞敷衍、修辞上的噱头和诡辩，也不是四分之一的某物、一半的某物、四分之三的某物。不是用来公开表现的。强奸就是强奸。它可以是眼睛周围的瘀青。是抵住胸口的枪。是男性有意地或故意不小心地朝着女性使出的手、拳头、武器和脚。"**永远别**

对女人抬一根手指"——如果存在这种说法——三姐夫的T恤上肯定会写上这句话,让所有人尴尬。根据他的规则手册——也是我的,至少在社区和送奶工对我进行猎捕之前——身体和语言是仅有的方面。也就是说,如果事情不涉及侵犯,不涉及肢体——跟踪却不触碰,围堵,占有,没有身体压着身体、骨头顶着骨头地控制一个人——那就什么也没有发生。所以结果变成了,人们听说送奶工在追求我,但其中只有三姐夫——毫无疑问——认为这种事情根本就是无稽之谈。

看不见精神上的摧残,似乎是他的一个缺陷。至于眼睛周围的瘀青,他确实看见了。"我们为什么就不能别去管它呢,姐夫?"我说,"他已经——坦白地说——被成百上千上万的人,折磨得筋疲力尽。"我补充说道,向来有一种共时性,一种天注定的感觉,一种得心应手,某种容易被描述成纯粹的魔法时刻的宇宙间的因果报应。"所以不需要采取进一步的行动。"我尽全力强调这一点,这是因为我对眼睛感到厌烦,对某某之子感到厌烦,对规则和当地的规定感到厌烦。至于原则,有时候你不得不说"去他妈的原则",比如说此时此刻,我已经耗尽了精力。"所以你不必做什么。"我说,我还说如果他执意纠缠过去,还把我也带回去,那就会延误我们的下一件事情——我们跑步就是这下一件事情。"但还是谢谢你,姐夫,"我说,"别以为我不感激你,因为我是感激你的。"姐夫停顿了一会儿后,说他还是要把他揍一顿。"没必要。"我说。"还是有的。"他说。"啊。"我说。"没什么好啊的。"他说。"啊可以。"我说。"啊可以什么?"

他说。"啊可以,如果你想那么做。""啊可以,我当然想那么做。""啊,那好吧。""啊。"他说。"啊。"我说。"啊。"他说。"啊。"我说。"啊。"

所以,就这么解决了。我们又开始拉伸。其他人起初被我们小小的争论逗乐了,后来又厌倦了我们小小的争论。他们推了推我们,让我们无法继续拉伸。姐姐走过来,最后说了一句:"哦,中间妹妹,你的生活真是精彩刺激。"我不但没有回击这句话,还觉得好笑。接着他们就走开了,挤进三姐和三姐夫那幢小得滑稽的房子里。从客厅窗户里,很快传来了他们揉皱包装袋、为买来的东西发出惊叹、迫不及待地喝酒,以及杯子、烟灰缸和猫王的声音。此时,我俩继续拉伸,三姐夫问:"行吗?你行吗?"我说:"行啊,少来这套,我们要开始啦。"我们翻过小树篱,因为懒得穿过小栅栏门往外跑。我吸入薄暮的光芒,意识到它正在柔化,其他人也许会称之为有点柔化。来到人行道上、朝着水库公园的方向跑去时,我呼出这光芒,有那么一会儿,就那么一会儿,我几乎接近笑了。

致　谢

谨此向下列人员和机构表示感谢：

Katy Nicholson	Pat Thatcher
Clare Dimond	Sarah Evans
James Smith	the Royal Literary Fund
Gerard Macdonald	Joe Burns
Carlos Peña Martin	Catharine Birchwood
Julie Ruggins	Maggie Butt
Mia Topley-Ruggins	Jane Wilde
Belle Topley-Rnggins	Judy Hindley
Lisette Teasdale	John Hindley
Mike Teasdale	Brian Utton
Katy Teasdale	Sally Utton
Dan Teasdale	Liz Kay
George Teasdale	Helen Colbeck

Virginia Crowe

Pat Vigneswaren

K. Vigneswaren

Ann Radley

Nigel Stephens

Tony Dawson

Russell Halil

Annie Drury

Mark Lambert

Archie

Selina Martin

Michaela Hurcombe

David Cox

Marianne Macdonald

Charles Walsh

Astrid Fuhrmeister

Vesna Main

Peter Main

Janine Gerhardt

我的经纪人David Grossman

Louisa Joyner以及Faber出版社团队

*Milkman*文字编辑Ian Critchley

*Little Construction*编辑Hazel Orme

Maureen Ruprecht Fadem

James Gardner

路易斯区教堂HOMELINK（委员会）：Joan Wignall, Terry Howell, Christine Tutt and John Shaw

纽黑文食物救济所

Nicky Gray

汉普敦地区慈善机构

作家协会

住房和地方政府津贴系统

在职和养老金系统部门

最高法庭社会福利分庭（皇家法院和法庭服务），由R.D.S. Watson博士和A.J. Kelly法官组成的布莱顿，还有彬彬有礼、令人心旷神怡的领座员——可惜我不知道他的名字

Elizabeth Finn基金会

过去那些年，我的朋友和许许多多素不相识的人，都满怀关切地给予我馈赠，向我伸出援助之手。我期待有一天能用一场精彩的派对，向他们表示感谢。但这场派对现在还不能举行，因为会需要他们自己掏腰包。

我最后的一点想法：

感谢我自己。

感谢白鹰会[1]把我列入治疗者名单。

致灵魂：谢谢。

---

[1] White Eagle Lodge，1936年创立于英国的全球组织，旨在用温和的哲学思想，通过授课、冥想等方式，提供心灵方面的指导。

马上扫二维码，关注"**熊猫君**"

和千万读者一起成长吧！

图书在版编目（CIP）数据

送奶工 /（英）安娜·伯恩斯 (Anna Burns) 著；
吴洁静译 . -- 南京：江苏凤凰文艺出版社，2020.8
书名原文：Milkman
ISBN 978-7-5594-4467-7

Ⅰ. ①送… Ⅱ. ①安… ②吴… Ⅲ. ①长篇小说 – 英国 – 现代 Ⅳ. ① I561.45

中国版本图书馆 CIP 数据核字 (2019) 第 292101 号

MILKMAN by ANNA BURNS
Copyright © ANNA BURNS, 2018
First published in 2018 by Faber & Faber Limited
This edition arranged with DAVID GROSSMAN LITERARY AGENCY
through Big Apple Agency, Inc., Labuan, Malaysia.
Simplified Chinese edition copyright © 2020 Dook Media Group Limited
All rights reserved.

中文版权 © 2020 读客文化股份有限公司
经授权，读客文化股份有限公司拥有本书的中文（简体）版权
图字：10-2019-697 号

送奶工

［英］安娜·伯恩斯　著　吴洁静　译

责任编辑	丁小卉	
特约编辑	夏文彦	王 品
装帧设计	苏 哲	Adrià Fruitós / marlenaagency.com
责任印制	刘 巍	
出版发行	江苏凤凰文艺出版社	
	南京市中央路 165 号，邮编：210009	
网　　址	http://www.jswenyi.com	
印　　刷	北京中科印刷有限公司	
开　　本	890 毫米 ×1270 毫米 1/32	
印　　张	12.25	
字　　数	255 千字	
版　　次	2020 年 8 月第 1 版	
印　　次	2020 年 8 月第 1 次印刷	
标准书号	ISBN 978 - 7 - 5594 - 4467 - 7	
定　　价	58.00 元	

江苏凤凰文艺版图书凡印刷、装订错误，可向出版社调换，联系电话：010-87681002。